BARBARA TAYLOR BRADFORD

Ein Hauch von Ewigkeit

Buch

Hals über Kopf heiratet Stephanie den Sohn des Juwelierhändlers Jardine, den jungen Ralph. Aber das Familienglück währt nicht lange. Ralph stirbt überraschend, und trotz allen Kummers muß Stephanie nun allein für ihre kleinen Kinder sorgen. Außerdem soll sie, unter den skeptischen Blicken ihrer Schwiegereltern, Ralphs Platz in dem Familienbetrieb einnehmen. Hart und unermüdlich arbeitend, entwickelt sie sich schon bald zu einer erfolgreichen Geschäftsfrau und anerkannten Expertin für Diamanten. Stephanie glaubt ihren festen Platz im Leben gefunden zu haben und blickt voller Zuversicht in die Zukunft. Da fordert das Schicksal sie erneut heraus. Aus geheimnisvollen Gründen intrigiert ihr Sohn Nigel plötzlich gegen sie und beansprucht die alleinige Führung des Unternehmens. Und damit nicht genug: Ihre Tochter Chloe wird von einem Amokläufer angeschossen und fällt ins Koma. Stephanie steht nun vor schwerwiegenden Entscheidungen, die nicht nur ihr eigenes Leben beeinflußen werden ...

Autorin

Barbara Taylor Bradford wurde in Leeds geboren und begann ihre berufliche Laufbahn als Reporterin für zahlreiche englische Tageszeitungen und Modemagazine. Nach ihrer Hochzeit zog sie mit ihrem Mann, einem Filmproduzenten, nach New York. Dort nahm ihre Karriere als Schriftstellerin ihren Anfang. Sie gehört zu den erfolgreichsten Unterhaltungsautorinnen der Welt – ihre Romane werden in 82 Ländern verlegt.

Von Barbara Taylor Bradford sind außerdem als Taschenbuch erschienen

An den Ufern versinkt die Zeit · Roman (35305) · Gondeln aus Glas · Roman (35108) · Des Lebens bittere Süße · Roman (35001) · Straße der Engel · Roman (35240) · Auf den Flügeln der Hoffnung · Roman (43590) · In den Wind geschrieben · Roman (43964) · Was bleibt, ist die Erinnerung · Roman (42801)

BARBARA TAYLOR BRADFORD

Ein Hauch von Ewigkeit

Roman

Deutsch von
Dr. Ingrid Rothmann

BLANVALET

Die Originalausgabe erschien unter dem Titel
»Power of a Woman«
bei HarperCollins Publishers Inc., New York

Umwelthinweis:
Alle bedruckten Materialien dieses Taschenbuches
sind chlorfrei und umweltschonend.
Das Papier enthält Recycling-Anteile.

Blanvalet Taschenbücher erscheinen im Goldmann Verlag,
einen Unternehmen der Verlagsgruppe Bertelsmann.

Taschbuchausgabe Dezember 2000

Umschlaggestaltung: Design Team München
Umschlagfoto: G. S. Elgood
Satz: Uhl+Massopust, Aalen
Druck: Elsnerdruck, Berlin
Verlagsnummer: 35381
KvD · Herstellung: Heidrun Nawrot
Made in Germany
ISBN 3-442-35381-5
www.blanvalet-verlag.de

1 3 5 7 9 10 8 6 4 2

ERSTER TEIL

Thanksgiving

1

Feine Dunstschleier schwebten wie helles Wasser über den Wiesen, trieben in wirbelnden Schwaden dahin und verwischten die Silhouetten der Bäume, die sie in bizarre, zum düsteren Himmel aufragende Gebilde verwandelten. Jenseits der Wiesenflächen zeichneten sich im schwindenden Licht purpurfarben die Gipfel der Litchfield Hills ab, deren Fuß aufsteigender Nebel verhüllte.

Über dieser winterlich anmutenden Landschaft lastete Stille, durchdringend, beharrlich, ohne Regung und Bewegung, als hielte die Welt inne und alles wäre in ungeheure Bewußtlosigkeit getaucht.

Den Sommer über prangten diese Wiesen in sattem Grün, das von Wiesenblumen in allen Farben gesprenkelt war. An diesem kalten Mittwochnachmittag im November aber wirkten sie kahl und öde.

Stevie Jardine ließ sich von feuchtem Nebelwetter eigentlich nicht stören, da es in ihr unweigerlich glückliche Erinnerungen an die Vergangenheit wachrief, an die Moorlandschaft Yorkshires und an das malerische alte Farmhaus, das sie dort besaß. Nun aber spürte sie die Kälte der Nebelluft bis auf die Knochen.

Ganz plötzlich wurde sie von einem Gefühl der Angst ergriffen. Ihr wollenes Cape enger um sich ziehend, beschleunigte sie ihre Schritte und versuchte das sonderbare

Gefühl einer bösen Vorahnung abzuschütteln, das sie erfaßt hatte. Unwillkürlich erschauderte Stevie. Was für ein Unsinn, dachte sie, als sie abermals ein Frösteln überlief. Sie blickte hoch.

Die Färbung des fernen und kalten Himmels veränderte sich und gerann zu einem sonderbar fahlen Grün; ein trostloser, unheimlicher Himmel. Sie ging noch schneller und geriet fast ins Laufen, kaum imstande, ihre Ungeduld zu zügeln. Sie wollte rasch nach Hause, da sie es im Freien nicht mehr aushielt und bereits bereute, sich zu einem so ausgedehnten Spaziergang entschlossen zu haben. Der Nebel verdichtete sich zusehends, dabei war der Nachmittag noch fast spätsommerlich schön gewesen, ehe die Wärme klammer Feuchtigkeit gewichen war.

Ihren Füßen war der Pfad über die Felder vertraut, und ihr Schritt war so sicher, daß sie auch nicht strauchelte, als der Weg plötzlich steil in eine Senke abfiel. Sie sah, daß dort unten der Nebel sehr dicht war. Wieder überlief sie ein Frösteln, und sie zog ihr Cape enger um sich.

Nicht lange, und der Pfad stieg im hügeligen Gelände erneut an; weiter oben lichtete sich der Nebel. Auf dem Hügelrücken angelangt, merkte Stevie, daß die Luft kälter, aber auch viel klarer war.

Von hier aus konnte Stevie ihr Haus sehen, in das Tal zu ihren Füßen geschmiegt. Sie empfand Erleichterung. Rauch stieg aus den Kaminen auf, Lichter schimmerten hell in den Fenstern. Ein warmer und einladender Anblick in der Dämmerung, so als wäre man willkommen.

Sie war froh, zu Hause zu sein.

Das 1796 erbaute und nun zweihundert Jahre alte Haus stand in Connecticut in einem langgestreckten grünen Tal im Schatten der Litchfield Hills. Bei der ersten Besichtigung vor fünf Jahren hatte es als Konglomerat verschiedenster, im Laufe vieler Jahre hinzugefügter Anbauten einen recht unansehnlichen Anblick geboten. Erst Umbau und Renovierung, geschickt und behutsam durchgeführt, hatten Anmut und Charme von einst wieder zur Geltung gebracht.

Stevie lief rasch über den feuchten Rasen und die Stufen zur überdachten Veranda hinauf, um das Haus durch die Seitentür zu betreten, die direkt in die Garderobe führte.

Sie hängte ihr nasses Cape auf und ging in die geräumige Halle mit der breiten Treppe und dem dunklen, spiegelblank gebohnerten Dielenboden. Eine Balkendecke, massive Eichenholztüren und Sprossenfenster verrieten das Alter des Hauses.

Für Stevie war die große Halle, um die sich alle anderen Räume gruppierten, von Anfang an das Herzstück des Hauses gewesen, jener Raum, in dem sich die ganze Familie zusammenfand. Einige Lampen mit rosa Seidenschirmen verbreiteten einen warmen Schimmer, der die Halle noch wohnlicher machte. Es war ein behaglicher, einladender Raum mit einem alten, verblaßten Savonnerie-Teppich vor dem Kamin, antiken Tischen in Eichenfarbe und Schränken aus dunklem Holz, mit Schnitzwerk verziert. Ausladende, grün bezogene Sofas bildeten mit ein paar Sesseln vor dem Feuer eine Sitzgruppe.

Stevies Miene erhellte sich, als sie durch die Halle ging. Wie beruhigend die heimelige, freundliche Atmosphäre wirkte... Im großen, gemauerten Kamin prasselte ein Feuer, es roch würzig nach Kiefernscheiten, nach einer Andeutung von Holzrauch und reifen Äpfeln. Aus der Küche drang der Duft nach frischgebackenem Brot herein.

Stevie blieb vor dem Kamin mit ausgestreckten Händen stehen, um sie zu wärmen. Plötzlich mußte sie lachen. Über sich selbst. Wie albern sie eben gewesen war, als sie über die Wiesen lief. Es gab keinen Grund, sich bösen Vorahnungen hinzugeben. Das Gefühl des Unbehagens, das sie empfunden hatte, war völlig irrational und unbegründet gewesen. Wieder lachte sie auf und schalt sich, weil sie so ängstlich gewesen war.

Ein paar Sekunden, und sie wandte dem Kamin den Rücken zu, um zur Treppe und nach oben zu gehen. Sie liebte dieses zauberhafte alte Haus bis in den letzten Winkel, ganz besonders aber hatte es ihr das kleine, an den Schlafraum angrenzende Arbeitszimmer angetan. Immer wenn sie die Tür öffnete, konnte sie nicht umhin, den wohlproportionierten Raum zu bewundern. Die Fenster, die eine ganze Seite einnahmen, reichten bis unter die spitz zulaufende Giebeldecke, der prächtige Kamin wurde von hohen Bücherregalen flankiert.

Stevie hatte das Zimmer von einem Künstler höchst dekorativ in venezianischem Stil ausmalen lassen. Der weiche Goldton, durch vielfache, übereinander aufgetragene und zuletzt mit Firnis behandelte, bernsteingelbe Farbschichten geschaffen, wirkte so warm, als hätten die Wände ewigen Sonnenschein eingefangen.

Schöne Bilder, über die Jahre hinweg gezielt ausgewählt, Familienfotos in Silberrahmen, eine Vielzahl teurer Erinnerungsstücke und heißgeliebter Bücher waren die Dinge, die diesem Raum Stevies ureigenen Stempel aufdrückten und ihn für sie zu einer Besonderheit machten.

Im Kamin war alles zum Anzünden vorbereitet. Sie ging hin und kniete davor nieder. In Sekundenschnelle züngelten die Flammen hoch, nachdem sie ein Streichholz angerissen und es ans Papier gehalten hatte.

Sie richtete sich auf, um durch den Raum zum Fenster zu gehen und sich an den ovalen georgianischen Sekretär zu setzen, auf dessen Schreibfläche Schriftstücke aus ihrer Aktenmappe penibel angeordnet lagen. Nach einem flüchtigen Blick darauf wandte sie sich ab und lehnte sich im Stuhl zurück, in Gedanken plötzlich ganz weit weg.

Ihr feingeschnittenes Gesicht nahm einen geistesabwesenden Ausdruck an, als sie verschiedene Gegenstände auf ihrem Schreibtisch ins Auge faßte... die Jugendstillampe, auf dem Flohmarkt in Paris erstanden, ein silbernes Tintenfaß aus dem achtzehnten Jahrhundert, das ihre Mutter ihr vor Jahren geschenkt hatte, eine Unmenge von Fotos ihrer Lieben, das Meißner Sahnekännchen mit dem Roten-Drachen-Dekor, das ihrer Großmutter gehört hatte und nun als Behälter für Schreibstifte diente, die Kopie einer alten Hindu-Weisheit im Perlmuttrahmen.

Ihr Blick blieb daran haften, und sie las den Spruch, vielleicht zum tausendsten Mal in ihrem Leben. »Wer einen Diamanten kauft, erwirbt ein Stück Ewigkeit.«

Diesen alten Spruch hatte Ralph eigenhändig und in Schönschrift kopiert, um ihn ihr kurz nach ihrer Hochzeit zu überreichen. Damit war alles ausgedrückt, was Diamanten für ihn bedeuteten, wie er immer wieder betonte. Diamanten waren seine große Liebe und zugleich sein Beruf. Er war es auch, von dem sie selbst viel über Diamanten gelernt hatte.

Stevies helle graugrüne Augen wanderten zu dem Foto, das sie und Ralph an ihrem Hochzeitstag im November 1966 zeigte. Auf den Tag genau vor dreißig Jahren. Seit dem frühen Morgen kehrten ihre Gedanken immer wieder zu Ralph zurück, so wie jetzt, als sie sich wieder ihren Erinnerungen überließ und an ihn und ihre ersten gemeinsamen Jahre dachte.

Ralph war ein guter Mensch, der beste, den sie kannte, liebevoll, fürsorglich und ihr von Anfang an völlig ergeben. Er hatte mit eiserner Unnachgiebigkeit reagiert, als seine Eltern sich energisch und lautstark ihren Heiratsplänen widersetzten.

Bruce und Alfreda Jardine hatten sie von Anfang an abgelehnt, weil sie, wie sie sagten, viel zu jung war, und noch dazu Amerikanerin, ganz zu schweigen davon, daß sie ein Mädchen ohne familiären Hintergrund oder Vermögen war, obwohl ihnen die Wörter *Herkunft* oder *Geld* niemals über die Lippen gekommen wären.

Ohne daß es ausgesprochen werden mußte, hatte Stevie es im Innersten ihres Herzens immer gewußt, ja *verstanden*, daß die Jardines ihrem Alter und ihrer Herkunft geringe oder gar keine Bedeutung beigemessen hätten, wäre sie eine reiche Erbin mit einem Vermögen als Mitgift gewesen.

Sie hatte Ralphs Eltern, gnadenlose Snobs, durchschaut. Die großartigen Hoffnungen, die sie für ihren Sohn hegten, beinhalteten natürlich eine glänzende Partie. Aber Ralph wollte davon nichts wissen. Immer schon sehr eigenwillig, hatte er sich von seinem Entschluß, sie zu seiner Frau zu machen, nicht abbringen lassen. Sein offener Widerstand hatte die ausgeklügelten, vom Ehrgeiz diktierten Pläne seiner Eltern mit einem Schlag zunichte gemacht.

Wie aus weiter Ferne vernahm sie wie ein schwaches Echo aus der Vergangenheit Bruce Jardines Stimme in aristokratischem, englischem Tonfall, jedoch zu zorniger Lautstärke gesteigert, als er die schrecklichsten Worte äußerte, die sie je zu hören bekommen hatte, Worte, die sie nie vergessen sollte.

»Um Himmels willen, Mann, du bist jetzt siebenundzwanzig! Inzwischen müßtest du genug vom Sex verstehen, um eine solche Affäre anständig über die Bühne zu bringen! Konntest du dich mit ihr nicht amüsieren, ohne sie gleich zu schwängern?! Sieh zu, daß sie es los wird. Wende dich an diesen Harry Axworth – zugegebenermaßen ein Taugenichts und kein Mensch, den ich dir zum Freund wünsche, aber aufgrund seines lockeren Lebens der geeignete Mann. Wenn einer dir einschlägige Tips geben kann, dann er. Sicher kennt er einen Arzt in Geldnöten, der die Sache für fünfzig Pfund erledigt.«

Sie hatte in der prunkvollen Eingangshalle auf Ralph gewartet, auf der Stuhlkante kauernd, ein nervöses Wrack mit zitternden Händen, dem das Herz bis zum Hals schlug, während sie Bruce Jardines Stimme durch die geschlossene Mahagonitür gehört hatte.

Ralph hatte die Worte seines Vaters keiner Antwort gewürdigt. Er war aus der Bibliothek gestürmt und direkt in ihre Arme gelaufen. Nachdem er sie einen Moment an sich gedrückt hatte, ganz fest und beruhigend, hatte er mit ihr das Haus der Jardines am Wilton Crescent verlassen und war hinaus auf die Straße getreten. Bleich vor Zorn hatte er sich jeden Kommentars enthalten, bis sie in seiner Junggesellenwohnung in Mayfair angekommen waren. Dort erst hatte er sie seiner Liebe versichert und geschworen, daß er den Rest seines Lebens mit ihr verbringen wollte.

Zwei Wochen später waren sie auf dem Standesamt in Marylebone getraut worden. Sie war damals sechzehn gewesen, elf Jahre jünger als Ralph, und im vierten Monat schwanger.

Als Ausdruck ihrer Mißbilligung und ihres Zorns waren Ralphs streitbare Eltern der Hochzeit ihres einzigen Sohnes ferngeblieben. Ralphs Schwester Alicia ebenfalls.

Aber Stevies Mutter war zugegen gewesen, ihre schöne Mutter, Blair Connors, eines der berühmtesten Models der Welt, ein Supermodel, noch ehe dieser Begriff erfunden worden war.

Ihre Mutter war in Begleitung *ihres* neuen Ehemannes Derek Rayner erschienen, des großen englischen Bühnenhelden, der allgemein als Larry Oliviers Kronprinz gehandelt wurde.

Nach der Trauung hatte Derek sie alle zum Lunch ausgeführt ins *The Ivy*, ein renommiertes Theaterrestaurant, zu dessen Gästen die Elite von Bühne, Film und Café-Society zählten. Anschließend war das junge Paar nach Paris in die Flitterwochen gefahren.

Von Ralphs Eltern gemieden, hatten Stevie und Ralph

nur füreinander gelebt und die Welt um sich herum vergessen.

Sie seufzte wehmütig. Seit langem schon war ihr bewußt, daß die Wochenenden und Feiertage, die sie in der Heide- und Moorlandschaft Yorkshires verbracht hatten, ihre glücklichste Zeit gewesen war, vielleicht die glücklichste ihres Lebens. Daß diese Zeiten unwiederbringlich vorbei waren und diese besondere Art von Glück für sie auf immer verloren war, betrübte sie zutiefst.

Wie jung ich damals war, dachte sie, und bereits Mutter dreier Kinder: Nigel, geboren, als sie knapp siebzehn war, und die Zwillinge Gideon und Miles, die sie mit neunzehn bekam.

Ein Lächeln belebte ihr Gesicht, als sich ihr die Bilder ihrer Kinder unwillkürlich ins Bewußtsein drängten. Drei strohblonde Jungen mit blitzblauen Augen. Mittlerweile erwachsene Männer. Und sie selbst war noch jung, erst sechsundvierzig, dank Nigel jedoch seit zwei Jahren Großmutter.

Stevie schmunzelte. Wie oft wurde sie für die Schwester ihrer Söhne gehalten, sehr zu Nigels Mißfallen, dem es unangenehm war, während die Zwillinge diesem harmlosen Schwindel bei jeder sich bietenden Gelegenheit Vorschub leisteten. Unverbesserlich wie sie waren, taten sie nichts lieber, als Stevie Nichtsahnenden als ihre Schwester zu präsentieren. Meist hatten sie mit diesem boshaften kleinen Spiel Erfolg.

Gideon und Miles waren stolz auf Stevies Jugendlichkeit, auf ihre schlanke Figur, auf ihre Energie und Vitalität. Anders als Nigel, der das genaue Gegenteil empfand. Oft hatte sie das Gefühl, als reizte ihn alles an ihr. Eine kleine Falte furchte ihre glatte Stirn, als sich Nigel in ihre Gedanken drängte. Rasch unterdrückte sie die Enttäuschung, die in ihr hochkommen wollte.

Sie liebte ihren Ältesten, wußte aber seit langem, daß er in vielem seinem Großvater nachgeraten war. Und ihre Sympathie für Bruce Jardine hatte sich immer schon in Grenzen gehalten, obwohl er sich im Laufe der Jahre ihr gegenüber sehr anständig verhalten hatte. Besonders nach Alfredas Tod. Zu Lebzeiten ihrer Schwiegermutter aber hatte der schreckliche Kriegszustand angedauert, zumindest von seiten Alfredas.

Ein leiser Seufzer entschlüpfte ihr, sie drehte den Kopf und blickte ins Feuer. Ihre Gedanken wanderten in die Vergangenheit, als sie sich an Alfreda und Bruce erinnerte, wie sie damals gewesen waren…

Vier Jahre, nachdem sie Ralph geheiratet hatte, war seine Schwester Alicia an Leukämie gestorben. Die Jardines waren nun gezwungen, ihre Situation zu überdenken und auf einen Kompromiß hinzuarbeiten, um mit ihnen zu einer Verständigung zu gelangen. Ralph und sie selbst waren die Eltern ihrer einzigen Enkelkinder, ihrer Erben, dreier Jungen, die eines Tages in die Fußstapfen ihres Großvaters und Vaters treten und die Leitung der Firma Jardine und Company, Hofjuweliere, übernehmen würden.

Schließlich waren sie und Ralph, wiewohl zögernd und unter großen Vorbehalten, auf die Versöhnungsangebote seiner Eltern eingegangen. Kaum aber hatten sie Frieden geschlossen, als sich auch schon ein Abwehrkampf gegen ständige großelterliche Einmischung entspann, da die alten Herrschaften nichts unversucht ließen, um die Erziehung der Jungen an sich zu reißen – allerdings erfolglos.

Eine Atempause war ihnen nur dann vergönnt, wenn sie mit den Kindern Zuflucht in Yorkshire suchten und sich auf Aysgarth End, ein Farmhaus im Hochmoor über den Dales, zurückzogen, wann immer sich Gelegenheit bot. Groß, weitläufig und ständig reparaturbedürftig, war das Anwesen dennoch zu ihrem gesegneten Refugium geworden, zu einem Stück Himmel auf Erden, zu jenem Ort, den sie wahrhaft ihr Zuhause nennen konnten.

Sie liebten auch ihre große, komfortable Wohnung in Kensington, die sich hervorragend für eine junge Familie eignete. Aus irgendeinem Grund aber bedeutete ihnen Aysgarth End sehr viel mehr. Stevie war nie richtig dahintergekommen, was es eigentlich war, das die Farm für sie so einzigartig machte, sie wußte nur, daß sie von Liebe und Lachen erfüllt war. Und von einer besonderen Art der Freude.

Wie all die vergangenen Jahre glaubte sie auch jetzt noch, daß diese Freude Ralphs angeborener Güte und seiner Persönlichkeit zu verdanken war. Er war ein wahrhaft lauterer Mensch, von Güte und Mitgefühl erfüllt und mit einem verständnisvollen Herzen gesegnet.

Diese ungetrübte Freude aneinander und an ihren Kindern war auf Aysgarth End gediehen, bis zum Tag von Ralphs Tod. Er war mit nur vierunddreißig Jahren viel zu jung gestorben.

Und sie war mit dreiundzwanzig Witwe geworden. Dies war der Anfang ihrer schwierigen Zeit.

Und Ursache ihrer Schwierigkeiten waren natürlich ihre Schwiegereltern. In dem Bestreben, Stevie ein für allemal auszumanövrieren, hatten sie versucht, ihr die Kinder ohne Rücksicht auf ihren großen Kummer und das überwältigende Gefühl des Verlustes abspenstig zu machen. Ohne eine einzige Handhabe, da sie eine perfekte, geradezu beispielhafte Mutter war, makellos, unberührt von Skandalen oder Fehlverhalten.

James Allerton, Ralphs bester Freund und zugleich sein Anwalt, wurde nach dessen Tod Stevies Rechtsbeistand. Er war es auch, an den sie sich wandte, als ihre Schwiegereltern die ersten Schritte gegen sie unternommen hatten.

Bei einer Zusammenkunft mit den Jardines hatte James sie beinahe, aber wirklich nur beinahe, ausgelacht und ihnen ins Gesicht gesagt, sie sollten zur Hölle fahren – höflicher formuliert, versteht sich. Stevie hätte nicht nur das Gesetz auf ihrer Seite, es gäbe außerdem auch noch Ralphs Testament. Darin hatte er seinen Gefühlen für seine Frau überschwenglich Ausdruck verliehen, seiner Liebe und Bewunderung für sie, und nicht zuletzt seinem Vertrauen in ihre Fähigkeit, die Erziehung ihrer gemeinsamen Söhne zu übernehmen. Da er ihr seinen gesamten Besitz vermacht und sie damit finanziell abgesichert hatte, war sie von seinen Eltern völlig unabhängig.

Das von seinen Großeltern geerbte Treuhandvermögen hatte Ralph seinen drei Söhnen hinterlassen und seine Frau als Verwalterin und Testamentsvollstreckerin eingesetzt.

Wie James den Jardines gegenüber unmißverständlich

hervorhob, hielt Stevie alle Trumpfkarten in der Hand und hatte gute Aussicht, die Partie zu gewinnen. Die alten Herrschaften mußten sich geschlagen geben. Nun waren sie es, die ausmanövriert worden waren.

Ihre Abneigung gegen die Jardines und ihr Zorn waren ihr 1973 zu Hilfe gekommen. Ganz besonders ihr Zorn. Doch Stevie hatte diesem Gefühl eine für sie vorteilhafte Wendung verliehen. Dieser Zorn war auch Grundlage ihrer Entschlossenheit, ihre Söhne immer in ihrer Nähe zu behalten.

Obwohl es ihr damals nicht bewußt gewesen war, hatte ihr Zorn auch ihren Ehrgeiz beflügelt und sie schließlich angespornt, Dinge zu tun, die sie nie für möglich gehalten hätte. In ihr reifte ein Plan heran, der sie Bruce Jardine unentbehrlich machen und ihr die Kontrolle über die Kinder sichern würde, bis diese alt genug sein würden, um ihre Angelegenheiten selbst in die Hand zu nehmen. In jenem problembeladenen und kummervollen Jahr sollte ihr Plan noch nicht zu Reife gelangen, das Saatkorn aber war ausgebracht.

Als geborene Pragmatikerin vergaß Stevie niemals, daß ihre Söhne eines Tages das Familienunternehmen erben würden und dafür erzogen und vorbereitet werden mußten. Das Familienunternehmen, 1787 von Alistair Jardine, einem schottischen Silberschmied, in London gegründet, hatte seither immer unter der Leitung eines Jardine gestanden.

Als sie sich 1974 von ihrem schweren Verlust zu erholen begann und ihr Gleichgewicht einigermaßen wiedererlangt hatte, war sie mit Ralphs Eltern in Kontakt getreten. Ihr Ziel, eine Wiederaufnahme der Beziehungen, hatte sie mit Hilfe James Allertons zwar erreicht, doch das Verhältnis zu den Jardines hatte bestenfalls einem brüchigen Waffenstillstand geglichen. Fest entschlossen, Stevie gegen sich aufzubringen oder ihr Ärger zu bereiten, ließ ihre Schwiegermutter keine Gelegenheit aus, ihr das Leben schwerzumachen.

Trotz allem war es Stevie klar, daß ihre Söhne zu ihren Großeltern ein gutes Einvernehmen entwickeln mußten, besonders zu ihrem Großvater, der den Schlüssel zu ihrer Zukunft in Händen hielt. Bruce würde es sein, der ihre Ausbildung übernehmen und ihnen im Labyrinth des Familienunternehmens den Weg weisen würde, damit sie es übernehmen konnten, wenn er sich zurückzog.

Seit den Tagen Königin Victorias führte die Firma Jardine den Titel Hofjuwelier. Es war unumgänglich, daß ihre Söhne einen Begriff von ihrem Erbe bekamen, von dem angesehenen Unternehmen, dessen Eigentümer sie einst sein würden, von der Juweliersdynastie, in die sie hineingeboren worden waren.

Das Schrillen des Telefons ließ Stevie zusammenzucken, und als sie abhob, wurde sie jäh in die Gegenwart zurückversetzt. »Hallo?«

»Ich möchte Mrs. Jardine sprechen, bitte.«

»Bin am Apparat.«

»Hallo, Stevie, hier Matt Wilson.«

Überrascht rief sie aus: »Hallo, Matt! Woher rufst du an? Sie sah auf die Uhr. Halb sechs. »Doch nicht aus Paris? Dort ist es jetzt spätabends.«

Lachend sagte er: »Nein, ich bin in Los Angeles. Mit

Monsieur. Wir sind gestern eingetroffen, um uns mit einem Kunden zu treffen. Er möchte mit dir sprechen. Ich gebe ihn dir.«

»Danke, Matt.«

Gleich darauf war André Birron am anderen Ende der Leitung. »Stephanie, meine Stephanie, *comment vas-tu?*«

»Mir geht es wunderbar, André«, sagte Stevie, der die Freude, seine Stimme zu hören, ein Lächeln entlockte. André Birron galt mit seinen fünfundsiebzig Jahren als einer der größten Juwelenkenner der Welt, wenn nicht gar als der größte. Als Grandseigneur der Branche bekannt, war er seit langem ihr guter Freund. Wann immer sie ihn gebraucht hatte, war er für sie dagewesen.

»Es ist schon ein Vergnügen, deine Stimme zu hören, Stephanie«, fuhr er fort. »Ein noch größeres aber wird das Wiedersehen mit dir sein. In etwa zehn Tagen komme ich nach New York, zur Auktion bei Sotheby's. Sicher wirst du auch dasein.«

»Das werde ich. Und ich hoffe sehr, daß deine Zeit für ein gemeinsames Dinner reichen wird, André, oder für einen Lunch.«

»Was immer du willst, oder beides, *ma cherie.*« Eine kleine Pause trat ein, ehe der Franzose fragte: »Du wirst um die White Empress mitbieten, nehme ich an?«

»Ja.«

»Dachte ich mir's doch. Du hast dir den Stein immer schon gewünscht.« Er lachte leise. »Stephanie, du hast von ihm geträumt.«

»Ich habe danach gegiert«, gab sie zurück, in sein Lachen einstimmend. »Wie gut du mich doch kennst,

André. Aber wer würde den Stein nicht besitzen wollen? In meinen Augen ist die White Empress einer der schönsten Diamanten der Welt.«

»Da hast du recht. Aber ich werde nicht mitbieten. Eigentlich aus Rücksicht auf dich. Wenn ich mitböte, würde ich nur den Preis gewaltig in die Höhe treiben, und das werden ohnehin genügend andere tun. Aber ich bringe diesem Diamanten nicht dieselbe Liebe entgegen wie du, obwohl ich seine Schönheit aufrichtig bewundere. Ja, es ist ein Diamant, den du, und nur du, besitzen solltest.«

»Danke für die Mitteilung, daß du nicht mitbieten wirst. Ich nehme an, daß die Angebote gewaltig in die Höhe schnellen werden. Meinst du nicht auch?«

»Ja. Da der Stein seit den Fünfzigern nicht mehr auf dem Markt war, ist das Interesse sehr groß. Das ist auch der Grund meines Anrufes, Stephanie, *ma petite*. Wir sollten einander nicht überbieten, uns keine Konkurrenz machen. Wenn du aber gestattest, wird es mir eine große Ehre sein, dich zur Auktion zu begleiten.«

»Sehr gern, André, danke.«

»Und wenn wir nach der Auktion zusammen speisen, wird es ein großes Fest sein.«

Sie lachte leise und weich. »Mein lieber alter Freund, gefeiert wird nur, wenn ich die White Empress ersteigere.«

»Stephanie, daran kann für mich nicht der geringste Zweifel bestehen.«

2

Nachdem sie sich von André Birron verabschiedet und den Hörer aufgelegt hatte, konnte sie der Versuchung nicht widerstehen und entnahm ihrem Aktenkoffer den Katalog von Sotheby's, obwohl sie über ihren Lieblingsdiamanten schon alles wußte, was es nur zu wissen gab.

Sie schlug den Katalog auf, fand rasch die Seite, auf der die *White Empress* abgebildet war, und betrachtete das Foto des Juwels. Das Bild war zwar hervorragend, wurde aber dem prachtvollen Stein nicht gerecht.

White Empress. Versonnen sagte Stevie den Namen vor sich hin. Dank seines lupenreinen D-Grades verdiente der Stein es, so genannt zu werden. Seine Vollkommenheit beruhte auf seiner Farbe – einem strahlenden, makellosen Weiß –, was den ersten Teil des Namens erklärte. Da ihm seine ungewöhnliche Seltenheit und Schönheit einen Platz in der Kategorie der *großen* Steine sicherte, hatte man den Begriff *Empress*, Kaiserin, gewählt, um den Namen zu vervollständigen.

Automatisch glitt Stevies Blick zur linken Katalogseite und überflog den Text. Einmal mehr wurde ihr in Erinnerung gerufen, daß die White Empress als Diamant von 427 Karat und ausgesucht schöner Farbe 1954 in Südafrika in den Premier-Minen gefunden worden war.

Dieser Rohdiamant war dann 1956 als Teil eines acht Millionen vierhunderttausend Dollar umfassenden Pakets in den Besitz des renommierten, amerikanischen Juweliers Harry Winston gelangt.

Der größte Stein, den Winston aus diesem Stück schneiden ließ, war ein 128,25 Karat schwerer, birnenförmiger Diamant von D-Reinheit, und dieser Stein war es, der den Namen White Empress erhalten hatte. Harry Winston hatte den Stein als Anhänger eines herrlichen, eigens entworfenen Diamantcolliers gefaßt und ihn noch im gleichen Jahre an einen europäischen Industriemagnaten verkauft.

Und nun war der Stein wieder auf dem Markt, nachdem er sich vierzig Jahre in den Händen einer Familie befunden hatte. Sotheby's würde ihn Anfang Dezember in den Auktionsräumen an der York Avenue in New York versteigern.

Stevies Blick ruhte noch einen Moment auf dem Foto, ehe sie den Katalog zuklappte und ihn wieder in ihrem Aktenkoffer verstaute. Ihre Gedanken wanderten zu André. Obwohl er für den Stein nicht mitbieten würde, würden viele andere es sehr wohl tun, und der Preis würde automatisch in die Höhe schnellen wie immer, wenn es bei großen Auktionen um attraktive Stücke ging.

Der Preis könnte astronomische Höhen erreichen, dachte sie, als sie sich stirnrunzelnd zurücklehnte. Nein, er *würde* astronomische Höhen erreichen, das stand für sie zweifelsfrei fest. Nun, sie war entschlossen, unbedingt mitzubieten, da sie den Stein um jeden Preis haben wollte.

Siebenstellige Zahlen schwirrten ihr im Kopf herum. Sechs Millionen Dollar, sieben Millionen… nein, zu wenig. Acht Millionen, spekulierte sie, die Augen konzentriert zusammenkneifend. Noch immer zu wenig, entschied sie. Und plötzlich war sie sicher, daß der Stein in der achtstelligen Kategorie landen würde. Zehn Millionen, sagte sie lautlos vor sich hin. War es denn möglich, daß er einen so hohen Preis erreichen würde?

In diesem Moment wußte Stevie, daß sie nötigenfalls auch einen astronomischen Preis bezahlen würde. Sie verzehrte sich nach dem Stein, nicht für sich selbst, sondern für die Firma Jardine, New York, die sie gegründet hatte.

War der Stein in ihren Besitz gelangt, würde sie ihn ein oder zwei Jahre behalten, ihn bei Ausstellungen präsentieren und ihn zum Mittelpunkt der ständigen Kollektion der Firma machen. Keinesfalls wollte sie ihn in mehrere Teile spalten, ihn zerschneiden oder ihn sofort wieder weiterverkaufen. Sie wußte, daß die White Empress eine sehr große Investition darstellte, und das in vielfacher Hinsicht, vor allem aber bedeutete der Stein hervorragende Publicity für Jardine's.

Und es stand fest, daß sein Wert niemals sinken, sondern immer nur steigen würde. Außerdem wußte sie, daß es ein leichtes sein würde, einen Käufer zu finden, falls sie einen suchte. Es gab auf der Welt viele reiche Männer und Frauen mit ausgeprägter Vorliebe für große Steine, und einige zählten bereits zu ihren Kunden, so daß es immer Käufer für diesen spektakulärsten aller Diamanten geben würde, der in der Branche bereits als *historischer* Stein galt.

Der Besitz der White Empress würde für Jardine's sozusagen die Krönung darstellen. Eine Vorstellung, die ihr sehr gut gefiel. Sie hatte die amerikanische Filiale vor acht Jahren gegründet, zwar mit Bruce Jardines Zustimmung, die aber sehr widerstrebend erteilt worden war. Heute noch nahm er die Filiale kaum zur Kenntnis.

Da das Geschäft an der Fifth Avenue praktisch vom allerersten Tag an ein überwältigender Erfolg gewesen war, hielt Stevie Investitionen für berechtigt, da die großen und mit jedem Jahr wachsenden Gewinne ihre beste Rechtfertigung waren.

Als sie ihrem Schwiegervater eröffnet hatte, sie beabsichtige, einen Ableger der Firma Jardine, Hofjuwelier in London, an die New Yorker Fifth Avenue zu verpflanzen, hatte er gestutzt und sie nur verblüfft angestarrt. Ihr Plan war ihm alles andere als geheuer vorgekommen, und er hatte ihr von Anfang an nur Mißerfolg prophezeit. Seine Zustimmung hatte sie viel Charme und Überredungskunst gekostet.

Stevie hatte sofort erfaßt, daß er ihren Plan, nach New York zu gehen, vor allem deshalb ablehnte, weil er sie an seiner Seite im Londoner Geschäft haben wollte. Später hatte er zugegeben, daß es sich tatsächlich so verhielt. Sie war ihm unentbehrlich geworden, da er sich mit zunehmendem Alter immer mehr auf ihre Mitarbeit verließ.

Nachdem er sich beruhigt hatte und nicht mehr gegen sie wetterte, hatte Stevie hervorgehoben, daß sein Enkel fast einundzwanzig und sehr wohl imstande war, ihren Platz an seiner Seite einzunehmen. Tatsächlich konnte es der junge Mann kaum erwarten, in ihre Fußstapfen zu treten. »Unter deiner Aufsicht wird Nigel sich fabelhaft bewähren«, hatte sie ihrem Schwiegervater versichert. Bruce wußte so gut wie sie, daß es stimmte, doch wollte er es nicht zugeben, und erneut hatte er ihren Plan, eine Filiale in New York zu eröffnen, blockiert. Stevie hatte sich Zeit gelassen und ihn sanft, aber hartnäckig bearbeitet und keine Gelegenheit ausgelassen, ihm gegenüber hervorzuheben, wie profitabel das neue Geschäft sein würde.

»Aber ich werde dich sehr vermissen, Stephanie«, hatte Bruce gemurmelt, eines Nachmittags, Wochen, nachdem sie ihm ihren Plan präsentiert hatte. Diese wenigen, halblaut geäußerten Worte hatten ihr verraten, daß er ihr, wenn auch sehr zögernd und widerstrebend, seine Unterstützung gewähren würde. Und so war es denn auch gewesen, wenngleich er ihr immer wieder in Erinnerung rief, daß es wider sein besseres Wissen geschehen war.

Das war 1987. Ein Jahr darauf, 1988, hatte das Geschäft an der Fifth Avenue seine Pforten geöffnet. Und zum ersten Mal seit über zwanzig Jahren lebte sie wieder in ihrer Heimatstadt. Nachdem ihre Mutter Derek Rayner geheiratet hatte, war sie mit vierzehn Jahren nach London gezogen, so daß New York trotz häufiger Besuche eine fremde Stadt für sie geworden war. Nach nur wenigen Wochen jedoch war Stevie Manhattan wieder so vertraut, daß sie sich hier ganz zu Hause fühlte.

Stevie stand auf und ging an den Kamin, um ein Scheit ins Feuer zu werfen. Dann setzte sie sich in einen Sessel, lehnte sich zurück und schloß die Augen. Sie hatte das Gefühl, daß heute die Vergangenheit von ihr Besitz ergriff, vielleicht, weil es der siebenundzwanzigste November war, ein Tag, der in ihrer Erinnerung besondere Bedeutung einnahm. Es war ihr Hochzeitstag. Wäre Ralph Jardine noch am Leben gewesen, hätten sie ihr dreißigstes Hochzeitsjubiläum gefeiert. Sie hatte nicht wieder geheiratet, ein Umstand, den einige ihrer Freunde höchst merkwürdig fanden, sie selbst freilich gar nicht, da die Erklärung ganz simpel war: Sie war niemandem begegnet, an dem ihr so viel gelegen gewesen wäre, daß sie eine Ehe in Betracht gezogen hätte. Nein, das stimmt nicht ganz, korrigierte sie sich. Nach Ralphs Tod hatte sie einen anderen Mann geliebt, ganz kurz nur, vor langer Zeit. Eine Ehe hatte nie zur Debatte gestanden, zumindest nicht für ihn, für sie jedoch sehr wohl. Sie wußte, daß sie ihn auf der Stelle geheiratet hätte, wenn er sie gefragt hätte. Doch er hatte es nie getan. Es hat nicht sein sollen, sagte sie sich jetzt, wie sie es sich jahrelang immer wieder gesagt hatte. Manche Dinge sollten eben nicht sein, und man konnte schließlich nicht alles im Leben haben.

Aber wenn man jung ist, glaubt man, daß man es könnte, dachte sie plötzlich. In der Jugend ist man sich seiner Unbesiegbarkeit und Unsterblichkeit gewiß. Man ist von *sich selbst* eingenommen, vom eigenen Ich, von der eigenen Kraft und Stärke erfüllt. Man ist sich all dessen so sicher, sicher auch, daß man das Leben nach seinem Willen formen und in die gewünschte Richtung lenken kann. Aber man schafft es nicht, weil es unmöglich ist. Das Leben bekommt einen auf die eine oder andere Weise in den Griff. Es verformt einen, zwingt einen nieder, beschert einem viel Leid. Es wirkt als großer Gleichmacher, als ultimative, nivellierende Kraft.

Und trotz allem ist mein Leben nicht so übel verlaufen, rief sie sich in Erinnerung, wie immer mit Blick auf die positiven Seiten. Ihre Kinder hatten sich relativ gut entwickelt. Zumindest war keines drogenabhängig oder alkoholsüchtig. Und sie hatte sich aus dem Nichts einen Beruf geschaffen. Schließlich hatte sie kein künstlerisches

Talent mitbekommen, das ihr als Sprungbrett zum Erfolg hätte dienen können, besaß aber eine ausgesprochen praktische Begabung, ein ruhiges, ausgeglichenes Wesen und – wie es sich zeigen sollte – einen Kopf für Zahlen und fürs Geschäft.

Als sie dies einmal André gegenüber äußerte, hatte der Franzose erstaunt ausgerufen: »Aber du bist eine Expertin für Diamanten, *cherie*. Ralph hat dir alles beigebracht, was man von Edelsteinen wissen muß.« Undeutlich glaubte sie Andrés Stimme aus ferner Vergangenheit zu hören. »Stephanie, deine Idee ist sehr gut. Geh damit zu Bruce. Du wirst schon sehen, daß er dich anhören wird. Du hast sehr wichtige Argumente in der Hand. Sehr triftige Gründe. Dein Plan ist sozusagen eine zwingende Notwendigkeit.«

Ihre Gedanken taten einen Sprung zurück in die Vergangenheit, ins Jahr 1976, und sie sah vor ihrem geistigen Auge Bruce Jardine, wie er damals gewesen war. Groß, dunkel, gutaussehend, wenn auch auf verschlossene Art. Aber so eigensinnig und stur wie immer. Ein unbeugsamer Mensch.

Wie gut sich ihr seine verächtliche Miene eingeprägt hatte, sein freudloses Auflachen, als sie ihm eröffnete, daß sie arbeiten wollte, noch dazu im Familienunternehmen. Noch ehe er ihr antworten konnte, hatte sie leise hinzugesetzt, daß sie von ihm lernen wollte, wie das Unternehmen zu führen sei.

Er hatte sie sprachlos und ungläubig angestarrt, damals, vor so vielen Jahren, und dann hatte er sie gefragt, ob sie den Verstand verloren hätte.

Vor zwanzig Jahren. Und doch kam es ihr zuweilen vor, als sei es erst gestern passiert. In jenem Sommer war sie eine junge Witwe von sechsundzwanzig Jahren. Es war genau drei Jahre nach Ralphs mißglückter Blinddarmoperation. Trauer und Zorn über diese schreckliche Tragödie hatten sich mit der Zeit verflüchtigt, und doch rief der Gedanke an den tragischen Tod ihres Mannes in ihr einen Anflug zorniger Enttäuschung immer dann hervor, wenn sie es am wenigsten erwartete.

Es hatte sich gezeigt, daß Ralph nicht an Blinddarmentzündung gelitten hatte, sondern an einem durchbrochenen Magengeschwür. Der Chirurg hatte es auf dem OP-Tisch nicht erkannt. Er hatte den Blinddarm entfernt, aber keinen zweiten Schnitt vorgenommen, um den Durchbruch zu erreichen und zu beheben. Die Bauchfellentzündung hatte zu einer Sepsis geführt, die Ralph schließlich das Leben kostete. Alle wußten, daß er nicht hätte sterben müssen.

Nach Ralphs unerwartetem Tod war Bruce nun der einzige Jardine im Familienunternehmen. Sein älterer Bruder Malcolm war einige Jahre zuvor aus gesundheitlichen Gründen in den Ruhestand getreten, und Bruce mußte plötzlich die ganze Bürde allein tragen.

Ohne Vorwarnung hatte er im Februar 1976 einen Herzanfall erlitten. Er erholte sich zwar wieder, geriet jedoch in Panik, als er in seiner Arbeitskraft beeinträchtigt blieb. Stevie hatte die Situation sofort durchschaut und den Grund für seine Nervosität richtig gedeutet. Trotz ihrer Jugend hatte sie auch damals schon große Menschenkenntnis besessen und gewußt, was einen Menschen antrieb, was ihn dazu brachte, das zu tun, was er tat. Blitzartig und klarsichtig hatte sie erkannt, was zu tun war und wo die Lösung von Bruce' Problem lag.

Sie war die Lösung.

Und so hatte sie, Andrés Rat folgend, ihren Schwiegervater an einem warmen Julinachmittag in seinem Büro in der Bond Street aufgesucht – unangekündigt. Ihr Besuch – es war ihr erster – hatte ihn erschreckt und aus der Fassung gebracht, doch als Gentleman der alten Schule hatte er sie höflich in sein Allerheiligstes gebeten.

»Bring mir alles bei, was fürs Geschäft nötig ist, bilde mich aus«, hatte sie ihn ernsthaft gebeten. »Ich bin die einzige Jardine, die im Moment verfügbar ist. Nigel und die Zwillinge sind noch klein. Was soll aus der Firma werden, wenn du noch einen Herzanfall haben solltest? Oder krank wirst? Oder wenn du stirbst?«

Erschrocken wegen ihrer Unverblümtheit, hatte er ein beleidigtes Gesicht gemacht und sie nur sprachlos angestarrt.

Sie war in ihren Erklärungen rasch fortgefahren. »Sieh mal, niemand denkt gern an seine eigene Sterblichkeit oder überhaupt an den Tod. Das weiß ich. Aber du mußt daran denken. Ralph hat dich immer als den klügsten Menschen gerühmt, den er kannte. Deine Intelligenz und dein klarer Verstand nötigten ihm so große Hochachtung ab, daß er dich für so etwas wie ein Genie hielt. Also überlege auch jetzt klar. Laß dir alles *emotionslos* durch den Kopf gehen. Du brauchst jemanden, dem du vertrauen kannst, einen Menschen, der das Unternehmen führen könnte, wenn du dazu nicht mehr imstande bist. Und es müßte jemand sein, dem die Interessen deiner Enkel am Herzen liegen. Ich als ihre Mutter bin dazu eindeutig die geeignetste. Du brauchst *mich*. Du mußt der Tatsache ins Auge sehen, daß ich die einzige Jardine bin, die momentan zur Verfügung steht.«

Bruce Jardine hatte die Berechtigung ihres Anliegens eingesehen. Sie war tatsächlich die einzige erwachsene Jardine, an die er sich wenden konnte, und stellte daher die einzige Lösung seines Dilemmas dar. Auch hatten ihre Aufrichtigkeit, ihr Eifer und ihre Begeisterung ihn überzeugt, daß sie wirklich für ihn arbeiten und das Geschäft lernen wollte. In der Hoffnung, sie würde ihn nicht enttäuschen, hatte er sie daher als Juniorassistentin anfangen lassen.

»Du mußt dieses Geschäft lieben, wenn du Erfolg haben willst«, hatte er ihr während ihrer ersten Jahre immer wieder eingeprägt, und Stevie hatte rasch entdeckt, daß sie es in allen seinen Spielarten liebte.

Sie liebte Diamanten und alle anderen Edelsteine, und sie liebte auch die kreative Seite der Schmuckbranche, doch waren es vor allem die komplizierten, finanziellen und firmenpolitischen Fragen, die sie eigentlich faszinierten. Schon im ersten Halbjahr ihrer Arbeit für Jardine's hatte sie so viel Talent für Zahlen und Geschäftssinn bewiesen, daß Bruce sehr angenehm überrascht gewesen war.

Nichts war natürlicher, als daß sie ihrem Schwiegervater unentbehrlich wurde. Bruce Jardine, einst ihr erklärter Feind, konnte nicht umhin, mit ihr Frieden zu schließen und anzuerkennen, daß sie großartige Eigenschaften besaß, nämlich Talent, echtes Können und großen Fleiß. Mit der Zeit lernte er, sie zu respektieren, und er wurde immer abhängiger von ihr.

Und eines schönes Tages, nach fünf Jahren in der Firma, waren seine Feindseligkeit und Angriffslust, die für sie schon zur Gewohnheit geworden waren, einfach verpufft. Alfredas Haltung freilich sollte sich nie ändern. Andererseits wußte ihre Schwiegermutter sehr wohl, daß ihr Mann nichts Unüberlegtes tat und daß es gerechtfertigt war, wenn er Stevie, der Mutter ihrer Enkel und Erben, Vertrauen schenkte. Sie hatte also ihre Zunge gehütet und war Stevie im übrigen geflissentlich aus dem Weg gegangen. Alfreda war 1982 gestorben, vor fast fünfzehn Jahren. Ihre Abneigung gegen Stevie, die sie bis zum Tod beibehalten hatte, war so weit gegangen, daß sie ihr nie Zuneigung gezeigt oder sich auch nur zur kleinsten, freundlichen Geste herabgelassen hätte.

Stevie, die aufstand und wieder zu ihrem Schreibtisch ging, griff nach ihrem Hochzeitsfoto und betrachtete es aufmerksam. Wie jung sie und Ralph ausgesehen hatten. Aber sie waren ja auch jung gewesen, sie selbst zumindest. Ich war ja nur ein kleines Mädchen, erst sechzehn, dachte sie. Ein Kind, jünger, als Chloe jetzt ist.

Ach, Ralph, wer hätte das gedacht? Wer hätte gedacht, daß dein Vater mich ins Geschäft nehmen würde? Oder daß ich es eines Tages zur Chefin von Jardine's beidseits des Atlantiks bringen würde? Ihr drängte sich der Gedanke auf, daß das Leben, der große Gleichmacher, auch sehr unvorhersehbar war. Das alles hätte ich nicht ohne Freunde, gute Freunde, erreichen können, ganz besonders nicht ohne André Birron. Sie wußte, daß André ihr mindestens soviel wie Bruce vom Juwelengeschäft beigebracht hatte. Er war in mancherlei Hinsicht ihr Mentor gewesen, dazu ein echter Freund, fast wie ein Vater.

Von André hatte sie immer die besten und vernünftigsten Ratschläge bekommen. Mit siebenundzwanzig hatte sie sich nach vier Jahren Witwenschaft wieder verliebt, und ein Jahr darauf hatte sie entdeckt, daß sie schwanger war.

Damals hatte sie sich an André gewendet. Sie war nach Paris geflogen und hatte sich ihm anvertraut, wenn auch nur bis zu einem gewissen Grad, da sie von Natur aus sehr vorsichtig war. Sie hatte die Identität ihres Liebhabers, des Vaters ihres ungeborenen Kindes, nur vage angedeutet. Aber noch ehe sie ausgesprochen hatte, war André ihr mit einer abwehrenden Geste ins Wort gefallen.

»Sag mir nicht, wer er ist. Ich möchte es nicht wissen. Eines mußt du dir immer vor Augen halten, Stephanie. Vertraust du jemandem ein Geheimnis an, ist es kein Geheimnis mehr«, hatte der welterfahrene Franzose sie gewarnt.

Und deshalb hatte sie geschwiegen, da dies ihrer natürlichen Veranlagung entsprach. Niemand hatte jemals erfahren, wer ihr Liebhaber gewesen war, oder hatte auch nur versucht, die Identität des Mannes zu erraten. Auch Chloe wußte nicht, wer ihr Vater war.

Chloe. Bei dem Gedanken an ihre achtzehnjährige Tochter veränderte Stevies Miene sich und wurde ganz weich. An Chloe besaß sie noch einen lupenreinen Diamanten von höchster Vollkommenheit.

Plötzlich lachte Stevie auf. Nun, das stimmte eigentlich nicht. Ihre Tochter war, gottlob, nicht ganz vollkommen. Aber wer wünschte sich schon ein Musterexemplar an Tugend? Diese Typen waren langweilig und meist zu gut, um wahr zu sein.

Chloe sollte am Spätnachmittag kommen, hoffentlich noch rechtzeitig zum Dinner, und dann würden sie sich einen gemütlichen Abend machen. Morgen wollten ihre Mutter und ihr Stiefvater aus Manhattan heraufkommen, um Thanksgiving mit ihnen zu feiern und den Rest des Feiertagswochenendes mit ihnen zu verbringen. Sie und Chloe freuten sich schon auf ihren Besuch.

Da Derek Rayner vor einigen Jahren geadelt worden war, waren er und ihre Mutter nun Sir Derek und Lady Rayner. Wie seit langem vorauszusehen, war er nun der größte Darsteller klassischer Rollen auf englischen Bühnen, und mit achtundsechzig eine lebende Legende. Derek, der immer gut zu ihrer Mutter gewesen war, hatte auch ihr und ihren Kindern nur Güte entgegengebracht.

Derek und ihre Mutter waren kinderlos geblieben, so daß er die Rolle des Vaters und Großvaters nur bei ihr und ihren Kindern spielen konnte, doch war seine Liebe echt, und Chloe war sein besonderer Liebling.

Ihr Sohn Miles hatte die Absicht, mit den Rayners hinaus nach Connecticut zu fahren. Er war ihr Lieblingssohn, wie sie sich ehrlich eingestand, obwohl sie immer bemüht war, diese Tatsache vor den anderen zu verbergen, da ihr nichts widerwärtiger war, als eines ihrer Kinder zu bevorzugen.

Miles war ein talentierter Künstler und ein brillanter

Bühnenbildner. Im Moment lebte er in New York und war mit dem Entwurf der Dekorationen für ein Broadway-Stück beschäftigt. Anders als sein Bruder Nigel und sein Zwillingsbruder Gideon, hatte er nie die Neigung gezeigt, ins Familienunternehmen einzusteigen, obwohl er die Schmuckstücke und anderen Dinge, die bei Jardine's entstanden, mit Künstlerblick immer sehr sachkundig begutachtete.

Trotz seines mangelnden Interesses an der Firma hatte sein Großvater darauf bestanden, ihn in die Geschäftsführung einzubeziehen, da auch er Anteile am Unternehmen besaß. Und er hatte seine Position sofort wahrgenommen. Das Unternehmen war Teil seines Erbes und hatte in seinem Leben immer eine wichtige Rolle gespielt. Dafür hatte seine Mutter gesorgt.

Aber es war Gideon, der sich als der geborene Juwelier der Familie entpuppt hatte. Stevie hatte es bereits erkannt, als er noch in den Kinderschuhen steckte. Er war ein talentierter, nein, ein hochbegabter Edelsteinexperte, der die Liebe seines Vaters zu Edelsteinen, besonders zu Diamanten, geerbt hatte. Wie Ralph war er ein meisterhafter Edelsteinschleifer und als einer der begabtesten Schmuckdesigner des Unternehmens maßgeblich am Entstehen der prachtvollen Schmuckstücke beteiligt, für die Jardine's seit Generationen bekannt war.

Nigel, ganz Geschäftsmann und in vielem Bruce' Ebenbild, war für die kaufmännischen Belange des Unternehmens zuständig, unterstand aber in der Firmenhierarchie seiner Mutter.

Aber Nigel wollte alles für sich.

Stevie spürte dies seit einiger Zeit sehr deutlich. Mitunter hatte sie sogar das Gefühl, ihr Ältester zog schon die Fäden, um sie bei Bruce anzuschwärzen und so ihr Ausscheiden aus dem Unternehmen in die Wege zu leiten.

Sie stieß einen langgezogenen Seufzer aus und schlenderte zurück an den Kamin. Sie blieb an den Kaminsims gestützt stehen, in Gedanken bei Nigel.

Handfeste Beweise hatte sie nicht, es war nur ihr guter alter Instinkt, der ihr sagte, daß ihr Sohn gegen sie arbeitete. Seit langem schon sah sie Nigel so, wie er war ... und wie Bruce in jüngeren Jahren gewesen war: kalt, berechnend, herrschsüchtig und sehr ehrgeizig.

Nun war Ehrgeiz nichts Schlechtes, solange er in die richtige Richtung zielte. Sie war die erste, die dies zugegeben hätte. Aber es wirkte irgendwie lächerlich, wenn ihr Sohn ausgerechnet auf ihre Kosten Ehrgeiz entwickelte, da ihm das Unternehmen eines Tages ohnehin gehören würde. Natürlich mußte er es sich mit seinen Brüdern zu gleichen Teilen teilen, doch als Ältester, der noch dazu unbestritten sehr geschäftstüchtig war, würde er die Geschäftsführung innehaben.

Sie wünschte, sie hätte den beunruhigenden Argwohn abschütteln können, Nigel könne es kaum erwarten, sie bei einem falschen Schritt straucheln zu sehen und ihm die Rechtfertigung zu liefern, die er brauchte, um das Londoner Stammhaus zu übernehmen. Und New York obendrein.

Keine Chance, murmelte sie. Bruce würde es nie zulassen. Ihr Schwiegervater war jetzt zweiundachtzig und nach einigen schmerzhaften Gichtanfällen, die ihn schon jahrelang quälten, teilweise im Ruhestand. Doch war er hellwach wie immer, keine Spur von senil, und sehr rüstig, wenn ihn nicht sein Leiden plagte. Sie wußte sehr wohl, daß er sie gern hatte, auch wenn er es nicht oft zeigte.

Überdies, und das war noch wichtiger, vertraute er ihr in geschäftlichen Dingen bedingungslos. Sie hatte sich sein Vertrauen verdient, hatte ihm immer wieder bewiesen, daß sie nicht nur genau wußte, was sie tat, sondern auch alles hervorragend machte. Nein, Bruce würde Nigels Machenschaften, die er als ›jugendliches Aufbegehren‹ einstufen würde, nicht dulden. Und er würde ihre Partei ergreifen.

Stevie riß sich von ihren Gedanken los und lief aus dem Arbeitszimmer und den Treppenabsatz im Obergeschoß entlang. Mittelgroß und schlank, war Stephanie Jardine mit ihrem dunklen Lockenkopf, den hellen graugrünen Augen und einem ausdrucksvollen Gesicht eine sehr attraktive Erscheinung. Hohe Wangenknochen und eine schmale Nase verliehen ihr einen vornehmen Ausdruck. Ihr lodengrüner, von einer Jacke ergänzter Hosenanzug, der die Grüntöne ihrer Augen zur Geltung brachte, verriet ihre Vorliebe für dezente Eleganz.

Stevie brachte die Treppe raschen Schrittes hinter sich. Sie hatte viel Zeit vergeudet, indem sie an die Vergangenheit und an Ralph gedacht und ihre Erinnerungen durchlebt hatte, die guten und die schlechten. Sie erwartete Gäste für den nächsten Tag, zwar nur Familienbesuch, dennoch mußte alles tadellos vorbereitet sein. Ihre Mutter, an der Seite eines berühmten Bühnen- und Filmstars an höchsten Luxus und Komfort gewöhnt, legte sehr strenge Maßstäbe an.

In der großen Halle schlug die Standuhr in der Ecke. Es war Punkt sechs. Chloe sollte in einer Stunde kommen, ein Gedanke, der ein Lächeln in Stevies Augen zauberte. Sie konnte es kaum erwarten, ihre Tochter wiederzusehen.

Irgendwo in der Nähe schlug eine Tür, und sie spürte einen Schwall kalter Luft durch die Halle ziehen, der aus der Richtung des Wintergartens zu kommen schien. Sie ging durch die Bogentür, die in diesen Teil des Hauses führte.

Das Solarium, wie es auch genannt wurde, war langgestreckt und hatte viele Fenster. Zwei Glastüren führten auf eine gedeckte Veranda, die sich über die gesamte Hinterfront des Hauses erstreckte. Eine der Türen, die aufgegangen war, schwang in den Angeln hin und her und schlug gegen einen Holzstuhl.

Sie ging hin, um sie zu schließen, und hielt dann an der Tür inne und spähte hinaus. Es war eine dunkle Nacht, der Himmel schwarz und sternenlos. Ein Streifen helles Lampenlicht, das aus dem Wintergarten nach draußen fiel und die Veranda und die Steinbalustrade dahinter erhellte, milderte die Finsternis.

Stevie trat wie so oft um diese Stunde hinaus. Sie liebte die Ruhe und die ländliche Stille, die sie im Gegensatz zum Lärm und Getriebe New Yorks vor allem nachts als sehr angenehm empfand.

Ihr Blick überflog den Himmel und das umliegende Gelände, und ihr fiel auf, daß der Nebel von vorhin sich mitten in ihrem Garten festgesetzt hatte. Dichter geworden, lagerte er nun auf dem Gras, zog in Schwaden dahin, verhüllte die Steinbänke, den Springbrunnen und den mit

Steinplatten ausgelegten Rosengarten. Wie unheimlich heute alles aussieht, dachte Stevie. Abrupt drehte sie sich um und suchte hastig Zuflucht im Haus.

Als sie eintrat, überkam sie ein merkwürdiges Gefühl, eine Vorahnung… und sie hielt den Atem an. Das Gefühl ähnelte jenem, das sie am Nachmittag überfallen hatte, nur war es diesmal viel stärker, viel intensiver.

Sie schüttelte es ab. Und dann lachte Stevie Jardine sich selbst aus und schüttelte den Kopf. Sie, die nie an Vorzeichen und Omen geglaubt hatte und nicht abergläubisch war, glaubte tatsächlich, unter einer bösen Vorahnung zu leiden. Lächerlich. Erneut schüttelte sie ihr Gefühl mit einem Auflachen ab.

Ein paar Monate später sollte Stevie sich an diese sonderbaren Empfindungen erinnern und sich fragen, was es damit auf sich gehabt hatte.

3

Von allen Seiten bekam sie zu hören, daß sie etwas Besonderes sei.

Als Chloe alt genug war, um diese Dinge zu verstehen, stimmte sie dieser Ansicht nicht zu, obwohl sie wußte, daß sie wirklich anders war. Sie war anders, weil sie außerehelich war.

Sie trug den Namen Jardine, da ihre Mutter so hieß, doch war ihr schon seit längerem klar, daß sie nicht wirklich zur Familie Jardine gehörte.

Ihre Mutter, die aus Chloes außerehelicher Herkunft nie ein Geheimnis machte, hatte ihr die Umstände ihrer Geburt behutsam erklärt, als sie acht Jahre alt war. Und Chloe hatte alles als natürlich akzeptiert, und ihre drei Brüder ebenso. Sogar Old Bruce, wie sie und Miles ihn nannten, duldete sie um sich und schien nichts dagegen zu haben, daß sie seinen Namen führte, so wie er auch nichts dagegen hatte, daß sie ihn Großvater nannte. Für Chloe war er der Großvater, und er hatte sie auch stets so behandelt wie seine leiblichen Enkel.

Als kleines Mädchen hatte sie nicht anders oder besonders sein wollen, da es sie nur verwirrte und verlegen machte. Sie wollte sein wie alle anderen, also ganz normal.

Mit etwa zehn Jahren hatte sie Miles einmal gefragt, warum die Leute sie für etwas Besonderes hielten. Er hatte sie mit seinen durchdringenden blauen Augen genau angesehen und sein warmes, sanftes Lächeln gelächelt. »Nun, erstens, weil du ein so glückliches Elfenkind bist, ganz Zierlichkeit und goldenes Licht. Dein Lachen und deine Fröhlichkeit lassen einen an Sommer und Sonne denken... auch im Winter. Es ist vor allem deine Ausstrahlung, die dich anders macht. Und zweitens bist du ein sehr hübsches Mädchen, innen so schön wie außen. Und schließlich bist du... nun, du bist eine alte Seele.«

Sie hatte die Stirn gerunzelt und sofort den letzten Punkt aufgegriffen. »Was heißt das, Miles? Was ist eine alte Seele?«

»Jemand, der schon einmal da war, jemand, der über ein Wissen verfügt, das über seine Jahre hinausgeht, der weise ist...«

»Ach... Darüber hatte sie ein, zwei Sekunden nachgedacht und dann gefragt: »Ist das gut?«

Da hatte Miles schallend gelacht, so daß in seinen Augenwinkeln Fältchen erschienen, und er war ihr mit der Hand liebevoll durchs Haar gefahren. »Ja, ich denke schon. Sei froh über alles, was du bist, Schwesterchen. In dieser häßlichen Welt, in der wir leben, gibt es nur selten Menschen wie dich.«

Miles war ihr Lieblingsbruder, da er immer schon umgänglicher war als sein Zwillingsbruder Gideon und ihr gemeinsamer, älterer Bruder Nigel. Trotz der neun Jahre, die er älter war, hatte Miles immer Zeit für sie.

Obwohl Miles ihr nach bestem Wissen erklärt hatte, warum sie etwas Besonderes war, hatte sie sich selbst nie so gesehen. Sie war anders, das war aber auch alles, und daran waren die Umstände ihrer Geburt schuld. Mehr steckte nicht dahinter.

Chloe war ihre außereheliche Geburt nie peinlich gewesen, auch hatte sie während des Heranwachsens nie viel darüber nachgedacht, wenn man davon absah, daß sie sich hin und wieder fragte, wer ihr Vater sein mochte. Auf ihrer Geburtsurkunde war sein Name als John Lane angegeben. Sie war nicht einmal sicher, ob dies sein richtiger Name war, da ihre Mutter ein so großes Geheimnis um ihn machte.

In letzter Zeit aber hatten sich Gedanken an ihren Vater immer öfter in ihr Bewußtsein geschlichen, Fragen waren auf sie eingestürmt, Dinge, die sie von ihrer Mutter wissen wollte, nach denen zu fragen sie jedoch nicht wagte.

Jedesmal, wenn sie das Thema der Vaterschaft anschnitt, hatte ihre Mutter einfach wiederholt, was sie immer schon gesagt hatte: John Lane, ihr Vater, sei bei einem Autounfall ums Leben gekommen.

Da ihre Mutter immer einen sehr aufgebrachten Eindruck gemacht hatte und den Tränen nahe gewesen war, wenn dieses Thema zur Sprache kam, war Chloe nicht näher in sie gedrungen. In letzter Zeit aber drängte es sie, mehr über ihren Vater zu erfahren. Sie wollte, daß ihre Mutter ihn ihr beschrieb, ihr andere Dinge von ihm erzählte, ihr einen Eindruck von seiner Persönlichkeit und seinem Charakter vermittelte. Auf der Fahrt nach Connecticut hatte sie sich gefragt, ob sie irgendwann während des Thanksgiving-Wochenendes ihrer Mutter diese Fragen stellen konnte.

Nun stand Chloe vor dem Spiegel ihres Frisiertisches in ihrem Schlafzimmer und starrte sich an, ohne sich richtig zu sehen, in Gedanken bei ihrer Mutter, die sie über alles liebte. Chloe war absolut sicher, daß es auf der Welt niemanden wie Stevie Jardine gab. Ihre Mutter war in ihrer Art einzigartig. Sie war liebevoll, großzügig und stets bemüht, das Beste in einem Menschen zu sehen. Sogar in Old Bruce, diesem alten Brummbär.

Ihre Mutter hatte sie gut erzogen und ihr die richtigen Werte vermittelt. Das hatte Old Bruce anerkennend hervorgehoben. Ihre Mutter und sie standen einander sehr nahe, wie Freundinnen, und deswegen wurde sie von vielen Klassenkameradinnen auf dem Brearley beneidet. »Deine Mutter ist so cool«, betonte Justine Seawell, ihre beste Freundin, immer wieder, und Justine hatte recht. Stevie war in mancherlei Hinsicht eher wie eine ältere

Schwester, achtete aber dennoch streng auf Disziplin. Chloe hatte sich immer den Regeln fügen müssen.

Plötzlich wußte Chloe, daß sie nicht den Mut aufbringen würde, während des Familienwochenendes mit ihrer Mutter zu sprechen. Es würde ihre Mutter nur aufregen, wenn sie die Rede auf John Lane brachte, der schon über achtzehn Jahre tot war. Sie erwog sogar, ihren Großvater, Derek Rayner, ins Vertrauen zu ziehen, da sie einander sehr nahestanden und er sie schon als kleines Kind immer wie eine Erwachsene behandelt hatte. Wenn überhaupt jemand, dann war es Derek, der sie aufklären konnte.

Kaum hatte sie diesen Entschluß gefaßt, als sie sich auch schon besser fühlte. Die Befürchtungen, die sie eben noch geplagt hatten, waren auf wundersame Weise wie weggeblasen. Chloe griff nach ihrer silbernen Haarbürste und strich damit über ihr schulterlanges dunkles Haar, ehe sie den Kapuzenkragen ihrer burgunderroten, grobgestrickten Tunika zurechtzog.

Vom Spiegel zurücktretend, konnte sie sich besser sehen, von Kopf bis Fuß. Ja, sie gefiel sich in der Tunika mit den passenden Leggins. Diese Aufmachung ließ sie trotz ihrer eins fünfundsechzig größer und noch zierlicher aussehen, als sie ohnehin war, und das gefiel ihr. Nachdem sie sich mit einem leichten blumigen Duft besprüht hatte, befestigte sie zwei Münzohrclips an ihren Ohren, ging aus dem Zimmer und lief die Treppe hinunter.

Bei ihrer Ankunft vor einer halben Stunde war ihre Mutter sofort in der Küche verschwunden, daher ging auch Chloe in diese Richtung.

Stevie saß am großen eichenen Refektoriumstisch und

plauderte mit Cappi Mondrell, ihrer Haushälterin und Köchin. Beide Frauen unterbrachen ihr Gespräch und blickten ihr entgegen, als sie eintrat.

»Hi, Chloe!« rief Cappi mit breitem Lächeln, sichtlich erfreut über das Wiedersehen.

»Hallo, Cap!« erwiderte Chloe, lief auf sie zu und umarmte die Haushälterin. Cappi, seit acht Jahren im Haus tätig, gehörte praktisch zur Familie. Chloe hing sehr an ihr, und es war nicht zu übersehen, daß Cappi diese Anhänglichkeit erwiderte.

Chloe, die prüfend die Nase hob und schnupperte, fragte: »Rieche ich etwa mein Lieblingsgericht?«

»Ganz recht. Hähncheneintopf für mein Lieblingsmädchen.«

»Cappi, du verwöhnst mich.«

»Ich weiß, aber es macht mir Freude«, konterte die Haushälterin lachend.

»Hübsch siehst du in diesen Sachen aus«, sagte Stevie mit stolzem Lächeln. Immer öfter fiel ihr auf, wie erwachsen ihre Tochter geworden war. Ihre leuchtenden dunklen Augen, das dichte Haar und die helle Haut machten sie zu einer richtigen Schönheit.

»Danke, Mom. Aber du siehst auch nicht schlecht aus. Richtig aufgeblüht, wie ich schon vorhin sagte.«

»Danke, Liebling.«

»Wann kommen die anderen?« fragte Chloe. »Morgen gegen Mittag.«

»Bringt Miles seine Freundin mit?«

Stevie war so verblüfft, daß sie sich erstaunt zurücklehnte. »Das glaube ich nicht. Er hätte es sicher erwähnt.

Außerdem wußte ich gar nicht, daß es eine Freundin gibt. Zumindest keine besondere.« Sie sah Chloe eindringlich an, und als ihre Tochter keine Antwort gab, fragte sie: »Nun, gibt es eine?«

Chloe lehnte sich achselzuckend an den Tisch und sagte zögernd: »Ich weiß es nicht sicher, Mom.« Sie schürzte die Lippen. »Vielleicht. Er trifft sich oft mit Allison Grainger, läßt sich darüber aber nicht weiter aus.«

»Wer ist Allison Grainger?« fragte Stevie mit fragend hochgezogenen Brauen.

»Die Kostümbildnerin, die mit ihm für das Stück arbeitet. Du kennst sie, Mom. Rote Haare und jede Menge Sommersprossen.«

»Ach ja, jetzt erinnere ich mich. Recht hübsch.« Stevie zog die Brauen zusammen. »Es ist doch nichts Ernstes, oder?

»Das bezweifle ich«, erwiderte Chloe und lachte. »Eine Woche oder zwei wird es noch wichtig sein, dann ist es vermutlich aus. Du kennst doch Miles und Gideon, sie sind einander sehr ähnlich, was Frauen betrifft.«

»Was heißt das?«

»Wenn ihnen eine gefällt, knien sie sich ein paar Wochen intensiv in die Sache hinein und tun so, als wäre es die große Liebe. Aber das verpufft ganz rasch. Und immer umgeben sie sich mit Reservemädchen, für alle Fälle. Außerdem behauptet Miles, in der Menge läge Sicherheit.«

Stevie lächelte. Wie gut ihre Tochter ihre Brüder kannte. »Da er offenbar allein kommt, könnte die Sache vorbei sein.

»Würde mich nicht wundern«, murmelte Chloe, um dann von ihrer Mutter zu Cappi zu sehen. »Habe ich etwa gestört? Ihr beide wart so vertieft.«

»Nein, wir haben nur die Speisenfolge geplant und für das Wochenende einiges besprochen. Und außerdem waren wir fertig, als du kamst.«

Cappi sagte: »Ich decke jetzt mal den Tisch ...«

»Ach, machen Sie sich keine Mühe«, warf Stevie ein. »Wir essen heute im kleinen Wohnzimmer. Das ist viel gemütlicher. Zwei Tabletts vor dem Kamin reichen. Vielen Dank, Cappi.«

Später, als sie schon beim Dessert angelangt waren, legte Chloe ihre Gabel aus der Hand, sah ihre Mutter an und sagte: »Mom, ich möchte etwas mit dir besprechen.«

»Ja, Liebling«, erwiderte Stevie, die aufblickte, da ihr der angespannte Ton ihrer Tochter nicht entgangen war. »Schieß los.«

»Es geht um nächstes Jahr. Mom. Ich meine das College ... nachdem ich den Abschluß am Brearley gemacht habe. Nun, weißt du ...« Chloe sprach nicht weiter. Nachdenklich an ihrer Unterlippe nagend, blickte sie ihre Mutter an.

»Was ist, Chloe?«

»Ich möchte eigentlich nicht gehen ... aufs College, meine ich.«

Stevie richtete sich auf und starrte ihre Tochter an. »Soll das heißen, daß du hier in Amerika nicht aufs College möchtest? Oder irgendwo sonst?«

»Ganz recht, Mom! Ich möchte nicht aufs College.«

»Auch nicht nach Oxford? Du hast so viel davon geredet, und es hat immer so begeistert geklungen. Noch vor wenigen Monaten hast du behauptet, du könntest es kaum erwarten, dort zu studieren.«

»Ich weiß. Aber ich habe meine Absicht geändert. Ich würde lieber in der Schmuckbranche arbeiten... in unserem Unternehmen.«

Stevie wurde von dieser Ankündigung ehrlich überrascht, obwohl sie immer gewußt hatte, daß ihrer Tochter das Geschäft in New York sehr imponierte. Wachsam sagte sie: »Wie schön, daß du bei uns mitarbeiten möchtest, aber ich würde es lieber sehen, wenn du studierst. Mit ein- oder zweiundzwanzig kannst du dann immer noch bei uns anfangen.«

Chloe schüttelte energisch den Kopf. »Ehrlich, Mom, ich möchte wirklich nicht aufs College. Welchen Sinn hätte es denn, wenn ich doch lieber arbeiten möchte. Das müßtest du am besten verstehen. Du arbeitest wie ein Kuli und genießt jeden Augenblick.«

»Das stimmt. Und ich kann dich ja verstehen, aber es wäre mir viel lieber, wenn du deine Ausbildung beenden würdest. Es ist wichtig, Chloe.«

»Du hast auch keine Collegeausbildung.«

»Ich wünschte, ich hätte sie.«

»Was hättest du auf einem College lernen können? Über das Juwelengeschäft, meine ich. Nichts. Und sieh doch, wie erfolgreich du bist. Du bist eine großartige Geschäftsfrau, eine anerkannte Edelsteinexpertin. Du bist... nun... Gideon sagt, du wärest in dieser Branche geradezu legendär. Daß du kein College besucht hast, hat dir weder geschadet, noch hat es dich abgehalten, das zu werden, was du bist.«

»Gewiß, aber ich habe in den Anfängen unserer Ehe viel von Ralph gelernt. Und später hat Bruce mich ausgebildet. Die Arbeit mit ihm war wie ein Universitätsstudium. Er war eine große Kapazität, und Onkel André steht ihm in nichts nach. Von ihm konnte ich auch sehr viel lernen.«

»Und ich kann in London viel von Gideon lernen. Dorthin möchte ich nämlich, Mom. Ich möchte nach London gehen und mit Gideon im Geschäft an der Bond Street arbeiten.«

Stevie war so überrascht von dieser Ankündigung, daß sie keine Antwort gab. Dann sagte sie langsam und ein wenig zögernd: »Aber warum möchtest du nicht bei mir in New York arbeiten? Ich verstehe nicht...« Sie sprach den Satz nicht zu Ende. Sie saß nur da und sah ihre Tochter verblüfft an.

Chloe sagte rasch: »Ach, Mom, ich würde gern mit dir in New York arbeiten... später. Aber anfangen möchte ich in London, weil Gideon ein so großartiger Edelsteinschleifer ist und mir so viel beibringen könnte. Und außerdem sind die Londoner Werkstätten viel größer als die in New York. Ich glaube einfach, daß ich dort die bessere Ausbildung bekomme, und außerdem ist dort Old Bruce. Ich weiß ja, daß er schon halb im Ruhestand ist, aber er zeigt sich noch ab und zu im Geschäft, und, na ja, er könnte mir viel beibringen, so wie er dir sehr viel beigebracht hat.«

Ich verstehe.«

»Bist du böse, Mom?«

Stevie schüttelte den Kopf.

»Doch, du bist böse, das sehe ich. Mom, bitte sei nicht ungehalten. Bitte.«

»Ich bin es nicht, wirklich nicht, Chloe. Was dann?«

»Enttäuscht, vermutlich.«

»Weil ich nicht aufs College möchte?«

»Ja, das ist es. Aber auch, weil du nicht mit mir in New York arbeiten möchtest. Natürlich sind die Werkstätten in London größer, das stimmt schon. Aber unsere ist auch nicht schlecht. Und dazu haben wir im Laden an der Fifth Avenue auch noch Marc Sylvester und ein paar ausgezeichnete Steinschleifer. Sie könnten dir genausoviel beibringen, wie du in London lernen würdest.«

»Aber ich möchte es von Gideon lernen.«

»Ich weiß, daß du mit ihm immer sehr vertraut warst.«

»Eigentlich steht mir Miles näher, aber ich habe Gideon lieb, und er ist ein guter Lehrer. Er hat mir schon einiges über Edelsteine beigebracht, als ich ihn in den Ferien in den Werkstätten besuchte.«

»Er ist sicher sehr geduldig und präzise und ein Perfektionist obendrein, deswegen muß ich dir glauben, wenn du sagst, daß er ein guter Lehrer ist. Ja, ich kann mir das gut vorstellen.« Stevie bedachte ihre Tochter mit einem langen nachdenklichen Blick und fragte dann leise: »Hast du schon mit Gideon darüber gesprochen?«

Chloe schüttelte den Kopf. »Aber nein, Mami, das hätte ich nie getan! Nicht, ehe ich mit dir gesprochen habe.« Chloe beugte sich vor, war voller Erwartung und Eifer. »Darf ich also gehen?«

»Ich weiß nicht. Ich muß es mir erst überlegen. Es ist für dich ein großer Schritt, in London zu leben. Allein.«

»Aber Mutter, ich wäre nicht allein. Ich habe dort zwei Brüder und eine Schwägerin, nicht zu vergessen Old Bruce. Und meine Großeltern. Blair und Derek würden mich an deiner Stelle im Auge behalten.«

»Wenn ich einverstanden wäre, und es ist bis jetzt nur ein Wenn, dann wäre es nicht damit getan, daß jemand dich nur im Auge behält. Du müßtest bei einem Familienmitglied wohnen.«

Als Chloe das hörte, erfaßte sie tiefe Niedergeschlagenheit, die sich in ihrer Miene abzeichnete. »Du meinst, ich kann also nicht in deiner Wohnung am Eaton Square wohnen?«

»Bestimmt nicht. Dort ist ja niemand, der sich um dich kümmert.«

»Dort ist doch Gladys.«

»Gladys kommt nur alle paar Tage, um zu putzen. Nein, nein, das käme auch nicht in Frage, wenn ich deinen Plan akzeptieren würde.«

»Ich könnte bei Gideon wohnen. Er wäre begeistert.«

»Unsinn. Er wäre entsetzt. Ein männlicher Single von siebenundzwanzig Jahren, der deiner Aussage nach Scharen von Freundinnen hat, möchte doch nicht seine kleine Schwester als Mitbewohnerin. Damit würde er sich hoffnungslos seinen Stil ruinieren.«

»Nigel würde mich bei sich aufnehmen. Er ist verheiratet, und Tamara hat mich sehr gern.«

»Ja, ich weiß. Aber auch das wäre unpassend. Die beiden sind praktisch noch in den Flitterwochen und würden dich sicher nicht bei sich haben wollen.«

»Aber Mom, sie haben zwei Kinder.«

Stevie unterdrückte ein Lächeln, von Chloes Logik belustigt, und sagte dann: »Trotzdem ... ein junges Paar wie Nigel und Tamara kann man nicht mit der Verantwortung für dich belasten. Die haben schon genug um die Ohren.«

»Wenn du glaubst, daß ich mit Old Bruce im Haus am Wilton Square wohnen möchte, dann irrst du dich. Dort ist es so düster wie in einem Gefängnis. Das kannst du mir doch nicht antun, Mom!«

»Chloe, ich habe noch gar nicht meine Einwilligung gegeben, daß du gehen kannst.«

»Großmutter würde mich bei ihr und Derek wohnen lassen, und du weißt, wie lieb sie mich haben.« Chloe gab nicht nach.

»Ja, das stimmt. Aber du zäumst das Pferd von hinten auf. Ich muß mir die Sache durch den Kopf gehen lassen, und zwar gründlich. Ich werde mich hüten, vorschnelle Entscheidungen zu treffen.«

»Und wann wirst du dich entschieden haben?

»Ich weiß es nicht.«

»Aber, Mami ...«

»Keine ›Aber‹ mein Schatz«, unterbrach Stevie ihre Tochter. »Du hast mir dargelegt, was *du* gern machen würdest, und nun muß *ich* alles gut überlegen. Aber ich möchte, daß auch du dir alles durch den Kopf gehen läßt, Chloe. Denk doch, was dir entgeht, wenn du auf ein Studium verzichtest. Denk an die drei Jahre Oxford, und was sie für dich bedeuten könnten. Ich meine damit nicht nur die Ausbildung, sondern auch den Spaß, den du dort hättest, die Leute, die du kennenlernen würdest. Studienfreunde sind Freunde fürs ganze Leben. Ich muß auch gestehen, Chloe, daß ich nicht wenig erstaunt bin. Du warst immer so darauf aus, in Oxford zu studieren. Was ist denn in dich gefahren?«

»Ich habe eben meine Absicht geändert, Mom.«

»Versprich mir, daß du dir alles noch überlegen wirst.«

»Hm, meinetwegen«, murmelte Chloe, deren Miene erkennen ließ, wie enttäuscht sie war.

Stevie warf ihr einen raschen Blick zu und sagte scharf: »Chloe, sei nicht so ungehalten. Es steht dir nicht.«

Auf diesen milden Tadel hin errötete Chloe und biß sich auf die Unterlippe. Im nächsten Moment aber schob sie das Tablett von sich, sprang auf und setzte sich aufs Sofa neben Stevie.

Nach der Hand ihrer Mutter fassend, gab sie ihr einen Kuß auf die Wange. »Mami, sei mir nicht böse.«

Stevie, der die besorgte Miene und der beunruhigte Blick Chloes nicht entging, sagte halblaut: »Ich bin nicht böse, aber du mußt verstehen, daß ich die für dich beste Entscheidung treffen möchte. *Du* hast dir offenbar alles schon seit langem überlegt, während *ich* eben erst von deinem Entschluß gehört habe… deshalb gib mir ein paar Tage Zeit, mich an diese Idee zu gewöhnen. Und laß mich erst mit Gideon sprechen. Und mit meiner Mutter und Derek.«

Chloe nickte. Ihre Miene war wieder fröhlicher, als sie ausrief: »Du sagst also nicht endgültig nein?«

»Nein, natürlich nicht…« Ein kleines Lächeln zeigte sich auf Stevies Gesicht. »Ich sage… vielleicht.«

Stevie hatte längst die Erfahrung gemacht, daß es besser war, aufzustehen und sich zu beschäftigen, wenn sie nicht schlafen konnte, zumal wenn ihr ein Problem zu schaffen machte. War sie auf den Beinen, fiel ihr das Nachdenken und Grübeln viel leichter als im Bett.

Sie und Chloe hatten sich um elf zur Ruhe begeben, und Stevie war nach den zwei Glas Rotwein, die sie zum Dinner getrunken hatte, sofort fest eingeschlafen.

Nach einigen Stunden, um drei Uhr morgens, war sie plötzlich aufgewacht und hatte nicht mehr einschlafen können. Um vier war sie aufgestanden, hatte geduscht und sich angezogen und war in Jeans und Pullover hinuntergegangen.

Nachdem sie eine Tasse Kaffee getrunken und eine Scheibe Toast gegessen hatte, war Stevie durch das Haus gewandert, um ihre zahlreichen Orchideen zusammenzutragen und in den Gartenraum neben der Waschküche zu bringen. Sorgfältig und methodisch machte sie sich nun daran, die Pflanzen einzeln in der großen Spüle gründlich zu wässern und das Wasser langsam ablaufen zu lassen.

Da ihre Vorliebe für Orchideen bekannt war, bekam sie diese Blumen oft als Geschenk und besaß mittlerweile eine recht stattliche Kollektion. Hier standen zwei oder drei Dutzend über das ganze Haus verteilt, und in ihrer New Yorker Wohnung waren es noch mehr.

Verschiedene Arten weiß- oder gelbblühender Phalaenopsis sowie hellrosa Cymbidien waren ihre bevorzugten Sorten. Sie sammelte daneben aber auch Frauenschuh-Orchideen mit hellgrünen oder dunkelbraunen Blüten sowie die dunkle bräunlich-weinrote Sharry Baby, deren winzige Blüten köstlichen Schokoladeduft verströmten.

Ihre eigentlichen Lieblinge aber waren die weißen und

gelben Phalaenopsis, auf deren Pflege sie sich so gut verstand, daß sie monatelang blühten. Ihr Haus, gemäßigt temperiert und von weichem, gedämpftem Licht durchflutet, war aber auch geeignet für diese Orchideensorte.

Stevie hob einen Topf mit einer gelbblühenden Phalaenopsis und trug ihn in den Wintergarten, wo sie ihn auf seinen angestammten Platz stellte.

Zurücktretend legte sie den Kopf schräg und bewunderte die Blume. Wie schön sie aussah, und wie elegant sie vor dem Hintergrund der weißen Wand auf der dunklen Platte der antiken Kommode wirkte. Hier, in der Ecke zwischen zwei Fenstern, waren die Lichtverhältnisse ideal.

Stevie machte sich noch eine ganze Stunde im Haus zu schaffen, stellte die Pflanzen an ihre Plätze in den verschiedenen Räumen zurück, ehe sie sich noch eine Tasse Kaffee eingoß und zurück in den Wintergarten ging.

An den Glastüren stehend, wärmte sie ihre Hände an der heißen Kaffeetasse und trank hin und wieder einen Schluck. Ihr Blick überflog den Himmel, der kalt und bleiern aussah und einen grauen, düsteren und sonnenlosen Tag verhieß. Alles wirkte so finster und kahl... die ihrer Blätter beraubten Bäume, der weiße Rauhreif auf dem Rasen. 1996 würde Thanksgiving kein schöner Tag sein.

Stevie wandte sich vom Fenster ab und ließ sich auf einem der ausladenden, üppig gepolsterten Sofas nieder, stellte die Tasse auf den Tisch vor sich und lehnte sich zurück, den Kopf auf das weiße, mit altem, verblichenem Chintz bezogenen Kissen legend.

Was sollte sie tun? Was sollte sie mit Chloe machen? Sie war ihrer Sache nicht sicher. Tatsächlich war sie höchst unsicher. Da ihre Tochter sich auf Oxford gefreut hatte, war ihre plötzliche Ankündigung, sie wolle nicht studieren, um so überraschender gekommen und stellte für Stevie auch eine gewisse Enttäuschung dar. Sie hatte sich für Chloe eine gute Ausbildung mit College-Abschluß gewünscht. Das Allerletzte, was sie erwartet hätte, war Chloes Ambition, im Familienunternehmen anzufangen, da sie, von einem vorübergehenden Strohfeuer für die Filiale in New York abgesehen, niemals ernsthaftes Interesse für die Schmuckbranche gezeigt hatte.

Gib zu, daß es dich kränkt, weil sie in London arbeiten möchte, flüsterte ihr eine kleine Stimme im Hinterkopf zu. Ja, es stimmte. Chloes Worte hatten sie wie ein Schlag ins Gesicht getroffen.

Stevie wußte, daß Chloe auch in New York alles lernen konnte. Es war nicht nötig, nach London zu gehen. Jardine's war das einzige Juweliergeschäft an der Fifth Avenue, das über den Geschäftsräumen noch eine Werkstätte hatte, eine hervorragende obendrein. Marc Sylvester, ihr bester Edelsteinschleifer, war ein wahrer Meister seines Faches. Chloe konnte von ihm mindestens soviel lernen wie von ihrem Bruder Gideon oder von Gilbert Drexel, dem Chefexperten für Diamanten im Londoner Stammhaus.

Bin ich selbstsüchtig, wenn ich sie bei mir haben möchte? fragte Stevie sich. Klammerte sie? War sie überbesorgt? Wenn sie ehrlich war, mußte sie zugeben, daß von allem ein wenig der Fall war.

Aber welche Mutter wollte ihre Tochter nicht so lange wie möglich bei sich haben? Und wenn schon nicht bei sich, dann wenigstens nicht außer Landes. Chloe aber wollte nicht nur flügge werden, sondern gleich zu fernen Gestaden fliegen.

Stevie seufzte tief bei dem Gedanken an ihre Tochter. Chloe war erst achtzehn, und in mancherlei Hinsicht wirkte sie viel jünger. Außerdem hatte sie ein sehr behütetes Leben geführt, speziell in London. Ständig war sie dort von der Familie umgeben gewesen... von ihren drei Brüdern, ihren Großeltern, und hatte Lady Edens exklusive Privatschule besucht. Mit der harten Alltagswelt war sie kaum in Berührung gekommen.

Auch in den acht Jahren in New York hatte Chloe ein ziemlich abgeschirmtes Leben geführt. Sie wird es allein nie schaffen, dachte Stevie. Es wird sie brechen. Sie ist zu empfindsam, zu zartbesaitet und viel zu jung, um außer Haus und ohne mich zu leben. Ich werde nein sagen. Ich lasse sie nicht gehen. Erst wenn sie sich nächstes Jahr in Oxford immatrikuliert, darf sie nach England.

In diesem Moment hatte Stevie das Gefühl, eine schwere Bürde sei ihr abgenommen worden. Allein der Entschluß bedeutete eine so große Erleichterung, daß der beengende Schmerz in ihrer Brust, der sie seit vier Uhr morgens geplagt hatte, endlich nachließ.

4

War Stevie auch noch so eingespannt, für ihre täglichen Tagebucheintragungen nahm sie sich immer Zeit, so daß sie auch an diesem Morgen, während sie auf ihre Gäste wartete, ihr Tagebuch aufschlug und Ort und Datum notierte: *Thanksgiving 1996, Connecticut.* Dann saß sie da und starrte gedankenverloren die Seite an.

Seit Jahren schon, praktisch den Großteil ihres Lebens, führte sie ein Tagebuch. Mittlerweile hatte sich im Schrank ihres Arbeitszimmers, in dem sie nun am Schreibtisch saß, eine stattliche Anzahl von Bänden angesammelt.

Vierunddreißig Jahre waren in diesen Bänden festgehalten, seitdem sie 1962, mit zwölf Jahren, von ihrer Mutter das erste Tagebuch geschenkt bekommen hatte. Da seither so viel geschehen war, erschien ihr jene Zeit nun fern und entrückt. Mehr als ein Menschenleben war seit damals vergangen, so kam es ihr jedenfalls vor.

Das erste Tagebuch, durch einen kleinen Verschluß mit Schlüssel gesichert, hatte der Zeit gut widerstanden. Vor kurzem erst hatte sie hineingesehen und erstaunt festgestellt, daß es die Jahre tadellos überdauert hatte. Da und dort vergilbte Ränder und auf manchen Seiten verblaßte Tinte konnte man kaum als Schäden bezeichnen.

Insgesamt ist das Buch ein wahres Wunder der Konservierung, dachte Stevie und legte den Füller aus der Hand, um sich zurückzulehnen, in Gedanken bei ihrer Mutter, die selbst ihr Leben lang Tagebuch geführt hatte. Sie hatten immer ein sehr enges Verhältnis gehabt, so eng, daß ihre Beziehung während Stevies Kinderjahren geradezu symbiotischen Charakter angenommen hatte. Jerome Anderson, Stevies Vater, war weder für Blair der richtige Mann noch für seine Tochter ein guter Vater, ein Umstand, der sie und ihre Mutter noch enger aneinanderband.

Jerry war Journalist, Frauenheld, Bonvivant und Liebling der Gesellschaft und daher für das Familienleben, das ihre Mutter sich wünschte, denkbar ungeeignet. Das schöne, glamouröse und international gefragte Supermodel Blair Connors hatte immer nur Frau und Mutter sein wollen. Ihren Erfolg hatte Blair ihrem Gesicht und ihrer Figur zu verdanken, der Art, wie sie den Laufsteg dominierte und mit der Kamera flirtete, aber keinesfalls ihrem Ehrgeiz. Auch auf dem Höhepunkt ihrer Karriere hatte sie sich nichts mehr gewünscht, als zu Hause zu bleiben und zu kochen, Kinder aufzuziehen, Hausfrau und Mutter und dem richtigen Mann eine gute Frau zu sein. Ihr Traum vom Glück war gleichbedeutend mit Häuslichkeit.

Derek Rayner, Englands klassischer Bühnenheld par excellence, blendend aussehendes Matinee-Idol und Filmstar, schien für die Rolle, die Blair ihm zugedacht hatte, nicht der Richtige. Blairs Freunde hielten ihn sogar für eine krasse Fehlbesetzung.

Es sollte sich jedoch zeigen, daß er der Richtige war, die ideale Wahl, der perfekte Partner. Blair und Derek, nunmehr über dreißig Jahre verheiratet und noch immer verliebt wie am ersten Tag, mußten als einzige Enttäuschung hinnehmen, daß ihnen eigene Kinder versagt blieben. Vielleicht war dies der Grund für ihre Unzertrennlichkeit, die so weit ging, daß Derek keinen Schritt ohne seine schöne und kultivierte Frau tat.

Stevie war sehr erleichtert, daß beide kommen und Thanksgiving bei ihr verbringen würden. Am Tag zuvor hatte ihre Mutter am Telefon abgespannt und matt geklungen, für sie recht ungewöhnlich. Sie hatte angedeutet, daß Derek nach zwölf Wochen dauernden Außenaufnahmen in Arizona und den anschließenden Dreharbeiten im Studio in Los Angeles fix und fertig sei. Der Film hatte sich unmittelbar an eine Aufführungsserie von *Beckett* am Broadway angeschlossen. Es war also höchste Zeit, daß er endlich zur Ruhe käme.

»Eine ganze Weile ohne Arbeit,« hatte Blair gesagt. »Er freut sich riesig auf das lange Wochenende mit dir, Stevie, ehe wir nächste Woche zurück nach London fliegen«, hatte ihre Mutter hinzugefügt, und Stevie war entschlossen, die Tage besonders schön zu gestalten. Ihre Mutter und Derek sollten sich den Luxus von Ruhe und Frieden gönnen und sich in behaglicher Umgehung mit viel gutem Essen erholen. Vor allem ganz ohne Streß.

Plötzlich fiel ihr Chloe ein. Sie mußte später mit ihr ein Wörtchen reden und sie ermahnen, Derek nicht mit ihren kleinen Problemen zu behelligen, da sie zuweilen dazu neigte, ihn richtig in Beschlag zu nehmen. In Stevies Augen nicht unverständlich, da Derek der einzige Vater war, den Chloe je gehabt hatte.

Bruce Jardine hatte für sie eher die Rolle des Großvaters gespielt. Viel älter als Derek, weniger agil und schon ein wenig schrullig, wurde er von Miles und Chloe Old Bruce genannt. Kein Wunder, da er tatsächlich ein alter Mann geworden war, der sich nicht gut gehalten hatte.

Stevie wußte jedoch genau, daß Chloe Bruce lieb hatte, ungeachtet ihrer gegenteiligen Behauptungen und ihrer Neigung, ihn als griesgrämigen Tyrannen hinzustellen. Und was Bruce betraf, so zweifelte Stevie nicht daran, daß er die Zuneigung des Mädchens erwiderte. Er war zu ihrer Tochter zu gut gewesen und hatte ihr zu viel Güte gezeigt, als daß es anders hätte sein können. Stevie wunderte sich mitunter darüber, freute sich aber für ihre Tochter. Bruce hatte Chloe ihr ganzes junges Leben wie eine echte Jardine behandelt, und Stevie würde ihm dafür immer dankbar sein.

Bruce war kein Mensch, der es einem leichtmachte, ihn zu mögen oder gar gern zu haben, doch im Laufe der Jahre hatte sie dennoch eine Beziehung zu ihm entwickelt. Zwanzig Jahre lang hatten sie gut zusammengearbeitet, ohne daß es nennenswerte Temperamentsausbrüche oder Wutanfälle seinerseits gegeben hätte. Rückblickend hatte sie das Gefühl, daß die Jahre sehr gleichförmig verstrichen waren.

Da fiel Stevie ein, daß es vielleicht keine schlechte Idee wäre, mit Bruce über Nigel zu sprechen. Sie und Chloe wollten Weihnachten in London verbringen, die ideale Zeit, um sich auszusprechen. *Mich aussprechen*, dachte sie erstaunt. Geht mir Nigels Haltung wirklich so nahe? Seufzend mußte sie sich eingestehen, daß es so war.

Sie brachte ihrem ältesten Sohn nicht nur Liebe, sondern Bewunderung entgegen, da er viel Bewundernswertes an sich hatte. Er war ein intelligenter, ja brillanter junger Mann mit vielen guten Eigenschaften. Und doch hatte er einen Makel, einen höchst fatalen sogar. Als typischer Besserwisser war er felsenfest davon überzeugt, mit seinen Ideen und Ansichten immer recht zu haben. Niemals gab er sich mit einem Nein als Antwort zufrieden oder zeigte sich Argumenten zugänglich. Eigensinn und Sturheit gingen bei ihm so weit, daß es an Überheblichkeit grenzte. Für Stevie waren seine mangelnde Kompromißbereitschaft und Uneinsichtigkeit eine große Enttäuschung.

Er war genau wie sein Großvater. Nein, er ist schlimmer, dachte sie, und lachte leise auf. Er war der Klon von Bruce. Er war, wie Bruce als junger Mann gewesen war.

Mit Bruce kritisch über sein Ebenbild zu sprechen würde nicht einfach sein. Es war ein Gedanke, der Stevie ein Lächeln entlockte. Nein, sie würde mit Bruce nicht den Charakter ihres Sohnes diskutieren, sondern ihm vielmehr ihre Befürchtung eingestehen, Nigel wolle sie aus der Firma hinausdrängen. Steckte etwas Wahres dahinter, würde Bruce diesen Machenschaften gewiß ein Ende bereiten.

Aber das konnte sie auch selbst tun. Sie konnte Nigel feuern.

Schließlich war er ihr Angestellter.

Er arbeitete für *sie*.

Sie stand an der Spitze der Geschäftsführung von Jardine's, London, und war Präsidentin von Jardine's, New York, während Bruce als Vorsitzender des Aufsichtsrates fungierte. Nigel war Mitglied der Geschäftsführung wie seine zwei Brüder, Positionen, die sie immer bekleiden würden, da sie ihnen als Erben zustanden.

Sie aber konnte Nigel seinen Job jederzeit wegnehmen, wenn sie es für richtig hielt. So einfach war das.

Nein, nicht so einfach, rief sie sich ins Gedächtnis. Er ist mein Sohn, mein Erstgeborener. Ich möchte ihn nicht verletzen, ihn nicht demütigen oder vernichten. Außerdem ist er gut in seinem Beruf, eine Spitzenkraft.

Ich muß ihn einfach dazu bringen, daß er die Linie nicht überschreitet und im Moment seinen Ehrgeiz noch zügelt. Er wird sich gedulden müssen, bis ich mich zurückziehe.

Stevie lachte laut auf. Leichter gesagt als getan, wenn man sich auf der anderen Seite des Atlantiks befand… Tausende von Meilen entfernt.

Ihre Gedanken gingen zu Gideon, zu demjenigen ihrer Söhne, der nicht den geringsten Ehrgeiz besaß, zumindest was Besitz und Macht betraf. Ihm lag einzig und allein daran, lupenreine Diamanten aus Rohdiamanten schleifen und schöne Dinge schaffen zu können. Aber Gideon machte ihr schon seit geraumer Zeit im persönlichen Bereich Sorgen. Bei ihrem letzten Zusammentreffen, Ende September in London, hatte er schlecht ausgesehen und war ihr zerfahren und nervös vorgekommen. Bleich und übellaunig, so hatte sie ihn in Erinnerung. Gut möglich, daß er es seit dem Bruch mit Margot Saunders noch nicht geschafft hatte, sein Gleichgewicht wiederzufinden. Hatte ihm die junge Frau mehr bedeutet, als er zugeben wollte? Am Wochenende wollte sie mit Miles über seinen Zwillingsbruder sprechen.

Ganz plötzlich wurde ihre Miene weich, und ihre Augen glänzten. Miles war ihr Stolz und ihre Freude, wie sie sich offen eingestand… aber nur ganz im geheimen.

Miles würde ihr auch dabei helfen, daß ihr Chloe nicht entglitt. Chloe und Miles hatten viel gemeinsam, und er war im Umgang mit seiner kleinen Schwester sehr geschickt, anders als Gideon, der dazu neigte, sie als Störenfried zu sehen. Und nun wollte Chloe ausgerechnet bei ihrem Bruder Gideon in die Lehre gehen. Stevie schüttelte den Kopf. Die Menschen waren schon sehr merkwürdig.

Schon oft hatte sie sich gedacht, wie sonderbar es war, daß Miles und Gideon, die eineiige Zwillinge waren und einander so ähnlich sahen, sich in Persönlichkeit und Charakter unterschieden wie Feuer und Wasser.

Miles war soviel unbeschwerter und unbekümmerter, sanft, ausgeglichen und ein echter Charmeur. Im Gegensatz dazu war sein Zwillingsbruder introvertiert, stur – in dieser Hinsicht eher wie Nigel – und ein Perfektionist, der mit seiner zuweilen lächerlichen Pingeligkeit nicht in die moderne Zeit zu passen schien. Und doch konnte er geradezu sträflich großzügig sein und besaß die Seele eines Künstlers, der alles Schöne liebte, seien es Frauen, Gemälde, Skulpturen, Bäume, Meeresstimmungen, Gärten, kostbare Edelsteine oder edler Schmuck. Sein Blick war unfehlbar, sein Geschmack verfeinert und erlesen.

Nach ihrem Füller greifend, stellte Stevie mit einem Blick auf die Tagebuchseite fest, daß sie bis auf Datum und Ort nichts zu Papier gebracht hatte.

Langsam fing sie zu schreiben an, und als zwei Seiten voll waren, schraubte sie ihren Füller zu, nahm das Tagebuch in beide Hände und lehnte sich zurück, um das Geschriebene zu lesen.

Connecticut, Thanksgiving 1996

Denke ich an meine Kinder und an das, was sie treiben, kommen sie mir wie Fremde vor. Bis auf Miles, aber der ist mein Herzenskind und ähnelt mir in so vielem. Natürlich liebe ich sie alle, doch er war mir von klein auf besonders nahe. Ich frage mich, ob alle Mütter so sind? Ob alle ein Kind haben, das sie den anderen vorziehen? Ich bin sicher, daß es so ist, doch widerstrebt es einem, jemandem eine so intime Frage zu stellen. Und wissen es die Kinder? Entdecken sie es, spüren sie es, fühlen sie es? Wissen sie, daß es einen unter ihnen gibt, der Mutters wahrer Liebling ist?

Jedes meiner Kinder ist anders. Doch erkenne ich Züge von mir in ihnen wieder. Auch Ralphs Züge... aber auch von Bruce haben sie etwas geerbt. Zum Glück hat keines etwas von ihrer Großmutter Alfreda mitbekommen, wofür ich aufrichtig dankbar bin. Mit ihrer Kälte, Zurückhaltung und Bitterkeit war sie nicht das, was man sich unter einem netten Menschen vorstellt. Kein einziges Mal hatte sie ein liebes Wort für mich und all die anderen übrig, die sie für minderwertig hielt. Die andere Großmutter ist es, die sich in meinen Kindern zeigt. Meine Mutter. Chloe hat ihre Schönheit geerbt; ihre gertenschlanke Figur, ihr gewinnendes Wesen und das Bestreben, sich anderen angenehm zu machen. Miles hat ihren Sinn für Humor und ihre Originalität geerbt.

Ich liebe sie. Ich liebe alle meine Kinder. Es ist die Wahrheit, ich liebe sie wirklich. Zuviel vielleicht. Und doch habe ich sie vermutlich irgendwann verletzt, habe ihnen unwissentlich geschadet. Aber sind wir nicht alle leicht beschädigt? Das Leben und die Menschen beschädigen uns, wir fügen uns sogar selbst Schaden zu. Gewiß habe ich meinen Kindern Schmerz und Herzeleid bereitet und ihre Gefühle verletzt. Man tut dies unbeabsichtigt und unwissentlich oft jenen an, die man am liebsten hat. Vielleicht habe ich sie vernachlässigt, wenn Beruf und Reisen mich zu sehr in Anspruch nahmen. Aber nie habe ich aufgehört, sie zu lieben.

Für mich sind sie noch immer meine Kinder, obwohl sie

natürlich keine Kinder sind, nicht mehr. Sie sind groß geworden. Erwachsene. Sie sind jetzt andere Menschen, nicht mehr meine Kinder. Und sie sind in vielem so anders. Fremde. Manchmal zumindest. Sogar Chloe ist plötzlich erwachsen. Sie weiß, was sie will, und ist auf Biegen und Brechen entschlossen, sich durchzusetzen.

Bald werde ich nicht mehr Mutter sein, werde mich nicht mehr als solche sehen. Statt dessen werde ich... was sein? Ich werde... einfach für sie dasein, falls sie mich brauchen. Ist das möglich? Wie hört man auf, Mutter zu sein? Wie bringt man es fertig, sich nicht mehr um seine Kinder zu sorgen? Sich nicht mehr um sie Gedanken zu machen? Vielleicht gar nicht. Aber wie hört man wirklich auf, Mutter zu sein? Kann mir das jemand verraten? Werde ich mit meinen Enkeln besser umgehen? Diese Frage stellte ich mir mitten in der Nacht, als ich ganz plötzlich erwachte. Ich werde Natalie und Arnaud eine gute Großmutter sein. Großmütter sind besser als Mütter, hört man allgemein. Weniger besitzergreifend. Meine Enkel sind richtige kleine Schätze, und Nigel hat Glück, sie zu haben, Tamara zu haben. Sie ist eine gute Ehefrau, eine gute Mutter. Eine fabelhafte junge Frau.

Allmählich geht es mir gegen den Strich, daß Gideon sie immer aufzieht und ›Ausländerin‹ nennt. Gideon macht viel Aufhebens davon, daß ihr Vater Franzose ist und ihre Mutter Russin. Warum, weiß ich nicht. Aber es ist richtig unangenehm, obwohl er sagt, es wäre nur Spaß. Ich spüre aber, daß eine Spur Wahrheit dahintersteckt. Ich fände es abscheulich, wenn er in irgendeiner Weise Vorurteilen anhinge, wobei mir sehr wohl bewußt ist, daß mein Sohn

Gideon alles Nichtenglische von vornherein für minderwertig hält. Ich möchte wirklich wissen, warum er dieser Ansicht so hartnäckig anhängt, da ich sie längst geändert habe.

Chloe. Ich kann sie nicht nach London gehen lassen. Chloe mit achtzehn dort allein! Nein, niemals. Ich spüre, daß es unvernünftig wäre. Sie ist zu jung. Und sie muß studieren. Sie kann ihre Ausbildung nicht einfach an den Nagel hängen.

Bald wird meine Familie bei mir sein. Zumindest einige davon, und das macht mich glücklich. Und jeder von uns hat Grund, für diesen November 1996 dankbar zu sein. Besonders ich kann mich glücklich schätzen, da mir so viel gegeben wurde.

Stevie klappte das Tagebuch zu, legte es in den Schreibtisch und versperrte die Lade. Als sie ihren Stuhl zurückschob und aufstand, hörte sie das Geräusch eines Wagens draußen auf der kiesbestreuten Auffahrt.

Ans Fenster tretend, zog sie die Spitzengardine zurück und spähte hinaus. Ihr Herz tat einen Sprung, als sie Miles aussteigen sah.

Er blickte zu den Fenstern hoch, bemerkte seine Mutter und winkte.

Sie winkte zurück, ließ die Gardine fallen und lief eilig hinaus. Die Treppe ins Erdgeschoß brachte sie fast im Laufschritt hinter sich.

5

Mutter wird immer jünger, während ich und mein Zwillingsbruder unaufhaltsam altern, dachte Miles Jardine unwillkürlich.

Als sie an diesem Morgen die Eingangsstufen herunterkam, um ihn und seine Großeltern zu begrüßen, sah sie einfach fabelhaft aus, allerhöchstens wie Mitte Dreißig, wie immer sehr elegant, diesmal in einem grau-weißen Hosenanzug mit weißer Seidenbluse.

Gideon hatte ganz recht mit seiner Behauptung, sie beide würden ihre Mutter noch einholen. Wenn sie sechsundvierzig sein würden, würde ihre Mutter zumindest dem Aussehen nach auch nicht älter sein.

Aber schließlich war sie erst neunzehn gewesen, als sie beide zur Welt gekommen waren, und verdankte ihre Jugendlichkeit nicht zuletzt ihren Erbanlagen. Auch seiner bald siebenundsechzigjährigen Großmutter sah man ihr Alter nicht an. Mit ungeheurer Vitalität und mit viel Humor gesegnet, wirkte Blair um Jahre jünger.

»Hallo, Ma«, sagte Miles, als seine Mutter vor ihm stehenblieb. »Du siehst sagenhaft aus.« Mit breitem Lächeln ließ er seine zwei Taschen fallen und zog Stevie an sich.

»Ich bin ja so froh, daß du da bist, Miles, mein Schatz«, gab sie zurück, sein Lächeln erwidernd. »Und danke für das Kompliment.« Sie machte sich los und ging die letzten Stufen hinunter. Sein Blick folgte ihr, als sie ihre Mutter und dann Derek umarmte, der dem Chauffeur geholfen hatte, den Gepäckraum zu leeren.

Nun wurde er von Cappi und den zwei jungen Aushilfen aus dem Ort begrüßt. Trotz seines Protestes, er schaffe es allein, griff die eine nach seinen Taschen und verschwand einfach mit dem Gepäck, ohne auf ihn zu hören.

Miles zuckte mit den Achseln und nahm die letzten Stufen, Cappi dicht auf den Fersen.

Als er aber Chloe seinen Namen rufen hörte, blieb er stehen, drehte sich um, und im nächsten Moment warf seine Schwester sich in seine Arme.

»Hi, Kleines«, rief er und umarmte sie liebevoll.

»Miles, du bist aber spät dran. Den ganzen Morgen habe ich auf dich gewartet.«

Er grinste. »Tatsächlich bin ich zu früh dran, Kleines. Wir sollten erst mittags eintreffen, und es war eben halb zwölf, als wir das Tor passierten. Na, wie läuft es so auf Romany Hall?«

»Okay«, gab sie lakonisch zurück. Nun trat eine kleine Pause ein, ehe sie leise sagte: »Aber ich möchte…« Sie unterbrach sich abrupt, als hätte sie es sich anders überlegt.

»Komm schon, Mädchen, was wolltest du sagen?«

»Ach, nichts… nichts Wichtiges, ehrlich.«

Miles dachte sich seinen Teil, unterließ aber eine Bemerkung, da er nicht indiskret sein wollte. »Komm, wir wollen Cappi und Lola mit dem ganzen Zeug helfen. Die Rayners reisen immer wie königliche Hoheiten auf Staatsbesuch und schleppen Gott weiß was mit.«

»Die Küchenspüle«, platzte Chloe kichernd heraus. »Das sagt Mom jedenfalls. Vorhin hat sie behauptet, die beiden würden mit zwei Dutzend Koffern samt Küchenspüle eintreffen.«

»Nicht ganz, aber fast«, pflichtete Miles seiner Schwester lachend bei.

Als sie Hand in Hand hinunter zur Auffahrt gingen, sah Chloe ihn aus dem Augenwinkel an. »Du hast Allison also nicht mitgebracht.«

Miles warf ihr einen sonderbaren Blick zu. »Warum sollte ich *die* mitbringen?«

»Wen mitbringen?« fragte Derek, auf Chloes begeisterte Umarmungen und Küsse gefaßt.

Stevie sah ihren Sohn an, neugierig, was er auf die Frage ihres Stiefvaters antworten würde.

Mit einem Blick zu Derek erwiderte Miles: »Niemanden. Das heißt, niemanden Wichtigen.«

Nun, das trifft genau den Punkt, dachte Stevie, und überläßt nichts unserer Phantasie.

»Hallo, Liebling«, murmelte Blair und ließ Chloes Küsse über sich ergehen, die zur ihrer Erleichterung zurückhaltender ausfielen als jene, mit denen das Mädchen Derek bedachte. »Und wer ist Allison?« fragte sie und umfaßte alle mit einem Blick.

»Mich darfst du nicht ansehen, ich habe keine Ahnung, mein Schatz«, intonierte Derek mit seiner sonoren Bühnenstimme, griff nach zwei Koffern und ging die Treppe hinauf. Stevie und Blair folgten ihm mit kleineren Gepäckstücken.

Nachdem Miles sich beim Chauffeur bedankt und ihm ein Trinkgeld zugesteckt hatte, ging auch er zur Haustür. Zu Chloe, die ihm auf den Fersen blieb, sagte er mit besonderer Betonung: »Kleine Mädchen haben nicht nur große Ohren, sie haben offenbar auch lockere Zungen.«

Chloe kicherte.

»Warum hast du Allison vor Mutter erwähnen müssen? Du weißt doch, sie kann es kaum erwarten, daß ich heirate und Kinder in die Welt setze, damit sie noch mehr Enkel bekommt. Das war nicht richtig von dir, Chloe.«

»Tja, du hast dich oft mit Allison getroffen, und da dachte ich, es wäre...« Sie ließ den Satz in der Luft hängen und sah ihn reumütig an. Sein eindringlicher Blick machte sie plötzlich verlegen.

»Das ist meine Sache, Kleines, und nicht deine.«

»Ich dachte, zwischen euch wäre es ernst.«

»Nein. Aber auch wenn ich ernste Absichten hätte, ginge es weder dich noch Mutter noch jemanden anderen etwas an. Es ist meine Privatsache und kein Thema für familiäre Diskussionen.«

»Ach.« Für einen Moment herrschte Schweigen, und Chloe sah ihn mit einem besorgten Blick an. »Bist du mir jetzt böse?«

»Nein, aber in Zukunft wollen wir meine persönlichen Angelegenheiten nicht vor versammelter Familienrunde erörtern. Klar?

»Ja, Miles, es tut mir leid.«

»Schon gut. Aber halte dich daran. Es wird Zeit, daß du dir etwas mehr Diskretion angewöhnst. Mit deinen achtzehn Jahren bist du kein kleines Kind mehr. Also werde endlich erwachsen und benimm dich entsprechend.«

Chloe nickte, zur Abwechslung mit angemessen ernster Miene. Nachdem es vor dem Feuer in der großen Halle Kaffee und heiße, gebutterte Teekuchen gegeben hatte, zerstreuten sich alle in verschiedene Richtungen. Stevie schickte Cappi, Lola und Chloe hinauf, damit sie Blair und Derek beim Auspacken des umfangreichen Gepäckes helfen konnten. Shana, Cappis zweite junge Helferin, schaffte Miles' Reisetaschen auf sein Zimmer. Und seine Mutter mußte in die Küche, um den Truthahn im Backrohr zu begießen.

Allein gelassen schlenderte Miles durch die große Halle ins Eßzimmer und dann langsam ins anschließende Wohnzimmer. Unwillkürlich regte sich in ihm Bewunderung für das Ambiente, das seine Mutter hier geschaffen hatte und das, wie auch in ihren anderen Domizilen, ungemein ansprechend war. Aber Romany Hall gefiel ihm besonders, weil es ein luftiges, geräumiges Haus war, von kristallklarem Licht durchflutet, das durch die großzügigen, meist gardinenlosen Fenster einfiel.

Alles blitzte vor Frische. Die weißen Wände waren makellos; die Fenster blinkten; die Holzböden schimmerten, nirgends war auch nur ein Staubkörnchen zu entdecken. Es gab hier weder Schmuddelecken noch abgewetzte Bezugsstoffe oder abgetretene Teppiche. Seine Mutter führte das Haus als echte Perfektionistin. Jedes Möbelstück, jeder Gegenstand und jedes Gemälde wurde gehegt und gepflegt und hatte seinen angestammten, idealen Platz.

Trotz seiner wundervollen Einrichtung wirkte Romany Hall nicht überladen, da hier kein einziges überflüssiges oder gar protziges Möbelstück zu sehen war. In der Luft lag der Duft von Blumenpotpourris, Duftkerzen und das ungewöhnliche Schokoladenaroma von Sharry-Baby-Orchideen, deren gebogene Stengel vor exotischen dunklen Blüten strotzten.

Miles hielt sich nicht lange im Wohnzimmer auf und ging weiter in den Wintergarten, einen Raum, in dem er sich mindestens einmal täglich länger aufhielt, wenn er bei seiner Mutter war.

Die schlichte, aber wirkungsvolle Schönheit dieses Raumes hatte es ihm immer schon angetan – weiße Wände, warme Terrakottabodenfliesen und als Blickfang die Pierre-Frey-Stoffe in Rot, Gelb und Blau, mit denen Sofas und Sessel bezogen waren. Der Wintergarten wirkte irgendwie französisch mit seiner hohen, spitz zulaufenden Balkendecke, dem gemauerten Kamin und den rustikalen Möbeln, die seine Mutter im Loire-Tal und in den Seealpen aufgestöbert hatte.

Die vielen Fenster und hohen Türen erweckten den Eindruck, der Wintergarten sei Teil der Außenwelt, nicht zuletzt deshalb, weil das klare Licht hier besonders augenfällig war. Auch an diesem trüben, sonnenlosen Tag zeigte sich der Himmel hier in einem weichen, bläulichen Weiß, das fast ausgebleicht wirkte und doch von seltsamer Leuchtkraft war.

Gutes Licht zum Malen, dachte er, und beschloß sofort, am nächsten Tag Staffelei und Farbkasten herunterzuschaffen. Plötzlich war er in Stimmung für ein paar Aquarelle.

Die von seiner Mutter so geliebten Orchideen waren hier im Wintergarten besonders zahlreich vertreten. Als Kind war Miles von ihnen fasziniert gewesen, von den vielfältigen Blüten, den phantastischen Formen der Blütenblätter und den leuchtenden, exotischen Farben. Aber schließlich war er mit Orchideen aufgewachsen. In ihrem

Farmhaus in den Yorkshire Moors hatte es immer Unmengen davon gegeben. Einmal wöchentlich hatte er seiner Mutter beim Gießen geholfen und die Blumen in große Metallwannen zum Abtropfen gestellt.

»Tunte, Tunte, Tunte!« Von ganz fern, aus den Fernen seiner Erinnerung, glaubte er, Nigels Stimme, die Jahre übertönend, zu hören. Sein älterer Bruder hatte ihn ständig verspottet, wenn er mit seiner Mutter die Orchideen gegossen hatte. Miles hatte das nicht gekümmert, da er schon damals sehr unabhängig gewesen war. Seine Mutter aber hatte es mißbilligt, als Nigels Spott sich zur lästigen Gewohnheit steigerte. Seinem älteren Bruder war damals eine saftige Strafe aufgebrummt worden.

Nigel wurde verdonnert, sämtliche Toiletten auf Aysgarth End, alles in allem sechs, zu putzen, und Miles war es gewesen, der zuletzt gelacht hatte, obwohl er nicht gewagt hätte, auch nur die Andeutung eines Lächelns zu zeigen, andernfalls ihn irgendeine Vergeltungsmaßnahme seines Bruders getroffen hätte. Nigel war bereits als echter Widerling zur Welt gekommen.

Und daran hat sich nichts geändert, dachte Miles kalt.

Er öffnete die Tür, trat hinaus an die Balustrade der gedeckten Veranda und richtete seinen Blick zu den fernen Hügeln. Kent war eine wunderbare Gegend, mit seinen welligen, bewaldeten Hügeln und kristallklaren Seen genau der Landschaftstyp, den er liebte. Es erinnerte ihn an Yorkshire und an seine Kindheit, die er zu einem guten Teil dort verbracht hatte.

Nun war es meist Nigel, der Aysgarth End als Wochenenddomizil und an den Feiertagen benutzte, wenn er sich in London loseisen konnte und sie nicht nach Frankreich zu Tamaras Eltern fuhren. Es war ein herrliches Fleckchen, um eine Familie großzuziehen. Bei seinem nächsten Besuch in England wollte er für ein paar Tage hinfahren. Er plante schon seit langem ein Ölgemälde von Nigels zwei Kindern und wollte sie vor einer Moorlandschaft als Hintergrund malen.

Der Anblick der fernen Litchfield Hills bestärkte ihn in seinem Entschluß und wirkte gewissermaßen inspirierend. Plötzlich juckte es ihn in den Fingern, zum Pinsel zu greifen. Schon morgen wollte er anfangen und aus dem Gedächtnis ein paar Skizzen von Natalie und Arnaud machen, als erste Ansätze des Porträts. Eine Aussicht, die ihm sehr zusagte.

Miles veränderte leicht seine Stellung und blickte hinunter in den Garten, der feucht und neblig war. Allein der Anblick des tieferliegenden Rosengartens, all seiner Sommerblüte und Farbigkeit beraubt, machte ihm die kühle Jahreszeit bewußt. Er wandte sich ab und ging hinein.

Wieder der großen Halle zustrebend, setzte er sich vor das Feuer und starrte in die Flammen, in Gedanken völlig unerwartet bei Allison Grainger.

Er war erschrocken, ja ungehalten gewesen, als Chloe ihren Namen vor den anderen erwähnte. Er haßte es, seiner Familie Grund zu Spekulationen zu liefern, auch seiner Mutter, die er innig liebte. Aber wie alle Mütter hätte sie es zu gern gesehen, wenn er sich häuslich niedergelassen hätte.

Er mochte Allison, sehr sogar. Sie war ein großartiger Mensch und eine reizvolle junge Frau, und sie hatten in den letzten Monaten viel Spaß miteinander gehabt. Doch er wollte nicht den Rest seines Lebens mit ihr verbringen – aus einem ganz einfachen Grund: Er war nicht in sie verliebt.

Jedenfalls hatte er heute seine Lektion gelernt, und zwar gründlich. Der kleinen Chloe war nicht über den Weg zu trauen. Sie hatte sich zu einer richtigen Klatschbase gemausert, und das störte ihn. Immerzu mußte sie die Nase in seine Angelegenheiten stecken. Das mußte ein Ende haben. Er hatte sie lieb und wollte ihre Gefühle nicht verletzen, aber es war nicht zu leugnen, daß sie es noch nicht verstand, sich angemessen und ihrem Alter entsprechend zu benehmen. Aber war das alles nicht seine eigene Schuld? Seit er in New York war, hatte er ihr Zutritt zu seinem Leben gewährt. Ach was, dachte er, es ist ja nichts passiert. Aber von jetzt an halte ich lieber den Mund. Vor allem vor meiner kleinen Schwester.

Später, in seinem Zimmer, ließ Miles befriedigt den Blick wandern. Er registrierte das lodernde Feuer, die Schüssel mit frischem Obst, die Wasserflasche und die Auswahl an Zeitschriften und neuesten Buchtiteln auf einem langen Bibliothekstisch hinter dem Sofa.

Seine Mutter hatte Details immer große Aufmerksamkeit geschenkt und in ihren verschiedenen Häusern viel Behaglichkeit geschaffen, da sie buchstäblich an alles dachte. Die ideale Leselampe stand nahe beim Polstersessel neben dem Feuer. Eine Kaschmirdecke hing über der Sofalehne. Auf dem Doppelbett lag ein dickes weiches Federbett. Und natürlich blühten Orchideen auf Tischen in den verschiedenen Ecken.

Sie verhätschelt einen, dachte er plötzlich. Ja, das ist das passende Wort. Das hat sie schon getan, als wir noch Kinder waren. Immer schon hat sie uns und alle anderen verwöhnt. »Erstickt, käme eher hin«, hörte er Nigels Stimme sagen. Der Gedanke an seinen Bruder ließ ihn die Stirn runzeln. Nigel neigte neuerdings zu ätzenden Bemerkungen, die sehr verletzend sein konnten. Als wäre er verbittert, sagte Miles leise vor sich hin und trat an den Kamin, wo er mit dem Rücken zu den Flammen stehenblieb. Er hatte nicht die leiseste Ahnung, was in Nigel gefahren sein mochte. Gideon sah in Nigel einen Menschen, der alles hatte, und das traf zu. Er hatte eine schöne, intelligente Frau, zwei wunderbare Kinder, beruflichen Erfolg, seine Zukunft war gesichert. Und eines Tages würde er das alleinige Sagen bei Jardine und Co., Hofjuwelier der britischen Krone, haben. Offenbar reichte ihm das alles nicht. Was für ein Narr sein Bruder doch war.

Miles riß seine Gedanken mit einem Seufzer von Nigel los und ging ins Badezimmer. Nachdem er sich die Hände gewaschen hatte, fuhr er sich mit dem Kamm durchs Haar und begutachtete sich dann kritisch. Das Spiegelbild seiner Eltern blickte ihm entgegen. Von seiner Mutter hatte er das dunkle, gelockte Haar und die feinen Gesichtszüge mitbekommen, vom Vater die lange, gerade Nase und die lebhaften blauen Augen. Es verstand sich von selbst, daß er die Zweitausgabe seines Zwillingsbruders war.

Gideon. In letzter Zeit hatte er sehr oft an ihn denken müssen. Er hatte nicht die geringste Ahnung, was Gideon bedrücken mochte. Sein Bruder war verschlossen, mißlaunig und niedergeschlagen. Als er vergangene Woche in London eine Aussprache mit Gideon gesucht hatte, war er auf taube Ohren gestoßen. Nach einigen warnenden Blicken seitens seines Bruders hatte er seine Bemühungen aufgegeben. Trotzdem … mit Gideon stimmte etwas nicht. Der nie um Shakespearezitate verlegene Derek hätte gesagt: *Etwas ist faul im Staate Dänemark.*

6

»Der Schauspieler, der die Rolle des Schurken hätte spielen sollen, erkrankte plötzlich. Eine schöne Bescherung, da wir uns mitten in den Dreharbeiten nach Ersatz umsehen mußten. Alle besetzten natürlich im Geiste die Rolle mit irgend jemandem, erklärte Derek, dessen wohltönende Stimme die große Halle füllte.

»Und ich sagte zufällig zur Produktionsassistentin, daß Sydney Greenstreet genau derjenige sei, den wir brauchten. Er würde so großartig wie Redner, der Schuft, sein. Da fragte sie mich doch glatt, wer sein Agent sei, damit sie sich mit diesem in Verbindung setzen und versuchen könne, ihn auf der Stelle zu engagieren.«

Dereks Lachen wirkte ansteckend, so daß die anderen einstimmten. Sie waren wie immer ein dankbares Publikum für die Anekdoten, die er von seiner Arbeit erzählte. »Na ja, das arme Mädchen war nun mal ziemlich beschränkt, so daß keiner von uns es sich verkneifen konnte, sie auf den Arm zu nehmen. Und das nicht zu knapp.

Natürlich war sie noch sehr jung. Zu jung für den Job. Wußte nicht, daß der alte Sydney schon längst zu seinem Schöpfer heimgegangen war. Bezweifle, ob sie je von ihm gehört hat, oder gar den *Malteserfalken* gesehen hat.«

»Oder *Casablanca*«, warf Chloe ein. »Darin fand ich ihn absolut umwerfend.«

»Ich auch, liebes Kind«, stimmte Derek ihr strahlend zu. Chloe erwiderte sein Strahlen. »*Casablanca* ist mein absoluter Lieblingsfilm. Er ist einfach grandios.«

»Es ist auch mein Lieblingsfilm«, sagte Miles, um mit einem Blick auf Derek hinzuzufügen: »Unlängst hatte ich ein ähnliches Gespräch mit einer der jungen Frauen aus der Kostümabteilung. Ich sagte, Deborah Kerr sei die größte Anna überhaupt gewesen, einfach hinreißend in der Rolle, und das Mädchen staunte mich nur offenen Mundes an, ohne die leiseste Ahnung.«

Derek nickte und sagte schließlich ernst: »Sieh mal, ich bin ja für die Jugend und ein großer Befürworter dieser Generation, aber einige von den jungen Leuten um die Zwanzig, die heutzutage bei Bühne und Film arbeiten, kommen mir total uninformiert vor. Keine Ahnung von der Vergangenheit, auch nicht von der jüngsten.«

»Das ist nur zu wahr«, stimmte Miles ihm zu. »So als wären sie von einem anderen Planeten gelandet.«

»Deborah war in *Der König und ich* einfach göttlich«, murmelte Blair.

»Und Yul Brynner ebenso. Solche Stars gibt es heutzutage gar nicht mehr«, meinte Derek leise.

»Na, so weit würde ich nicht gehen!« rief Blair ein wenig hitzig aus. »Was ist mit dir, mein Lieber?«

Derek neigte nur den Kopf und lächelte seiner Frau zu.

Stevie sagte: »Mutter hat natürlich recht, aber ich weiß, was du meinst. Viele der großen Stars, die ich verehre, spielen nicht mehr oder sind gestorben.«

»Eine höchst betrübliche Vorstellung, meine Liebe«, erwiderte Derek. »Und ich muß gestehen, daß mir einige sehr fehlen. Larry Olivier, Jack Hawkins, Duke Wayne, Bill Holden, aber ganz besonders Rich. Herrgott, was haben wir zusammen für tolle Zeiten erlebt! Er war ein so außergewöhnlicher Mensch und ein außergewöhnliches Talent. Ich kann mich noch erinnern, wie er in den Fünfzigern den *Hamlet* spielte. Das muß 1953 gewesen sein, als er beim Old Vic war. Claire war seine Ophelia. Die beiden waren fabelhaft. Ich fuhr bis rauf nach Edinburgh, weil ich sie unbedingt in dem Stück sehen wollte. Rich war verdammt gut. Wunderbar.« Nun trat eine kurze Pause ein, ehe Derek leise sagte: »Immer habe ich ihn um seine Stimme beneidet.

»Wie bitte?« Miles warf Derek einen neugierig-erstaunten Blick zu. »Aber du selbst hast eine wunderbare Stimme, wie dir jeder gern bestätigen kann.«

»Danke, Miles, aber sie ist nicht so großartig wie Burtons Stimme. Rich hatte... nun, vermutlich hatte er die größte Stimme, die je auf einer englischen Bühne zu hören war. Es war eine wahrhaft erregende Stimme, meiner Meinung nach viel sonorer und gefühlvoller als die Larrys. Das war der Kelte in ihm, der Waliser. Wir Waliser lieben Worte über alles. Hat jemand eine gute Stimme, dann heißt es in unseren walisischen Tälern, jemand hätte ein Glöckchen in jedem Zahn.« Im allgemeinen sagt man das von einer Singstimme, aber die Redensart gilt auch für eine Sprechstimme, zumindest, was Richard betraf. Seine Stimme *klang* buchstäblich vor Gefühl. Ich konnte ihm stundenlang zuhören.«

»Das konnten wir alle und haben es auch getan«, rief Blair ihm in Erinnerung.

»Ich muß in der Küche, bei Cappi nachschauen«, rief Stevie aus, stand auf und durchschritt die große Halle. »Mal sehen, ob unser Festessen Fortschritte macht. Vermutlich ist ein bißchen zusätzliche Hilfe nötig.«

»Ich komme mit, mein Schatz«, sagte Blair halblaut und folgte ihrer Tochter.

Chloe rief ihnen nach: »Brauchst du mich, Mom?«

»Nein, Liebling, wir schaffen das sicher allein«, rief Stevie über ihre Schulter zurück, ehe sie in der Küche verschwand.

Derek ging an das Tablett mit den Drinks auf einer großen antiken Kommode, griff nach der Weißweinflasche und drehte sich mit dieser in der Hand zu Miles um. »Willst du auch einen?«

»Nein, danke, Gramps.«

Derek, der sich noch ein Glas einschenkte, ging wieder zurück an den Kamin. Sich neben Chloe aufs Sofa setzend, fragte er mit einem Blick zu Miles: »Na, wie steht es mit den Entwürfen für *Der König und ich*?«

»Eigentlich recht gut. Für ein so fabelhaftes Stück arbeitet man gern. In diesem Fall kann ich meiner Phantasie völlig freien Lauf lassen. Tempelglöckchen und Buddhas, geschnitzte Elefanten, exotische Materialien, jede Menge Gold und Silber, Edelsteine, lebhafte Farben. Alle diese

Effekte, die mithelfen, einem den Palast in Siam vor Augen zu führen, sind sehr malerisch und bühnenwirksam. Und die Kostüme sind einfach sensationell, besonders jene Annas... diese romantischen schwingenden Krinolinen.«

»Als Musical ist es einfach toll, weil das Stück an sich so schön ist, mal ganz abgesehen von der Musik.« Eine Braue Dereks hob sich vielsagend, als er nun fragte: »Und wie macht sich Martine Mason? Wie ist sie als Anna?«

»Sie ist gut, Gramps, und Ben Tresner als König auch. Ein Yul Brynner ist er zwar nicht, und Martine ist sicher keine Deborah Kerr, aber ich glaube, wir haben in den beiden ein Erfolgspaar.«

»Und daher vermutlich einen Hit.«

»Dein Wort in Gottes Ohr, Gramps!« rief Chloe aus.

Die zwei Männer wechselten amüsierte Blicke und lachten.

Plötzlich erschien Cappi in der großen Halle und winkte Chloe. »Deine Mutter möchte, daß du kommst und hilfst. Nichts Kompliziertes. Für ein paar Minuten werden einfach noch zwei Hände gebraucht.«

»Mir egal, wenn es kompliziert ist, ich bin bei komplizierten Dingen nämlich sehr geschickt«, erwiderte Chloe und lief durch den Raum, ihrem Bruder und Großvater zurufend: »Entschuldigt mich, ich bleibe nicht lange weg, und bitte sprecht nicht über mich, wenn ich nicht da bin.«

Wieder ertönte amüsiertes Lachen. »Du hast Glück«, sagte Derek.

Kaum waren sie allein, als Miles aufstand, einen Stuhl näher an Derek heranschob und anfing. »Ich möchte dich etwas fragen, ehe Ma aus der Küche zurückkommt.«

Derek sah ihn aufmerksam an, neugierig, um was es sich handeln mochte. »Schieß los, Miles, mein Junge. Ich bin ganz Ohr. Was drückt dich? Nach deiner Miene zu schließen, muß dich etwas bedrücken.«

»Ja, das stimmt. Ich mache mir Sorgen um Gideon.«

»Ach.« Dereks Interesse war sofort geweckt.

»Ich weiß, daß du Gideon getroffen hast, als er vor drei Wochen geschäftlich in Los Angeles zu tun hatte. Ich möchte nun wissen, welchen Eindruck er auf dich gemacht hat. Ich meine...« Miles räusperte sich und fuhr fort: »Ich meine... nun, was hast du von Gideon gehalten? Von seinem Benehmen? Seiner Haltung?«

Ohne überlegen zu müssen, erwiderte Derek sofort: »Er kam mir relativ normal vor. Worauf willst du hinaus?«

»Ich sah ihn vergangene Woche, als ich für ein paar Tage in London war, und... nun ja... offen gesagt, kam er mir nicht ganz auf der Höhe vor, so gar nicht wie sonst.«

»Ich verstehe, Miles. Aber ich könnte wirklich nicht behaupten, daß mir an ihm etwas aufgefallen wäre. Nein, stimmt nicht ganz. Als wir uns am zweiten Abend zum Dinner trafen, kam er mir ein wenig verloren vor. Ich würde sogar so weit gehen, zu sagen, daß er sehr in sich gekehrt war, und wenn ich es mir recht überlege, schien er mir ein wenig geistesabwesend.«

»Als ich mich mit ihm traf, war er bedrückt und mürrisch obendrein«, sagte Miles.

»Miles, er war immer schon ein wenig verdrießlich, auch schon als Kind«, hob Derek hervor. »Ihr seht einander zwar ähnlich, aber im Wesen unterscheidet ihr euch sehr.«

»Ich weiß. Aber hör mal, letztes Mal war seine Verdrossenheit ausgeprägter als sonst. Und dir ist es nicht aufgefallen?« Miles starrte seinen Großvater an.

Derek schüttelte den Kopf. »Nein, und deiner Großmutter auch nicht, sonst hätte sie eine Bemerkung gemacht. Aber wie ich eben sagte, er kam mir zerstreut vor, so als sei er in Gedanken woanders und ein wenig in sich gekehrt. Rückblickend erinnere ich mich, daß ich den Eindruck hatte, er müsse ständig ans Geschäft denken. Aber das ist auch alles.« Derek zog die Brauen zusammen. »Und warum wolltest du nicht, daß deine Mutter dieses Gespräch hört?«

»Du weißt, wie besorgt sie ist. Wegen allem und jedem.«

»Ja, aber sie ist immer mit allem fertig geworden, egal, was sich ihr in den Weg stellte. Und zwar glänzend, wie ich sagen darf.«

»Das stimmt schon. Aber heute wollte ich Gideon nicht zum Thema machen, nicht ausgerechnet zu Thanksgiving, ihrem Lieblingsfeiertag. Ich wollte ihr den Tag nicht verderben, indem ich meiner Besorgnis wegen meines Zwillingsbruders Luft mache.«

Derek lachte auf. »Ja, ich weiß, es ist ihr Lieblingsfeiertag, und keinem von uns ist es jemals gelungen, zu entkommen. Niemals. Im Laufe der Jahre habe ich mehr vom Truthahn deiner Mutter vertilgt, als mir lieb sein kann, und dabei ist es nicht mal mein Lieblingsvogel. Ich ziehe Ente, Fasan oder Rebhuhn bei weitem vor. Aber nie hat sie auf mich gehört, zumindest nicht, was Truthähne angeht.«

Miles lächelte und fragte sich, ob er von seinem älteren Bruder sprechen sollte. Nach kurzer Überlegung entschied er sich dazu, da er Derek schon immer ins Vertrauen gezogen hatte und dieser stets wie ein Vater zu ihm gewesen war. »Hat Ma von Nigel gesprochen?«

»Nein, hat sie nicht, aber Blair und ich haben sie in New York nicht getroffen. Wir sind erst seit ein paar Tagen aus Los Angeles zurück, und sie scheint im Geschäft ungeheuer viel zu tun gehabt zu haben. Ist auch mit Nigel deiner Meinung nach etwas nicht in Ordnung?«

»Nein, nicht, daß ich wüßte. Aber Ma hat mir gegenüber einige Male angedeutet, daß sie glaubt, er würde... irgendwie...« Miles zögerte, um dann seine Stimme um eine Oktave zu senken und im Bühnenflüsterton fortzufahren: »... gegen sie intrigieren.«

»Ach, ich verstehe.« Eine dramatische Pause trat ein, ehe Derek, Miles mit seinem Blick fixierend, wohltönend zitierte: »Unruhig ruht das Haupt, das eine Krone trägt.«

»Da ist was Wahres dran. Shakespeare hat es immer richtig erfaßt, findest du nicht? Du mußt es besonders gut wissen, da du in vielen seiner Dramen gespielt hast.«

Ein nachdenklicher Ausdruck legte sich über das Gesicht des Schauspielers, und er schwieg, ehe er leise fragte: »Glaubst du auch, daß Nigel Intrigen spinnt, Miles?«

»Ich... ich weiß es nicht.«

»Ich kenne deine Mutter. Sie ist viel zu vernünftig veranlagt, um sich Dinge einzubilden. Wenn sie glaubt, daß er es tut, dann tut er es. Obwohl ich – ehrlich gesagt – nicht wüßte, warum er so etwas tun sollte. Schließlich wird das Unternehmen eines Tages ihm gehören.«

»Vielleicht hat er es eilig.«

»Ich kann mir den Grund nicht denken.«

»Ich auch nicht, Gramps.«

Derek seufzte. »Ehrgeiz, Habgier, Machtstreben. Es sind Gefühle, die manchen Thron gestürzt und Mord und Totschlag verschuldet haben. Man sehe sich nur die Plantagenets und Tudors an und erkennt es ganz deutlich.« Er schüttelte den Kopf und machte ein trauriges Gesicht. »Nigel war für mich immer ein Rätsel, muß ich gestehen. Ich habe ihn nie richtig verstanden, auch nicht, als er noch ein Kind war. Noch weniger habe ich die Aktivitäten seiner Teenagerzeit verstanden. Aber das ist wohl eine ganz andere Geschichte.«

»Ja. Ich habe das damals auch nicht begriffen.«

Derek starrte ins Leere, in Erinnerungen an die Vergangenheit verloren, ehe er schließlich sagte: »Wie läuft Nigels Ehe? Geht es einigermaßen? Keine Probleme mit Tamara?«

»Nicht, daß ich wüßte. Sie ist aber auch ein hinreißendes Geschöpf, und er kann von ganz großem Glück reden, daß er sie und diese zwei prächtigen Kinder hat.«

»Aber ist ihm das auch klar?«

Miles zuckte die Schultern und hob seine Hände in einer Geste der Hilflosigkeit.

Derek wandte den Kopf und blickte gedankenverloren ins Feuer.

Nach einem Augenblick sagte Miles: »Um wieder auf Gideon zurückzukommen, ich habe mich gefragt, ob er Margots wegen noch durcheinander ist. Aber warum sollte er es sein, wenn er es doch war, der mit ihr gebrochen hat?«

»Könnte es sein, daß er es bedauert?« fragte Derek. Er drehte sich zu Miles um und blickte ihn an.

»Vielleicht. Aber zum Schluß lief es zwischen ihnen nicht mehr gut. Ich glaube, sie ging ihm gehörig auf die Nerven. Margot flatterte immer gern von einem gesellschaftlichen Ereignis zum anderen, und du weißt ja, daß Gideon nicht scharf auf Partys ist. Er ist zu ernst, zu sehr mit seiner Arbeit verwachsen.« Miles seufzte schwer. »Tja, ich weiß nicht... aber wer weiß schon, was Gideon wirklich denkt oder fühlt? Da komme ich einfach nicht mit.«

»Hast du versucht, mit ihm zu sprechen?«

Miles warf den Kopf ungeduldig zurück. »Ach komm, Gramps, natürlich. Dabei hat er mir letztes Mal fast den Kopf abgerissen«

»Vielleicht macht er nur eine der Phasen durch, wie sie alle jungen Männer irgendwann durchmachen«, äußerte Derek laut seine Überlegungen. »Er ist auf der Suche nach sich selbst und so weiter und so fort. Aber viel wahrscheinlicher geht es um eine Frau.« Er zog wissend eine Braue hoch. »Das ist es, was die Männer meist quält, wenn sie grundlos verzweifelt und abgehärmt erscheinen.«

»Vermutlich hast du recht, Derek.«

In diesem Moment erschien Chloe im Bogengang der großen Halle. »Pst, pst«, rief sie unter heftigem Winken, bemüht, die Aufmerksamkeit der beiden zu erregen. »Fast halb vier, der Lunch ist bereit! Ihr sollt ins Eßzimmer kommen. Jetzt gleich, sagt Mom.«

»Ihr Wunsch ist uns Befehl, mein Schatz.« Derek stellte sein Glas ab und stand auf.

Miles folgte seinem Beispiel.

Gemeinsam gesellten sich die zwei Männer zu ihr, und zu dritt gingen sie gemächlich ins Speisezimmer.

7

Es war ein festlicher Lunch.

Man redete und lachte durcheinander, und die vielen guten Sachen, die nun angeboten wurden, gaben Anlaß zu lautem Jubel, da sich inzwischen bei allen großer Hunger bemerkbar gemacht hatte.

Cappi und ihre zwei Helferinnen hatten ein wahrhaft denkwürdiges Thanksgiving-Festessen zubereitet. Zum Truthahn, der riesenhafte Ausmaße hatte, gab es alle Arten köstlicher und appetitanregender Beilagen – überbackene Süßkartoffeln, Kartoffelbrei sowie im Backrohr mitgebratene Kartoffeln, Pastinak, Rotkohl, Preiselbeeren, eine dicke, herrlich duftende Soße und natürlich Stevies berühmte, köstliche Brotfülle mit Salbei und Zwiebeln.

Neben dem Truthahn hatte Cappi noch einen Virginia-Schinken anzubieten und zu Dereks Belustigung gebratene Wachteln. Er wußte, daß diese eigens zubereitet worden waren, um ihn in Versuchung zu führen; all die Jahre, in denen er bei Stevie über ihre Thanksgiving-Truthähne Klage geführt hatte, trugen nun offensichtlich Früchte. Aber hatte er ihr nicht immer wieder erklärt, daß englische Puter es an Schmackhaftigkeit nicht mit amerikanischen aufnehmen könnten, ein wichtiger Gesichtspunkt, da Stevie ihm die meisten Thanksgiving-Festmähler in London aufgetischt hatte. Eigentlich hatte er sie ja nur aufziehen wollen, sie aber hatte sich seine Worte richtig zu Herzen genommen.

»Ein wenig von allem«, sagte er zu Cappi, die am Sideboard bereitstand, auf dem große Platten mit Truthahn, Schinken und Wachteln mit Gemüsebeilagen angeordnet waren. »Und nur dunkles Fleisch, wenn Sie mir vom Truthahn abschneiden.«

»Und wie steht's mit Gemüse, Sir Derek?«

»Kartoffelbrei wäre wunderbar, dazu etwas Fülle und Soße, aber das wär's dann auch schon, Cappi. Ich muß auf meine Taille achten.«

Miles ging langsam um den Tisch herum und schenkte den roten Bordeaux ein, einen Chateau Grand-Larose, seinen bevorzugten Saint-Julien. Er war 1989 abgefüllt worden, ein gutes Jahr, und Derek machte diesbezüglich eine Bemerkung zu Miles, der nickte und lächelte. »Eigens für dich ausgesucht«, sagte Miles mit verschwörerischem Blinzeln.

Chloe folgte ihrem Bruder und füllte die Wassergläser. Blair reichte indessen den Korb mit hausgemachtem Brot weiter, und Stevie bot Preiselbeersoße an. Schließlich aber war alles serviert, und man ließ sich zum Essen nieder.

Derek aß ganz langsam, jeden Bissen genießend, und sagte nur gelegentlich ein, zwei Worte. Meist beschränkte er sich aufs Zuhören und beobachtete die anderen.

Es war für ihn eine große Befriedigung, an diesem Tag hier zu sein, diese kleine Arbeitspause zu genießen, das Zusammensein mit seiner Familie. Mit einem Teil seiner Familie. Er wünschte sich, auch Gideon wäre dagewesen, und Nigel und Tamara mit ihren zwei Kindern. Dann wären sie komplett gewesen, eine richtige Familie, endlich einmal unter einem Dach versammelt.

Dies war freilich seine zweite Familie; vor langer Zeit hatte er auch noch seinen Daddy und seine Mam gehabt, seine Brüder Owen und David, und Gwyneth, seine Schwester. Seine Blutsverwandten, die ihm als Heranwachsenden so viel bedeutet hatten, in Ystradyfodwg, dem kleinen Dorf im Rhondda. *Rhondda*… wie er diesen Klang liebte. Ein Name, der ihm buchstäblich auf der Zunge zerging. Der Ort seines Herzens… wo alle seine Hoffnungen und Träume ihren Ursprung hatten… eines der großen Industrietäler von Südwales, in denen Kohlebergbau der wichtigste Industriezweig war.

Die Zeche, die gefürchtete Zeche – Wohlstand spendend, und Leben fordernd.

Sein Daddy hatte sein Leben lang unter Tag gearbeitet, praktisch von Kindesbeinen an, bis zum Tag seines Todes. Die Grube hatte ihn behalten. Eine Explosion in den Schlünden der Erde, die viele Menschenleben kostete und großes Unglück über die Stadt brachte. Sein Daddy war mit den anderen ums Leben gekommen, als die Grubenwände nachgaben und Wasser in die Schächte einbrach.

An jenem Tag war sein Bruder Owen nicht mit ihrem Daddy in der Schicht gewesen und so der Katastrophe entgangen, um für sie alle zum Ernährer zu werden.

Und seinem älteren Bruder hatte er es zu verdanken, daß er verschont wurde. Owen und auch Gwyneth hatten bereits etwas Besonderes in ihm gesehen, als er noch ein Junge war. Sie hatten es »die Gabe« genannt, und es hatte sich gezeigt, daß es genau das war, etwas tief in seinem Inneren, auf das er sich stützen konnte und das ihn schließlich zu den höchsten Höhen der Schauspielkunst führen sollte, obwohl er es damals noch nicht geahnt hatte. Auch seine Geschwister hatten damals noch nicht gewußt, worin diese Gabe bestand. Nicht richtig jedenfalls, da sie es nicht definieren konnten. Aber sie hatten etwas in ihm entdeckt, das ihn zu einem anderen machen und ihn weit über das Mittelmaß seiner Umgebung hinausheben würde.

In gewissem Sinn war es eine Mischung aus verschiedenen Gaben: sein Schauspieltalent, seine geniale Mimik, seine Sopranstimme als Kind, die alle begeisterte – und die ihm nicht bleiben würde, wie alle wußten. Diese Eigenschaften erkannten sie in ihm und freuten sich an ihnen. Owen im besonderen erkannte seine Begabung fürs Lernen und war überzeugt, daß dies allein seine große Chance war. Jene seltene Chance, dem Schicksal der meisten Jungen seines Alters im Südwales der vierziger Jahre zu entgehen: der Arbeit unter Tag in den Kohlegruben.

»Er wird nicht in der Grube arbeiten, das lasse ich nicht zu«, sagte Owen immer wieder zu Gwyneth; und Schwester, Mutter und Bruder David waren mit ihm einer Meinung, daß Derek zu schade sei, um »dort unten« verschlissen zu werden.

Owen bestaunte seine Gedichtvorträge; Derek besaß ein angeborenes Talent, Verse zu deklamieren, seitenweise, alles auswendig gelernt und dem Gedächtnis überantwortet. Ebenso staunte Owen über seinen drängenden Ehrgeiz, sein verzehrendes Verlangen nach der Bühne. Schauspieler wollte er werden, das war sein Ziel.

Er wollte die Bretter erobern, die die Welt bedeuteten, und ein anderer werden. Ja, er wollte spielen, ausgerechnet er, ein armer Junge aus den walisischen Tälern. Doch in seiner Heimat hatte man sich eine seltene Wertschätzung der Sprache bewahrt, in jener einst herrlichen Landschaft, deren Talhänge nun Minenschächte säumten, während die Höhen der grünen Hügel von Fördertürmen entstellt wurden.

Dort wurde dem geschriebenen wie dem gesprochenen Wort große Achtung entgegengebracht, ganz nach Art der Kelten, jenem sonderbar fremdartigen Stamm, der vielen als der verlorene Stamm Israels galt. Diese Liebe zum Wort war ein Erbe der Altvorderen, seiner Ahnen, und auch er liebte die Sprache, vielleicht mehr als alles andere. Als Junge hatte er Musik geliebt, den Gesang an Sonntagen in der Kirche und die Eisteddfods, jene einmaligen Musikfeste, auf denen er brilliert hatte, solange er seine Stimme besaß.

Seine erste Sprache als Kind war das Walisische gewesen, und er sprach es noch immer und sprach es gern, doch hatte er in seiner Jugend auch die fremde Sprache gelernt, das Englische, hatte sie sich erobert und auf besondere Weise angeeignet.

Owen und Gwyneth hatten ihn vor der Arbeit in der Grube bewahrt. Dafür war er ihnen ewig dankbar, und er hatte ihnen seine Dankbarkeit immer wieder bewiesen, da er seiner Familie in großer Anhänglichkeit ergeben war. Seine Geschwister bedeuteten ihm alles. Immerhin hatten sie ihm dieses Leben ermöglicht, oder ihm zumindest die Chance gegeben, nach diesem Leben zu greifen, es sich zu eigen zu machen, so wie er sich eine Bühne zu eigen machte, wenn er sie betrat.

Seine walisische Familie, seine Blutsverwandten. Sie alle waren zum Glück wohlauf, bis auf seine mamgu, seine Mam, die vor zwanzig Jahren gestorben war. Seinen Erfolg und seine Triumphe hatte sie noch erlebt. Sie hatte ihn als Heinrich IV. und Heinrich V. bewundert, und ihn in seinen Glanzrollen als Hamlet und Richard III. bejubelt. Und sie hatte im Theater gesessen und gespürt, wie er sein Publikum in den Bann schlug, zwei, drei Stunden lang. Seine geliebte walisische Familie, zu der er immer wieder zurückkehrte, um seine Wurzeln zu pflegen, sein Erbe, das er ständig vor sich her trug wie ein Banner im Wind.

Moment. Das stimmte nicht, ganz und gar nicht. In seinem Leben hatte es nicht nur zwei Familien, sondern deren drei gegeben. Es hatte vor langer Zeit noch eine gegeben, eine Schauspielerfamilie, eine Handvoll junger Männer, die sich Anfang der fünfziger Jahre zusammengefunden hatte.

Rich, natürlich, Stanley Baker und er selbst. Und einige andere Waliser, die mit der Zeit abgesprungen waren. Aber allen war derselbe Hintergrund eigen. Sie stammten aus den grünen Tälern, in denen Rugby, Gesang, Poesie, Armut und Kohle den Ton angaben. Jungen aus der Arbeiterklasse, die zu Heroen ihrer Klasse werden sollten. Besonders füreinander.

Er und Rich und Stanley waren seinerzeit echte junge Wilde gewesen, wenn sie sich nach ihren Bühnenauftritten in den Kneipen dem Suff hingaben und keine Gelegenheit ausließen, um herumzuhuren. Doch wenn er es recht bedachte, hatte mehr Angeberei als sonst etwas dahintergesteckt. Und allen drei war die Liebe zum Rugby gemeinsam. Sie spielten es selbst und feuerten als begeisterte Zuschauer das walisische Team an.

Ach, wie jung sie gewesen waren, stark, stolz, voller Unfug und ätzender Sprüche. Und jeder einzelne war immer berühmter geworden. Damals, im London der fünfziger Jahre, konnte einem das schon gehörig zu Kopf steigen.

Es war ihre walisische Herkunft, ihr Talent und ihre Darstellungskunst, die sie verband wie eine Familie, und Richard Burton, sein geliebter Rich, war ihr Anführer gewesen. Der walisische Stammeshäuptling aus den heimatlichen Tälern, bereit, sie zu Triumphen zu führen, die ihre kühnsten Träume übertrafen. Und er hatte es getan. Ihr ruhmreicher, walisischer Krieger, ganz Feuer und Strahlkraft, mit seinem hell lodernden Genius, als Mensch immens kraftvoll, charismatisch und bezwingend, einer der größten klassischen Darsteller seiner Zeit, nein, aller Zeiten, mit einer Stimme begabt, die ein Kritiker als »bemerkenswert schön« bezeichnete. Und Derek war der Meinung, daß diese Stimme der eigentliche Quell von Richs genialer Schauspielkunst war.

Und dann war Rich 1984 mit achtundfünfzig Jahren von ihnen gegangen, und er hatte ihn beweint, wie er und Rich um ihren Freund Stanley geweint hatten, als dieser 1976 – absurd jung – gestorben war, damals schon als Sir Stanley Baker von aller Welt hoch geehrt. Er und Rich hatten ihn betrauert und ihren Zorn und ihre Wut geteilt, weil er so jung gestorben war und sie seinen Verlust hinnehmen mußten.

Und nur kurze acht Jahre später war Rich selbst gestorben, an einer schweren Gehirnblutung in seinem Haus in der Schweiz. Jetzt existierte diese kleine Familie von Schauspielern nicht mehr. Nur er war noch übrig.

Aber er hatte *diese* Familie. Sie war es, der nun seine Sorge galt, als sie um Stevies runden Tisch in ihrem Eßzimmer auf Romany Hall in Kent, Connecticut, saßen, fern der südwalisischen Täler seiner Jugend.

Er warf Miles einen Blick zu, den dieser lächelnd festhielt. Derek erwiderte sein Lächeln, widmete sich aber sofort wieder seinen Gedanken, die *dieser* Familie galten, diesen Menschen, die im Laufe der Jahre Mittelpunkt seines Lebens geworden waren.

Miles. Für ihn eher Sohn als Enkel. Nach Ralphs frühem Tod, hatte er Stevie bei der Erziehung helfen wollen, sie aber, zur Unabhängigkeit entschlossen, hatte sich jede Einmischung verbeten.

Er hatte auch versucht, ihr bei der Erziehung von Gideon und Nigel an die Hand zu gehen, doch war ihre Haltung unverändert geblieben. »Das schaffe ich schon«, hatte sie immer wieder gesagt, und tatsächlich, es war nicht zu leugnen, sie hatte es immer geschafft.

Gideon war ein mürrischer Junge gewesen, aber brav wie Miles, der seiner lieben Art, seiner unbeschwerten Natur und seiner absoluten Verläßlichkeit wegen der Liebling aller war. Miles hatte sich nicht viel geändert, war allenfalls noch besser geworden und galt in seiner Familie zu Recht als Friedensstifter.

Nigel war zu sehr ein Jardine, um auf andere zu hören, auch nicht auf seine Mutter, doch besaß sie einen starken Willen und hatte sich am Ende durchgesetzt. Aber auf *ihn* wollte Nigel nicht hören. Was wußte schließlich so ein

Schauspieler, der außerdem nur der Mann seiner Großmutter und nicht mal ein Blutsverwandter war. Nigel hatte sich ohne viel nachzudenken an Bruce Jardine angeschlossen. Er hatte sich auf die Seite der Jardines geschlagen und mit ihnen sogar einmal gegen Stevie Partei ergriffen.

Diesen Verrat hatte Derek Nigel nie verziehen. Zuweilen hatte er es versucht und sich sogar eingeredet, er hätte Nigel vergeben, doch das war Selbstbetrug. Von Verzeihen konnte keine Rede sein, er hatte es nur vorgezogen, den Verrat zu vergessen, um ein freundschaftliches Verhältnis mit Nigel aufrechtzuerhalten, da dieser als Stevies Ältester fester Bestandteil der Familie war. Temporäre Amnesie, wie Blair es nannte.

Blair. Die Frau, die er liebte, vom ersten Tag ihrer Bekanntschaft an. Er war ihr begegnet und hatte alle und alles vergessen und sofort gewußt, daß er sein Leben lang auf der Suche nach ihr gewesen war.

Seine Ehe mit Nina, seiner ersten Frau, war bereits stark verschlissen und praktisch am Auseinanderbrechen. Und als er sich in Blair verliebte, Hals über Kopf, war es, als hätte man eine Stange Dynamit in seine Ehe geschleudert. Alles um ihn herum war zusammengebrochen, und es hatte ihn nicht gekümmert. Nichts hatte mehr gezählt, nur sie. Er wollte Blair, und er würde sie bekommen. Er und Nina hatten keine Kinder, auf die es Rücksicht zu nehmen galt. Überdies hatte Nina ihn bereits satt und war ihm an diesem Punkt ihres Lebens schon so feindselig gesinnt, daß sie ihn vor Freunden als versoffenen Komödianten heruntergemacht hatte, was er keinesfalls war. Komödiant ja, aber nicht versoffen. Er war vieles, aber das nicht.

Blair und er hatten schließlich geheiratet und führten seither – allen Prophezeiungen zum Trotz – eine sehr glückliche Ehe. Sie war seine wahre Liebe, seine Muse, seine hingebungsvolle Partnerin, sein größter Kritiker und sein größter Fan.

Sie war immer für ihn da, um ihm im Ring zuzujubeln, seine Wunden zu versorgen, Pannen auszubügeln, seinen Schmerz und die schrecklichen Verletzungen des täglichen Lebens zu lindern. Sie war für ihn alles. Wie vor ihr seine Mutter, war sie eine der Frauen, die er idealisierte, sie und seine Schwester Gwyneth.

Daß er und Blair kinderlos waren, spielte für ihn keine Rolle. Schließlich gab es Stevie und ihre Kinder und Nigels Kinder. Er liebte sie alle, sogar Nigel, der so schwierig und zuweilen so schwer zu verstehen war. Aber er war ein Teil Stevies und Blairs und verdiente es daher, trotz seiner Mängel geliebt zu werden.

Er sah zu Chloe hin, die neben Blair saß. Wie erstaunlich… sie sah so aus, wie Blair als junges Mädchen ausgesehen haben mußte. Über ihre Erbmasse konnte kein Zweifel bestehen. Aus Chloe wird einmal eine große Herzensbrecherin, dachte er, während er sie verstohlen beobachtete. Hätten er und Blair eine Tochter gehabt, so hätte sie sicherlich wie Chloe ausgesehen.

Chloe. So jung, fast zu jung für achtzehn, oder kam es ihm nur so vor? Kinder waren heutzutage so erwachsen. Er liebte Chloe, sein angebetetes Enkelkind. Er hatte ein schlechtes Gewissen, da er sie maßlos verwöhnte, doch konnte er einfach nicht anders.

Chloe bedeutete ihm sehr viel. Er wollte mit Stevie über

Chloes Collegeausbildung sprechen, über ihr Studium in Oxford. Nach ihrem Schulabschluß mußte sie im Sommer nach England kommen und bei ihnen wohnen und die Aufnahmeprüfung für Oxford machen. Chloe war ein intelligentes Mädchen, künstlerisch begabt wie die Zwillinge und klug wie Stevie. Er war sicher, sie würde sich gut machen und so viel erreichen wie ihre Mutter.

Stevie. Seine innig geliebte Stevie. Er hatte sie immer als seine Tochter betrachtet, und genau das war sie auch. Als er und Blair heirateten, war sie eine vierzehnjährige Rebellin gewesen. Er hatte sofort gewußt, daß sie schwer zu bändigen sein würde, doch hatte es ihn weder gekümmert, noch hatte es ihm Sorgen bereitet. Er war bereit und gewillt, sie anzunehmen und sie wie sein eigenes Kind aufzuziehen, nachdem er ihre Mutter geheiratet hatte. Die beiden kamen als Doppelpackung, als reizende und geliebte Doppelpackung, die er mit Freuden in Kauf nahm.

Es sollte sich zeigen, daß er nicht lange erziehen mußte. Nur zwei Jahre, dann war Stevie Ralph Jardine begegnet und hatte ihn bald geheiratet.

Anfangs war er Ralph mit Argwohn begegnet, da er sich fragte, was für ein Mensch das sein mochte, der eine Sechzehnjährige verführt hatte, ein unschuldiges, unerfahrenes Mädchen, elf Jahre jünger als er.

Aber ihre Ehe war von Bestand gewesen, da Ralph Stevie wirklich geliebt hatte. Mit der Zeit hatte er Ralph ins Herz geschlossen und seinen Tod aufrichtig betrauert.

Derek setzte sich auf seinem Stuhl zurecht und sah Stevie mit wohlwollendem Blick an. Er war sehr stolz auf sie. Sie hatte sich zu einer außergewöhnlichen Persönlichkeit entwickelt, zu einer Frau, die viel Macht und Einfluß besaß, in ihrem Unternehmen und in der internationalen Welt der Juwelenhändler, und doch war es die ihr innewohnende Macht, ihre Kraft, die ihn am meisten beeindruckte und ihm immer wieder Grund zum Staunen lieferte. Ja, die Kraft einer Frau war nicht zu unterschätzen. Sie war es gewesen, die nach Ralphs plötzlichem Tod alles zusammengehalten hatte, kaum daß ihre Trauer ein wenig nachgelassen hatte. Bruce Jardine, der vom Tod seines Sohnes tief getroffen worden war und danach selbst einen Herzanfall erlitten hatte, schien kaum noch zu etwas nütze, und was Alfreda betraf, so war sie eines der dümmsten Frauenzimmer, das ihm je über den Weg gelaufen war, eine von ihrem eigenen lächerlichen Snobismus total verbildete Ignorantin.

Stevie war es, die dem Unternehmen über diese schwere Zeit hinweggeholfen und dafür gesorgt hatte, daß alles glattlief, sie, damals eine junge Frau ohne Berufserfahrung, die aber die Tatkraft und Intelligenz ihrer Mutter geerbt hatte, ganz zu schweigen von einer gehörigen Portion Mut. Denn es bedurfte großer Tapferkeit, als Sechsundzwanzigjährige einfach hinzugehen und Bruce bei der Führung des Unternehmens Hilfe anzubieten. Mochte Bruce ihren bewundernswerten Einsatz und ihren Beitrag bis zu seinem letzten Atemzug bestreiten, Derek wußte, wie alles wirklich gelaufen war und wieviel sie erreicht hatte. Stevie war es zu verdanken, daß Jardine & Co., Hofjuwelier, in London überhaupt noch existierte.

Sein Blick blieb liebevoll an ihr hängen. Es bekümmerte Derek, daß sie nicht wieder geheiratet hatte. Er bedauerte ihr Alleinsein, da zu befürchten war, daß sie im Alter ohne einen Partner an ihrer Seite einsam sein würde. Im Moment war sie natürlich eine vielbeschäftigte Frau, von der täglichen Routine in der Firma in Anspruch genommen. Aber eines Tages würde sie sich zurückziehen, alles aus der Hand geben und es Nigel überlassen.

Nigel. Seine Gedanken verweilten bei Stevies Ältestem. Wenn sie der Meinung war, daß Nigel gegen sie intrigierte, dann stimmte es zweifellos. Aber was war der Grund für Nigels Vorgehen? Er konnte keinen Sinn dahinter erkennen.

8

»Großpapa! Großpapa! Warte auf mich! So warte doch!« Derek drehte sich um und sah Chloe, die ihm über den Rasen nachlief. Er blieb stehen und wartete.

»Was gibt es denn, Chloe? Ist etwas?« fragte er, als sie ihn eingeholt hatte.

»Nein, Großpapa«, keuchte sie außer Atem. »Ich wollte nur, daß du auf mich wartest. Ich möchte dich auf deinem Spaziergang begleiten.«

»So laut wie du geschrien hast, dachte ich schon, eine mittlere Katastrophe hätte sich ereignet.«

Ein rascher Blick zeigte ihr sofort das neckende Aufblitzen in seinen hellblauen Augen. Entspannt und mit leisem Auflachen sagte sie: »Ich darf doch mitkommen, oder?«

»Natürlich, aber komm schon, wir wollen nicht hier herumstehen. So warm ist es heute auch wieder nicht. Ich wollte zum Sommerhaus unten am Fluß. Hin und zurück ist es ein netter Spaziergang.«

Chloe nickte, schob ihren Arm unter den Dereks und fiel mit ihm in Gleichschritt.

»So schreien darfst du nicht, Chloe, das könnte deiner Stimme schaden«, sagte er.

»Aber ich möchte ja nicht Schauspielerin werden.«

»Trotzdem, du könntest dir schaden und deinen Kehlkopf überanstrengen. Mir ist es einmal passiert, und du kannst mir glauben, daß es sehr schmerzhaft war.«

»Wann war das?«

»Ach, das ist lange her. Ich war damals ein junger Anfänger und brüllte laut drauflos statt meine Stimme zu schonen, da ich auch ganz hinten in der letzten Reihe gehört werden wollte. Ich habe mir damit sehr geschadet. Aber es war mir eine Lehre. Erst später sollte ich lernen, wie man seine Stimme richtig einsetzt, ohne zu brüllen, und trotzdem auch noch ganz hinten gehört wird. Ein Lehrer brachte mir bei, daß ich nur deutlich artikulieren müßte. Und ich merkte tatsächlich, daß das Stimmvolumen keine Rolle spielt und es nur auf die Deutlichkeit ankommt, wobei ich natürlich auch lernen mußte, daß diese überdeutliche Aussprache nicht gekünstelt wirken durfte.«

»Das muß sehr aufregend gewesen sein, als du zur Bühne gingst.«

»Das war es und ist es noch immer. Für mich gibt es nichts, was sich mit einem Bühnenauftritt oder mit dem Sprechen der ersten Textzeilen vergleichen läßt. Es ist richtig erregend, wenn auch manchmal ein wenig angsteinflößend.«

»Angsteinflößend?«

»Ja. Wie viele Schauspieler leide auch ich zuweilen an Lampenfieber. Nicht so arg wie seinerzeit, aber hin und wieder packt es mich doch.«

»Dich?« Chloe sah ihn mit erstauntem Kopfschütteln an. »Großpapa, das kann ich nicht glauben! Du doch nicht, Sir Derek Rayner, der größte Darsteller klassischer Rollen auf englischen Bühnen.«

Er lächelte. »Wie ich eben sagte, viele Schauspieler leiden an Lampenfieber. Auch mein Freund Rich, der manchmal richtig ins Zittern geriet. Andere Schauspieler leiden an Übelkeit, und Larry Olivier mußte immer gegen ein nervöses Lachen ankämpfen, wenn er die Bühne betrat. Am Anfang seiner Karriere jedenfalls. Schließlich schaffte er es, das Lachen zu beherrschen, zumindest meistens.«

»Und du, Großpapa? Wie äußert es sich bei dir?«

»Mich überkommt ein leichtes Zittern und mir wird übel, so daß ich das Gefühl habe, ich müßte mich übergeben. Ich bekomme es mit der Angst zu tun, ich könnte meinen Text vergessen und mich zum Narren machen. Ich glaube, darum geht es vor allem beim Lampenfieber, um die schreckliche Angst, man könnte alles vermasseln und sich vor dem Publikum lächerlich machen.«

»Ich verstehe. Das muß schrecklich sein.«

»Ist es auch. Zum Glück dauert es bei mir nie sehr lange. Sobald ich die ersten Sätze gesprochen habe, bin ich es los, und ich vergesse alles, weil ich zu der Person werde, die ich verkörpere. Die Dramatik des Stückes reißt mich mit.«

»Manchmal dachte ich, ich möchte auch zur Bühne gehen, und habe sogar einmal mit Großmama darüber gesprochen, aber sie … sie hat es mir irgendwie ausgeredet.«

»Ach?« Derek blinzelte. »Aber du solltest deinem Stern folgen, meine Liebe, und dich nie nach anderen Leuten richten.«

»Das laß Mom lieber nicht hören, sonst wird sie wütend auf dich sein«, warnte Chloe ihn.

»Du hast recht, sie würde toben. Aber sie ist dennoch klug genug, um zu wissen, daß ich die Wahrheit spreche. Shakespeare brachte es am besten zum Ausdruck, als er schrieb: ›Sei stets wahrhaftig vor dir selbst‹, Daran solltest du immer denken. Wenn du dir dies zum Maßstab nimmst, kannst du nicht viel falsch machen.«

»Shakespeare meinte damit wohl, daß wir unseren eigenen Überzeugungen treu bleiben sollen, oder?

»So ist es. Du bist jetzt achtzehn, Chloe, fast erwachsen. Bald wird es Zeit für die Uni.«

»Ja«, sagte sie leise und hielt kurz den Atem an, unsicher, ob sie sich ihm anvertrauen sollte.

»Das ist aber ein sehr kleinlautes Ja und sieht dir gar nicht ähnlich. Du klingst ja wie eine verschreckte kleine Kirchenmaus.«

Chloe mußte lachen. »Nein, tue ich nicht.«

»Also, was ist los? Ich dachte, bei dir hätte es immer Oxford geheißen.«

Als sie keine Antwort gab, blieb Derek stehen, umfaßte ihre Schultern und drehte sie zu sich um. »Chloe, Oxford ist zauberhaft … eine Stadt voller Colleges mit verträumten Höfen, mit Kuppeln und blitzenden Türmen. Die

Bodleian Library, All Souls, das Union. Diesen herrlichen Ort gibt es, Liebling, wenn du ihn willst«.

»Ich weiß es nicht mehr, Großpapa«, sagte sie aufrichtig, weil sie seine Integrität und seine Liebe spürte.

»Ich verstehe.« Nach einer kleinen Pause fuhr er halblaut fort: »Aber du warst überzeugt, nach Oxford zu gehen, wenn die Zeit reif wäre.« Er starrte sie so aufmerksam an, daß seine Augen sie zu durchdringen schienen. »Was ist geschehen, daß du deine Meinung geändert hast?«

Chloe zögerte kurz, um dann leise zu sagen: »Eigentlich nichts.« Sie zuckte die Schultern. »Ich glaube… nun, ehrlich gesagt, ich möchte überhaupt nicht aufs College. Ich möchte arbeiten… bei Jardine's.«

»Allmächtiger! Das kann nicht dein Ernst sein!« Ohne ihre Antwort abzuwarten, fuhr er fort: »Ich sehe, daß es dir sehr ernst ist. Warum aber diese Meinungsänderung?«

»Ich weiß nicht und kann es nicht erklären.«

»Hast du mit deiner Mutter darüber gesprochen?«

Chloe nickte. »Ja, am Mittwoch abend, als ich ankam.«

»Hm. Nun, freut sie sich, daß du mit ihr im Geschäft arbeiten möchtest?«

Chloe biß sich auf die Lippen. »Mom möchte, daß ich meine Ausbildung beende und aufs College gehe. Genauer gesagt, sie möchte, daß ich nach Oxford gehe.«

»Durchaus verständlich.«

Ehe sie sich zurückhalten konnte, platzte sie heraus: »Ich möchte mit Gideon in London arbeiten.«

Derek war sprachlos, als er das hörte, obwohl seine Miene undeutbar blieb, als er sagte: »Ich hoffe sehr, daß du das deiner Mutter nicht gesagt hast.«

»Doch, habe ich.«

»Ach, du meine Güte… Sie muß sich sehr aufgeregt haben.«

Chloe biß sich auf die Lippe, abermals nickend.

Derek griff nach ihrer Hand, zog ihren Arm durch seinen und ging weiter auf den Fluß zu. Es wurde still zwischen ihnen.

Schließlich brach Derek das Schweigen, als er halblaut sagte: »Sicher hat es sie sehr gekränkt, dies von dir zu hören, Chloe.«

»Ich denke schon«, murmelte sie.

»Ich kann dich nicht verstehen!« rief er und ließ seinem Ärger freien Lauf. »Warum London? In New York könntest du ebensoviel lernen, da es niemanden gibt, der klüger wäre und mehr wüßte als deine Mutter. Ich weiß sicher, daß sie nichts mehr freuen würde, als wenn du mit ihr an der Fifth Avenue arbeiten wolltest. Und es würde dir auch nicht schaden.«

»Ich glaube, daß ich in London sehr viel mehr über Steine und Schmuckdesign lernen könnte. Die Schauräume sind größer, die Werkstätten auch, außerdem arbeiten dort außer den Steinexperten viele andere Handwerker – Silberschmiede, Goldschmiede. Bei Gideon würde ich eine bessere Ausbildung bekommen als bei jedem anderen. Er ist einer der besten Edelsteinschleifer der Welt, und er ist Hofjuwelier, der einzige Mensch, der die englischen Kronjuwelen berühren darf.«

»Ja, ja, das alles weiß ich«, erwiderte Derek ärgerlich. »Aber sieh mal, Chloe, du könntest ja im Unternehmen, sei es in London oder New York, arbeiten, nachdem du dein Studium durchgezogen hast. Ich bin der Allerletzte, der dich abhalten würde, dir deinen Traum zu erfüllen, habe ich das nicht eben gesagt? Aber würdest du dir nicht wenigstens überlegen, ob du nicht doch lieber studieren solltest? Dir zuliebe, deiner Mutter zuliebe und auch mir zuliebe, aber in erster Linie für dich selbst. Es ist so wichtig für deine Zukunft, gleichgültig, für welchen Berufsweg du dich entscheidest.«

Sie zögerte nur kurz, ehe sie sagte: »Großpapa, ich will es mir überlegen.«

Die beiden gingen still weiter, in Gedanken versunken, noch immer in Richtung des Flusses, der hinter dem Haus unterhalb des Gartens dahinströmte.

Das Gespräch mit Chloe hatte Derek doch ziemlich schockiert, nicht zuletzt, weil er sich um Stevie aufrichtig Sorgen machte. Da er sie sehr gut kannte, wußte er, wie schrecklich sie sich fühlte und wie sehr sie litt. Ach, diese Jugend, wie grausam sie mit überstürzt und meist gedankenlos geäußerten Worten sein konnte. Ohne böse Absicht, versteht sich. Jugendliche Selbstsucht. Aber war er selbst in seiner Jugend nicht auch selbstsüchtig gewesen? Damals, als er glaubte, alles zu wissen und alle Antworten parat zu haben? Er war jetzt achtundsechzig Jahre alt und hatte in vielerlei Hinsicht das Gefühl, als wüßte er nichts und als hätte er trotz seiner zahlreichen Erfahrungen im Leben nichts gelernt. Je länger er lebte, desto weniger wußte er, zumindest kam es ihm so vor. Zu Blair sagte er oft, daß ihn nichts mehr überraschen konnte, da er immer auf das Schlimmste gefaßt war. Und doch wurde er immer wieder überrascht, so wie jetzt durch Chloe.

Sie kamen zum Sommerhaus, das in Ufernähe unter den Weiden stand. Derek stieg zielstrebig die Stufen hinauf und sagte über die Schulter: »Setzen wir uns ein paar Minuten, von hier aus kann man so schön die Vögel auf dem Wasser beobachten, und es ist windgeschützt. Außerdem muß ich rasten, es war ein langer Spaziergang.«

Pflichtschuldig trottete Chloe die wenigen Stufen hinter ihm hinauf und setzte sich auf die Holzbank, auf der er sich niedergelassen hatte.

Langsam wickelte sie sich aus ihrem Schal, nahm die gestrickte Mütze ab und strich sich seufzend das Haar aus dem Gesicht.

»Du trägst wohl die Last der Welt auf deinen Schultern, Chloe?«

Sie schüttelte den Kopf.

Als er sie genauer anschaute, merkte er, daß sie den Tränen nahe war. Seine Hand auf ihren Arm legend, sagte er leise: »Na, na, was ist denn?«

»Nichts, gar nichts, Großpapa«, erwiderte sie kopfschüttelnd und fuhr sich mit den Fingern hastig über die Augen. Sie schluckte schwer und versuchte erfolglos ein Lächeln, wobei ihre Unterlippe leicht zitterte.

»Chloe, du sollst nicht weinen. War ich eben zu barsch zu dir? Das wollte ich nicht.«

»Nein, nein, wirklich nicht. Ich bin selbst schuld. Vermutlich bin ich sehr albern.«

»In welcher Hinsicht?«

»Ich habe meine Mutter aufgeregt, weil ich nicht aufs College möchte, und auch dich habe ich aufgeregt, Großpapa. Ich glaube, ich habe wirklich Moms Gefühle verletzt, als ich sagte, daß ich lieber in London arbeiten möchte. Aber ich wollte sie nicht verärgern, wirklich nicht, und kränken wollte ich auch niemanden, schon gar nicht Mom.«

»Das weiß ich, Chloe, und ich bin sicher, daß auch sie es weiß. Na, jedenfalls hast du gesagt, du würdest dir das Studium überlegen, ehe du dich für einen Beruf entscheidest, sei es bei Jardine's oder nicht. Wenn du ihr das sagst, wird sie sich freuen. Und ich verspreche dir, daß sie sich auch viel besser fühlen wird.«

Chloe sagte nichts. Gleich darauf nickte sie, und dann drehte sie sich zu Derek um und starrte ihn an, nervös an ihrer Unterlippe kauend. Völlig unerwartet, und zu ihrem Entsetzen, stiegen ihr die Tränen in die Augen und glitten langsam ihre Wangen hinunter.

»Chloe, Chloe, was ist denn los?« fragte Derek, der sie besorgt ansah, wieder nach ihr griff und diesmal ihre Hand festhielt.

Als sie weiterhin schwieg, fragte er: »Möchtest du mir etwas sagen? Hast du irgendein Problem?«

Nach einem tiefen Atemzug antwortete Chloe: »Ich wollte dich auch deswegen begleiten, weil ich dich etwas fragen möchte.« Sie unterbrach sich und starrte ihn so ausdruckslos an wie vorhin.

Derek nickte. »Also los, frag mich. Ich werde dir schon nicht den Kopf abbeißen, du albernes Ding.«

»Es ist... es geht... um meinen Vater.«

»Was ist mit ihm?« fragte Derek, obwohl er sofort wußte, worauf sie abzielte.

»Wer war er wirklich?«

Derek seufzte schwer. »Ich weiß es nicht, ehrlich, Chloe.«

»Würdest du es mir sagen, wenn du es wüßtest?«

»Ganz sicher.«

»Ich glaube nicht, daß meine Mutter fair zu mir ist. Ich bin jetzt erwachsen, und ich weiß seit Jahren, daß ich unehelich zur Welt kam. Ich glaube, ich sollte mehr über meinen Vater wissen, über seine Herkunft, wer er war, wie er war.«

»Da gebe ich dir recht, Chloe«, erwiderte Derek ehrlichen Herzens.

»Dann hilf mir, Großpapa, bitte.«

»Wie denn, mein Schatz?«

»Sprich mit Mom. Auf dich wird sie hören. Sag ihr, daß sie mir alles über meinen Vater sagen soll.«

»Sie wird dir nichts sagen.«

»Warum nicht?«

»Keine Ahnung.« Er schüttelte den Kopf. »Sie hat um ihn immer ein Geheimnis gemacht.«

»Du bist ihm nie begegnet? Hast du ihn nicht gekannt?«

»Nein, Chloe.«

»Und Großmama?«

»Auch sie kennt ihn nicht. Er war immer ... der große Geheimnisvolle.«

»Ich weiß nicht mal, wie mein Vater ausgesehen hat«, flüsterte Chloe, wieder den Tränen nahe.

»Weine nicht, Liebling.«

»Großpapa, bitte, sprich mit ihr.«

»Gehen wir lieber zuerst zu deiner Großmutter, und sprechen wir mit ihr.«

9

In der Mitte des kleinen, an ihr Schlafzimmer anschließenden Salons stehend, starrte Blair erst Derek und dann Chloe an. »Ihr beide seht ja aus wie richtige Verschwörer!« rief sie. »Was gibt es denn?«

»Frag Chloe, meine Liebe«, sagte Derek und durchquerte den Raum, um vor dem Kamin stehenzubleiben und sich den Rücken zu wärmen.

»Ist etwas, Chloe?« fragte Blair, die forschend und mit gerunzelter Stirn die Miene ihrer Enkelin musterte.

»Ich möchte alles über meinen Vater wissen. Mom hat niemals auch nur ein Sterbenswörtchen über ihn verlauten lassen. Großmama, bitte sag du mir etwas«, bat Chloe unumwunden. »Bitte!«

Blair, die nicht verblüffter hätte sein können, machte kein Hehl aus ihrer Überraschung. Sich schwer in einen Sessel niederlassend, sagte sie: »Chloe, leider kann ich dir gar nichts sagen, aus dem einfachen Grund, weil ich deinen Vater nicht kannte. Ich bin ihm weder begegnet, noch habe ich jemals mit ihm telefoniert.«

»Aber Mom muß doch etwas über ihn gesagt, irgend etwas erwähnt haben.«

»Hat sie nicht.«

»Aber wie… wie hat sie dir dann von *mir* erzählt?

»Eines Tages kam sie und eröffnete mir, daß sie schwanger wäre, und ich freute mich für sie, besser gesagt, ich war überglücklich, weil ich natürlich annahm, es würde eine Hochzeit folgen.«

»Doch es gab keine, weil…« Chloe sprach nicht weiter und warf sich mit verzweifelter Miene aufs Sofa.

Derek und Blair wechselten bezeichnende Blicke, und Derek sagte: »Weil *was*, Liebling?«

»Weil er tot war. Sie sagte, daß mein Vater bei einem Autounfall ums Leben kam, ehe sie heiraten konnten.«

»Ach«, sagte Blair.

»Hat sie dir das nicht auch gesagt, Großmama?« Blair schüttelte den Kopf.

»Was hat sie dann gesagt?« wollte Chloe leise wissen.

»Eigentlich nicht viel, Chloe«, antwortete Blair und erklärte: »Als ich etwas von Heirat verlauten ließ und andeutete, wie sehr ich mich für sie freute, sagte sie nur: ›Ich werde nicht heiraten. Es wird keine Hochzeit geben.‹ Ihre Worte sind mir für immer in Erinnerung geblieben, auch an den Tag kann ich mich ganz deutlich erinnern. Es war ein Regentag in London. Ich weiß, daß ich ans Fenster trat und auf unseren Garten hinausblickte. Damals wohnten wir in Hampstead, unweit Heath. Ich stand ganz benommen da und blickte hinaus auf die feuchten Bäume, sah die Wassertropfen über die Scheiben rinnen. Und ich dachte, die Regentropfen sind wie meine Tränen.«

»So hast du dich damals aufgeregt, Gran?«

»Natürlich war ich außer mir! Deiner Mutter wegen, schließlich wurde sie ja nicht jünger. Sie war damals fast achtundzwanzig. Ich hätte mir natürlich gewünscht, daß sie mit jemandem glücklich wird, daß sie eine zweite Chance bekäme, eine Chance mit einem anderen Ehemann.«

»Und anstatt eines Ehemannes bekam sie mich. Einen Bastard.«

»Aber Chloe! So darfst du nicht reden! Man hat dir nie das Gefühl gegeben, du wärest unerwünscht oder ungeliebt, und ganz sicher hat man dir nie zu verstehen gegeben, du wärest ein Bastard. Das ist sehr unfair von dir«, schalt Blair sie vorwurfsvoll und mit ernstem Gesicht. »Wir alle haben dich sehr lieb, Bruce Jardine eingeschlossen. Und vergiß nie, daß du vor allem eine Jardine bist. An deinen natürlichen Vater hat seit achtzehn Jahren kein Mensch einen Gedanken verschwendet oder nach seiner Identität gefragt. Und noch etwas solltest du immer bedenken.« Sie hielt inne, um in sanfterem Ton fortzufahren: »Du warst für uns alle Grund zu großer Freude und hast unser Leben verändert. Wir haben dich sehr lieb, Chloe.«

»Das stimmt!« rief Derek. »Und wir wollen für dich nur das Beste. Am allermeisten wünscht sich das deine Mutter.«

»Auf meiner Geburtsurkunde steht, daß John Lane mein Vater ist«, sagte Chloe. »*Wer* war dieser John Lane?«

»Ich weiß es nicht. Und dein Großpapa weiß es auch nicht.« Blair beugte sich vor. »Bis zu dem Tag, an dem mir deine Mutter ihre Schwangerschaft gestand, wußte ich gar nicht, daß es einen Mann in ihrem Leben gab. Mit ihrem anstrengenden Beruf und mit der Erziehung deiner Brüder war sie voll ausgelastet, so daß ich den Eindruck gewann, ihr bliebe für Liebe, für ein persönliches Leben, nicht viel Zeit.«

»Sie hatte John Lane. Frage sie nach ihm, bring sie dazu, dir etwas, nein, alles zu sagen. Ich habe ein Recht, es zu wissen.«

»Ehrlich, ich kann verstehen, was du empfindest, und

ich werde sehr gern deine Mutter nach ihm fragen. Aber ich kann nicht versprechen, daß ich etwas erreichen werde. Vergiß nicht, daß sie meine Tochter ist und daß ich sie besser kenne als jeder andere. Wenn sie sich einmal zu etwas entschlossen hat, geht sie nur ganz selten, wenn überhaupt, davon ab.«

Chloe seufzte. »Aber wenn sie es jemandem sagt, dann dir, Großmama.«

»Nun, ich weiß nicht«, erwiderte Blair behutsam, den wohlfrisierten blonden Kopf schüttelnd. »Sie hat schon vor deiner Geburt ein Geheimnis aus dem Mann gemacht, warum also sollte sie jetzt über ihn sprechen? Nicht einmal André Birron weiß etwas von deinem Vater, und wenn sie sich jemandem anvertraut hätte, dann wäre es André gewesen. Die beiden waren immer schon sehr eng befreundet.«

»Du hast die Sache mit Onkel André besprochen?«

»Vor langer Zeit, ja.«

»Und er hatte keine Ahnung?

»Nein, und er sagte zu mir, ich solle die Sache auf sich beruhen lassen. Wenn ich in Stevie dringen würde, würde es zu nichts führen und sie möglicherweise sogar gegen mich aufbringen. Da ich das nicht riskieren wollte, hielt ich mich an Andrés Rat.«

Nun meldete sich Derek zu Wort. »Chloe, ich kann dir alles gut nachfühlen, und ich weiß, daß es auch deine Großmutter kann. Es ist nur natürlich, daß du mehr über deinen leiblichen Vater wissen möchtest. Wenn deine Großmutter einverstanden ist, werde *ich* dieses Wochenende mit deiner Mutter sprechen. Aber du mußt es mir überlassen, Chloe, und darfst mich nicht drängen. Ich will es tun, wenn sich eine günstige Gelegenheit ergibt.«

»O danke, danke, Großpapa!« rief Chloe und sprang auf, um zu ihm zu laufen und ihn zu umarmen.

Derek hielt sie eng und liebevoll an sich gedrückt. Wie jung und verletzlich sie war! Er begegnete Blairs Blick und zog lächelnd eine Braue in die Höhe. Er wußte, was die Miene seiner Frau bedeutete. Sie drückte aus, was er selbst dachte: Stevie würde nichts preisgeben.

Es war spät am Nachmittag als Derek das Skript, das er las, aus der Hand legte und mit einem Blick zu Blair sagte: »Glaubst du, alle Familien sind wie unsere?«

»Was meinst du damit?«

»Funktionsgestört.«

»Wie kannst du das nur sagen, Derek! Wir sind doch nicht Funktionsgestört!«

»Aber wir steuern darauf zu.«

»Nicht zu fassen, daß wir so etwas besprechen.«

»Du kannst mir getrost glauben, Liebling.« Derek lachte gedämpft. »Funktionsgestörte Familien sind ja keine neue Errungenschaft. Die gibt es schon seit Urzeiten.« Er warf einen Blick auf das Skript, das auf dem Sofa neben seinem Sessel lag. »Nimm beispielsweise die Plantagenets.«

Blair starrte ihn nur verdutzt an.

Derek schmunzelte, von ihrem Gesichtsausdruck, einer Mischung aus Ungläubigkeit und Ablehnung, belustigt. »Im Ernst, Blair, nimm Heinrich Plantagenet und Eleonore von Aquitanien und ihre drei Söhne Richard, Geoffrey und John und daneben Alais Capet, ihr französisches Mündel, das auch Heinrichs Geliebte war. Das nenne ich eine funktionsgestörte Familie, wie es sie typischer, nicht gibt. Seit 1183, als Heinrich II. König von England und von halb Frankreich war, hat sich nicht viel geändert.«

»Planst du etwa eine Neuinszenierung von *Der Löwe im Winter*?« fragte sie mit einem Blick auf das Skript, das er studiert hatte.

»Schon möglich. Es ist ein verdammt gutes Stück und wurde seit 1966 nicht mehr am Broadway gespielt. Besonders die Dialoge sind meisterhaft. James Goldman hat das Thema brillant bearbeitet und hätte Heinrich und Eleonore gar nicht besser gerecht werden können. Es steckt sehr viel Geist, Witz und Dramatik in dem Stück. So viel jedenfalls, daß ich mich richtig hineinverbeiße.«

»Aber wäre eine Neuinszenierung denn sinnvoll? Würde das Publikum nicht immer den Film mit Katharine Hepburn und Peter O'Toole vor Augen haben?«

»Ich hoffe aufrichtig, daß es so ist, und zwar mit Vergnügen, so daß es sich ein Wiedersehen mit dem Stück wünscht. Auf der Bühne.« Derek hielt inne, um dann rasch hinzuzufügen: »Aber lassen wir 1183 und reden wir von 1996 und unserer funktionsgestörten Familie anstatt von den königlichen Plantagenets. Was sollen wir Chloes wegen unternehmen?«

»Du wirst mit Stevie reden.«

»Wenn du meinst.«

»Ich meine es«, murmelte Blair. »Mit dir wird sie ein Gespräch dieser Art eher akzeptieren als mit mir. Wenn ich das Thema nur anschneide, würde sie sehr abweisend reagieren. Aber auf dich hat sie immer gehört und deine Worte beachtet.«

»Sie ist richtig wütend.«

»Chloe?«

»Wer sonst?« erwiderte Derek, der sich auf seinem Sessel zurechtsetzte. »Und ich kann verstehen, warum. Stevie hätte ihr schon vor Jahren alles über John Lane sagen sollen. Sie hat Chloe ja auch nicht verheimlicht, daß sie außerehelich ist.«

Blair schüttelte bekümmert den Kopf. »Das mußte Stevie ihr sagen, sobald sie alt genug war. Schließlich war Stevie Witwe, und es war weit und breit kein Mann in Sicht.«

»Warum also diese Geheimnistuerei um John Lane?« fragte Derek.

»Vor Jahren hast du gesagt, es wäre kein richtiger Name. Hast du deine Meinung geändert? Willst du nun sagen, daß der Mann tatsächlich so heißt?«

»Nein, Blair. Ich habe den Namen immer für erfunden gehalten. Stevie hat ihn sich aus praktischen Gründen ausgedacht.«

»Um die Identität eines gewissen Jemand zu schützen?« fragte Blair leise.

Derek nickte.

»Aber wer kann das nur sein?« fragte sie in einem Ton, der verriet, wie rätselhaft ihr die Sache war.

Derek zog vielsagend die Brauen in die Höhe. »Ja, wer wohl? Wie oft habe ich mir schon gedacht, daß es jemand aus unserem Bekanntenkreis sein könnte. Aber immer, wenn ich dir damit kam, hast du den Gedanken abgetan und gesagt, ich folge der falschen Spur.«

»Das glaube ich nicht. Nicht mehr, Derek. Es könnte sehr gut jemand von unseren Bekannten gewesen sein, jemand, den sie bei uns traf. Versuche, dich zurückzuerinnern und die Zeit Revue passieren zu lassen ... Wir waren damals ihre einzige Ablenkung, da sie sich in Arbeit vergrub und noch dazu ihre drei Jungen hatte. Wir waren ihr einziger gesellschaftlicher Umgang. Vielleicht hat sie sich mit einem deiner Kollegen eingelassen, mit einem, der sehr prominent war. Warum sollte sie ihn sonst so vehement schützen?«

»Richtig«, sagte Derek und stand auf, um durchs Zimmer zu gehen und kurz vor dem Fenster stehenzubleiben.

Blairs Blick, der ihm folgte, ruhte voller Bewunderung auf ihm. Für sie war er der außergewöhnlichste Mann, der ihr je begegnet war. Ein großer Schauspieler, ein berühmter Star, ein Mann, der dank seines einzigartigen Talents auf der ganzen Welt mit Lob und Ehren überhäuft wurde.

Das erstaunlichste an ihm waren jedoch seine Anfänge. Ihr war es immer unglaublich erschienen, daß er schon in ganz jungen Jahren den Sprung aus dem Rhondda Valley mitten in die Londoner Theaterwelt geschafft und sich blutjung, bereits mit neunzehn Jahren, einen Namen gemacht hatte.

Noch erstaunlicher fand sie es, daß er es trotz seiner geradezu lächerlich kurzen Ausbildung allein dank seines eisernen Willens zum großen klassischen Darsteller gebracht hatte. Sein erster Auftritt als Hamlet im West End galt immer noch als epochales Theaterereignis.

Von seinem spektakulären Talent abgesehen, war Derek ein wundervoller, ganz normaler und ungekünstelter

Mensch, bescheiden und anständig, gütig, liebevoll und mit viel Verständnis für andere ausgestattet. Alles Eigenschaften, die sie zu schätzen wußte und kaum in einem anderen Menschen vereint finden würde, wie sie sehr wohl wußte.

Derek hatte sie geliebt. Seine Liebe hatte all die Jahre überdauert, und sie hatte sie erwidert. Sie gaben ein gutes Gespann ab, auch jetzt noch. Rückblickend war ihr klar, daß es seine wunderbare Stimme war, die sie seinerzeit so bezaubert hatte. Seine Stimme vermochte sie auch jetzt noch in Erregung zu versetzen und in seinen Bann zu ziehen, wenn sie ihn auf der Bühne sah. Natürlich hatte sie – wie die meisten anderen Frauen auch – sein fabelhaftes Aussehen sehr attraktiv gefunden. Vor allem seine ausdrucksvollen Augen, die von so hellem Blau waren, daß sie fast durchscheinend wirkten, hatten faszinierend auf sie gewirkt.

Man sieht ihm seine achtundsechzig Jahre nicht an. Er hält sich kerzengerade und wirkt noch immer sportlich und straff. Und doch kommt er mir heute müde vor, dachte Blair. Von ein paar feinen, kaum sichtbaren Linien um die Augen abgesehen, wirkte sein Gesicht glatt und jugendlich. Nur seine Schläfen zeigten einen weißen Schimmer.

Plötzlich wünschte Blair sich, er würde auf das Stück verzichten. Die lange Aufführungsserie von *Beckett* am Broadway und der eben in Arizona abgedrehte Film hatten ihn erschöpft. Sie hatte gehofft, er würde sich nach ihrer Rückkehr nach London eine wohlverdiente Ruhepause gönnen, aber das war ihm vielleicht gar nicht möglich.

Wollte er wirklich den Heinrich spielen? Wollte er sich

in der Rolle dieses stimmgewaltigen Plantagenet-Königs wieder auf der Bühne produzieren? Vermutlich. Dieser Heinrich schien große Faszination auf ihn auszuüben, und wenn es um seinen Beruf ging, hatte Derek auch größte Plackerei nie gescheut.

Derek unterbrach die Überlegungen seiner Frau, als er, dem Fenster den Rücken kehrend, sagte: »Sie ist achtzehn, und es ist nur natürlich, daß ihr Vater sie interessiert... wer er war, was für ein Mensch er war. Sie will alles von ihm wissen, um sich selbst kennenzulernen und besser zu verstehen. Aber ich fürchte, Chloe hat daneben noch andere Probleme.«

»Ach?«

»Sie hat mir auf unserem kleinen Spaziergang nach Tisch einiges anvertraut.«

»Offenbar. Also, was hat sie dir sonst noch eröffnet?«

Derek seufzte und strich sich mit der Hand übers Gesicht. »Chloe will nicht aufs College.«

»Nun, das nenne ich eine Überraschung!« rief Blair. »Fast verschlägt es mir die Sprache. Solange ich zurückdenken kann, wollte Chloe unbedingt nach Oxford. Du weißt ja, daß ich letzten Sommer mit ihr hinfahren mußte, damit sie mich auf dem Universitätsgelände herumschleppen und mir die Stadt zeigen konnte. Damals war sie begeistert von der Aussicht, dort zu studieren. Wenn sie jetzt also sagt, daß sie nicht studieren möchte, könnte sie später ihre Meinung ganz leicht wieder ändern. Sobald die Jugend ins Leben tritt und sich bewähren muß, merkt sie rasch, wie hart alles ist.«

»Ich hoffe auch, daß Chloe ihre Ansicht ändern wird,

aber ich habe so meine Zweifel«, brummte Derek bekümmert. »Wirklich schade, daß sie Oxford einfach so abtut. Es wären wunderbare Jahre für sie, Jahre, von denen sie ihr Leben lang zehren könnte und die ihr immer als einzigartig im Gedächtnis bleiben würden. Für Stevie ist es besonders hart, weil sie sich so sehr gewünscht hat, daß Chloe dort studiert.«

»Hat sie es ihrer Mutter schon gesagt?«

»Ja. Sie hat ihr auch eröffnet, daß sie bei Jardine's arbeiten möchte.«

Blair erschrak und sagte nach einer kleinen Pause: »Ich hätte mir für sie etwas anderes gewünscht. Aber andererseits wird es Stevie vielleicht freuen.«

»Bei Jardine's in London.«

»Ach, du liebe Güte. Ich nehme an, auch das hat sie ihrer Mutter angekündigt?« Blair sah ihn fragend an.

»Gewiß. Zurückhaltung ist nicht Sache der Jugend. Die tut nichts lieber, als alles laut hinauszuposaunen.«

»Kein Wunder, daß du von ›funktionsgestört‹ sprichst.«

»Es kommt noch dicker, Liebling.«

»Nein, Derek, sag das nicht. Was könnte Chloe denn sonst noch auf dem Herzen haben?« Blairs Miene verriet ihre Befürchtungen.

»Ich spreche nicht von Chloe, sondern von Miles.«

»Wie bitte? Miles ist der normalste von uns allen.«

»Stimmt genau. Aber er macht sich Sorgen um Gideon. Er glaubt, sein Zwillingsbruder hätte Probleme. Miles schilderte ihn mir als verdrießlich und bedrückt. Er fragte mich, welchen Eindruck Gideon bei unserem Zusammensein in Los Angeles auf uns machte.«

»In sich gekehrt«, erwiderte Blair spontan.

Derek warf ihr einen raschen Blick zu und fuhr fort: »Ich sagte zu Miles, daß mir Gideon irgendwie abgelenkt vorgekommen sei. Abgelenkt vom Geschäft.«

»In sich gekehrt«, wiederholte Blair in wissendem und überzeugtem Ton.

»Es kommt noch dicker«, sagte Derek.

»Los, sag schon. Wir wollen es hinter uns bringen, Derek.« Sie lehnte sich erwartungsvoll zurück.

»Miles sagt, seine Mutter glaube, daß Nigel gegen sie intrigiert und sie aus der Firma hinausekeln will.«

»Was wird ihr denn als nächstes einfallen?«

Derek runzelte die Stirn. »Glaubst du nicht, daß es stimmen könnte?«

»Spaß beiseite, leider glaube ich es sehr wohl. Ich vertraue Stevies Urteilsvermögen voll und ganz, da ich nie erlebt habe, daß sie sich geirrt hätte. Aber offenbar ist Nigels Urteilsvermögen getrübt.« Blairs Miene wurde nachdenklich, als sie vor sich hin ins Leere starrte, ehe sie fortfuhr: »Wenn Stevie sagt, daß Nigel gegen sie arbeitet, dann tut er es zweifellos. Kein Wunder, daß du die Plantagenets anführst. Sie wirft einen langen Schatten, diese blutige Familie mit ihren Intrigen, ihren Doppelspielen, Geheimnissen und Ränken ... ihren ständigen Zwistigkeiten und subtilen Machenschaften.«

Er lachte. »Glaubst du, wir sind auch so schlimm?«

Blair lehnte sich an die Petit-point-Kissen auf dem Sofa und starrte ihn wortlos an. »Sind das nicht alle Familien?« fragte sie schließlich.

»Ich bin da nicht so sicher. Kommt darauf an, was auf

dem Spiel steht. Blair, ich möchte dich etwas anderes fragen. Warum sollte Nigel gegen seine eigene Mutter intrigieren? Zumal er eines schönen Tages ohnehin das Unternehmen von ihr übernehmen wird.«

»Das ist es ja, was einem Rätsel aufgibt, Derek.« Blair zuckte die Schultern. »Ich habe keine Ahnung. Aber Nigel war immer schon eigen, das wissen wir doch.« Sie warf ihm einen bezeichnenden Blick zu. »Schon als Kind, weißt du noch? Also, mein Schatz, was sollen wir tun?«

»Das, was alle Familien tun... die Situation so gut es geht bewältigen, nehme ich an.« Derek trat näher ans Feuer und setzte sich in den Sessel, von dem er eben aufgestanden war. Er griff zum Skript des *Löwen im Winter*, in dem ein kleiner Ausschnitt aus dem königlichen Familienleben der Plantagenets dargestellt wird, und fing wieder zu lesen an. Schon nach wenigen Minuten aber klappte er das Skript zu, lehnte sich im Sessel zurück und sah seine Frau forschend an.

Blair saß entspannt und in Gedanken versunken auf dem Sofa. Ihr in die Ferne gerichteter Blick verriet ihm, daß sie sich wie so oft um die Familie sorgte.

Blair war eine bemerkenswerte Frau – gelassen, unbeugsam, verläßlich und diplomatisch –, die sich dank ihres Einfühlungsvermögens große Menschenkenntnis angeeignet hatte. Er wußte, daß die Ehe mit einem Schauspieler, vor allem mit einem prominenten, für eine Frau kein reines Vergnügen war. Ganz im Gegenteil. Man mußte stark sein, hart und doch flexibel und sehr kompromißbereit. Und ihm fiel auf, daß sie heute schöner als je zuvor aussah. Als er sie kennengelernt hatte, war sie für ihn der Inbegriff amerikanischen Glamours: groß, langbeinig, mit klarem, schimmerndem Teint, glänzendem Blondhaar, leidenschaftlichen dunklen Augen und blitzenden weißen Zähnen. Blair war bildschön, und Chloe ähnelte ihr sehr stark.

Er nickte gedankenvoll. Blair, vorteilhaft gealtert wie ein großer Wein, war schlank und elegant wie eh und je. Doch waren es ihre Integrität, ihre Fröhlichkeit, ihr Witz, ihr Humor und ihre Wärme, die er am meisten liebte.

»Wann sollten wir mit Stevie über Chloe sprechen, Derek?« sagte Blair.

Er zuckte mit den Achseln. »Hm, weiß ich nicht. Wenn sich der geeignete Augenblick ergibt, vermutlich. Heute ist Samstag, morgen nachmittag fahren wir ab. Ich glaube, es mußte irgendwann heute abend sein. Vielleicht wäre es nach dem Dinner am besten.« Er schüttelte den Kopf und seufzte. »Ich habe das Gefühl, daß es ihr nicht gefallen wird. Du weißt ja, wie sehr sie Einmischung haßt.«

»Vielleicht solltest du allein mit ihr sprechen. Dich hat sie immer respektiert und sich über deinen Rat nie einfach hinweggesetzt.«

»Aber über John Lane habe ich bisher noch nie mit ihr gesprochen.«

»Derek, für alles gibt es ein erstes Mal.«

10

»Stevie, ich wünschte, du könntest Chloe etwas über ihn sagen«, bat Derek leise. »Glaube mir, alles, auch die kleinste Kleinigkeit, würde helfen, ihre brennende Neugierde zu befriedigen.«

Stevie erwiderte den unverwandten Blick ihres Stiefvaters mit einem ebensolchen, durchquerte dann das Arbeitszimmer und lehnte sich lässig an den Kaminsims. Leise antwortete sie: »Das kann ich nicht, Derek. Ich weiß ja selbst nichts über ihn...« Sie ließ den Satz unvollendet, um Worte verlegen.

Derek schien erstaunt und sah sie merkwürdig an. »Hm, ich verstehe wohl nicht richtig«, sagte er mit gefurchter Stirn.

Stevie, die sich räusperte, murmelte: »Ich kannte ihn doch kaum. Es war eine flüchtige Begegnung... ja, das ist die treffendste Bezeichnung für unsere Beziehung. Wir begegneten einander auf einer Cocktailparty, entdeckten, daß wir uns sehr zueinander hingezogen fühlten, und gingen zusammen essen. Nach ein paar Tagen trafen wir uns wieder. In einem Hotel. Ich schlief mit ihm und wurde schwanger.«

»Und was hatte der fragliche Gentleman dazu zu sagen? Ich nehme an, du hast ihm deine Schwangerschaft gestanden?« erwiderte Derek behutsam.

»Ja, das habe ich, und er war der Situation nicht gewachsen, Derek.«

»Er wollte dich nicht heiraten?«

Stevie schüttelte den Kopf. »Wir kannten einander doch kaum.«

»Und deshalb hat er es dir überlassen, aus eigener Kraft damit fertig zu werden?«

»Wenn du es so formulieren willst, ja.«

»Sehr sympathisch.«

Stevie sagte nichts dazu.

»Er ist also nicht vor Chloes Geburt bei einem Autounfall ums Leben gekommen?« sagte Derek langsam.

»Nein. Ich habe Chloe diese Version aufgetischt, weil es mir als die bestmögliche Erklärung erschien, die einzige übrigens, die mir einfallen wollte. Sie hatte angefangen, zu viele Fragen über ihn zu stellen. Und ihr die Wahrheit zu sagen war mir peinlich.« Stevie räusperte sich wieder. »Aber er ist tot.«

»Gibt es denn gar nichts, was du ihr geben könntest?«

»Was zum Beispiel?«

»Einen Brief, ein Foto, irgend etwas Greifbares.«

»Sei nicht albern. Ich kannte ihn ja kaum.«

»Wann ist er gestorben?«

»Etwa ein Jahr nach Chloes Geburt.«

»Und wie? Woran?«

»Eines natürlichen Todes.«

»Und du hast offenbar davon erfahren?«

»Richtig.«

»Wie denn?«

Stevie sah Derek hart an und lachte. »Was soll das? Sind wir hier bei der spanischen Inquisition? Du hörst dich an wie der Großinquisitor persönlich.«

»Tut mir leid«, entschuldigte Derek sich mit reuiger

Miene. »Ich fürchte, ich mache mich selbst der Sünde der Neugierde schuldig. Schließlich haben wir noch nie darüber gesprochen.«

»Das weiß ich, und mit Mom habe ich schon vor Jahren jede Diskussion darüber abgebrochen. Und du hast mich nie gefragt. Und das war gut so«, schloß sie lachend.

»Wenn du diesen Mann nicht kanntest und keinen Kontakt mit ihm hattest, wie hast du dann von seinem Tod erfahren?«

»Aus der Presse«, improvisierte sie.

»Ach, er war also prominent.«

»Irgendwie schon.«

»War John Lane sein wirklicher Name?«

»Nur teilweise.«

»Du hast den Familiennamen geändert?«

»Ich hielt es für besser, für klüger, ihn anonym zu machen.

»Würde ich den Namen wiedererkennen? Habe ich den Mann gekannt?«

Stevie stand da und starrte Derek an, der sich in einem Sessel am Kamin niedergelassen hatte.

»War er Schauspieler?« bohrte er weiter, als sie keine Antwort gab.

»Hör zu, Derek, ich möchte dieses Gespräch nicht fortsetzen. Das alles liegt schon viele Jahre zurück. Es ist unwichtig, wer er war.«

»Chloe denkt anders darüber«, rief er ihr in Erinnerung.

Stevie ließ einen langgezogenen, matten Seufzer hören. »Ich weiß nicht, warum sie plötzlich diese fixe Idee hat.

Seit Jahren hat sie nicht von ihm gesprochen, und jetzt löchert sie dich und weiß Gott wen damit. Als ob das alles noch von Bedeutung wäre. Ein Mädchen, dem alles im Leben auf einem silbernen Tablett serviert wurde… und jetzt möchte sie alles von ihrem Vater wissen, von einem Mann, der nichts für sie getan hat, der für ihr Leben keine Bedeutung hat. Wirklich, Derek, das muß fairerweise gesagt werden.«

»Du hast völlig recht, aber leider ist die Jugend vor allem eines – nämlich jung. Und sie scheint dich für unfair zu halten. Und ich bitte dich, den Boten zu verschonen. Ich gebe nur weiter, was sie sagte.«

»Derek, ich habe mich klar ausgedrückt. Es war die Affäre einer Nacht, und das ist mir peinlich, wie ich schon sagte. Die trauernde Witwe hat sich nach drei Jahren ein Abenteuer geleistet und ist reingefallen. Eine uralte Geschichte, die unzähligen Frauen seit Anbeginn der Welt passierte… mit einem Mann ein einziges Mal zu schlafen und schwanger zu werden.«

»Ich verstehe.«

»Derek, leider kann ich weder dir noch Mom oder Chloe etwas von ihm erzählen… der besonderen Umstände wegen.«

»Ich weiß. Aber hör mir noch einen Moment zu. Du sagtest, du hättest ihn auf einer Cocktailparty kennengelernt. Daher höchstwahrscheinlich in unserem Haus, oder? Zweifellos war es ein Schauspieler. In diesem Fall hätte ich ihn gekannt. Nenne mir seinen richtigen Namen, und ich werde mir etwas Passendes ausdenken, das du Chloe sagen kannst.«

»Ich bin ihm nicht bei euch begegnet, Derek! Ihr habt ihn nicht gekannt!« rief Stevie einigermaßen verzweifelt und ein wenig ungehalten.

Derek sah sie scharf an. Ihm war klar, daß sie log.

Nachdem Derek sich empfohlen hatte, schlüpfte Stevie in ihr Nachthemd und ging zurück ins anschließende Arbeitszimmer. Sie setzte sich an den Schreibtisch, klappte ihr Tagebuch auf und griff nach dem Füller.

Doch anstatt zu schreiben, starrte sie nur die leere Seite an, während alle möglichen Gedanken auf sie einstürmten und sie beunruhigten.

Plötzlich wurde an die Tür geklopft, und sie fuhr auf. »Wer ist da?«

»Nur ich«, sagte ihre Mutter draußen auf dem Gang.

»Also noch ein nächtlicher Besucher.«

Ohne auf ihren Sarkasmus einzugehen, glitt Blair herein, blieb vor dem Schreibtisch stehen und legte eine Hand auf Stevies Schulter. »Derek glaubt, er hätte dich verärgert.«

»Hat er nicht. Er verärgert mich nie, und er sollte das nach dreißig Jahren wissen. Hör zu, Mom, ich weiß, daß er es gut meint, aber ...«

»Aber der Weg zur Hölle ist mit guten Vorsätzen gepflastert.«

»Das sagte ich nicht, Mutter.«

»Aber gemeint hast du es. Komm, setz dich zu mir aufs Sofa.«

Stevie stand auf, folgte ihrer Mutter und setzte sich neben sie. »Hoffentlich bist du nicht gekommen, um wiederzukäuen, was Derek und ich besprochen haben.«

»Bestimmt nicht. Auch möchte ich dich nicht über etwas so lange Zurückliegendes ausfragen. Die Einzelheiten deiner Beziehung mit John Lane, oder wie immer er hieß, gehen nur dich etwas an. Du hast mir damals nichts sagen wollen, und jetzt ist es achtzehn Jahre zu spät.«

»Endlich eine intelligente Bemerkung.«

»Derek ist meiner Meinung, Stevie. Ihm tut es leid, daß er heute damit angefangen hat, aber wir beide sind in Sorge um Chloe. Heute kam sie uns so verstört vor. Voller Fragen über ihren Vater.«

»Gott mag wissen, warum! Ich war für sie Mutter und Vater zugleich und kann behaupten, meine Sache gutgemacht zu haben. Ich habe sie großgezogen, geliebt, ihr Verständnis und Führung angedeihen lassen. Die ganze Familie liebt sie, fördert sie, ist ihr eine Hilfe und verwöhnt sie schrecklich. Sie hat alles, was sich ein Mädchen nur wünschen kann: Erziehung, Geld, eine Zukunft. Und plötzlich läuft sie herum und fragt: ›Wer ist mein Vater? Warum erfahre ich nichts über ihn?‹ Das ist ihr neues Interesse.« Stevie schüttelte den Kopf und bedachte ihre Mutter mit einem harten Blick. »Ich kann ihr nichts sagen, weil ich keine echte Beziehung mit ihm hatte. Es war die Affäre einer Nacht, er war mir völlig fremd.«

»Derek hat mir das alles gesagt«, erwiderte Blair seufzend. »Ich weiß, daß du für Chloe viele Opfer gebracht hast, so daß es mich nicht wundert, daß sie dich jetzt verärgert.«

»Ich habe es nie als Opfer angesehen, Mutter«, murmelte Stevie mit gerunzelter Stirn.

»Meiner Meinung nach war es das aber. Du warst so

hingebungsvoll und hast dir nie die Chance gegönnt, jemanden kennenzulernen, dein eigenes Leben zu führen, wieder zu heiraten. Und es wäre dir offengestanden, Stephanie. Damals waren die Jungen schon im Internat, und du hättest für Chloe ein Kindermädchen engagieren können.«

Stevie sparte sich jeden Kommentar. Ihre Mutter hatte recht. Da sie damals jedoch wegen der Umstände von Chloes Geburt unter Schuldgefühlen litt, hatte sie diese auf vielfache Weise überkompensiert. Sie hatte sich die Chance persönlichen Glücks mit einem Mann versagt und sich statt dessen für ihre Kinder und ihren Beruf entschieden.

»Die Jugend ist egoistisch, liebe Stevie«, bemerkte Blair. »Man kann zwar davon ausgehen, daß wir das alle sind, das ist nur menschlich. Aber die Jugend ist eben noch egoistischer. Ich weiß noch, daß ich es war, und du als Mädchen auch. Dazu kommt diese schreckliche, allesverzehrende Ichbezogenheit der Jugend. Man bildet sich ein, man sei das einzige auf der Welt, was zählt. Und diese Phase macht Chloe im Moment durch. Sie spürt das dringende Verlangen, etwas über ihren leiblichen Vater zu erfahren, weil sie etwas über sich selbst erfahren möchte. In gewisser Weise hat es mit dir nichts zu tun und richtet sich nicht gegen dich. Hoffentlich ist dir das klar.«

»Ja, ich denke schon, Mom. Mich ärgert nur, daß sie das alles Derek übers Wochenende aufgehalst hat. Ich wollte, daß ihr beide euch erholt und den Kurzurlaub genießt.«

»Das haben wir ja. Es war wunderbar bei dir, richtig gemütlich und erholsam, und du hast uns sehr verwöhnt.«

Blair setzte sich auf dem Sofa zurecht und sah Stevie eindringlich an. »Was meinst du, sieht Derek müde aus?«

Stevie schüttelte den Kopf. »Aber gar nicht. Mir kommt er energiegeladen und voller Tatkraft vor.

Blair lächelte. »Ich mache mir Sorgen um ihn. In einem Stück über längere Zeit en suite zu spielen ist sehr kraftraubend. Kommst du über Weihnachten nach London?«

»Aber das tun wir doch immer. Ich würde mir das um nichts in der Welt entgehen lassen.«

Nach unmerklichem Zögern fragte Blair: »Ist es ihr ernst, nicht aufs College zu gehen?«

»Ehrlich, Mom, ich weiß es nicht. Ich habe mich entschlossen, abzuwarten... mal sehen, was sie sagt, wenn sie kommenden Sommer auf dem Brearley ihren Abschluß macht.«

»Und was ist mit ihrer Absicht, in der Firma zu arbeiten?«

»Das könnte eine Laune sein. Im Moment ist sie irgendwie auf Gideon fixiert. Warum, das weiß ich nicht. Sie und Miles stehen einander eigentlich näher.«

»Und was ist mit Gideon, Stevie? Miles ist der Meinung, sein Bruder sei irgendwie bedrückt. Zu Derek sagte er, Gideon sei ihm verschlossen und abweisend vorgekommen.

»Das war Gideon immer... vielleicht wäre verdrossen das richtige Wort. Komisch, wie verschieden sie vom Temperament her sind. Miles ist positiv, sein Glas ist immer halb voll, während Gideon das genaue Gegenteil ist. Aber was Gideons momentane Verfassung betrifft, so glaube ich persönlich, daß er an Liebeskummer leidet. Genauer gesagt, an Margot-Kummer. Diese merkwürdige Stimmung ist mir bereits in den letzten Monaten an ihm aufgefallen, wenn ich in England war. Vermutlich ist er total durcheinander, weil er mit ihr gebrochen hat.«

»Das ist alles? Sicher wird sich das bald wieder geben!«

Stevie lachte. »Ach, Mom, du bist wirklich einzig. Mit deiner positiven Einstellung kurierst du doch alle unsere Wehwehchen.«

Nachdem ihre Mutter gegangen war, ging Stevie an ihren Schreibtisch zurück und griff abermals zum Füller. Und wieder schrieb sie nichts in ihr Tagebuch, sondern saß zurückgelehnt da und dachte an Chloe. Ich darf nicht zu hart mit ihr ins Gericht gehen. Meine Mutter hat recht. Es geht nicht um mich, sondern nur um sie. Wenn ich ihr nur etwas über ihren Vater sagen könnte, aber ich kann es nicht.

Stevie dachte kurz an ihn. Sie schloß die Augen, und sein Bild tauchte vor ihr auf, wie so oft in der Vergangenheit. An ihn zu denken war zwecklos, das wußte sie, doch gab es Augenblicke, da konnte sie nicht anders. Wie jetzt. Wie anders ihr Leben, ihr eigenes und ein gemeinsames, verlaufen wäre, wenn sie nur mehr Mut gehabt hätte… den Mut, ihm die Wahrheit zu sagen. Jetzt war es zu spät. Sich an die Vergangenheit zu klammern brachte gar nichts. Wie ihre Mutter eben ganz richtig gesagt hatte, war es achtzehn Jahre zu spät.

Fast gegen ihren Willen stand Stevie auf und ging zu ihrem Aktenkoffer, in dem sie die Schlüssel fand. Dann trat sie an den großen Schrank, sperrte ihn auf und bückte sich, um den Code einzutippen und den Handgriff zu drehen. Im Inneren des Safes waren alle ihre Tagebücher säuberlich gestapelt. Sie brauchte nur einen Augenblick, um jenes mit der Jahreszahl 1977 zu finden. Sie nahm es an sich und setzte sich damit auf das Sofa vor dem Kamin.

Stevie saß eine Weile da und starrte das Tagebuch an. Ohne es zu öffnen, strich sie über die goldenen Lettern des Ledereinbandes. 1977. Was für ein Jahr. Alle möglichen Erinnerungen überfielen sie, bei denen *er* besonders hervortrat. Aber sie schüttelte die Gedanken an ihn ab und fing an, in dem Buch zu blättern, bis sie zur ersten Dezemberwoche kam. Hier war er, jener schicksalhafte Tag, an dem sie ihre Entscheidung getroffen hatte. Sie begann zu lesen.

London, 5. Dezember 1977

Über das Dilemma, dem ich mich gegenübersehe, habe ich sehr viel nachgedacht. Tatsächlich habe ich seit Tagen an nichts anderes gedacht. Und heute abend habe ich meine Entscheidung getroffen: Ich werde das Kind bekommen.

Letzte Woche, als Jennifer Easton mich zu ihrem Arzt mitnahm, war ich entzückt, als er mir bestätigte, ich sei wie vermutet in der achten Schwangerschaftswoche. Erst auf der Heimfahrt gewann die Realität die Oberhand, und ich geriet in Panik. Jennifer nannte mir eine Adresse in Mayfair. Einen renommierten Arzt, der eine Klinik leitet. Jennifer sagte, ich müßte mich nur von ihm untersuchen lassen und meine Lebensumstände erläutern, dann würde er mich in die Klinik einweisen und einen Abbruch durchführen. Beim Verlassen der Klinik würde ich nicht mehr schwanger sein. Aber ich will keine Abtreibung. Ich möchte das Kind. Sein Kind. Nie hätte ich gedacht, nach Ralph noch einen Mann lieben zu können, doch es ist so. Ich liebe ihn. Ein gemeinsames Leben gibt es nicht, aber ich kann sein Kind bekommen. Vielen ist dieses Glück nicht beschieden.

Jennifer fragte mich, wann ich meiner Umgebung zu eröffnen gedächte, daß ich ein Kind bekäme. Nun, ich bin entschlossen, gar nichts zu sagen. Kein Mensch kann mich dazu zwingen, und es wird mich schon nicht den Kopf kosten, wenn ich mich ausschweige. Mutter und Derek sind kein Problem. Alfreda könnte Ärger machen, doch das kümmert mich nicht. Was die Jardines betrifft, so habe ich ohnehin alle Trümpfe in der Hand: meine drei Söhne, deren Vormund ich bin. Sie sind Jardines, Erben des Familienunternehmens. Bruce wird sich daher diplomatisch und vorsichtig verhalten, was immer er sich auch denken mag. Da seine Gesundheit zu wünschen übrigläßt, bin ich für ihn in der Firma unentbehrlich. Zuweilen wirkt er viel älter, als er ist. Und täglich wächst seine Abhängigkeit von mir. Nein, ich werde keine Erklärungen abgeben. Niemandem. Ihm kann ich es auch nicht sagen. Was soll ich also tun? Ich muß mit ihm brechen. Es wird mir schwerfallen, da er mir viel bedeutet.

Auf dieser Seite und auch auf der nächsten stand noch mehr, aber Stevie hatte genug gelesen. Deshalb klappte sie das Tagebuch zu, ohne die Eintragung bis zum Ende durchzulesen. Sie saß nur da und starrte geistesabwesend in die vergehende Glut auf dem Kaminrost.

Richtig oder falsch, so hatte ihre Entscheidung ausgesehen, und sie hatte sie in die Tat umgesetzt. Wehmut erfaßte sie. Ein vertrautes Gefühl, dieser Schmerz im Inneren. Sie hatte seit langem damit zu leben gelernt.

11

Immer wenn sie mit André Birron zusammen war, ertappte Stevie sich dabei, daß sie oft lächelte. Etwas an ihm – seine Haltung, seine Persönlichkeit – bewirkte, daß sie sich locker, ja sogar glücklich fühlte, da sie das Gefühl hatte, er könne in ihr das Beste zum Vorschein bringen.

André war klein, untersetzt und energiegeladen. Sein silbergraues Haar umgab ein rundes Gesicht mit klugen, blitzenden Augen. Ralph, mit dem er befreundet war, hatte ihr André als »kleinen Kobold« geschildert, eine treffende Beschreibung, die ihr im Gedächtnis geblieben war. Als sie André kurz vor Nigels Geburt kennengelernt hatte, war sie unförmig und unbeholfen gewesen. André, selbst zweifacher Vater, hatte sich damals sehr mitfühlend und besorgt gezeigt. Aber davon abgesehen, hatten sie sofort Gefallen aneinander gefunden und waren trotz des großen Altersunterschiedes im Laufe der Jahre gute Freunde geworden.

Nach Ralphs unerwartetem und plötzlichem Tod hatte André keine Mühe gescheut, um mit Stevie in Verbindung zu bleiben. »Ich muß ein väterliches Auge auf dich haben«, hatte er immer gesagt, wenn er nach London gekommen war. Und jetzt war er schon seit vielen Jahren ihr

Mentor. Sie hörte auf ihn und hatte es nie bereut, seine Ratschläge befolgt zu haben, da er ihre Probleme immer nüchtern und objektiv sah. Und sie schätzte seine Erfahrung und Weltgewandtheit.

Durch André hatte sie die internationale Seite der Juwelenbranche kennengelernt, vor allem aber hatte er sie mit den Arbeiten großer Designer wie Belperron, Boivin und dem Herzog von Verdura vertraut gemacht.

André galt als Experte für die berühmten Designer der dreißiger, vierziger und fünfziger Jahre sowie für Jean Baptiste Tavernier, den kühnen Weltreisenden und Händler, der im siebzehnten Jahrhundert als erster Diamanten aus den indischen Golconda-Minen nach Europa gebracht hatte und den Sonnenkönig Ludwig XIV. und dessen Hof mit Edelsteinen belieferte. Einer der ersten Steine mit »großem Namen« wurde Großer Mazarin genannt, nach Kardinal Mazarin, der ihn nach seinem Tod dem Sonnenkönig hinterließ.

Als sie Andrés Bekanntschaft machte, hatte Ralph ihr schon sehr viel über Diamanten beigebracht. André war beeindruckt, daß eine so junge und unerfahrene Frau sich in kurzer Zeit so umfangreiche Kenntnisse hatte aneignen können. Sie erklärte ihm dies damit, daß sie leicht lerne, ein fotografisches Gedächtnis besäße und sich immer schon für kostbare Steine und Ralphs Beruf, den sie faszinierend fand, interessiert hätte.

Ralph hatte ihr einmal gestanden, daß er zwei Leidenschaften in seinem Leben hätte. »Dich, meine Liebe, und Diamanten. Deshalb laß mich meine zweite Leidenschaft mit dir, meiner ersten, genießen.«

Und so war es gekommen, daß sie sich ein derart umfassendes Wissen über Diamanten und andere Edelsteine aneignen konnte. Ralph hatte ihr vor allem zweierlei eingeprägt: daß Seltenheit und Wert eines Diamanten von den Faktoren Karat – Gewicht und Größe – sowie Klarheit, Farbe und Schliff bestimmt wurden und daß lediglich die größten, seltensten und reinsten Steine einen eigenen Namen erhalten.

Und heute abend sollte sie zum ersten Mal in ihrer einundzwanzigjährigen Tätigkeit in der Branche selbst um einen Diamanten mit »großem Namen« bieten, um die White Empress, die um Punkt sieben Uhr bei Sotheby's versteigert werden sollte.

Also nur mehr wenige Stunden bis dahin. Sie war weder nervös noch ängstlich, ganz im Gegenteil, sie war entspannt, voller Selbstvertrauen und Ruhe. Und sie war sicher, daß ihre Stimmung bis zu einem gewissen Grad Andrés beruhigender Gegenwart zu verdanken war.

Nun saß Stevie mit ihm im Salon seiner Suite im Carlyle Hotel und widmete ihm bei einem Glas Sodawasser ihre volle Aufmerksamkeit.

»Und deshalb habe ich mich entschlossen, *ma cherie*, die Stücke erst dir zu zeigen, ehe ich sie anderswo ausstelle, falls du kein Interesse haben solltest.«

»André, ich bin sicher, daß sie mich interessieren«, gab Stevie lächelnd zurück. »Wie du weißt, bin ich ständig auf der Suche nach hübschen alten Sachen für unsere antike Abteilung in London. Einige meiner besten Kunden haben ausschließlich Interesse für ganz alte Sachen.«

»Ja, die sind allerdings sehr gefragt«, sagte er und stand

auf, um in den anschließenden Raum der geräumigen Suite zu eilen. In Sekundenschnelle war er wieder da und erklärte: »Matt bringt sie gleich, damit du sie dir ansehen kannst, Stephanie.«

Er setzte sich wieder ihr gegenüber hin, nur um sofort wieder aufzuspringen, mit seinen fünfundsiebzig Jahren so behende wie eh und je. »Setzen wir uns dort hinüber ans Fenster«, rief er. »Dort haben wir das bessere Licht.«

»Ja«, zeigte Stephanie sich einverstanden und fügte hinzu: »Außerdem steht dort eine gute Lampe.« Sie folgte ihm durch den Raum, neugierig, was er ihr aus Paris mitgebracht hatte.

André Birron besaß einen der nobelsten und angesehensten Juwelierläden der Welt, an der Place Vendome unweit des Hotels Ritz gelegen. Das im neunzehnten Jahrhundert gegründete Unternehmen ging auf seinen Urgroßvater Pierre Birron zurück, der sich einen Namen gemacht hatte, als er alle anderen Branchenkollegen bei der Versteigerung der französischen Kronjuwelen überboten hatte, die in der Dritten Republik 1887 in Paris unter den Hammer gekommen waren. Unter den anwesenden Schmuckhändlern hatten sich Frédéric Boucheron aus Paris, Tiffany & Company aus New York und Bonynge aus London befunden. Es war jedoch Pierre Birron, der einige der schönsten Stücke ersteigerte und sich damit an den Rand des Ruins brachte, doch war er ein Mann, der nur nach vorn blickte. Wie die Firma Jardine war auch Birron et Cie ein Familienunternehmen und wurde noch heute als solches geführt. Andrés zwei Söhne arbeiteten mit ihm im Geschäft an der Place Vendome.

Matt Wilson, Andrés Assistent, trat nun mit einem Aktenkoffer ein, den er André übergab.

»Bien, bien, ouvrez-la!« rief André.

Matt öffnete den Aktenkoffer und entnahm ihm einige graue Wildlederbeutel und Schmucktaschen. Eine dieser großen Taschen öffnete er und schob sie Stevie kommentarlos hin. Seine Miene sagte mehr, als Worte es vermocht hätten.

Stevie betrachtete die zweireihige Halskette aus Sardonyx-Perlen, die Matt ihr präsentierte. Ein unmerklicher Schauer überlief sie beim Anblick der blaugrauen Steine, der im Licht funkelnden und blitzenden Steine. »Das ist doch von der Belperron, oder?« rief sie, und ihr Ton verriet eine gewisse Erregung. Ihr fragender Blick galt André.

»Ja, es ist aller Wahrscheinlichkeit nach ein Stück der Belperron.« Er seufzte und schüttelte bedauernd den Kopf. »Ein Pech, daß Suzanne ihre Stücke nie signiert hat. Sie hielt ihre Entwürfe für so einzigartig, daß man sie zweifelsfrei als ihr Werk erkennen würde. ›Meine Signatur ist die Arbeit selbst, André‹ sagte sie mehr als einmal zu mir.«

»Trotzdem schade, daß sie ihre Kreationen nie signiert hat. Dürfte ich mir das näher ansehen?«

»Mais naturellement.« Der Franzose nahm das Halsband aus der Wildledertasche und reichte es ihr.

Stevie hielt es unter die Tischlampe und prüfte die Sardonyx-Perlen und die Blütenschließe, als deren Blütenblätter größere, entsprechend in Form geschnittene Sardonyx-Steine prangten, während der Mittelpunkt von acht Cabochon-Saphiren, eingefaßt von Brillantschliff-Diamanten, gebildet wurde.

André lehnte sich in seinem Stuhl zurück und musterte sie. Was für eine schicke Frau Stevie war. Er erkannte ihr schwarzes Wollkostüm mit den schwarzen Satinaufschlägen und -manschetten auf den ersten Blick als Couture-Modell. Als einzigen Schmuck trug sie Perlenohrringe, eine Kette aus großen Südseeperlen und eine Platinuhr. Schlicht, dezent, hochelegant. Es war daher ganz natürlich, daß diese Sicherheit auch ihren persönlichen Stil prägte.

André Birron war sehr stolz auf Stephanie Jardine, sehr stolz auf das, was aus ihr geworden war. Er hatte miterlebt, wie sie wuchs, sich veränderte und weiterentwickelte, und da er ihren Werdegang über zwanzig Jahre beobachtet hatte, war sie für ihn wie eine Tochter, die er nie bekommen hatte, und auch seine Frau Elise hatte Stephanie in ihr Herz geschlossen.

Daß Stephanie sich zur mustergültigen Geschäftsfrau und zu einer Juwelenexpertin von Rang entwickelt hatte, war für ihn Freude und Befriedigung zugleich, da er sie in gewissem Sinn als seinen Schützling ansah.

Aber über ihre Professionalität hinaus besaß sie noch etwas anderes, etwas Einzigartiges, das ihm die Freundschaft mit ihr um so teurer machte. Schon oft hatte er versucht, diese besondere Eigenschaft zu definieren, und war schließlich zu dem Schluß gelangt, daß es die Mischung aus Integrität, Anständigkeit und echtem Einfühlungsvermögen war, die sie so hoch über andere erhob und sie von ihnen unterschied. Sie hatte etwas Vornehmes an sich, das sehr selten und um so bewundernswerter war.

André spürte, daß es im Innersten ihres Herzens eine

Ruhe gab, eine Gelassenheit und eine gewisse Reserviertheit, die mehr mit Zurückhaltung als mit Snobismus zu tun hatte, und auch das war eine Eigenschaft, die sie von anderen abhob.

Zuweilen fragte er sich, wer der Geliebte gewesen sein mochte, den Stephanie als junge Witwe gehabt hatte – Chloes Vater. Er fragte sich auch, warum die Beziehung nicht gediehen war, sich nicht weiterentwickelt und nicht in Form einer Ehe in Beständigkeit gemündet war.

Er hatte ihr immer geraten, die intimen Einzelheiten ihres Lebens für sich zu behalten, und sie hatte offenbar die Richtlinien befolgt, die er ihr vor so langer Zeit vorgegeben hatte.

Abgesehen von dem, was offen zutage lag, wußte kein Mensch etwas von Stephanie Jardines Privatleben. Nicht einmal ihre Familie hatte die leiseste Ahnung von ihrem Tun und Treiben.

Er nahm an, daß es im Laufe der Jahre andere Freunde gegeben haben mußte, vielleicht sogar Liebhaber, und doch hatte er sie immer nur zusammen mit Geschäftspartnern gesehen. Folglich rankten sich um sie auch keine Klatschgeschichten. Das an sich war schon eine Leistung.

Plötzlich fiel ihm ein, daß es keinen Klatsch gab, weil vielleicht kein Grund dazu existierte. Es war sehr gut möglich, daß ihre Kinder, die Firma und ihr Beruf ihr genügten und immer schon genügt hatten. Doch das glaubte nur ein Teil von ihm. Als Franzose und Romantiker war ein Leben ohne Liebe für ihn unvorstellbar. Was für ein leeres Leben für eine so reizvolle Frau! Das Alleinsein war kein beneidenswerter Zustand. Eine abschreckende Vorstellung, daß Stephanies Privatleben womöglich von Kälte und Isolation bestimmt war. Ist das denn möglich? fragte er sich und entdeckte, daß er keine Antwort darauf wußte. Und um sie zu fragen, fehlte ihm der Mut.

Stevie brauchte nur noch einen Moment, um das Halsband zu prüfen, dann blickte sie zu André auf und sagte im Brustton der Überzeugung: »Das ist ein Stück der Belperron, ganz zweifelsfrei. Ich schätze, daß sie es irgendwann zwischen 1935 und 1938 geschaffen hat. Ja, André, das kann nur die Belperron entworfen haben...« Stevie unterbrach sich abrupt und rief: »Weißt du noch, wir beide haben etwas sehr Ähnliches schon gesehen. 1987, als bei Sotheby's in Genf die Juwelen der Herzogin von Windsor angeboten wurden. Unter anderem gab es ein Halsband, das diesem hier sehr ähnlich sah. Man könnte sagen, daß es sich um das Gegenstück handelte. Sicher kannst du dich noch erinnern, da ich damals vor Begeisterung außer Rand und Band war.«

»Ich kann mich sehr gut an den Anlaß erinnern. Und an deine Begeisterung.« Sein Lächeln war voller Wärme. »Das gehört zu deinen Besonderheiten, *ma chérie*. Du bist nicht blasiert. Und als ich vor einigen Wochen dieses Halsband sah, war mir klar, daß du diejenige sein würdest, die seine Schönheit wirklich schätzen konnte. In Genf sagte ich damals beim Windsor-Verkauf, daß die Herzogin in den Dreißigern Stammkundin bei Herz-Belperron in der Rue de Chateaudun war.«

»Ja, ich kann mich erinnern.«

»Mir war in Genf bei der Auktion klar, daß das Halsband ein Belperron-Stück sein mußte, obwohl es nur als ›Belperron zugeschrieben‹ geführt wurde. Leider ist genau dies das Problem unsignierter Stücke. Man kann sie nur als zugeschrieben, führen. Und doch muß es echt gewesen sein. Die Herzogin hatte eine Vorliebe für Suzannes Kreationen. Was du jetzt in Händen hältst, ist derselbe Stil, dieselbe Qualität und Periode, meinst du nicht auch?«

Sie nickte. »Wo hast du es entdeckt?«

»Es gehört einer Französin der ersten Pariser Gesellschaft. Es ist ein Erbstück von ihrer Mutter, die es wiederum von ihrer Mutter hat. Sie beharrt darauf, daß es ein echtes Belperron-Stück ist, keine Nachahmung, keine Kopie aus den Dreißigern.«

»Da sind wir uns also einig«, murmelte Stevie. »Aber sicher hätte die Belperron passende Ohrringe dazu gemacht.«

»*Voilà!* Kluges Kind! Du kennst deine Designer sehr gut.« Er lachte.

»Dank dir«, sagte sie, sein Lächeln erwidernd.

»Das sind die Ohrclips, die das Set vervollständigen.« Er holte sie aus einem Beutel und legte sie auf den Tisch.

Stevie griff danach und hielt sie auf der Handfläche, um sie genau zu betrachten. Sie waren aus demselben gemaserten, blauen Sardonyx, jedes in Blattform mit einen gewundenen Diamantband besetzt und von Saphiren und Diamanten im Cabochon-Schliff gekrönt.

»Sie sind exquisit, die Anordnung perfekt. Ich hätte dafür die richtige Kundin, eine elegante Frau, die Schmuck aus den Dreißigern sammelt. Sicher hätte sie dafür Interesse, aber sie lebt in London und nicht in New York.«

»Du weißt, daß das kein Problem ist. Wenn ich kommendes Wochenende nach Paris zurückfliege, werde ich die Juwelen mit dem üblichen Kurier nach London schicken lassen.«

»Wieviel soll das Set kosten?« fragte sie.

»Fünfundvierzigtausend Dollar«

»Teuer.«

»Nein, das glaube ich nicht, Stephanie, nicht für einen Belperron-Entwurf. Halsband und Ohrringe der Herzogin von Windsor wurden 1987, vor neun Jahren also, viel teurer verkauft.«

»Vergiß nicht, daß es damals eine glanzvolle Auktion war, zu der sich die ganze Welt drängte. Die Preise schnellten in die Höhe, da das Interesse an den Windsors groß war – besser gesagt, an der Herzogin.«

André lachte anerkennend. »Du vergißt nie etwas, und es stimmt, was du sagst. Aber laß mich diese ganz spezielle Situation erläutern. Nicht ich bin es, der diese Stücke verkauft. Sie sind auch nicht Eigentum von Birron & Cie. Ich fungiere nur als – wie soll ich sagen – Mittler für eine Klientin, der ich einen Gefallen tue. Sie ließ Halsband und Ohrclips schätzen und erhielt die Information, daß sie etwa vierzigtausend Dollar wert wären. Sie fragte mich, ob auch ich sie schätzen könnte, was ich tat, und, *Mon Dieu!*, mein Schätzmeister kam auf einen noch höheren Preis – fünfzigtausend. Deshalb kamen sie und ich überein, einen Preis in der Mitte anzusetzen. Wenn du dich zum Kauf entschließen solltest, werde ich dir später alles erklären und dir den genauen Preis nennen.«

»Sehr gut.«

»Du zweifelst doch nicht daran, daß der Schmuck von der Belperron ist?«

»Nein, natürlich nicht. Die Stücke tragen unverkennbar ihren Stempel, Signatur oder nicht. Der Preis ist nicht das Problem. Was hast du sonst noch aus Paris mitgebracht?« fragte sie voller Neugierde und mit einem Blick auf die restlichen grauen Wildlederbeutel auf dem Tisch vor sich.

»Ach ja, ich will es dir zeigen. Nun, da hätten wir eine Diamantnadel von Jeanne Boivin. Signiert. Ein schönes Beispiel einer sehr persönlichen Arbeit. Ein vollendetes Stück, glaube ich. So, da ist sie.« Er holte die Nadel hervor und reichte sie Stevie. »Sie gehört derselben Dame in Paris und ist ebenfalls ein Familienerbstück. *Trés jolie, oui?*«

»Ja, wirklich.« Stevie hielt die Nadel hoch und betrachtete sie voller Bewunderung. Es war ein Blütenstengel von schleierfeiner Zartheit, ihrer Meinung nach eine simple Wildmöhrendolde, wundervoll ausgeführt und typisch für Jeanne Boivins aus der Mitte der dreißiger Jahre stammende, der Natur abgeschaute Entwürfe. Die berühmte Schmuckdesignerin hatte ihre Lieblingsblumen, oft schlichte Wiesenblumen, in Diamanten und Platin nachgebildet.

»Sie gefällt mir sehr gut. Das ideale Stück für einen anderen Kunden«, erklärte Stevie, die sofort an Derek dachte. Ihr Stiefvater hatte sie gebeten, nach einem ungewöhnlichen Stück Ausschau zu halten, das sich als Weihnachtsgeschenk für ihre Mutter eignen würde. Diese Nadel würde gut zu Blair passen. Sie war elegant, ohne protzig zu wirken.

»Das hier ist außerordentlich selten«, kündigte André an, als er ihr eine auffallende Brosche aus orangefarbenem Perlmutt präsentierte.

»Die ist von Verdura!«

André lächelte erfreut. »Sieht aus, als hättest du viel von mir gelernt, *ma cherie*. Ja, es ist seine berühmte Löwentatzen-Brosche aus Perlmutt. Er hat seinerzeit einige davon gemacht, bis diese Muschelsorte ausstarb und ihm das Material ausging. Es sind sehr gesuchte Schmuckstücke, nicht nur wegen ihrer Originalität, sondern weil der Entwurf von Verdura stammt. Als meine Kundin mir die Brosche zeigte, war sie nicht sicher, ob sie diese zum Verkauf anbieten sollte. Ich mußte sie erst dazu überreden. Sie trägt sie ohnehin nie und braucht Geld. Aber sieh mal, Stephanie, diese handwerkliche Meisterschaft ... die in Goldstreifen gefaßten Diamanten auf der Löwenpranke. Die Arbeit ist superb, *incroyable*, meinst du nicht auch?«

»Ja, ich gebe dir recht. Eine ungewöhnliche Brosche. Ideal für eine temperamentvolle brünette Trägerin.« Sie legte die Perlmuttbrosche auf den Tisch und lehnte sich zurück, ihrem alten Freund zulächelnd. Da der Kauf dieser Rarität für sie beschlossene Sache war, sagte sie: »Ich nehme sie, und auch die Stücke der Boivin und Belperron. Originale von Verdura kommen nicht oft auf den Markt, so daß die Nachfrage in den letzten Jahren ungeheuer gestiegen ist.«

»Es freut mich, daß du sie nimmst. Jedes Stück ist einzigartig. Ihre Seltenheit macht sie so kostbar, und du kannst für sie jederzeit jeden Preis verlangen.«

Stevie lachte. »Hol lieber deinen Rechner hervor und

addiere alles. Dann müssen wir zur Auktion. Ich möchte rechtzeitig dort sein.«

»*Mais oui*, die Auktion! Ich freue mich schon. Aber noch mehr freue ich mich darüber, dein Begleiter zu sein. Was für ein Triumph für dich, Stephanie, wenn die White Empress dein Eigentum wird.«

Stevie starrte ihn wortlos an. Ganz plötzlich hatte sie ein ungutes Gefühl und war um Worte verlegen.

André sagte: »Ehe wir gehen, habe ich etwas für dich. Entschuldige mich.« Fast lief er hinaus und rief nach Matt, als er im kleinen Vorraum der Suite verschwand. Kurz darauf war er wieder da, in den Händen ein schwarzes Lederetui, das er Stevie mit den Worten überreichte: »Für dich, Stephanie, mit unserer ganzen Liebe.«

Stevie war so verblüfft, daß sie ihn nur anstarrte und dann erst das Etui aufschnappen ließ. Ihr stockte der Atem, als sie auf schwarzem Samt eine zarte Diamantnadel vor sich sah, ein wunderschönes Stück in Form einer länglichen, geschwungenen Feder. »Ach, André, sie ist wunderschön! Aber annehmen kann ich es nicht… es ist viel zu kostbar.«

»Nein, nein… du darfst es nicht zurückweisen! Das darfst du nicht. Es ist etwas Besonderes… *a cadeau, ma cherie*, zu deinem Geburtstag.«

»Der ist doch erst nächste Woche.«

»Nächste Woche werde ich nicht in Amerika sein.

Eine weitere Debatte wäre unhöflich gewesen, deshalb sagte sie: »Danke, André, wie lieb von dir und Elise, daran zu denken. Ich werde sie morgen anrufen und mich bedanken.«

»Meine Frau liebt dich über alles … du bist für sie wie eine Tochter.«

»Ich weiß, und ich erwidere ihre Liebe.« Stevie lachte und schüttelte den Kopf. »Ich kann nicht glauben, daß ich nächste Woche siebenundvierzig werde. Einfach unmöglich.«

»Ich kann es auch nicht glauben. Wohin ist nur die Zeit verflogen? Mir kommt es vor, als sei es erst vorgestern gewesen, daß ich dich mit Ralph traf. Du warst noch nicht ganz siebzehn und sehr schwanger. Vor dreißig Jahren.«

»Bitte!« rief sie aus. »Erinnere mich nicht daran!«

»Ich bin stolz auf dich, stolz auf das, was aus dir wurde. Und wäre er noch am Leben, würde Ralph auch stolz sein. Mit erst siebenundvierzig stehst du am Gipfel deiner Karriere … Man nennt dich in einem Atemzug mit den größten Schmuckhändlern der Welt. Und man begegnet dir mit großer Hochachtung.«

»Danke für deine lieben Worte, André«, erwiderte sie gerührt. »Aber du bist es, dem man große Wertschätzung entgegenbringt, und nicht mir.« Sie stand auf und ging zu einem Spiegel, um die Diamantenfeder an ihrem Jackenaufschlag zu befestigen. Dann drehte sie sich um. Aus ihrer Miene sprach große Zuneigung. »Na, wie sieht sie aus, deine schöne Feder?«

»Superbe, ma cherie.«

Sie ging zu ihm, beugte sich über ihn und drückte ihm auf jede Wange einen Kuß. »Noch einmal danke, André. Ich werde sie immer in Ehren halten.«

Er nickte und tätschelte ihre auf seiner Schulter liegende Hand, wobei er ihr zublinzelte. Er freute sich, weil sein

Geschenk so gut angekommen war. »Ich werde Matt sagen, daß wir jetzt gleich zur Auktion fahren«, sagte er im Aufstehen und ging hinaus.

Stevie setzte sich an den Tisch, um die Schmuckstücke wieder in den Beuteln und Taschen zu verstauen. Dann legte sie alles in den Aktenkoffer.

André und Matt betraten gemeinsam den Salon. Beide waren schon im Mantel, und Matt brachte Stevie ihr schwarzes, mit roter Seide gefüttertes Trigére-Cape, das er ihr um die Schultern legte, ehe er den Aktenkoffer zuklappte und verschloß.

»Ich bringe ihn hinunter in den Hotelsafe«, sagte Andrés Assistent.

»*Bien, bien*, aber jetzt ist Eile geboten, Matt. Wir dürfen uns nicht verspäten.«

Als sie zu dritt im Lift hinunterfuhren, wandte Matt sich an Stevie. »Die Brosche sieht an dir herrlich aus«, sagte er, um lächelnd fortzufahren: »Und wenn du dir die Nadel ans schwarze Samtbarett steckst, das du so gern trägst, hättest du dir damit eine Feder an den Hut gesteckt.«

»Ach, Matt…« Sie lächelte ihm zu und schüttelte den Kopf.

Auch André lächelte und fragte dann: »Und wie fühlst du dich, *chérie*? Sicher sehr aufgeregt.«

»Nein, nervös«, erwiderte Stevie mit einem merkwürdigen Auflachen.

»Nein, nein, nervös darfst du nicht sein. Du mußt sein wie immer. Kühl und beherrscht. Ich bin da, Matt ist da. Alles wird gut. Du wirst schon sehen. Es wird dein Abend, meine liebe Stephanie.«

12

Kaum waren sie bei Sotheby's an der York Avenue eingetroffen, als Stevie auch schon die fast greifbare, von Erwartung und Erregung aufgeladene Atmosphäre in den Auktionsräumen spürte. Es herrschte dichtes Gedränge, man begrüßte einander, plauderte, lachte und kommentierte die Auktion, die in der nächsten halben Stunde über die Bühne gehen sollte.

Als Stevie sich umsah, erblickte sie Heerscharen von prominenten New Yorkern, von denen einige ihre Kunden waren. Sie erkannte aber auch viele namhafte Branchenkollegen aus London, Paris, Rom und Genf sowie aus New York.

Es war eine elegant gekleidete Menge; während die Herren teure Maßanzüge trugen, waren die Damen, einer hiesigen Gepflogenheit entsprechend, meist in Schwarz erschienen. Sie lebte schon lange genug hier, um zu wissen, daß Schwarz mit Diamanten oder Perlen eine absolut unumgängliche und sehr schicke Uniform darstellte. Ihre Garderobe enthielt genügend schwarze Kostüme, Kleider und Seidenpumps, daß sie diesem Muß entsprechen konnte.

»Wir wollen hier nicht unsere Zeit vertun«, sagte Stevie, von André zu Matt blickend, und steuerte auf den Auktionsraum zu.

Beim Eintreten bekamen sie Kataloge und numerierte Täfelchen, die man beim Bieten in die Höhe halten mußte. Matt entdeckte drei gute Plätze in der Mitte, auf die sie sich setzten, Stevie zwischen den zwei Männern. Nachdem sie sich niedergelassen hatte, blickte sie sich um und begutachtete ihre unmittelbaren Nachbarn.

»*Quelle scéne*«, sagte André, der seinen Blick schweifen ließ. »*Mon Dieu!* Alle sind da!«

»Ist doch klar – die große Welt und wer sich dafür hält«, bemerkte Matt.

»Was für drollige Wendungen Sie benutzen, Matt«, murmelte André und rief sodann: »Ach, da ist ja mein alter Freund Gilberto Cuantano aus Brasilien. Es ist lange her, seit ich ihn gesehen habe. Ich muß zu ihm und ihn umarmen. Entschuldigt mich, Stephanie, Matt.« Damit stand er auf und lief den Gang entlang, um seinen Freund zu begrüßen.

Nach einem Moment stand Matt auf und blickte um sich, da er sehen wollte, wer von den Leuten da war, die er kannte. Er sah zwei bekannte Juweliere aus Paris, hob grüßend eine Hand und blieb neben Stevie stehen, während er noch immer den Raum überflog und seiner Neugierde freien Lauf ließ. »André hat recht, es ist eine richtige Heerschau«, sagte er, auf Stephanie hinunterblickend. »Alle sind da oder haben Vertreter geschickt ... Ich sehe Leute von Harry Winston, Cartier und Boucheron. Eben habe ich leitende Herren von Van Cleef und von der Garrard-Gruppe gesehen, und dort drüben steht David Morris mit seiner Frau Suzette. Aus London sind besonders viele da.

»Ja, ich weiß. Ich habe auch viele bekannte Gesichter aus Genf gesehen.«

Matt setzte sich schließlich und fuhr fort: »Aber ich frage mich, wie viele ernsthaft mitbieten werden?«

»Ich bin nicht sicher«, erwiderte Stevie. »Aber ich habe das Gefühl, daß mein Geld tüchtig Beine bekommen wird.«

»Und ich habe alles auf dich gesetzt«, sagte Matt mit breitem Grinsen.

Stevie schüttelte ihren Kopf. »Na, ich weiß nicht, Matt… man wird sehen.«

»Nervös?«

»Ein wenig«, gestand sie und sah ihn mit bedauerndem Lächeln an.

»Mach dir keine Sorgen«, riet Matt ihr. »Du wirst sehen, es wird alles gutgehen.«

»Das sagt André auch ständig. Hoffentlich hat er recht.«

»Sicher. Wir beide haben es im Gefühl, daß die White Empress an dich gehen wird.«

»So wie die Leute hier aussehen, werde ich dafür bezahlen müssen… *wirklich bezahlen.*

»Hast du dir ein Limit gesetzt?«

»Ich möchte über zehn Millionen nicht hinausgehen«, sagte sie halblaut, damit niemand es hören konnte. »Aber wenn es nötig ist, werde ich es tun und bis auf zwölf gehen.« Matt nickte, enthielt sich aber eines Kommentars. Dann stand er wieder auf, ließ den Blick schweifen, von der Frage bewegt, wer ihre *echten* Mitbieter sein würden.

Stevie verschob ihren Stuhl ein wenig, um Lockerheit bemüht, doch fiel es ihr schwer. Ihre Nerven waren gespannt wie eine Violinsaite, und plötzlich wuchs die Angst in ihr. Sie wollte, daß die Versteigerung endlich begänne, damit sie sie endlich hinter sich hätte. Der Geräuschpegel stieg, da immer mehr Menschen hereindrängten. Ihr war viel zu warm, und der Duft der verschiedenen Parfüms war geradezu überwältigend.

White Empress, einer der märchenhaftesten Diamanten der Welt. Sie wollte den Stein. Sie war entschlossen, ihn zu bekommen, doch bestand die sehr reale Möglichkeit, daß sie es nicht schaffen würde. Man konnte sie mit Leichtigkeit überbieten. Gewohnt, alles im Griff zu haben – sich selbst, ihren Beruf, ihr Leben –, war ihr nicht geheuer zumute, wenn dies nicht der Fall war. Aber es war unmöglich, eine öffentliche Auktion nach Belieben zu steuern. Diese Kontrolle hatte allein der Auktionator, da er es war, der alles bestimmte, zumindest bis zu einem gewissen Grad.

Da kam ihr ein unerwarteter Gedanke, und sie mußte sich ein Lächeln verbeißen. Natürlich war sie imstande, diese Auktion in den Griff zu bekommen. Aber nur, wenn sie bereit war, jeden Preis für die *White Empress* zu zahlen, jedes Gebot zu überbieten. Ich werde es tun, sagte sie sich, ich werde alle ausstechen. Irgendwie wirkte dieser Gedanke so befreiend, daß sie spürte, wie ihre Anspannung nachließ. Wenn sie gewillt war, jeden Preis zu zahlen, hatte sie die Lage nicht nur im Griff, sie befand sich sogar schon praktisch im Besitz des Diamanten. Diese Möglichkeit war so aufmunternd und erregend, daß Stevie mit zusammengepreßten Lippen in den Katalog starrte, aus Angst, sie könnte mit ihren Gedanken herausplatzen und sie Matt verraten. *Eine reglose Zunge und ein kluger Kopf,* hörte sie Ralphs Stimme in den hintersten Winkeln ihrer Erinnerung.

Indem sie sich wieder auf die White Empress konzentrierte, fragte Stevie sich, wie hoch sie vermutlich gehen mußte, wenn sie bereit war, alle Anwesenden zu überbieten. Auf zwölf, dreizehn oder vierzehn Millionen? Möglich. Vielleicht sogar noch höher. Sie wußte es nicht, da der Verlauf der Auktion nicht vorauszusehen war. Der Schätzpreis war auf sechs Millionen festgesetzt, also ziemlich niedrig. Wie Matt eben bemerkt hatte, waren zahlreiche, international bekannte Juweliere wie auch jede Menge Multimillionäre und Milliardäre gekommen. Boten sie alle mit, dann würde der Preis in geradezu schwindelerregende Höhen schnellen.

André kam zu seinem Platz zurück und drückte ihre Hand. »Gilberto meint, daß viele nur zum Spaß gekommen sind, weil es aufregend ist. Also, keine Angst.«

»Ach, ich habe keine Angst, André, mein Lieber«, sagte sie, und es hörte sich richtig lässig an. So sehr, daß André und Matt sie aufmerksam ansahen und dann einen Blick miteinander wechselten.

Plötzlich betrat der Auktionator das Podium.

Sofort trat Stille ein.

Und so fing sie an, die Versteigerung der White Empress. Die Beleuchtung wurde gedämpft, und die Farbdias der Diamanten, die an dem prachtvollen Collier von Harry Winston hingen, leuchteten auf der Leinwand zur Linken des Podiums auf. Der Auktionator gab seinen Kommentar über Details und Ursprünge des Riesendiamanten ab. Nach der Dia-Schau wurde es wieder hell, und die Auktion konnte beginnen.

Mit einem Blick in den gedrängt vollen Raum rief der

Auktionator mit unüberhörbarer Begeisterung: »Ich nehme das Eröffnungsangebot zu meiner Rechten. Zwei Millionen Dollar.« Sein Blick glitt zur anderen Seite des Raumes. »Zwei Millionen zweihundertundfünfzigtausend von der linken Mitte. Zwei Millionen fünfhunderttausend aus dem Hintergrund.«

Nach dem Eröffnungsangebot von zwei Millionen stieg der Preis in Stufen zu je zweihundertfünfzigtausend Dollar. Nach unzähligen Auktionsbesuchen auf der ganzen Welt wußte Stevie, daß der Auktionator die Höhe der Steigerungsstufen steuern konnte. Er war es, der hier entschied.

Schließlich hob sie ihr Täfelchen, und der Auktionator nahm es mit einem unmerklichen Lidschlag zur Kenntnis. »Drei Millionen aus der Mitte. Drei Millionen zweihundertfünfzigtausend zu meiner Linken. Drei Millionen fünfhunderttausend vorn links. Drei Millionen siebenhundertfünfzigtausend im Hintergrund. Höre ich vier Millionen?«

Wieder hob Stevie ihr Täfelchen und steigerte den Preis auf die gewünschten vier Millionen. Danach kletterte er weiter, während andere ihre Tafeln hoben und einander überboten. Es ging ganz rasch, und die Erregung wuchs.

André und Matt waren an die Stuhlkanten vorgerutscht, Stevie ebenso. Ihr Adrenalinspiegel stieg, als sie sich wieder meldete und fünf Millionen bot. Wie vorauszusehen, ging die Versteigerung weiter, da der Schätzpreis noch nicht erreicht war. Die Person, von der sie überboten worden war, wurde nun von einigen anderen überholt.

Die Auktion verlief rasch und hitzig. Die Spannung im

Raum schien so greifbar, daß Stevie das Gefühl hatte, die Hand danach ausstrecken und sie berühren und fassen zu können, so wie sie ihre Hand nach dem Diamanten auszustrecken gedachte – für Jardine's.

Wieder kam ein Gebot, dann noch eines und noch eines, immer weiter, bis der Preis das Mindestgebot von sechs Millionen weit überschritten hatte.

Stevie war entspannt, wie sie dasaß, den Blick geradeaus, das Täfelchen im Schoß, reglos, jetzt muß ich warten, sagte sie sich. Ich muß mich zurückhalten, damit der Auktionator sich fragt, was in mich gefahren ist und ob ich schon aufgebe. Ihre Miene blieb undurchdringlich, insgeheim aber lächelte sie.

André, der sie beobachtete, wußte, worauf sie abzielte. Sie ließ sich Zeit, da sie beim Hochlizitieren des Preises nicht mitspielen wollte.

Zwanzig Minuten später saß Stevie aufrecht und gespannt da. Ihre Aufmerksamkeit war nun voll auf den Auktionator gerichtet, ihre Sinne hellwach. Die Gebote hatten acht Millionen fünfhunderttausend erreicht, ohne daß sie mitgeboten hätte. Und dann nahm das Tempo ab. Ein paar Leute, die Zurückhaltung geübt und nicht weitergeboten hatten, würden aller Wahrscheinlichkeit nach ausscheiden. Stevie wartete, bis der Auktionator die Höhe der Einzelangebote verminderte, was er fast augenblicklich tat, indem er auf hunderttausend Dollar pro Gebot herunterging.

Kaum war das geschehen, als die Gebote wieder kamen, wenn auch nicht so rasch und zahlreich wie vorher. Der Preis stieg entsprechend, als auf einmal zehn Gebote rasch hintereinander kamen und den Preis auf neun Millionen achthunderttausend Dollar steigerten. Dann wurde es wieder gemächlicher, ehe unerwartet Stillstand eintrat.

»Neun Millionen achthunderttausend«, wiederholte der Auktionator in steigendem Ton. »Wer bietet neun Millionen neun?«

Stephanie hob ihr Täfelchen.

»Neun Millionen neunhunderttausend in der Mitte! Wer bietet zehn Millionen! Zehn Millionen für die White Empress.«

Von irgendwoher im Raum kam ein Gebot, und sie hörte den Auktionator rufen: »Zehn Millionen vorne. *Zehn Millionen!* Zehn Millionen, eins, wer bietet zehn Millionen einhunderttausend für dieses Prachtjuwel?«

Stevie hatte das Gefühl, die Stille im Raum würde sich ausdehnen. Sie wurde so groß, so gewaltig, daß das Fallen einer Stecknadel wie ein Donnerschlag empfunden worden wäre. Alle waren auf ihren Sitzen vorgerutscht und hingen wie gebannt an den Lippen des Auktionators.

Stevie hielt den Atem an.

Der Auktionator wiederholte. »Wer bietet zehn Millionen einhunderttausend? Ich würde es tun.« Eine kurze Pause, kein einziges Täfelchen wurde in die Höhe gehalten.

»Zehn Millionen einhunderttausend. Wer bietet so viel?« Der Auktionator räusperte sich. »Dann bekommt den Zuschlag der Bieter ganz vorn um zehn Millionen, wenn ich nicht zehn Millionen einhunderttausend höre.«

André berührte ihren Arm. Stevie hob ihr Täfelchen.

»Zehn Millionen einhunderttausend!« rief der Auktionator in triumphierendem Jubelton.

Stevies Herz pochte so stark, daß es ihre Rippen zu sprengen drohte, ihr Mund war trocken wie Sandpapier. Wie zur Salzsäure erstarrt, saß sie da, wagte kaum, zu atmen, und wartete auf das nächste Gebot. Es kam nicht. Der Stein gehörte ihr. Einen Augenblick lang erschien es ihr unmöglich.

»Zehn Millionen einhunderttausend Dollar. Den Zuschlag bekommt die Dame in der Mitte.«

Alle Anwesenden drehten sich nach ihr um. Jemand begann zu applaudieren, andere fielen ein. Der Beifall wurde lauter. Eine Frau rief: »Bravo! Bravo!«

André umarmte sie und drückte ihr einen Kuß auf die Wange. Matt, der seinem Beispiel folgte, rief aus: »Du bist ja eiskalt! Ist etwas?«

Stevie schüttelte den Kopf. »Nein, es geht mir gut, wirklich, Matt!«

»Besser als je zuvor, würde ich sagen«, raunte ihr André mit breitem Lächeln ins Ohr. »So gut, wie es dir immer gehen wird, Stephanie. Und sobald du bereit bist, führe ich dich zum Dinner ins La Grenouille aus.«

Um sie herum entstand Gedränge, man kam, um mit ihr ein paar Worte zu wechseln, Bekannte, Kunden, Freunde, Branchenkollegen, und alle überschütteten sie mit Gratulationen und guten Wünschen für die Zukunft.

13

Stevie saß in ihrem Büro in der obersten Etage des Jardine Buildings in den Fünfzigern der Fifth Avenue.

Es war Dienstag morgen, einige Tage nach der Auktion bei Sotheby's. Eben war ihr die White Empress geliefert worden. Sämtliche Formalitäten waren seit vergangenem Freitag erledigt, das Geld war von einer Bank an die andere überwiesen worden.

Und jetzt war der Stein da, einer der großen Steine der Welt, und er gehörte ihr, oder vielmehr der Firma Jardine's.

Stevie hob das Halsband aus dem dunkelblauen Lederetui von Harry Winston und hielt es hoch. Der große, birnenförmige Diamant von 128.25 Karat trug achtundfünfzig Facetten auf der Krone genannten Wölbung und fünfundachtzig zusätzliche um die Fassungskante. Die durch das Fenster einfallende Sonne ließ ihn blitzen und funkeln und brachte sein Feuer voll zur Geltung. Er war ein lupenreiner Diamant der D-Klasse und von geradezu atemberaubendem, blendendem Weiß.

Er ist so schön, daß es einem ans Herz greift, dachte sie, in die Betrachtung seiner Vollkommenheit versunken.

Der Stein hing an einem einreihigen, aus achtundsechzig runden und perlenförmigen Diamanten bestehenden Collier, das als Ganzes ein spektakuläres Schmuckstück darstellte.

Kurz entschlossen stand Stevie auf, trat vor den antiken goldgerahmten französischen Spiegel an der Wand ihres

Büros und hielt das Halsband gegen ihr schwarzes Kleid. Es war hinreißend, und ihr drängte sich unwillkürlich und ganz theoretisch der Gedanke auf, wer es eines Tages wohl tragen würde, wenn sie sich zum Verkauf entschlösse.

Sie ging zurück zu ihrem antiken Schreibtisch am Fenster, setzte sich und hielt das Halsband gegen das Licht, um die Art und Weise zu bewundern, wie die unzähligen Facetten in allen Regenbogenfarben funkelten. Als die Tür aufgerissen wurde und ihr Sohn Nigel hereinstürmte, blickte sie erschrocken auf. Stevie war so verblüfft, daß sie das Schmuckstück fast fallen lassen hätte. Es bedurfte ihrer ganzen Selbstbeherrschung, um sich nichts anmerken zu lassen.

»Nigel! Das nenne ich eine Überraschung!« rief sie und legte das Collier ins Schmucketui. Dann stand sie auf und trat zögernd einen Schritt auf ihn zu, in der Absicht, ihn zu begrüßen. Trotz ihres wachsenden Argwohns wegen seines Doppelspiels war sie, wie immer, voller Liebe und Wärme für ihren Erstgeborenen.

»Hallo, Mutter«, begrüßte er sie kühl. Indem er sich sofort auf einem Stuhl niederließ, gab er eindeutig zu erkennen, daß er auf Zärtlichkeitsbekundungen ihrerseits keinen Wert legte.

Stevie blieb nichts anderes übrig, als sich auch zu setzen, was sie auch tat.

Mit einem Blick auf das auf dem Schreibtisch liegende Collier bemerkte Nigel in schneidendem Ton: »Wie ich sehe, verleitet dich deine neue Errungenschaft förmlich zum Schwelgen.«

Obwohl durch seine Art und seinen überheblichen Ton

verärgert, ging sie darauf nicht ein. »Ich wußte gar nicht, daß du die Absicht hattest, nach New York zu kommen. Wann bist du eingetroffen.«

»Gestern abend.«

»Ach.« Nun trat eine kleine Pause ihrerseits ein, ehe sie fortfuhr: »Schade, daß du mich nicht rechtzeitig verständigt hast. Ich hätte gern etwas arrangiert ... Wir alle hätten uns treffen können.

Seine einzige Reaktion war das spöttische Hochziehen einer Braue.

»Du hättest Chloe und Miles treffen können«, sagte sie.

Da er mit unendlich gelangweilter Miene im Sessel lümmelte, sah sie sich zu der Frage veranlaßt: »Möchtest du denn deine Geschwister nicht sehen?«

»Eigentlich nicht.«

Stevie lehnte sich zurück und sah ihn an, enttäuscht von seinem Verhalten und seiner Haltung. Ähnlich ungehobelt und rüde hatte er sich schon bei ihrem letzten Besuch in London benommen, ein Verhalten, das ihr bereits damals unerklärlich gewesen war. Nach kurzer Überlegung beschränkte sie sich auf die Frage: »Also, was führt dich nach New York?«

Nigel zögerte nur ganz kurz. »Der Sultan von Kandrea möchte sich mit mir treffen. Es geht um irgendwelche Steine. Und da er momentan nicht nach London kommen kann, bin ich hergeflogen.«

»Hält er sich in New York oder Los Angeles auf?«

»In New York.«

»Hättest du uns informiert, dann hätten wir die Sache problemlos abwickeln können. Tatsächlich hätte ich mich mit dem Sultan sehr gern wieder einmal getroffen. Du hättest wirklich nicht extra kommen müssen, Nigel.«

»Aber er möchte nicht mit dir verhandeln, Mutter. Er wickelt seine Käufe lieber mit mir ab.«

»Das nenne ich eine echte Überraschung, da er und ich seit Jahren geschäftlich miteinander zu tun haben. Aber wenn ich es recht bedenke, ist es vielleicht gar nicht so erstaunlich. Der Sultan gilt als unberechenbar und als wankelmütig. Hüte dich vor diesen Eigenschaften, Nigel.«

»Mutter, ich bin imstande, mir selbst ein Urteil zu bilden. Ich bin schon lange kein Rotzjunge in kurzen Hosen mehr.«

Sie verbiß sich die scharfe Antwort, die ihr auf der Zunge lag, und sagte: »Ganz recht.« Mit einem kleinen Lächeln fragte sie: »Welche Art von Steinen sucht der Sultan?«

»Das weiß ich noch nicht. Ich treffe mich später mit ihm.«

»Und wie lange willst du in New York bleiben?«

»Ich nehme entweder heute die Abendmaschine oder fliege morgen mit der Concorde.«

»Wir haben ein paar wirklich großartige Steine auf Lager und ein paar herrliche ...«

»Der Sultan interessiert sich doch nicht für so was«, unterbrach er sie in einem, keinen Widerspruch duldenden Ton und wies mit einem Kopfnicken auf die White Empress.

»Das ist nicht für den Verkauf bestimmt!« erwiderte sie scharf und klappte das Etui entschlossen zu. »Aber von der Größe her käme das Stück seinem Geschmack entgegen. Er hatte schon immer eine Vorliebe für große Steine, und ich bin sicher, er hat sie noch immer.«

»Mutter, du hast für diesen Stein viel zuviel bezahlt. Ein typischer Fehlkauf.«

»Nein, Nigel. Falls ich mich zum Verkauf entscheide, wird er mir guten Profit bringen. Seit der Auktion habe ich schon zwei Angebote bekommen, und dabei habe ich das Collier erst vor einer Stunde abgeholt. Wenn ich nicht aufpasse, würde es mir hier vor der Nase weggeschnappt werden, ehe ich auch nur mit einer Wimper zucke. Ganz abgesehen von diesen Angeboten, hat der Kauf uns enorme Publicity gebracht. Auf der ganzen Welt sind Presseberichte darüber erschienen.«

»An deiner Stelle wäre ich auf diese Art vulgäre Publicity nicht so stolz, Mutter.«

»Nicht vulgäre, sondern gute Publicity, Nigel.«

»Die Firma Jardine braucht überhaupt keine Publicity«, erwiderte er in seinem überheblichen Ton, »zumindest die Londoner Filiale nicht.«

»*Touché*. Aber du irrst dich, Nigel. Wir brauchen beidseits des Atlantiks gute Publicity. Die Konkurrenz schläft nicht, und wir müssen uns ebenso aggressiv verkaufen wie jeder andere in der Branche. In den Neunzigern geht das nicht anders, das kann dir jeder Werbeguru bestätigen.«

»Also wirklich, Mutter, du wirst mit jedem Tag mehr amerikanisch.«

»Ich *bin* Amerikanerin, Nigel, und du bist zur Hälfte Amerikaner. Oder hast du das vergessen?«

»Mutter, du gehst zu weit.«

Sie wußte nicht recht, wie er das meinte, war aber nicht

gewillt, diesen Köder zu schlucken, und überging seine abwertende Bemerkung, indem sie gleichmütig fortfuhr: »Und was die White Empress betrifft, so war der Kauf nicht nur gut, sondern geradezu günstig.«

»Großvater ist anderer Meinung. Auch er sagt, du hättest zuviel bezahlt.«

»Bruce sagt das?« rief sie ungläubig aus und fing dann zu lachen an. »Das hat er wirklich gesagt?«

»Ja«, sagte Nigel. »Er sagt, du hättest für Steine, besonders für Diamanten, immer zuviel bezahlt.«

»Und seit wann tue ich das? Hat er dir das auch verraten?«

Nigel sah sie mit gesenktem Kopf trotzig an. »Es begann mit der Eröffnung der Filiale an der Fifth Avenue.«

»Wie sonderbar, daß er das sagt, da Jardine's in New York doch Riesenprofite abwirft. Glaubst du nicht, daß Bruce ein wenig senil geworden ist?«

»Bestimmt nicht, Mutter.«

»Und wann hast du ihn zum letztenmal gesehen?«

»Gestern, ehe ich abflog. Er kam ins Geschäft ... übrigens kommt er neuerdings wieder sehr häufig.«

»Wie interessant.« Stevie stand auf und betrachtete, an ihren Schreibtisch gelehnt, ihren Sohn mit einem klugen, gelassenen Blick. »Das sieht mir aber nach einer gewaltigen Kehrtwendung aus. Als ich vor ein paar Wochen in London war, sagte dein Großvater, er hätte nicht mehr die Absicht, ins Geschäft zu kommen.«

»Vielleicht hat er seine Absicht geändert.«

»Ob er das getan hat oder nicht, ist nicht der Punkt. *Ich* leite das Geschäft in London wie auch das hiesige, und was

Bruce über die Preise denkt, die ich bezahle, interessiert mich nicht sonderlich. Übrigens interessiert in diesem Punkt überhaupt keine fremde Meinung. Aber um auf deinen Großvater zurückzukommen, so hat er keinerlei Befugnisse mehr, da er sich schon längst zur Ruhe gesetzt hat. Und daß er einen Sitz im Aufsichtsrat hat, ist nur eine höfliche Geste ...« Sie machte eine Pause, um ihre Worte wirken zu lassen, ehe sie fortfuhr: »Eine Geste meinerseits.«

Nigel starrte sie mit feindseliger Miene an, war jedoch so klug, nicht zu widersprechen.

Stevie, die seinen Blick ebenso kalt erwiderte, dachte unwillkürlich, was für ein gutaussehender junger Mann er mit seinen neunundzwanzig Jahren doch war. Dafür sorgten seine strahlend blauen, weit auseinanderstehenden Augen, seine gutgeschnittenen Züge und sein dunkelblondes Haar. Hochgewachsen und schlank, wirkte er nicht zuletzt dank seiner sorgfältigen Kleidung sehr elegant. Ein Jammer, daß seine Persönlichkeit nicht zu seinem angenehmen und äußerst anziehenden Äußeren paßte.

Nigel war der erste, dem es unbehaglich wurde. Mit unsicherem Zwinkern wich er dem abschätzenden Blick ihrer eisigen grauen Augen aus, sprang auf und ging zur Tür. »Ich muß gehen«, sagte er halblaut, um im Eingang innehaltend zu sagen: »Guten Tag, Mutter.«

»Werde ich dich vor deinem Abflug noch sehen, Nigel?« fragte sie rasch, ihre Schwäche verwünschend, aber plötzlich war sie wieder seine Mutter und nicht sein Boß.

»Ich glaube nicht. Wenn irgend möglich, möchte ich die Abendmaschine erreichen.«

»Ich verstehe. Na ja, ich werde ohnehin in etwa zehn Tagen in London sein.«

»Du willst über Weihnachten kommen?«

»Ja. Chloe und ich fliegen am zwanzigsten ab.« Er nickte und öffnete die Tür.

»Richte Tamara liebe Grüße aus, und küsse die Kinder von mir.«

»Ja.« Und damit war er auch schon fort, ohne einen Blick zurück, und schloß hinter sich die Tür.

Stevie blieb stehen und starrte verdutzt die Tür an. Sie verstand Nigel immer weniger. Plötzlich fiel ihr ein, daß er ihr gar nicht gesagt hatte, warum er bei diesem Kurzbesuch in New York überhaupt die Filiale von Jardine's aufgesucht hatte. Aber vielleicht hatte er keinen bestimmten Grund und war nur aus alter Gewohnheit gekommen. Oder aus Neugierde, um zu sehen, was im Geschäft vor sich ging. Oder er hatte trotz seiner abwertenden Haltung einen Blick auf die White Empress tun wollen. Oder war er etwa mit der Absicht gekommen, sie zu ärgern und sich mit ihr ein Wortgefecht zu liefern? Sie wußte es nicht.

Ganz sicher war er nicht gekommen, um ihr zum Geburtstag zu gratulieren, ihr erster Gedanke, als er hereingeplatzt war, ein Gedanke, den sie freilich rasch verworfen hatte, als sie merkte, daß er auf Streit aus war. Ihr Geburtstag war ihm keine Erwähnung wert gewesen.

Am gleichen Tag, dem zehnten Dezember, einem Dienstag, schloß Jardine & Company früher als üblich bereits um sechs Uhr.

Kaum war das auf die Fifth Avenue führende Hauptportal abgeschlossen, wurde die White Empress in einer beleuchteten Vitrine in der Mitte des Hauptsalons zur Schau gestellt. Es war ein mittelgroßer Raum, von dessen hoher Decke einige alte Kristallüster herabhingen. Raffiniert und sehr wirkungsvoll beleuchtete Schmuckvitrinen waren in die Wände eingelassen. Ein silbergrauer, luxuriöser weicher Teppich bedeckte den Boden. Ein antikes Louis XV. *bureau plat* und zwei antike, französische Schreibtische waren an verschiedenen Stellen des großen Raumes strategisch günstig positioniert. Prächtige Blumenarrangements schmückten die Verkaufstische.

Punkt halb sieben versammelten sich alle Mitarbeiter im Salon, um Stevie zum Geburtstag zuzuprosten und ihren sensationellen Kauf zu feiern. Champagner und Horsd'œvres wurden den Mitarbeitern und den wenigen geladenen Gästen gereicht. Miles und Chloe waren da, ebenso Matt Wilson und André Birron. André, der seinen Rückflug nach Paris verschoben hatte, würde später am Abend ihr zu Ehren ein kleines Dinner geben.

Die vier umringten sie wie eine Phalanx, wünschten ihr alles Gute und sangen ihr Loblied. Und alle waren beeindruckt von ihrer Neuerwerbung, dem birnenförmigen großen Diamanten, standen da und starrten ihn wie gebannt an, geblendet von seiner Schönheit, nicht imstande, ihre Blicke von der Vitrine loszureißen.

Schließlich wandte André sich an Stevie und sagte: »Jetzt bin ich froh, daß ich geschäftlich aufgehalten wurde und heute hier sein kann. Es ist wundervoll, diesen unvergleichlichen Stein wiederzusehen und deinen Geburtstag zu feiern, Stephanie.«

»Und ich bin glücklich, daß du hier bist, André, und ich möchte dir noch einmal für deinen Beistand bei der Auktion danken. Ich war sehr nervös.«

»Ach, das war eine Kleinigkeit. Und was deine Nervosität betrifft, so hat man dir nichts angemerkt.«

Chloe trat vor und umklammerte den Arm ihrer Mutter. »Mom, der Stein ist einfach grandios. Grandios. Und es war klasse, wie du bei der Auktion alle aus dem Feld geschlagen hast. Einfach cool. Du bist die Größte, Mom.«

»Danke, Chloe«, murmelte Stevie, die sich freute, weil ihre Tochter so begeistert und warmherzig war. In den ersten Tagen nach Thanksgiving war sie abweisend und verschlossen gewesen und hatte sich benommen, wie es nur Teenager können, die es darauf anlegen, ihre Umgebung unter ihren Launen leiden zu lassen. Diese widerborstige Stimmung hatte sich allmählich gelockert und war mittlerweile völlig überwunden.

André sagte: »Ja, Chloe, der Stein ist wirklich grandios. Und deine Mutter ebenso, *ma petite.*«

»Onkel André, sie ist unvergleichlich.«

»Es freut mich, zu hören, daß du sie zu schätzen weißt. Sie verdient es. Wollen wir hinübergehen und uns die anderen Schmuckstücke ansehen? Deine Mutter sagte eben, daß sie heute erstmalig die Kollektion neuer Entwürfe zeigt.«

»Okay«, zeigte sie sich einverstanden und schob ihren Arm unter seinen.

»Ich komme mit«, sagte Matt, der André und Chloe durch den Salon folgte.

Stevie stand allein mit Miles vor der Vitrine, in der die

White Ernpress ruhte, und die Miene ihres Sohnes regte sie zu der Frage an: »Sie raubt einem den Atem, findest du nicht, Miles?«

»Ja, und wie. Ma, ich bin ganz weg.« Zu seiner Mutter gewandt, fuhr er fort: »Einen Stein wie diesen habe ich noch nie gesehen. Du gewiß schon, schätze ich.«

»Ja, ich habe etliche gesehen, die ebenso groß waren, und andere, die noch größer waren. Aber dieser Stein hat etwas an sich, das... einzigartig ist. Tatsächlich sind alle Steine einzigartig, weil es keine zwei darunter gibt, die einander völlig gleichen. Und dieser hat etwas so Ungewöhnliches an sich, das sich schwer beschreiben läßt.«

Miles nickte und drehte sich wieder zur Vitrine um. »Was für ein Feuer und welche Schönheit unter dem eisigen Äußeren liegt.«

»Das macht der Schliff. Harry Winston hat den Stein aus einem großen Rohdiamanten schneiden lassen, nachdem er ihn monatelang studierte, ehe er ihn dem Schleifer überließ. Mit seinem untrüglichen Instinkt für Steine sah er einem Rohdiamanten an, was anderen entging.«

»Mutter, ich bin froh, daß du ihn ersteigert hast. Du hast ihn dir so sehr gewünscht. Also, nochmals meinen Glückwunsch und auch zu deinem Geburtstag alles Gute. Ach, übrigens, dein Geschenk wird dir später in die Wohnung zugestellt. Hoffentlich gefällt es dir.«

»Da bin ich ganz sicher, Liebling.«

»Andrés Diamantenfeder ist wunderschön, Ma.«

»Ja, nicht wahr? Er freut sich so sehr, daß er heute doch hiersein kann, und ich freue mich auch.«

»Chloe ist wieder ganz auf der Höhe«, bemerkte Miles

und ergänzte schmunzelnd: »Ich möchte nie mehr Teenager sein. Es ist eine richtige Berg-und-Tal-Fahrt.

Stevie, die mit ihm einer Meinung war, ergriff Miles' Arm und führte ihn von der Vitrine fort in eine Ecke. »Heute kam Nigel zu mir ins Büro.«

»Nigel! Was treibt denn der in New York?« Miles starrte seine Mutter verdutzt an.

»Er ist gekommen, um sich mit dem Sultan von Kandrea zu treffen, der offenbar bestimmte Juwelen sucht.«

»Und ich dachte, der Sultan wäre schon immer dein Kunde gewesen?«

»Das war er auch... bis heute morgen. Offensichtlich zieht er nun Nigel als Berater vor.«

»Wer sagt das?«

»Nigel.«

»Das glaube ich nie und nimmer!«

»Nigel hat im Laufe unseres kurzen Gespräches viel Wind darum gemacht.«

»Er lügt. Ein Lügner war er immer schon. Jede Wette, daß er mit allen Mitteln versucht, sich beim Sultan lieb Kind zu machen. Vielleicht hat er ihm sogar weisgemacht, daß du ihn nicht mehr beraten möchtest. Es wäre Nigel durchaus zuzutrauen.«

»Na, ich weiß nicht...« Sie schüttelte den Kopf und nippte an ihrem Champagner.

»Wenn du den Sultan anrufst, wird er es dir sicher bestätigen. Er wird dir sagen, wie es wirklich war.«

»Das könnte ich nicht, da es ein wenig... sonderbar aussehen würde. Keinesfalls möchte ich, daß beim Sultan der Eindruck entsteht, es wäre etwas...«

»… etwas faul im Staate Dänemark?« warf er mit vielsagendem Blick ein und zog eine Braue hoch.

»So kann man es auch formulieren. Aber wir müssen Geschlossenheit demonstrieren. Das habe ich euch immer gepredigt. Alles andere wäre schlecht fürs Geschäft.

»Ma, Nigel führt etwas im Schild.«

Sie nickte. »Er gibt sich mir gegenüber sehr überheblich.«

»Ich habe das Gefühl, er möchte in der Firma zum Leitwolf aufrücken. Aber ist er imstande, das Unternehmen allein zu führen?«

»Mit der Zeit sicher. Natürlich muß er noch viel lernen. Aber um der Wahrheit die Ehre zu geben, er ist ein guter Geschäftsmann, allerdings ohne einen Funken Kreativität, jedenfalls nicht auf die Art, wie Gideon kreativ ist. Und von Steinen versteht er nicht viel. Andererseits haben wir so viele hervorragende Experten, sowohl hier als auch in London, daß das nicht so ins Gewicht fällt. Jedenfalls nicht im Moment.« Stevie hielt mit bedauernder Miene inne. »Und ich bin geneigt, dir recht zu geben, daß er es gern sehen würde, wenn ich verschwände.«

»Du bist zu jung, um dich zur Ruhe zu setzen. Was würdest du denn tun, wenn du nicht arbeiten könntest?«

»Weiß Gott, Miles … ich wüßte nicht aus noch ein und würde mich vermutlich zu Tode langweilen. Aber ich möchte mich noch nicht zurückziehen, noch lange nicht, das kann ich dir versichern. Was immer Nigel möchte, er wird es nicht bekommen.«

Miles lachte auf und sah sie dann eindringlich an. »Heute bist du siebenundvierzig geworden.«

»Erinnere mich nicht daran.«

»Darf ich dich etwas fragen?«

»Alles, Liebling.«

»Du bist eine jugendliche Frau, und doch hast du nie… du hast nie wieder geheiratet. Warum nicht?«

»Aus guten Gründen.«

»Unseretwegen, Ma?«

»Zum Teil. Aber ich bin nie jemandem begegnet, den ich hätte heiraten wollen.« Sie sah ihn mit belustigtem Lächeln an. »Zu einer Ehe gehören zwei. Aber jetzt werde ich mich vielleicht nach einem Mann umsehen, weil alle meine Kinder erwachsen sind.« Sie lachte und wechselte das Thema: »Nigel war heute richtig ungehobelt. Er hat mir nicht einmal zum Geburtstag gratuliert.

»Elender Lümmel«, sagte Miles halblaut. »Aber er hat sich nicht viel verändert. Schon als Kind war er irgendwie ein Mistkerl.«

Stevie starrte ihren Sohn an, erschrocken über seinen feindseligen Ton. »Ich wußte nicht, daß du eine so heftige Abneigung gegen deinen Bruder empfunden hast«, murmelte sie und sah ihn forschend an. »Das hast du mir nie gesagt.«

»Ach, Ma, warum hätte ich es sagen sollen. Außerdem ist es ja nicht so, daß ich ihn überhaupt nicht leiden kann. Nur teilweise. Nigel ist ein Chamäleon. Einmal ist er undurchschaubar wie ein Basilisk und schon im nächsten Moment verspielt wie ein junger Hund, der einem die Hand leckt und einen mit seiner gewinnenden Art und seinem hinreißenden Charme glatt umwirft.«

»Eine treffende Charakterisierung. Aber ich muß zugeben, daß ich in letzter Zeit von seinem Charme nicht viel gespürt habe.«

»Mutter, deinen Geburtstag kann er doch unmöglich vergessen haben. Als wir klein waren, machte er deswegen immer soviel Wirbel. Er konnte einen damit richtig nerven...« Miles unterbrach sich und fügte mit reuiger Miene rasch hinzu: »Ich habe es nicht so gemeint, wie es klang.«

»Ich weiß.«

»Ich bin sehr froh, daß du Nigel heute nicht zu Onkel Andrés Dinner eingeladen hast.«

»So etwas hätte ich doch nicht getan!«

»Doch, du hättest. Was deine Familie angeht, warst du immer ein Softie«, widersprach er.

»Miles, ich wäre nie auf den Gedanken verfallen, ihn einzuladen. Er war zu unangenehm. Außerdem wollte er unbedingt die Abendmaschine nach London erreichen.«

»Möchte wissen, wie Tamara mit ihm zurechtkommt.«

»Nigel kann sehr gewinnend sein. Das hast du eben selbst gesagt. Und Tamara ist eine außergewöhnliche junge Frau. Sie versteht sich mit Nigel sehr gut, da sie auf gleicher Wellenlänge mit ihm liegt. Außerdem ist sie für ihr Alter schon sehr reif und weiß genau, wie sie ihn nehmen muß.«

»Da hast du recht. Führt Onkel André uns ins La Grenouille aus?«

»Natürlich, es ist sein bevorzugtes Restaurant in New York, und ich esse auch sehr gern dort. Aber jetzt machen wir lieber die Runde und plaudern mit den Leuten, sonst halten sie uns noch für unhöflich.«

»Du übernimmst die Führung, Mutter«, sagte er und nahm liebevoll ihren Arm, wobei sein glühendes Gesicht und sein breites Lächeln erkennen ließen, wie stolz er auf sie war.

ZWEITER TEIL

Weihnachten

14

Stevie, die ihr halbes Leben in London verbracht hatte, freute sich immer wieder, wenn sie ein paar Tage dort verbringen konnte.

Nicht, daß sie New York nicht gemocht hätte, aber London war für sie gleichbedeutend mit völlig anderen Dingen und beanspruchte einen anderen Platz in ihrem Herzen. New York war die Stadt ihrer Geburt, ihrer frühen Kindheit, der Jahre, ehe sie vierzehn wurde, als ihre Mutter Derek geheiratet hatte und sie nach London gezogen waren. New York stand auch für die letzten acht Jahre ihres Lebens, für das Heranwachsen von Chloe, für Kauf und Renovierung von Romany Hall, für Eröffnung und Leitung der Filiale an der Fifth Avenue. Für sie war es die Stadt neuer Herausforderungen und in gewisser Weise einer Wiedergeburt.

London hingegen stellte für sie die Jahre ihrer Ehe mit Ralph dar, die Geburt der Kinder und deren Heranwachsen, Ralphs frühen Tod und schließlich ihr Berufsdebüt. Es war der Ort, wo sie Frau geworden war und wo sie die meisten ihrer prägenden Jahre verbracht hatte. In gewissem Sinn war London daher die Stadt alter Herausforderungen.

Es war aber auch eine Stadt, die für sie eine Fülle von Erinnerungen und Talismanen barg. Dachte sie an London, so tat sie es mit viel Liebe und Nostalgie. Wenn ihre Gedanken dann Orte umkreisten, die ihr lieb und mit denen gewisse Assoziationen verknüpft waren, fühlte sie sich in die Vergangenheit zurückversetzt.

An ihrem Schreibtisch in ihrem Büro oberhalb der Schauräume an der Bond Street sitzend, ertappte sie sich plötzlich dabei, daß sie an jene vergangenen Tage in London und an ihre Lieblingsplätzchen dachte ... an Whitestone Pond in Hampstead an einem schönen, sonnigen Frühlingstag, wo sie und Ralph oft mit den Jungen gewesen waren, damit diese ihre Spielzeugboote auf große Fahrt schicken konnten. Und anschließend hatten sie den Tee in Briar Lodge getrunken.

So hieß das große alte Haus in Hampstead Heath, in dem ihre Mutter und Derek ihr halbes, gemeinsames Leben verbracht hatten und das zwei Jahre lang auch ihr Zuhause gewesen war, bis sie mit sechzehn Ralph geheiratet hatte.

Stevie saß einen Moment mit entrücktem Blick da, in die Erinnerung an Briar Lodge versunken. Es war eine Oase der Liebe, vor einladender Wärme und Gastfreundlichkeit überströmend; sie hatte sehr an dem Haus gehangen und jeden Winkel und jede Ecke geliebt.

Ihre Mutter hatte das Haus mit hübschen Stoffen und Antiquitäten ausgestattet, mit alten Teppichen und schönen Gemälden. Das beherrschende Element aber waren Dereks Bücher – er besaß Unmengen davon –, und sie füllten schier endlose Regale. Die Preise, die ihm verliehen worden waren, und seine sorgfältig angelegte und geliebte Sammlung von Andenken an sein Bühnenleben nahmen einen Ehrenplatz in der Bibliothek ein. Stevie war Briar Lodge als Haus in Erinnerung geblieben, das nur Fröhlichkeit und Glück kannte.

Als Kinder hatten ihre Söhne zu gern auf dem Speicher Verstecken gespielt. Sie brauchte nur die Augen zu schließen und wurde sofort in jene Zeit zurückversetzt. Sie sah dann ihre Jungen vor sich, wie sie damals gewesen waren, glaubte sogar, ihr lautes Lachen und ihre markerschütternden Schreie zu hören, so deutlich, daß ihre Erinnerungen sie fast überwältigten.

Besonders der Garten des Hauses in Hampstead Heath hatte im Frühjahr und in den Sommermonaten eine wahre Oase für sie dargestellt. Im Frühling war er wie eine Laube aus dichtbelaubten Bäumen, grün und erholsam; im Sommer bildeten die Blumenbeete und zahlreichen Rosensträucher bunte Farbkleckse auf dem glatten grünen Rasen und füllten die Luft mit ihrem Duft.

Ein paar alte Apfelbäume schufen an sonnigen Tagen ein schattiges Dach, unter dem sie sich oft zum Picknick niedergelassen hatten. Noch immer lief ihr das Wasser im Mund zusammen, wenn sie an jene Picknicks dachte, bei denen köstliche kleine, mit Räucherlachs, Eiersalat, Gurkenscheibchen, Wasserkresse und Cheddarkäse belegte Sandwiches serviert wurden, denen selbstgebackene Teekuchen, mit Sahne und Erdbeermarmelade gefüllt, folgten. Und das alles wurde mit heißem Tee mit einem Hauch Zitronensaft hinuntergespült, der aus einer großen braunen Teekanne ausgeschenkt wurde, auf die Derek schwor.

Es war für sie ein trauriger Tag gewesen, als Derek und ihre Mutter vor siebzehn Jahren Briar Lodge verkauft hatten, um eine Wohnung mit Ausblick auf Regent's Park zu beziehen, die sie noch immer bewohnten. Andererseits hatte sie auch Verständnis für diesen Umzug gehabt. Die Wohnung, wiewohl geräumig und aus vielen Räumen bestehend, ließ sich leichter in Ordnung halten als das große alte Haus.

Es gab aber noch andere Winkel in London, die sie im Herzen hütete. Cavendish Square gehörte dazu, da sie dort praktisch zufällig über Jacob Epsteins außergewöhnliche Skulptur *Madonna und Kind* gestoßen war. Damals war ihr weder der Name des Kunstwerkes noch der des Bildhauers ein Begriff gewesen, doch hatte sie es sich später zur Aufgabe gemacht, beides herauszufinden, und war zur aufrichtigen Bewunderin des Künstlers geworden.

Die Skulptur war ihr zum erstenmal an einem Frühlingsnachmittag kurz nach Ralphs Tod aufgefallen, als sie den Platz in Richtung Oxford Street überquert hatte. Plötzlich hatte es zu regnen angefangen, und sie war stehengeblieben, um in ihrer Handtasche nach ihrem Kopftuch zu suchen. Als sie es festband, hatte sie sich zufällig ein wenig umgedreht, und ihr Blick war auf die Skulptur gefallen. Sie hatte den Atem angehalten, so schön war der Anblick. An der Mauer über einem sich zum Platz hin öffnenden Bogentor in Deans Mews angebracht, schien das Kunstwerk, das ein wenig schräg stand, schwerelos aufwärts zu schweben.

Fasziniert war sie vor die lebensgroße, zum Himmel aufragende Figur getreten und hatte im blassen Frühlingslicht hinaufgeblickt.

Da sie leicht nach vorn geneigt an der Mauer hing, fiel

der Regen auf die Augen der Skulptur, so daß der Eindruck entstand, die Madonna würde echte Tränen vergießen. Sie flossen über ihre Wangen und tropften auf den Kopf des Jesuskindes, das, nah vor der heiligen Jungfrau stehend, ebenso im Schwebezustand zu verharren schien.

Nun sah Stevie die Skulptur vor ihrem geistigen Auge mit kristallklarer Deutlichkeit vor sich. Sie wußte noch, daß sie damals den Regen vergessen hatte und von der Skulptur überwältigt eine kleine Ewigkeit davor stehengeblieben war. Nur ihr tropfnasses Kopftuch und der ebenso durchnäßte Mantel hatten sie gezwungen, schließlich auf der Suche nach einem Taxi die Flucht zu ergreifen. Die Ausdruckskraft der Skulptur hatte sie zutiefst berührt, so daß sie noch viele Jahre später Deans Mews immer wieder aufsuchte, um Sir Jacobs Werk zu betrachten.

Ich werde hingehen und sie mir ansehen, ehe ich im Januar wieder nach New York fliege, dachte sie. Und dann fragte sie sich, wieso es kam, daß sie an diesem Morgen so intensiv an die Vergangenheit dachte.

Vielleicht, weil sie sich nicht mit der Gegenwart befassen wollte, genauer gesagt mit Nigel. Schließlich war es Montag, der dreiundzwanzigste Dezember, ein Tag vor Weihnachten, und zu diesem Zeitpunkt einen Familienkrach heraufzubeschwören war wirklich das allerletzte, was sie wollte.

Jedenfalls war es auffallend, daß er heute nicht im Geschäft an der Bond Street anzutreffen war; seine Sekretärin Angela hatte ihr gesagt, er sei mit Gilbert Drexel, einem der Diamantenexperten der Firma, nach Amsterdam geflogen. Sofort hatte sie sich gefragt, ob sich die beiden auf die Jagd nach Steinen für den Sultan von Kandrea begeben hatten.

Nach Weihnachten werde ich Nigel zur Rede stellen, dachte Stevie.

Die antike französische Uhr von Le Roy et Fils in Paris, die auf einem mit Einlegearbeiten verzierten Schrank aus der Zeit Williams und Marys stand, schlug die volle Stunde. Stevie sah auf und stellte mit einem Blick auf die Uhr fest, daß es Mittag war. In einer halben Stunde hatte sie mit Derek eine Verabredung zum Lunch. Sie stand auf und ging in ihr kleines Badezimmer, um sich zurechtzumachen, ehe sie sich mit ihm in Harry's Bar traf.

Als sie hinunterging, kämpfte Stevie an der Tür mit sich, ob sie zu Fuß gehen oder ein Taxi nehmen sollte. Es war sehr kalt, doch war der Himmel blau, und es schien die Sonne, so daß sie sich entschloß, dem Wind zu trotzen und zur South Audley Street zu laufen, wo Harry's Bar, ein Privatklub, lag.

Sich tief in ihr schweres rotes Cape aus Wollstoff hüllend, ging sie flott die Bond Street entlang. In Minutenschnelle bog sie in die Grosvenor Street ab und ging in gleichem Tempo weiter zum Grosvenor Square, von dem aus man in die South Audley gelangte.

In Städten, die sie liebte, ging Stevie gern zu Fuß, und da sie lange in London gelebt hatte, kannte sie die Stadt gut, besser als jede andere. Besonders genoß sie einen Spaziergang durch Mayfair mit seinen vornehmen, alten Häusern und großartigen Hotels, zu denen die kopfsteingepflasterten, von kleinen Häusern gesäumten Seitenstraßen und die baumbestandenen Plätze einen malerischen Kontrast bildeten.

Als sie zehn Minuten später die Tür zu Harry's Bar aufstieß und eintrat, sah sie Derek mit einem Glas Wasser an der Bar lehnen. Sofort stellte er es ab und kam auf sie zu, um sie zu begrüßen und ihr beim Ablegen des Capes zu helfen.

»Stevie, du siehst umwerfend aus«, rief er und starrte sie lächelnd an, als sie sich an einen Ecktisch gesetzt hatten. »Richtig blühend und sehr hübsch.«

Sie lachte und dankte ihm. »Du siehst auch nicht schlecht aus, Derek.«

»Ich fühle mich auch prächtig.« Sich näher zu ihr hinbeugend, vertraute er ihr an: »Ich habe mich entschlossen, das Stück zu machen – du weißt schon, *Der Löwe im Winter*. Es soll erst nächsten Herbst anlaufen, und geprobt wird ab Ende Mai. Bis dahin werde ich ausgeruht sein und kann mich getrost in ein neues Projekt stürzen.«

»Das freut mich, da ich weiß, wie leicht du dich langweilst. Und was hält meine Mutter davon?«

»Sie möchte, daß ich es mache. Sie hatte befürchtet, daß ich nach *Beckett* und dem Film überanstrengt und abgespannt sein würde, aber ich fühle mich großartig, und das weiß sie.« Derek machte eine Pause, als der Ober kam, um ihre Bestellung entgegenzunehmen. »Was möchtest du, Stevie? Vielleicht einen Bellini?« schlug Derek vor.

»Danke, das wäre nett.«

Kaum war der Ober verschwunden, als Derek fortfuhr: »Wenn es im West End ein Erfolg wird, dann werden die

Produzenten es sicher auch am Broadway herausbringen. »Wie schön, daß die Premiere hier stattfindet und du eine Zeitlang in London bleibst. Ich glaube, meiner Mutter fehlt diese Stadt, wenn sie länger fort ist.«

»Da gebe ich dir recht… Ach, übrigens, da wir schon von deiner Mutter sprechen, erzähl mir doch mehr von der Brosche, die du am Telefon erwähnt hast.«

»Es ist ein hübsches altes Stück, ein Entwurf von Jeanne Boivin, der vermutlich aus den Dreißigern stammt. Ich dachte mir, es würde Mutter stehen, da es schick ist, ohne protzig zu sein. Es besteht aus kleinen Diamantsträußchen in Platin gefaßt, zwei Blütenstengel, spitzenfein und hauchzart. Natürlich ist es ein signiertes Stück und sehr kostbar. André ist durch Zufall darauf gestoßen.«

»Das sagtest du schon. Ist das die Federbrosche, die du von André zum Geburtstag bekommen hast?« Aus Dereks Blick sprach Bewunderung, als er den Aufschlag ihres tulpenroten Wollkostüms beäugte.

»Ja, und ich trage sie fast ständig, seit ich sie bekommen habe. Es ist ein Schmuckstück, das zu allem paßt. Abends oder tagsüber. Die Boivin-Brosche ist ähnlich. Man kann sie zu jeder Tageszeit und zu fast allem tragen.«

»Ich würde sie gern sehen. Nach allem, was du sagst, könnte sie ein schönes Weihnachtsgeschenk für Blair abgeben. Ich wollte später mit dir zu Jardine's gehen. Nach dem Lunch.«

»Große Geister stimmen überein. Unterwegs hierher hatte ich dieselbe Idee.

Er nickte und fragte: »Hat dir dein Geburtstagsgeschenk von Miles gefallen?«

Stevie warf ihrem Stiefvater einen wachen Blick zu. »Ach, ihr habt also davon gewußt?«

Derek schmunzelte. »Das hatten wir, aber Miles hat uns zur Geheimhaltung verpflichtet.«

»Es ist ein schönes Porträt von Chloe, das er in aller Eile gemalt haben muß. Er hätte es mehr oder weniger hingeworfen, sagte er. Ist er nicht ein hervorragender Maler? Manchmal frage ich mich, warum er sich ausgerechnet für Bühnenbildnerei entscheiden mußte, obwohl er auch in dieser Sparte brilliert.«

»Meiner Meinung nach ist sein Porträt Chloes ganz hervorragend, und warum er lieber fürs Theater arbeitet, weiß ich auch nicht. Hauptsache, seine Arbeit macht ihn glücklich. Und mir scheint, er ist mit seinem Leben zufrieden.« Derek faßte sie schärfer ins Auge. »Hast du Gideon schon gesehen, seit du hier bist?«

»Ach, die Kehrseite der Medaille sozusagen. Ja, ich –« Sie sprach nicht weiter.

Der Kellner war mit ihren Getränken an den Tisch getreten.

Nachdem sie miteinander angestoßen hatten, fuhr Stevie fort: »Chloe und ich waren gestern mit Gideon zum Lunch. Leider war er sehr schlecht gelaunt, richtig geknickt. Genau wie Miles sagte, nachdem er ihn das letztemal gesehen hatte.«

»Hat Gideon etwas gesagt? Hat er sich dir anvertraut und gesagt, was ihn bedrückt?

»Aber nein, Derek, und schon gar nicht, weil Chloe dabei war. Ich wollte auch nicht in ihn dringen. Schließlich ist er siebenundzwanzig, ein erwachsener Mann und sehr wohl imstande, alles allein zu bewältigen. Was immer ihn bedrückt, er wird es sicher überwinden. Die Jugend ist sehr widerstandsfähig.«

»Das stimmt allerdings«, gab Derek ihr recht, und da er es für klüger hielt, nicht bei diesem Thema zu verweilen, sagte er: »Meine Liebe, ich glaube, wir sehen uns jetzt die Speisekarte an.«

»Ich weiß schon, was ich nehme... dasselbe, das ich immer bestelle, wenn ich zum Lunch hierherkomme. Gemischten Salat und Risotto primavera.«

»Und ich nehme Fisch und eine kleine Portion Pasta. In Harry's Bar kommt man an der Pasta nicht vorbei, stimmt's?« Derek ließ ein Lächeln aufblitzen und vertiefte sich dann in die Speisekarte.

Als er schließlich wieder aufblickte, sagte Stevie: »Ich sorge mich nicht um Gideon, sondern um Bruce.«

»Bruce?« Derek sah sie fragend und mit unverhohlenem Erstaunen an. »Was ist denn los mit Bruce?«

»Ehrlich gesagt, weiß ich es nicht sicher. Samstags hielt ich mich einige Zeit mit Gilbert Drexel im Schauraum auf, weil wir etwas zu besprechen hatten. Und er vertraute mir an, daß er sich große Sorgen um Bruce mache, mit Betonung auf *groß*. Gilbert behauptete, Bruce wirke geschwächt und sei nicht mehr so agil wie früher, obwohl daran vielleicht ein Gichtanfall schuld sein könnte. Er sagte, Bruce käme oft ins Geschäft, in letzter Zeit sogar häufiger als sonst, was Gilbert überraschte, da Bruce schon vor einiger Zeit verlauten ließ, er wolle nicht mehr in Erscheinung treten.«

»Interessant«, murmelte Derek, der sich fragte, ob auch

Bruce Jardine gegen Nigel Verdacht geschöpft hatte. Er behielt seine Vermutung jedoch für sich und fragte stattdessen: »Hat Gilbert noch etwas gesagt, Stevie?«

»Nur daß Bruce gedankenverloren wirkte.« Stevie schüttelte ihren Kopf. »Er hat es besonders hervorgehoben und mehrfach erwähnt. Ich fragte, ob er damit meine, Bruce sei senil, und Gilbert sagte, nein, gar nicht. Er sagte auch noch, Bruce hätte alle Tassen im Schrank. Genauso hat er sich ausgedrückt.«

»Hm.« Derek machte ein nachdenkliches Gesicht. »Er ist über achtzig. Ich nehme nicht an, daß du schon Gelegenheit hattest, ihn zu sehen?

»Nein, aber morgen treffe ich mich mit ihm zum Lunch, wie schon seit Jahren am vierundzwanzigsten Dezember. Das ist Tradition bei uns.«

»Bruce hat immer so... *unverwüstlich* gewirkt. Ja, ich glaube, das ist das richtige Wort«, dachte Derek laut nach. »Es zeigt sich aber, daß dies keiner von uns ist. Auch sind wir nicht unsterblich, wie wir zu glauben geneigt sind und so sehr wir es uns wünschen.«

Das hörte sich so wehmütig an, daß sich Stevie ein Lächeln nicht verkneifen konnte, als sie sagte: »Wenn es jemanden gibt, der unsterblich ist, dann bist du es, Derek. Schließlich bist du vielfach auf Film festgehalten. In gewissem Sinn wirst du ewig weiterleben.«

Derek erwiderte ihr Lächeln, unterließ aber eine Bemerkung.

Stevie fuhr fort: »Als ich sagte, ich wäre wegen Bruce besorgt, meinte ich eigentlich nicht seine Gesundheit, sondern vielmehr sein Verhalten. Ich kann mir einfach nicht denken, warum er ständig im Geschäft vorbeischaut. Es erscheint mir so sinnlos.«

»Sicher wird er dir den Grund verraten, wenn du dich morgen mit ihm triffst.«

»Ja, das glaube ich auch.«

»Ich glaube, wir sollten jetzt bestellen«, sagte Derek, griff nach seinem Bellini und trank einen Schluck. Er selbst konnte sich über Bruce nicht genug wundern. Wußte der gerissene alte Fuchs am Ende mehr als alle anderen?

15

»Ich weiß, daß du jetzt sagen wirst, ich solle mich um meine eigenen Probleme kümmern, doch sage ich es trotzdem.« Miles machte eine Pause, sah Gideon fest an und fuhrt fort: »Also hör mich bitte an.«

Gideon erwiderte den Blick seines Bruders, blieb ihm aber eine Antwort schuldig und starrte ihn wortlos an. Was er sah, war ein Spiegelbild seiner selbst: dunkelbraunes Haar, hellblaue Augen, ein angenehmes, markantes Gesicht. Miles war ein gutaussehender Bursche und sehr liebenswert. Die Frauen flogen auf ihn. Als ob er es selbst nicht gewußt hätte. Dieses Problem war ihnen gemeinsam. Schließlich waren er und Miles eineiige Zwillinge. Aus einem Guß, wie ihre Mutter zu sagen pflegte.

»Komm schon, Gideon, sag etwas!« rief Miles, sich über den Tisch beugend. Sie saßen im Mark's Club in der

Charles Street beim Lunch, das erste Mal seit langer Zeit, und es war ihnen anzusehen, daß sie sich darüber freuten. Gideon gestattete sich ein kleines Lächeln, ehe er sagte: »Ich warte darauf, daß du mir sagst, was *dich* bekümmert. Heraus damit. Ich werde dir schon nicht den Kopf abreißen. Und dir auch nicht raten, dich um deinen eigenen Kram zu kümmern.«

»Ganz recht! Du bist es, Gideon, der mir Sorgen macht. Oder vielmehr dein Benehmen, seit Monaten schon. Du bist entweder mürrisch oder melancholisch. Oder noch schlimmer, niedergeschlagen und unzugänglich. Daß dich etwas bedrückt, ist nicht zu übersehen. Auch Ma ist es aufgefallen, und wenn die einmal Lunte gerochen hat, wird sie dir keinen Augenblick mehr Ruhe lassen. Du weißt, daß sie nicht lockerläßt, wenn sie sich in etwas verbissen hat.«

»Danke für die Warnung, Miles, aber mit Ma komme ich zurecht. Es stimmt, ich bin schon seit einiger Zeit richtig am Boden. Aber ich verspreche dir, daß ich mich wieder aufrappeln werde.«

»Was ist denn los, um Himmels willen? Ich sorge mich noch zu Tode.«

»Frauen. Diese verdammten Frauenzimmer. Das ist alles.

»Welche Frauen?«

»Nun, eigentlich nicht Frauen, sondern eine Frau. Genauer gesagt, Margot Saunders. Sie versucht, mir Knüppel zwischen die Beine zu werfen, seit wir gebrochen haben – besser gesagt, seit ich mit ihr gebrochen habe.«

»Heißt das, daß sie dich verfolgt?«

Gideon ließ sich mit der Antwort Zeit. »Sie belästigt mich nach Art von *Fatal Attraction*«, erklärte er dann halblaut. »Du kennst den Film doch?«

»Ja. Aber du hast keine Frau und –«

»Ich weiß«, warf Gideon ein, »aber sie läßt von ihren Belästigungen nicht ab und war ziemlich...« Wieder trat eine Pause ein, ehe er schloß: »In gewisser Weise war sie ziemlich... gemeingefährlich.«

»Ein merkwürdiges Wort in diesem Zusammenhang, aber ich weiß, was du meinst. Bruderherz, man darf nicht vergessen, daß die Wut der Hölle sich nicht mit jener eines verschmähten Weibes messen kann.« Miles sah Gideon eindringlich und mit zusammengekniffenen Augen an, als er fortfuhr: »Sie macht dir also das Leben schwer. Was kann ich tun, um dir zu helfen?«

»Nichts, aber danke für das Angebot. Außerdem wird sie sich wie ein braves Mädchen trollen und mir keinen Ärger mehr bereiten.«

»Wie kannst du das sagen?«

»Sie hat es versprochen.«

»Und du glaubst ihr?«

»O ja.« Die zweifelnde Miene seines Bruders ließ Gideon fortfahren: »Mein Wort darauf, daß sie keine Probleme mehr machen wird.«

»Ich glaube dir. Würdest du mir auch verraten, wie du dieses Kunststück zustande gebracht hast?« Aus Miles' Blick sprach Neugierde, als er eine Braue hochzog.

»Ich sagte, ich würde alles Jack Bellanger erzählen, ihr Verhalten... wie sie mich verfolgte, mich belästigte, mir buchstäblich auflauerte. Da hat sie es mit der Angst zu tun bekommen. Welche prominente junge Debütantin möchte ihren Namen in der *Daily Mail* lesen, noch dazu in diesem Zusammenhang und noch dazu in der beliebtesten Klatschkolumne?«

»Und sie hat geglaubt, du würdest es tun?«

»Ja. Sie hat Jack durch mich kennengelernt und weiß, daß wir seit unserer gemeinsamen Zeit in Eton befreundet sind. Du weißt ja, daß Margot eine Heidenangst vor Journalisten hat, seit ihr Bruder damals in den schrecklichen Skandal verwickelt war. Von diesen, ihrer Meinung nach teuflischen Presseattacken hat sie sich nie richtig erholt. Ihre Mutter hat sogar einen schweren Nervenzusammenbruch erlitten.«

»Sehr geschickt von dir, Gid. Und wann hast du das erreicht?«

»Mach kein so mißtrauisches Gesicht.« Gideon lachte. »Ich sage die Wahrheit. Und erreicht habe ich es vor einer Woche.«

»Warum warst du dann gestern so am Boden zerstört, als du dich mit Ma und Chloe zum Lunch getroffen hast?«

»Das hat sie gesagt? Ma, meine ich.«

»Ja, hat sie.«

Gideon, der seufzte, ließ die Frage seines Bruders lieber unbeantwortet und sagte statt dessen: »Möchte wissen, wann unsere Würstchen mit Kartoffelbrei endlich kommen. Ich bin am Verhungern.«

»Und ich bin am Umfallen. Als ich anrief und den Tisch reservieren ließ, sagte Bruno, es wäre Hochbetrieb. Ein Blick genügt, und du siehst, daß es gedrängt voll ist. Er hat für uns einen Tisch aus der Luft herbeizaubern müssen.«

»Ich weiß.« In Gedanken bei seinem Dilemma, starrte Gideon vor sich hin. Dann verdrängte er es und unternahm den Versuch, seinen Bruder zu beruhigen. »Hör zu, Miles, mir geht es tadellos, ehrlich. Zugegeben, zwei Monate lang ging es mir dreckig, aber jetzt wird mein Leben wieder leichter sein, weil ich Margot endlich losgeworden bin.«

»Das freut mich zu hören.« Miles trank einen Schluck von seinem Rotwein. Ein unmerkliches Zögern war herauszuhören, als er leise sagte: »Darf ich dich etwas fragen?«

»Ja, nur los!«

»Warum hast du mit Margot Schluß gemacht? Ich dachte, sie wäre endlich die Richtige?«

»Ich auch. Am Anfang jedenfalls. Eigentlich eine ganze Weile. Der Grund, weshalb ich Schluß machte, ist, weil sie doch nicht die Richtige war.«

»Ich verstehe.« Miles lehnte sich an die Nischenwand und spielte mit einem Brotkrümel.

»Und was ist mit dir und Allison Grainger? Du hast lange nicht mehr von ihr gesprochen.«

»Dasselbe wie bei dir, alter Knabe. Nicht die Richtige. Ein hübsches Mädchen, mit der ich mich hin und wieder treffe, aber auf viel unverbindlicherer Basis als vorher. Tatsächlich bin ich dabei, mich aus der Beziehung herauszuwinden.«

»Nicht, daß ich das Thema wechseln möchte, Miles, aber ich war ein wenig erstaunt, als Ma mir gestern beim Lunch sagte, Nigel wäre nach der Auktion bei Sotheby's in New York bei ihr aufgekreuzt.«

»Ich war auch erstaunt. Was hältst du davon, Gid?«

Gideon reagierte mit einem Achselzucken und starrte seinen Bruder an.

Ein langer, vielsagender Blick wurde zwischen ihnen gewechselt.

Schließlich sagte Gideon: »Ich weiß nicht, was ich davon halten soll. Er hat mir nichts davon gesagt, daß er nach New York fliegt. Aber warum hätte er etwas sagen sollen? In letzter Zeit ist er richtig komisch. Schlechter gelaunt und schroffer als je zuvor.« Kopfschüttelnd schloß Gideon: »Und ein richtiger Geheimniskrämer.«

»Ma glaubt, er würde gegen sie intrigieren«, eröffnete ihm Miles.

»Das hat sie auch zu mir gesagt.«

»Konntest du ihren Argwohn bestätigen?«

»Wie denn? Ich weiß gar nichts, da ich ihn in der Firma kaum zu Gesicht bekomme. Und ich bin sicher, daß niemand etwas weiß. Nigel war immer schon ein Eigenbrötler. Falls er etwas im Schilde führt, ist er der einzige, der davon weiß.«

»Da hast du recht«, stimmte Miles ihm zu. »Ich wünschte, ich hätte eine Möglichkeit gehabt, ihn zu treffen. Vielleicht wäre es mir geglückt, ihn im Gespräch aus der Reserve zu locken, so daß ich mir ein Bild hätte machen können. Aber seit ich wieder in London bin, hatte ich noch keine Zeit, in die Firma zu gehen.«

»Keine Angst, du wirst ihn am Weihnachtstag mit Tamara und den Kindern sehen.«

Miles machte aus seiner Überraschung keinen Hehl. »Zu Weihnachten pflegt er mit Tamara und den Kindern immer zu ihren Eltern nach Paris zu fahren. Warum diese Änderung der Pläne?«

»Ihr Vater war krank. Sehr krank sogar. Er hatte einen Herzanfall. Ihre Eltern haben sich entschlossen, die Feiertage auf Martinique oder St. Barts oder sonstwo in dieser Gegend zu verbringen. Zur Erholung, nehme ich an.«

»Und deswegen haben wir Nigel am Hals.«

»Nur zu wahr. Aber wir können uns ja an Tamara, unsere schöne kleine Russin, halten.«

»Ach, da kommen unsere Würstchen samt Kartoffelbrei«, murmelte Gideon.

Miles mußte lachen. »So lange mußten wir gar nicht warten, Gid. Wenn du dem Verhungern nahe warst, hättest du eine Vorspeise bestellen müssen, Garnelen aus der Dose oder Räucherlachs.«

»Laß mich in Ruhe«, brummte Gideon, um gleich darauf seinem Zwillingsbruder zuzuzwinkern. »Es war nur ein Scherz, du weißt ja, wie gern ich meckere.«

»Das weiß ich nur zu gut.«

Sie aßen schweigend eine Weile, bis Miles seinem Bruder mit ernster Miene einen Blick zuwarf. »Spaß beiseite, Gideon, glaubst du wirklich, daß die Sache mit Margot ausgestanden ist? Hat sie sich wirklich zurückgezogen? Endgültig?«

»Ganz sicher. Laß dir gesagt sein, daß mir damit eine Riesenbürde abgenommen wurde. Die Sache hat mich eine wahre Ewigkeit belastet. Margot hat sich wirklich unmöglich aufgeführt und mir das Leben zur Hölle gemacht.

»Warum hast du mir nichts davon gesagt. Ich hätte dir vielleicht helfen können.«

»Ja, das hätte ich wohl tun sollen.«

»Wozu ist ein Zwillingsbruder denn gut, wenn er einem nicht zur Seite steht und sich für einen einsetzt? Ich würde es von dir erwarten.«

Gideon lächelte. »Und du kannst darauf zählen, daß ich zur Stelle wäre.«

Miles studierte ihn eine Weile und sagte dann: »Du weißt gar nicht, wie froh ich bin, dich lächeln zu sehen und dich unbeschwert sprechen zu hören.«

Gideon nickte. »Miles, Margot war wirklich eine enorme Belastung.«

»Ein Pech, daß du das alles über dich ergehen lassen mußtest.«

»Sprechen wir nicht mehr davon. Es ist vorbei.« Kaum waren ihm diese Worte über die Lippen gekommen, als Gideon ein Stoßgebet zum Himmel schickte, er möge recht behalten.

»Und was ist mit Chloe?« fragte Miles. »Wird sie dir im Geschäft zur Last fallen?«

»Aber nein, gar nicht. Sie ist in Ordnung, ein liebes Kind, außerdem wird sie nur ein paar Stunden am Tag kommen, bis sie im Januar mit Ma zurück nach New York geht.«

»Ich freue mich, daß Ma sich entschlossen hat, sie in die Firma hineinschnuppern zu lassen. Ein kluger Schachzug unserer Mutter. Vielleicht schafft sie auf diese Weise, daß Chloe ihre Absicht ändert und es sich überlegt, ob sie nach ihrem Schulabschluß wirklich hier arbeiten möchte.«

»Ma zuliebe hoffe ich es. Ihr ist das alles nämlich gar nicht recht. Tatsächlich ist sie ganz und gar dagegen.«

»Ich weiß. Aber sie ist echt Klasse. Weißt du auch, wie glücklich wir dran sind, weil wir eine Mutter wie Stevie Jardine haben?«

»Und ob!« rief Gideon. »Eine wie Ma gibt es kein zweites Mal. Sie ist die Allerbeste.«

Miles nickte und sagte, das Thema wechselnd, leise: »Um noch einmal auf unser Gespräch von vorhin zurückzukommen: Versprich mir, daß du mich ins Vertrauen ziehst und dir helfen läßt, falls du in Zukunft jemals wieder in Schwierigkeiten geraten solltest.«

Gideon beschränkte sich auf ein Nicken, da er sich nicht getraute, seinen Bruder noch mehr ins Vertrauen zu ziehen. Er war nicht sicher, ob dies der richtige Zeitpunkt war, sich vor Miles wirklich alles von der Seele zu reden. Tu es nicht, warnte ihn eine innere Stimme, es ist zu brisant. Deshalb hielt Gideon den Mund und konzentrierte sich auf sein Essen. In den nächsten Minuten wagte er gar nicht, seinen Bruder anzusehen, damit er sich nicht verriete oder mit dem herausplatzte, was vorerst unausgesprochen bleiben mußte.

In beunruhigende Gedanken versunken, saß Gideon Jardine im Arbeitszimmer seiner Wohnung am Cadogan Square. Es war schon sieben, und er hätte sich längst für das Dinner umkleiden sollen, zu dem ihn gute Freunde eingeladen hatten. Er wußte, daß er spät dran war, doch ganz plötzlich hatte seine Energie ihn verlassen, und er spürte, wie ungewohnte Erschöpfung ihn erfaßte.

Da nur eine Tischlampe brannte, war das Licht im Raum gedämpft, für ihn aber noch zu hell. Er stand auf und knipste die Lampe aus, ehe er sich aufs Sofa unters Fenster legte, seine langen Beine ausstreckte und seinen Rücken in die Kissen schmiegte.

Die Dunkelheit wirkte beruhigend. Es herrschte Stille, außer dem Ticken der Uhr auf dem Kaminsims, das leise Summen des Verkehrs von draußen und das zischende Gleiten von Rädern über das nasse Straßenpflaster.

Er war froh, daß er sich mit Miles zum Lunch getroffen hatte, und auch erleichtert, daß er sich seinem Bruder anvertraut hatte. Er hatte Miles die Wahrheit gesagt… größtenteils jedenfalls.

Da Margot sich mit dem Ende der Beziehung nicht abfinden konnte, hatte sie sich mit allen Mitteln an ihn geklammert, wobei ihr Verhalten immer schlimmer geworden war. Und er war außerstande, bei einer Frau zu bleiben, die er nicht liebte.

Es stimmte auch, daß sie angefangen hatte, ihn zu quälen, ihm nachzustellen, ihn im Geschäft und zu Hause in endlose Telefongespräche zu verwickeln. Wochenlang hatte sie ihm das Leben zur Hölle gemacht, bis er zum letzten, rettenden Strohhalm gegriffen und ihr mit Jack Bellanger gedroht hatte, nachdem ihr mit Vernunftgründen nicht beizukommen war.

Natürlich hatte es gewirkt. Sie verabscheute die Sensationspresse, ja, die Presse insgesamt, da diese, wie sie sagte, ihren Bruder öffentlich gegeißelt hatte und somit schuldig am Zusammenbruch ihrer Mutter war. Aller Wahrscheinlichkeit nach stimmte das auch, aber wer konnte es den Journalisten übelnehmen? Es gehörte zu ihrem Beruf, und Julian Saunders hatte sich ihnen aufgrund seiner ungewöhnlichen, finanziellen Machenschaften in der City als Zielscheibe förmlich angeboten. Für ihre Mutter freilich, die zum unschuldigen Opfer geworden war, empfand er Mitleid.

Gideon würde Margots fassungslose und entsetzte Miene nie vergessen, ihr Zurückzucken, als er gedroht hatte, er würde seinen guten alten Freund Jack in die Probleme einweihen, die er mit ihr hatte.

Als ihm dies als Maßnahme gegen ihr aufdringliches und bedrohliches Benehmen eingefallen war, hatte Gideon diesen Plan zunächst sofort wieder verworfen und war davor zurückgeschreckt, weil er es abscheulich gefunden hätte, ihr dies anzutun. Schließlich aber war ihm klargeworden, daß er keine andere Wahl hatte. Die Drohung mit der Presse war seine einzige Waffe; er mußte an sich selbst denken und sich wehren.

Margot war nach der Trennung dermaßen ausgerastet, daß es an Irrsinn grenzte und er befürchtete, sie könnte gewalttätig werden.

Es gab da noch etwas, etwas, das Margot beobachtet hatte, für ihn ein unerträglicher Gedanke, da er sich ihr damit irgendwie auslieferte. Andererseits hatte er das Gefühl, er hätte nichts zu befürchten, da Jack Bellanger nun einem Damoklesschwert gleich über ihrem Haupt hing.

Gideon vermochte seine Augen nicht mehr offenzuhalten. Er spürte, wie seine Lider schwer wurden und er einnickte. Bilder von Margot tanzten in seinem Kopf herum, und eine Erinnerung an ihren letzten gemeinsamen Abend schien plötzlich unter seinen Lidern gefangen.

Sofort riß er die Augen auf, da er darüber nicht nachdenken wollte. Dennoch drängten sich die Erinnerungen in sein Bewußtsein.

Jener Abend... der nun über drei Monate zurücklag... Sie waren zum Dinner ausgegangen, und später, in ihrer Wohnung, war ihm klargeworden, daß er nicht bleiben konnte. Er wollte sofort wieder gehen, nach Hause, in sein Bett. Er war nicht nur erschöpft, sondern auch beunruhigt wegen einer uralten Freundschaft, die ihm in den letzten Wochen entglitten und außer Kontrolle geraten war.

Margot hatte ihn jedoch bedrängt, und es hatte daraufhin mit ihnen im Bett natürlich nicht geklappt.

Erst hatte Margot sich süß und liebevoll gegeben und sehr verständnisvoll getan. Und dann hatte sie sich, völlig unerwartet, während er sich anzog, mit einer Heftigkeit gegen ihn gewandt, boshaft, giftig und voller Angriffslust.

»Ihretwegen bist du bei mir impotent!« hatte sie ihn angeschrien. »Ich wußte, daß du ein Frauenheld bist und mir nicht treu sein würdest. Aber ich wußte nicht, daß es so bald kommen würde!«

Von ihren Worten, die das Saatkorn der Wahrheit in sich trugen, wie betäubt, hatte er nur dagestanden und sie angestarrt, sich innerlich wegen des Wortes *impotent* windend. Eine ganze Weile hatte er sprachlos dagestanden, voller Angst, auch nur ein einziges Wort zu sagen, da er irgendwie wußte, daß sie es zu ihrem Vorteil und gegen ihn wenden würde.

Als sie ihre Anschuldigung wiederholte, es gäbe eine andere in seinem Leben, hatte er sich beeilt, es abzustreiten. »Aber ich habe dich mit ihr gesehen«, hatte sie erwidert und die Bombe platzen lassen.

Trotz seiner Verblüffung hatte er sein Pokerface beibehalten und kein Wort gesagt, so als hätte er schon damals geahnt, daß sie ihm großen Ärger bereiten würde. Wie groß dieser ausfallen würde, hatte er allerdings nicht ahnen können.

Sein Schweigen hatte nur dazu geführt, daß sie sich noch mehr in Wut hineinsteigerte. Sie verriet, wo sie ihn gesehen hatte, und beschrieb die Frau in seiner Begleitung als »blond, schön, aber das versteht sich für dich ja von selbst. Aber sie wirkte älter als du. Das allerdings war erstaunlich.« Mit finsterem Blick hatte Margot hinzugefügt: »Ihr Gesicht kam mir übrigens sehr bekannt vor. Wenn ich mich nur an ihren Namen erinnern könnte.«

Er hoffte zu Gott, er würde ihr nicht einfallen. Es hätte eine Katastrophe bedeutet. Für ihn und für andere. Er wußte noch, daß er sich ohne ein weiteres Wort fertig angezogen hatte und stumm und ohne Abschied gegangen war. Für ihn sollte es ein Abschied für immer sein. Um keine Zeit zu verlieren, hatte er ihr gleich am nächsten Tag eröffnet, daß es zwischen ihnen aus und vorbei sei. Margot hatte sich mit seiner Entscheidung nicht abfinden wollen, und noch in derselben Woche hatten die Belästigungen angefangen.

Das schrille Klingeln des Telefons ließ ihn blitzartig auffahren. Seine Beine auf den Boden schwingend, griff Gideon nach dem Hörer, erleichtert, weil seine Gedanken unterbrochen worden waren.

»Hallo, Liebling«, hörte er sie sagen, noch ehe er ein Wort geäußert hatte.

»Lenore?« Gideon umfaßte den Hörer ein wenig fester,

da er wußte, daß sie es war. Wie gut er diese Stimme kannte.

»Natürlich. Alles in Ordnung bei dir?«

»Ja, schon… wo bist du?«

»Auf dem Land. Hier in Yorkshire ist es kalt und finster.«

»Ist es denn ratsam, daß du anrufst. Ist es sicher?«

»Aber ja, ich bin allein.«

»Wo sind die Kinder?«

»Hier bei mir. Ich wollte sagen, daß…«

»Ich weiß, was du sagen wolltest«, unterbrach er sie. »O Gott, wie du mir fehlst, und dabei ist es erst zwei Tage her.«

»Für mich ist es genauso.«

»Ich kann den Gedanken nicht ertragen, daß er bei dir sein wird und…«

»Nicht, Gid. Tu dir das nicht an. Es muß so sein… im Moment jedenfalls.«

»Ich wünschte, du wärest hier«, sagte er leise, während er sie vor seinem geistigen Auge sah, ihr süßes Gesicht, das von ihrem blonden Haar wie von einem Heiligenschein umgeben wurde, ihre rauchgrauen Augen.

»Ich wünsche es mir auch. Ich möchte nur in deinen Armen liegen, dir nahe sein, dich küssen. Liebling, ich mag es so sehr, wenn du mich küßt. Das war schon als Kind so. Du warst schon damals ein guter Küsser, aber als Erwachsener bist du noch viel besser.« Sie lachte leise. Es war ein tiefes Lachen, das sehr sexy wirkte. Dann flüsterte sie: »Ich spüre deine Lippen auf meinen, deine Zunge, wie sie in meinen Mund gleitet. Ach, Gideon, sag mir, was du machen möchtest, wie du mit mir Liebe machen willst.«

»Das kann ich nicht«, gab er heiser vor Erregung zurück.

»Warum nicht?« Sie atmete leise ins Telefon.

»Du erregst mich zu sehr.«

»Ich bin auch erregt, Gideon. O Gott, wie sehr ich mir wünsche, bei dir zu sein, Liebster. Bei dir für den Rest meines Lebens.«

»Lenore, du mußt dich scheiden lassen! Gestehe ihm alles. Verlasse ihn.«

»Gideon, du bist kein Mann zum Heiraten. Du weißt es, ich weiß es. Alle Welt weiß es.«

»Zum Teufel mit der Welt und mit dem, was sie weiß. Sie weiß nämlich gar nichts!« rief er und fuhr nach einem tiefen Atemzug ernst fort: »Ich liebe dich. Ich habe dich immer geliebt, seit unserer Kindheit. Das weiß ich jetzt.«

»Und ich dich auch. Und ich werde dich bis ans Ende meines Lebens lieben.«

»Sprich nicht vom Tod. Reden wir vom Leben, über dein Leben mit mir. Komm und lebe im neuen Jahr mit mir. Wir wollen richtig damit anfangen.«

»Gideon, um Himmels willen, ich habe Kinder… eines ist sogar dein Patenkind. Wie könnte ich unter diesen Umständen mit dir zusammenleben?«

»Laß dich scheiden«, wiederholte er plötzlich barsch.
»Gideon, ich…«

»Ich möchte dich heiraten, verstehst du nicht?« unterbrach er sie sanfter, um dann mit einem leisen Auflachen fortzufahren: »Eine gräßliche Art, der Frau, die man liebt, einen Antrag zu machen. Telefonisch. Also noch mal: Eleanor Elizabeth Jane Armstrong, willst du mich heiraten? Bitte?«

»Sobald als möglich, Gideon.« Es trat eine winzige Pause ein, ehe sie fortfuhr: »Wäre ich bei dir, Liebling, ich würde die herrlichsten Dinge mit dir machen. Hm. Köstlich. Weißt du, wie köstlich du schmeckst?«

»Nicht, Liebling, das halte ich nicht aus.«

»Entschuldige. War das dein Ernst? Die Sache mit dem Heiraten?

Einen kurzen Moment gab er keine Antwort, dann aber sagte er fest: »Ja, es war mein Ernst, und das will was heißen, da es mein erster Antrag überhaupt ist.«

»Das ist nicht wahr.«

»Doch.«

»Nein, du hast schon einmal einen Antrag gemacht. *Mir.* Damals war ich zehn und du neun. Hinter den Stallungen auf Aysgarth End. Und ich habe ja gesagt.

»Und jetzt sagst du wieder ja?«

»Das habe ich eben getan. Ich sagte, sobald als möglich.«

»Wird Malcolm sich scheiden lassen?«

Auf diese Frage reagierte sie mit Schweigen. »Nun, wird er?«

»Hoffentlich, Gideon. Du weißt ja, wie er ist, stur und kompromißlos. Er weiß, daß unsere Ehe schon längst am Ende ist, aber er will es weder einsehen, noch sich damit abfinden. Obwohl ihm an mir nichts mehr liegt, will er nicht, daß ein anderer mich besitzt.«

»Ich werde mit ihm reden.«

»Nein, nein! Das würde wie ein rotes Tuch auf einen Stier wirken. Er hat dich immer schon mißtrauisch beäugt und behauptet, du hättest es auf mich abgesehen.«

»Stimmt ja auch.«

»Gott sei Dank, da ich es auch auf dich abgesehen habe. Wohin gehst du heute?«

»Die Mallinghams haben mich zu ihrer Weihnachtsparty eingeladen.«

»Mit wem gehst du hin?

»Mit niemandem. Von nun an trete ich allein auf, bis ich dich an meinem Arm habe, meine Liebe.«

»Ohne dich wird Weihnachten gräßlich sein.« Sie seufzte tief. »Einerlei, es ist ein Fest für Kinder, und sie werden es einigermaßen erträglich machen. Ich wünschte, ich wäre nicht so weit weg von dir. Dann könnte ich jeden Tag rüberfahren und dich besuchen, Gideon, Liebling.«

»Ich weiß. Auch für mich wird Weihnachten ohne dich lausig sein. Wann kommst du zurück?«

»Erst sonntags … am neunundzwanzigsten.«

»Und gleich am nächsten Tag sehen wir uns, ja?«

»Ganz sicher. Hör zu, ich habe einen Idee.« Sie senkte ihre Stimme und sagte in dem Ton, den er so liebte, weil er so sexy klang: »Kannst du dir den Vormittag freinehmen?«

»Ja. Aber warum?«

»Ich könnte um zehn zum Frühstück kommen. Zu einem intimen kleinen Frühstück für zwei.

»Im Bett«, ergänzte er.

Plötzlich lachte sie und er auch, und sie plauderten noch fünf Minuten, ehe er auflegte, nachdem sie sich unzählige Male ihrer ewigen Liebe versichert hatten.

Gideon lag auf dem Sofa und starrte im dunklen Raum zur Decke hinauf, in Gedanken bei den Dingen, die sie eben gesagt hatten. Er hatte sie gebeten, nein, aufgefordert, ihren Mann zu verlassen und die Scheidung einzureichen. Und er hatte versprochen, sie zu heiraten. Und doch war er weder nervös noch in Panik geraten, weil er die Forderung gestellt und sich damit an sie gebunden hatte. Er wollte sie heiraten, und was er im Moment empfand, war absolute Gewißheit... Gewißheit hinsichtlich seiner Gefühle für Lenore. Er kannte Lenore Philips sein Leben lang, sie waren zusammen aufgewachsen, und er hatte sie schon immer geliebt.

Das war auch der Grund, weshalb er all die Jahre so hinter den Frauen hergejagt war... sie, die für ihn bestimmt war, hatte einen anderen geheiratet, diesen Malcolm Armstrong. Es war passiert, als er ihr kurz den Rücken kehrte, ehe er selbst begriffen hatte, wie sehr er sie liebte.

Margot Saunders hat immerhin eines richtig erfaßt, dachte er. Er war bei ihr Lenores wegen impotent. Lenore war die einzige Frau, mit der er jemals wieder Liebe machen wollte.

Deshalb hatte er ihr einen Antrag gemacht, und sie hatte ihn angenommen. Ach, was für eine Erleichterung... endlich zu wissen, was sein Leben ausmachte. *Lenore.*

16

»Mir geht es hervorragend, Stevie, sehr viel besser, danke für deine Nachfrage«, sagte Bruce Jardine, der ihr lächelnd entgegenblickte.

Stevie, die sein Lächeln erwiderte, fragte nun voller Wärme und Zuneigung: »War es wieder die Gicht? Hat sie dich in letzter Zeit wieder geplagt, Bruce?«

Er nickte. »Zum Glück hat mir mein Arzt vor einigen Wochen neue Medikamente verschrieben, und, Wunder über Wunder, sie scheinen zu wirken.«

Sie wollte ihn schon nach dem Medikament fragen, als an der Bibliothekstür ein Pochen ertönte und der Butler mit einem Tablett eintrat, auf dem zwei Sherrygläser standen, von denen er eines Stevie anbot.

»Danke, Alan«, sagte Stevie, und als Bruce sein Glas genommen hatte, hob sie ihres und sagte: »Frohe Weihnachten. Auf deine Gesundheit.«

»Und auf deine, Stevie. Ich wünsche *dir* frohe Weihnachten.«

»Danke.« An ihrem Glas nippend, warf Stevie Bruce verstohlen einen Blick zu. Sein gutes Aussehen war für sie eine angenehme Überraschung gewesen, als sie vor wenigen Minuten das Haus am Wilton Crescent betreten hatte. Nach ihrer Unterredung mit Gilbert Drexel am Tag zuvor hatte sie erwartet, von einem gespenstisch wirkenden, schon ziemlich hinfälligen Greis empfangen zu werden. Statt dessen wirkte Bruce ausgesprochen fit und gesund, und von Hinfälligkeit konnte keine Rede sein. Auch sah man ihm seine zweiundachtzig Jahre nicht an, was ihr ungewöhnlich vorkam, da sie immer der Meinung gewesen war, er hätte sich nicht gut gehalten. Aber das mochte ein Irrtum gewesen sein.

Groß, schlank, mit strengen, fast asketischen Zügen und silbernem Haar, war Bruce jeder Zoll englischer Gentleman und Mitglied des Establishments.

Sein dunkelblauer Nadelstreifenanzug, der von einem weißen Hemd und einer dunkelblauen, weißgetupften Seidenkrawatte ergänzt wurde, erhöhte noch die Eleganz seiner Erscheinung. Während sie ihn dieser eingehenden Musterung unterzog, fiel ihr auf, daß ihn ein völlig neues Lebensgefühl erfüllte, ganz im Gegensatz zu ihrem letzten Zusammentreffen vor ein paar Wochen, als er durchscheinend und spröde wie Glas gewirkt hatte.

Als könne er ihre Gedanken lesen, sagte Bruce. »Ich habe jetzt einen neuen Arzt, und der hat mit den Medikamenten, die er mir für meine verschiedenen Wehwehchen verschrieb, wahre Wunder bewirkt. Er hat mich auch zu einer Ernäherungsberaterin geschickt, einer Amerikanerin, die für mich eine besondere Diät zusammenstellte, mit allen möglichen Vitaminen und Ballaststoffen.« Er lachte. »Ich nehme jetzt so viele Pillen, daß es kein Wunder wäre, wenn ich beim Gehen klappern würde.« Wieder ließ er ein tiefes, kehliges Lachen hören, ehe er sagte: »Aber ihre Methoden haben hervorragende Ergebnisse, findest du nicht auch?«

»Das kann man wohl sagen. Es freut mich, dich bei so gutem Befinden und Aussehen anzutreffen. Du wirkst so fit wie nie, Bruce.«

Plötzlich schrillte das Telefon, und Bruce stand auf, entschuldigte sich und ging an den Schreibtisch, um abzuheben. »Ja, Alan?« Nun trat eine Pause ein, während er zuhörte, und dann sagte er: »Schon gut, stelle sie durch.«

Während er dastand und leise mit jemandem am anderen Ende sprach, blieb Stevies Blick noch kurz an ihm hängen, ehe sie sich umdrehte und ins Feuer starrte und an all die Jahre dachte, die sie einander kannten. Einunddreißig Jahre, um genau zu sein, seit ihrem sechzehnten Lebensjahr. Sie war mit ihm und Alfreda herangewachsen und gereift.

Zwischen ihnen war es beileibe nicht immer so friedlich zugegangen wie jetzt. Jahrelang hatte Krieg auf der Tagesordnung gestanden. Sie hatten ihre Differenzen jedoch ausgeräumt und schon vor langer Zeit Frieden geschlossen, und sie hatte ihm die kleinen Grausamkeiten und Kränkungen, die Schmerzen, die er ihr zugefügt hatte, vergeben. Obwohl sie in ihrem Innersten nicht alle vergessen hatte. Einige lagen tief in ihrer Seele eingebettet und würden es immer bleiben.

Die frühen Kampfjahre, als sie sich ständig in den Haaren gelegen hatten, waren nur mehr Erinnerung, und darüber war sie froh. Aus Bruce war schließlich ein guter Freund geworden, und sie hatte ihm mit der Zeit Vertrauen geschenkt, weil sie begriff, daß er auf ihrer Seite stand. Sie wiederum hatte sich bei Jardine durch und durch bewährt, für ihn eine große Freude und Genugtuung. Er baute auf sie, vertraute ihr, verließ sich auf sie.

Stevie, die ihren Blick wandern ließ, fand, daß die Renovierung der Bibliothek sehr gutgetan hatte, wie sie es vorausgesehen hatte, als sie im Sommer diese Aufgabe für Bruce übernahm. Täfelung und Bücherregale waren zwar unverändert geblieben, doch hatte sie das Holz abschleifen und heller beizen lassen, eine Neuerung, die den Raum größer erscheinen ließ. Der alte und schon abgetretene Orientteppich und die schweren blauen Samtvorhänge waren durch einen antiken Aubusson-Teppich und blaugelbgestreifte Seidenvorhänge ersetzt worden. Sofas und Sessel hatte sie mit einem wunderschönen, rosenfarbenen Baumwollbrokat überziehen lassen. Die erzielte Wirkung konnte sich sehen lassen. Der Eindruck viktorianischer Schwülstigkeit – Ergebnis des pompösen Geschmacks der verblichenen Alfreda – sowie die von dunklen Farben und längst aus der Mode gekommenen Textilien geschaffene Düsternis waren gebannt.

Als ihr Blick beifällig durch den Raum wanderte, sah sie, daß eine der Orchideen in dem großen Topf auf dem Konsolentisch zwei welke Blüten hatte. Sie machte sich im Geist eine Notiz, die Pflanze so im Raum zu plazieren, daß sie mehr Licht bekäme.

Bruce beendete sein Telefongespräch, legte auf und ging zurück zum Kamin. Sich ihr gegenüber hinsetzend, sagte er: »Es ist eine arge Unterlassungssünde, Stevie, daß ich dir zum Kauf der White Empress noch nicht gratuliert habe. Unbestritten ein großer Coup deinerseits. Ich bin sehr stolz auf dich, wie übrigens wir alle in der Firma. Damit hast du dir große Verdienste um das Unternehmen erworben. Das durch den Kauf geschaffene Interesse ist ungewöhnlich groß und hat schon viele neue Kunden in unser Geschäft geführt. Übrigens bist du mit den Medien meisterlich umgegangen. Die Presse hat sehr positiv reagiert.«

Von seinen Worten verblüfft, rief Stevie aus: »Aber du warst doch der Ansicht, ich hätte zuviel für den Stein gezahlt.«

»Wo denkst du hin«, sagte er auflachend und sah sie sonderbar an. »Tatsächlich war ich der Meinung, die White Empress wäre noch viel mehr wert. Aber derjenige, der beim letzten Gebot ausstieg, hat uns einen großen Gefallen getan. Eine angenehme Überraschung, daß der Preis plötzlich stabil blieb ... angenehm für dich. Sei versichert, daß ich den Bericht über die Auktion in der *Times* mit großer Befriedigung gelesen habe.« Nun trat eine kleine Pause ein, und er sah sie scharf an, als er schloß: »Selbst wenn du zwölf Millionen hättest hinlegen müssen, hätte ich es gebilligt.«

»Ich verstehe«, sagte sie knapp.

»Was ist, Stevie?« Bruce beugte sich leicht vor und sah sie eindringlich und mit plötzlich erwachter Neugierde an. Ihm war nicht entgangen, wie Haltung und Ton Stevies sich verändert hatten. »Du machst ja ein so merkwürdiges Gesicht. Was ist los?« fragte er noch einmal.

»Nigel sagte zu mir, du wärest der Meinung, ich hätte zuviel für die White Empress gezahlt, und daß ...«

»Absoluter Unsinn!« unterbrach er sie aufgebracht. »Ich weiß gar nicht, wie er auf diese Idee kommt.«

»Er sagte, du hättest dich dahin gehend ihm gegenüber geäußert.«

Bruce saß kerzengerade auf seinem Sessel. Um den Mund war er weiß geworden, als wäre seine Haut ausgebleicht. Stevie erkannte dies als Zeichen seines Zornes. Es war eine körperliche Eigentümlichkeit, die sie im Laufe der Jahre oft an ihm beobachtet hatte, wenn er wütend war, und die sich nicht vortäuschen ließ.

Nach einem Augenblick sagte er beherrscht: »Das begreife ich nicht. Warum sollte er dir diese lächerlichen Lügen auftischen? Dinge erfinden, die ich nie gesagt habe? Das ist geradezu ungeheuerlich.« Er schüttelte den Kopf und furchte die Stirn, so daß seine Brauen sich zusammenzogen. »Ich habe mich über den Kauf in den höchsten Tönen und sehr anerkennend geäußert. Zu Nigel sagte ich ausdrücklich, du hättest richtig gehandelt.«

»Vielleicht braut er deswegen seine Lügen zusammen.«

Ihr Schwiegervater zuckte ein wenig zurück und sah sie verblüfft an. »Wenn dem so ist, dann ist es mit Nigels Verstand nicht so weit her, wie ich immer dachte. Ihm muß doch klar sein, daß Lügen kurze Beine haben und er sich damit nur blamiert.« Sein Blick ruhte unverwandt auf ihr.

Stevie wußte, daß er recht hatte, konnte ihm darauf aber keine Antwort geben. Achselzuckend schüttelte sie den Kopf und lehnte sich wieder in die Kissen zurück. Sie hatte sich mit der Tatsache abgefunden, daß ihr Sohn ein doppeltes Spiel spielte.

Bruce rückte sich auf seinem Sitz zurecht und nippte nachdenklich an seinem Sherry.

In der Bibliothek herrschte Stille. Nur das Ticken der alten Uhr auf dem Kaminsims und das Knistern des Feuers war zu hören.

Schließlich brach Stevie das Schweigen, als sie sagte: »Ich weiß nicht, ob dir bekannt ist, daß Nigel Anfang des

Monats in New York war. Am Montag nach der Auktion tauchte er in der Filiale auf. Es war der neunte Dezember. Er blieb nicht lange und hatte in der Firma auch nichts zu tun. Soweit ich feststellen konnte, hatte er keinen Termin. Er kam einfach zu mir, plauderte ein paar Minuten, ließ ein paar dumme Bemerkungen über die White Empress fallen und ging dann wieder. Offenbar mußte er zu einem Treffen mit dem Sultan von Kandrea, der, wie er mir bei seinem Besuch eröffnete, angeblich lieber mit ihm als mit mir verhandle.«

»So ein Unsinn!« Der Sultan hat immer dich verlangt und niemanden anderen. Wir beide wissen, daß er dich verehrt. Er hat bei deinem Besuch in Kandrea kein Geheimnis daraus gemacht, daß er dich am liebsten dort behalten hätte. Für immer …

Stevie mußte trotz des ernsten Gesprächsthemas lachen. »Bruce, da wäre ich nicht so sicher, da der Sultan ein versierter alter Schmeichler ist. Aber in einem Punkt bin ich ganz sicher.«

»Und der wäre?«

»Nigel hat mich an der Fifth Avenue aufgesucht, um mit mir Streit anzufangen. Er wußte, daß es mein Geburtstag war, und er hat es nicht erwähnt. Mit Absicht. Noch etwas … ich habe das deutliche Gefühl, daß er gegen mich arbeitet und intrigiert.«

»Aber mit wem soll er sich gegen dich verschworen haben, Stevie?« fragte Bruce erstaunt und ohne seinen Blick von ihr zu wenden.

»Das weiß ich nicht.« Sie sah ihren Schwiegervater hilflos an. Dann verzog sie das Gesicht. »Albern, so etwas zu sagen, nicht? Mit wem könnte er schließlich gegen mich intrigieren? Mit niemandem. Ich glaube folgendes, Bruce, er hat sich mit sich selbst verschworen. In seinem Kopf. Er will mich rausekeln, weil er den Laden auf eigene Faust führen möchte.«

Bruce' Miene verriet seine wachsende Unruhe. Sich aus seinem Sessel hochstemmend, trat er an den Kamin und stützte eine Hand auf den Sims. Er sagte zunächst nichts, doch sein Blick verriet seine Besorgnis. »Ich kann nicht glauben, daß er so dumm ist«, sagte er schließlich. Traurig sah er auf sie hinunter, als er ganz leise hinzufügte: »Er weiß doch, daß er dein Nachfolger ist und eines Tages alles von dir übernimmt. Immerhin ist er der designierte Erbe. Er hat es nicht nötig zu ... zu intrigieren.«

Stevie nickte zustimmend und sah ihn ruhig an. Ein langer Seufzer entrang sich ihr, und sie spürte einen Moment, daß Bruce ihre Worte bezweifelte. Dann fiel ihr plötzlich auf, daß seine Haltung sich leicht verändert hatte. Sein Zorn war verraucht, und in seiner Miene zeichnete sich Resignation ab. Während sie ihn schweigend anstarrte, sah sie, daß ein wissender Blick in seine Augen trat.

Und dann fiel es ihr ein. Sie nickte, als wolle sie sich selbst etwas bestätigen, und sagte leise und nachdrücklich: »Du hast selbst Argwohn gegen ihn geschöpft. Du wolltest mir nur nichts sagen... ehe ich mich dir nicht anvertraut hätte. Und das ist einer der Gründe, weshalb du öfter ins Geschäft gekommen bist als sonst. Um ihn im Auge zu behalten... und um dir ein Bild zu verschaffen.« Als er keine Antwort gab, fuhr Stevie fort: »Ich weiß, daß ich recht habe, Bruce.«

»Ja«, gestand er schließlich seufzend. »Ich hatte Verdacht gegen Nigel geschöpft, obwohl ich – ehrlich gesagt – nicht hätte definieren können, worauf sich dieser Verdacht gründet.«

Sie ließ ihn nicht aus den Augen, als er dem Kamin den Rücken kehrte, zu ihr kam und sich neben sie auf das große Sofa setzte. Nach ihrer Hand fassend, fuhr er mit eindringlichem Blick fort: »Schon vor einiger Zeit fiel mir auf, daß Nigel viele deiner Klienten umwarb. Auf meine diesbezügliche Frage bestätigte mir Gilbert Drexel, daß Nigel sich um deren Anliegen kümmere oder vielmehr bemüht sei, es zu tun, obwohl diese Leute weiterhin lieber mit dir verhandeln würden. Gilbert schien daran nichts Ungewöhnliches zu finden, da du ja so häufig in New York bist. Ich ... nun, ich verließ mich auf sein Wort, obwohl ich es vielleicht nicht hätte tun sollen, und sagte daher nichts zu Nigel. Zumindest anfangs nicht.«

»Aber sonderbar ist es dir vorgekommen?«

»Ja«, sagte er. »Wenn ein Kunde die Bereitschaft zeigt, fünf, zehn, ja sogar fünfzehn Millionen Pfund und oft viel mehr bei uns auszugeben, dann weiß ich, daß du dich unverzüglich in die Concorde gesetzt hättest und gekommen wärest. Nachdem ich mir die ganze Sache ein paar Tage durch den Kopf hatte gehen lassen, bekam ich ein ungutes Gefühl und suchte doch ein Gespräch mit Nigel, der glatt behauptete, daß er dir nur eine Hilfe sein und dich entlasten wolle und daß du ihm deswegen überaus dankbar wärest. Und ich akzeptierte seine Erklärung. Warum auch nicht?« Wieder stieß er einen gedehnten Seufzer aus. »Ich hatte keinen Grund, an seinen Worten zu zweifeln. Nun erst sehe ich, wie sehr ich mich getäuscht habe. Ich vertraute meinem Enkel. Ich glaubte ihm. Jetzt ist mir klar, daß ich sofort mit dir hätte sprechen sollen.«

»Ja, das hättest du vermutlich tun sollen.« Sie wandte den Kopf ab. Vor zehn, nein sogar vor fünf Jahren hätte Bruce sie sofort angerufen. Sein Alter machte sich doch bemerkbar. Er brauchte eine Weile, bis er etwas begriff und entsprechend reagierte.

»Und außerdem«, fuhr er in seinen Erklärungen fort, »zeigte Gilbert sich völlig unbesorgt. Aber an Nigel fiel mir schon vor Wochen eine ernste Veränderung auf, und die hat mir große Sorgen bereitet.«

»Was meinst du damit?«

»Er wurde in letzter Zeit immer ungeduldiger und reizbarer. Und ausfallend. Mir ist mehrmals aufgefallen, daß er den Angestellten gegenüber einen sarkastischen und beißenden Ton anschlägt. So benimmt man sich nicht vor Mitarbeitern, so geht man nicht mit ihnen um. Und so führt man kein Geschäft.«

»Da gebe ich dir recht. Aber Nigel war immer schon ein Besserwisser...« Sie sprach nicht weiter, da sie sagen wollte, wie seinerzeit du, unterbrach sich aber noch rechtzeitig und fuhr nach einem leisen Räuspern eilig fort: »Und er kann sehr anmaßend sein.«

»Ja, das stimmt. Und streitsüchtig. Vor kurzem hatte er mit Gideon mehrere Auseinandersetzungen, an denen Gideon völlig unschuldig war.«

»Worum ging es dabei?«

»Offenbar um belanglose Bagatellen. Nigel hat ihre Bedeutung über Gebühr aufgebauscht und dramatisiert.«

Bruce rückte von Stevie ab, ohne sie aus den Augen zu lassen, und wartete auf ihre Reaktion. Dieses Gespräch machte ihm Sorgen, da er sich gut in ihre Lage hineinversetzen konnte. Er hatte miterlebt, wie sie sich zu einer brillanten Persönlichkeit entwickelte, hatte mit angesehen, wie sie zu dem geworden war, was sie heute darstellte. Sie war verläßlich, loyal, hingebungsvoll, fleißig und anständig. Falls Nigel tatsächlich den Versuch unternahm, sie auszumanövrieren, beging ihr Sohn einen großen Fehler. Und für Bruce stand zweifelsfrei fest, wessen Partei er ergreifen würde, falls es soweit käme.

Das Schweigen zwischen ihnen dehnte sich in die Länge. Bruce, der sie verstohlen musterte, fiel auf, daß sie abgespannt wirkte und daß ein gekränkter Ausdruck in ihren Augen lag. Wieder regte sich sein Mitgefühl. Stevie, die seinen kritischen Blick spürte, setzte sich aufrecht auf dem Sofa hin und schenkte ihm die Andeutung eines Lächelns. »Du hast also selbst Argwohn gegen ihn geschöpft.«

Bruce nickte. »Nur war ich nicht sicher, wessen ich ihn verdächtigte.« Er räusperte sich und fuhr halblaut und besorgt fort: »Nie hätte ich gedacht, daß er...« Innehaltend sah er sie von der Seite her an und schloß: »Daß er auf deinen Job aussein könnte, Stevie.«

»Mir war klar, daß er es war und schon lange ist.« Ihr Auflachen war hohl, als sie hinzufügte: »Tja, unruhig ruht das Haupt, das eine Krone trägt.«

»So ist es.«

»Komisch, Bruce... schon zu Thanksgiving entschloß ich mich, dir reinen Wein einzuschenken, änderte dann aber auf dem Flug meine Absicht. Ich sagte mir, das alles hätte Zeit bis nach Weihnachten, da ich das Fest nicht mit Problemen belasten wollte. Und jetzt ist alles ganz plötzlich herausgekommen.«

»Vielleicht nicht das schlechteste, meine Liebe. Wir müssen mit Nigel sprechen, meinst du nicht auch?«

Stevie biß sich auf die Unterlippe. »Ja, aber ich glaube, ich sollte mit ihm sprechen und nicht du.«

»Stevie, wir sollten ihn gemeinsam anhören.«

Sie schüttelte energisch den Kopf. »Das glaube ich nicht. Es wäre viel besser, wenn ich ihn mir allein vornehme. Bitte, Bruce, überlaß alles mir.«

»Na gut«, erwiderte er ein wenig resigniert, da er längst eingesehen hatte, daß eine Debatte mit ihr zwecklos war, wenn ihr Entschluß einmal feststand.

»Nach Weihnachten?« Sie zog fragend eine Braue hoch. Er nickte.

Stevie atmete tief durch und fuhr fort: »Er ist nicht der einzige, mit dem es Probleme gibt.«

»Ach.« Bruce warf ihr einen raschen Blick zu. »Mit wem noch?«

»Mit Chloe.«

»Aber doch nicht mit Chloe! Das ist doch nicht möglich. So ein liebes Mädchen«, murmelte Bruce, und starrte Stevie verdutzt an.

Sie las seine Liebe zu dem Mädchen in seinem Blick, deshalb erklärte sie behutsam: »Chloe hat zu Thanksgiving angekündigt, daß sie nicht aufs College möchte.«

»Auch nicht nach Oxford?« fragte er erstaunt.

»Ganz recht. Sie möchte nicht weitermachen.«

»Aber sie muß zumindest das Brearley abschließen«,

murmelte Bruce mit besorgtem Stirnrunzeln. »Ohne Zeugnis sollte sie nicht abgehen.«

»Ja, du hast recht, und das wird sie auch nicht.«

»Und was dann?«

»Sie möchte in der Firma arbeiten. In London. Bruce, Chloe möchte ins Familienunternehmen eintreten.«

Bruce Jardine konnte sich ein Lächeln nicht verkneifen. Sosehr er sich um ein ernstes Gesicht bemühte, da es sich um eine ernste Sache handelte, das Lächeln ließ sich nicht unterdrücken.

Stevie, die ihn beobachtete, sagte: »Ich hätte mir denken können, daß *du* dich freuen würdest.

»Stevie, meine Liebe, ich kann nicht leugnen, daß ich mich freue. Du weißt ja, daß ich eine Schwäche für Chloe habe. Sie ist ein so gescheites, liebes Mädchen. Also, was mich betrifft, wird es für sie einen Platz bei uns geben, wann immer sie möchte. Aber du bist ihre Mutter und stehst an der Spitze des Unternehmens. Du hast hier das letzte Wort. Ob du ihr einen Job geben willst oder nicht, liegt an dir.« Er tätschelte ihre Hand, und sie nahm es als Ausdruck seiner Freundschaft und Zuneigung zu ihr. »Sie ist blutjung, erst achtzehn. Sei nicht zu streng mit ihr.«

»Ich bin nicht streng. Ich möchte nur das tun, was für sie das beste ist.«

»Natürlich, ich doch auch. Warum läßt du sie nächsten Sommer nicht nach London kommen? Sie kann hier bei mir am Wilton Crescent wohnen und täglich in die Firma gehen. Gideon wird sie sicher gern unter seine Fittiche nehmen. So kann sie ins Familienunternehmen hineinriechen und wird bald wissen, ob es ihr gefällt oder nicht.«

»Das dachte ich mir auch. Nun, man wird sehen.« Sie stieß einen langen Seufzer aus.

Bruce sah sie scharf an. »Was ist?«

»Sie ist ein Teenager, kein beneidenswertes Alter. Einmal in Hochstimmung, dann wieder am Boden zerstört. Die jungen Leute leiden unter großen Stimmungsschwankungen, unter Temperamentsausbrüchen und sind ihren wild tobenden Hormonen ausgeliefert.« Sie rang sich ein Lächeln ab. »Bis zum nächsten Sommer hat sie ihre Absicht vielleicht schon wieder geändert.«

Ein Lächeln berührte seine dunklen Augen. »Hoffentlich nicht. Mir gefällt die Vorstellung, daß sie einmal ganz zu Jardine's gehören könnte. Ja, das würde mir sehr zusagen ...«

Stevie schwieg einen Moment. Dann stand sie auf, ging durch den Raum und blieb vor dem Fenster stehen. Nach einigen Sekunden drehte sie sich um und sagte: »Falls ich ihr erlaube, nächstes Jahr zu kommen, wird sie bei meiner Mutter wohnen, Bruce. Ich glaube, das wäre für sie das beste.«

Sie sah, wie Enttäuschung sich über sein Gesicht legte und von seinen Augen Besitz ergriff. »Das ist verständlich«, murmelte er traurig, ihrem Blick ausweichend.

Leise fuhr Stevie fort: »Meine Mutter erwartet dich morgen zum Weihnachtsessen. Du kommst doch hoffentlich?«

»Diesen Anlaß würde ich mir nie entgehen lassen. Nigel wird auch dasein.«

»Da ich weiß, daß er in diesem Jahr nicht mit seiner Familie nach Paris fährt, ging ich davon aus, daß er mit uns feiern wird.«

»Was glaubst du, warum möchte er mich aus der Firma drängen? Denn daß er das möchte, weißt du«, fragte sie unerwartet.

Bruce schien ihre Worte abzuwägen. »Ich verlasse mich ganz auf dein Urteilsvermögen. Wenn du sagst, daß er es tut, dann tut er es. Und um deine Frage zu beantworten: Ich kann mir den Grund nicht denken, und Spekulationen wären lächerlich.«

»Das stimmt.«

Es wurde an die Tür geklopft, und der Butler erschien. »Der Lunch ist serviert, Mr. Jardine. Die Köchin läßt Sie bitten, rasch zu Tisch zu kommen, das Käsesoufflé könnte zusammenfallen.«

»Sofort, Alan, sofort«, erwiderte Bruce und stand auf.

»Jetzt merke ich erst, wie hungrig ich bin«, sagte Stevie. »Und Elsies Käsesoufflés liebe ich besonders. Sie trifft damit bei mir ins Schwarze.«

Bruce nickte nur, und gemeinsam verließen sie die Bibliothek.

Als sie die große Eingangshalle durchquerten, um ins Eßzimmer zu gelangen, fiel Stevie der Abend ein, als sie in dieser höhlenartigen Halle gesessen und Bruce' zornbebende Stimme gehört hatte, die Ralph anherrschte, dafür zu sorgen, daß sie das Baby loswerden solle. Hätte sie sich daran gehalten, wäre Nigel nie geboren worden.

17

»Was für eine Freude, wenn man sieht, daß sich heute alle tadellos benehmen«, sagte Stevie zu Derek, um dann wieder den Blick durch den Raum wandern zu lassen. »Ich kann es fast nicht glauben.«

»Ich auch nicht«, erwiderte er und folgte der Richtung ihres Blickes. Sie hatte die anderen Familienmitglieder gemeint, die in verschiedenen Bereichen des Raumes saßen oder standen und miteinander plauderten. »Was für eine Erleichterung, daß heute alle ein Herz und eine Seele sind. Meist gab es ja irgendwelche Kontroversen.«

»Hm.« Er wiegte den Kopf und sagte: »Das fehlt heute, Stevie.« Schmunzelnd schloß er: »Was mich betrifft, so können sie einander meinetwegen später um die Ecke bringen, wenn sie sich nur heute nachmittag anständig aufführen. Blair rackert sich seit Tagen ab, um diesen Weihnachtstag schön und würdig zu gestalten.«

»Das weiß ich«, murmelte Stevie, die sich auf dem Sofa zurücklehnte. »Alles wird ganz wunderbar, keine Angst. Sogar Nigel läßt zur Abwechslung ein Lächeln sehen.«

»Ist mir schon aufgefallen. Und er tut gut daran, es beizubehalten. Wenn nicht oder wenn er gar Ärger anfängt, dann zieh ich ihm die Hammelbeine lang.«

Stevie lachte laut. »Eine Wendung, die ich seit Jahren nicht mehr gehört habe. Ach, Derek, sieh doch, wie süß die Kleinen mit Bruce umgehen… und er ist so stolz, so geschmeichelt, daß er Urenkel hat. Davon müßte man ein Foto machen. Drei Generationen von Jardines.«

»Großartige Idee. Am besten nach Tisch, wenn wir die Geschenke auspacken. Du könntest auch ein Foto von deiner Mutter und mir mit den Kindern und Tamara machen. Das gäbe einen netten Schnappschuß fürs Familienalbum.«

»Ja, wird gemacht. Sieht Tamara nicht wunderbar aus? Ich glaube, so hübsch habe ich sie noch nie erlebt.«

Derek nickte. »Rot ist ihre Farbe, da es fabelhaft zu ihrem Haar paßt. Das Mädchen hat Stil, eine ganz besondere Art von Chic, wie ihn nur Französinnen haben... völlig natürlich, als sei er ihnen in die Wiege gelegt. Ich bin froh, daß sie zur Familie gehört. Sie hat einen so positiven Einfluß auf Nigel.«

»Ja, in Tamaras Gesellschaft ist er meist viel angenehmer. Diese Ehe wurde gottlob im Himmel geschlossen. Tamara scheint eine sehr beruhigende Wirkung auf ihn auszuüben.«

»Sie mildert seine widerborstige Haltung, und bringt ihn gelegentlich zum Lächeln«, ergänzte Derek kurz und bündig.

Stevie warf ihm einen raschen Blick zu. »Keine Bange, niemand wird den Tag verderben. Das würde ich nicht zulassen, nicht zuletzt deswegen, weil ich weiß, wieviel Arbeit dieser Tag Mom gekostet hat. Ach übrigens, seit sie diesen Raum neu ausgestattet hat, sieht er wunderbar aus.«

»Ja, wenn es ans Einrichten geht, beweist deine Mutter ein besonderes Talent, aber dir brauche ich das nicht zu sagen.«

Derek ließ erneut den Blick wandern und folgte Stevies Blick, bestrebt, den Salon der Wohnung am Regent's Park mit ihren Augen zu sehen. Ganz recht, er war unbestreitbar mit viel Geschmack ausgestattet worden. Helle Stoffe, erlesene, antike Möbel und kostbare, alte Gemälde vor dem Hintergrund cremefarbiger, mit Seide bespannter Wände schufen einen wohnlichen, dabei aber auch repräsentativen und eleganten Eindruck.

Die walisischen Täler seiner Jugend, das kleine Doppelhaus, in dem er aufgewachsen war, Armut und Plackerei, seit Generationen das Los seiner Familie – wie fern das alles war.

Ihm war ein großer Sprung geglückt.

Er sah es jedenfalls so. Und auch heute noch, nach so langer Zeit, gab es Momente, da er in seinem Tun innehielt und die Welt betrachtete, in der er jetzt lebte – und nicht umhin konnte, über seinen Werdegang ein wenig zu staunen. Er staunte, daß ihm der große Sprung von dort nach hier geglückt war. Und die Tatsache, daß er hier gelandet war, samt Karriere, Ruhm, Reichtum und einem Titel, sprach für seinen Mut, seine stählernen Nerven, seine Willensstärke und Kraft, für seine Energie und für sein Erfolgsstreben.

Es war ein Sprung nicht nur von einem Ort zum anderen, sondern auch von einer Klasse in die andere … heraus aus der Arbeiterklasse, aus der Schicht der Unterprivilegierten. Der arme Junge aus Wales … nunmehr Gegenstand allgemeiner Bewunderung … nicht nur in England, sondern weltweit. Ein unmöglich scheinender Traum war in Erfüllung gegangen. Und nur ein klarer Blick auf seine Anfänge ließ ihn begreifen, wie weit er es gebracht hatte und wie hoch der Sprung gewesen war.

»Einen Penny für deine Gedanken«, sagte Stevie, die seinen Arm leicht berührte.

»Die sind keinen Penny wert, da ich an nichts Bestimmtes dachte«, erwiderte Derek und riß sich von seinen Gedanken los.

Er stand auf und fragte mit einem Blick auf ihr Champagnerglas: »Darf ich dir nachschenken?«

»Nein, danke, Derek.«

»Bin gleich wieder da.« Er entschuldigte sich und schlenderte in Richtung des Eßzimmers, wo eine kleine Bar aufgestellt worden war.

Stevie lehnte sich zurück und blickte um sich. Heute war ihre ganze Familie anwesend – Mutter und Stiefvater, ihre drei Söhne und ihre Tochter, ihre Schwiegertochter, zwei Enkel und ihr Schwiegervater. Nun, so groß war die Familie gar nicht, es gab viel größere. Aber für eine kleine Familie hatten sie im Laufe der Jahre ihren Anteil an Sorgen gehabt und hatten noch jetzt einige.

Stevie unterdrückte diesen Gedanken sofort, ehe er sich festsetzen konnte, da sie sich den Tag nicht verderben lassen wollte. Da die Probleme morgen noch immer vorhanden sein würden, genügte es, wenn man sich dann mit ihnen befaßte. Falls es möglich war, sich damit zu befassen. Sie hob ihr Glas an die Lippen und nippte am Dom Perignon. Dann blieb ihr Blick an Tamara hängen.

Ihre Schwiegertochter kam auf sie zu. Es sah aus, als würde sie dahinschweben, so anmutig bewegte sie sich. Tamara besaß die längsten Beine, die Stevie je gesehen hatte, und dazu den geschmeidigen stromlinienförmigen Körper eines Models. Aber ihr auffallendstes Attribut war ihr Haar, das weder silbern noch golden war, sondern eine ungemein attraktive Mischung aus beidem.

Unter ihrer silber-goldenen Pagenfrisur, deren Fransen bis knapp über ihre großen schwarzen Augen reichten, wirkte Tamaras Gesicht schmal und elegant. Auch ihre Nase war schmal, der Mund großzügig. Sie war auf pikante Weise schön, was ihren Charme und ihre Attraktivität ausmachte. Jeder Schritt ließ ihr rotes Seidenkleid verführerisch rascheln, dessen weiter, kurzer Rock ihre formvollendeten Beine umspielte, die in ihren hochhackigen, roten Seidenschuhen besonders zur Geltung kamen.

Aber abgesehen von ihren äußeren Reizen, war Tamara eine reizende und kluge junge Frau ohne Fehl und Tadel, die immer schon Stevies Bewunderung erregt hatte. Wie Blair hatte auch Tamara vor der Heirat mit Nigel als Model gearbeitet, und beiden Frauen war das Bestreben gemeinsam, vor allem Ehefrau und Mutter zu sein.

»Stevie, kannst du morgen zum Dinner kommen?« fragte Tamara, sich zu ihrer Schwiegermutter hinunterneigend. »Ich würde mich so freuen, wenn du es schaffst.«

»Bist du sicher, Tamara? Oder vielleicht sollte ich eher fragen, möchte Nigel denn, daß ich komme? Du mußt wissen, daß er in letzter Zeit zu mir ein wenig sonderbar war.«

»Natürlich möchte er es! Wir beide möchten, daß du kommst. Bitte, beachte Nigels wechselnde Launen nicht. In den letzten Wochen war er ziemlich gereizt und schroff. Hoffentlich wächst ihm sein Beruf nicht über den Kopf. Der Weihnachtsrummel im Geschäft setzt ihm immer so zu. Bitte, du mußt mit Chloe kommen. Vielleicht werden Miles und Gideon auch dasein.«

»Was ist mit Gideon?« fragte Gideon, der neben ihr stehenblieb.

»Gid, du sollst morgen zu uns zum Dinner kommen … besser gesagt zum Abendessen. Zu einem echt russischen Abendessen am zweiten Weihnachtsfeiertag. Reizt dich das nicht?« Sie sah ihn mit verhaltenem Lachen an.

»Ha! Ich wußte ja, daß du irgendwann während der Feiertage mit einem ausländischen Essen kommen würdest«, neckte Gideon sie, und legte ihr liebevoll den Arm um die Schulter. »Warum servierst du uns zur Abwechslung nicht einen guten alten Lammbraten und Yorkshire-Pudding, anstatt uns irgendeinen fremdartigen Mischmasch aufzutischen.«

Da sie Gideons Neckereien gewöhnt war, quittierte sie seine Stichelei mit einem Auflachen und sagte: »Belugakavier und schottischer Räucherlachs sollen Mischmasch sein! Du liebe Güte, Gideon!

»Das hört sich wunderbar an, mein Schatz. Und ich komme sehr gern. Aber wie sieht der Rest des Menüs aus? Wirst du diesen köstlichen Borschtsch machen?«

»Wenn du möchtest. Mit Piroschki. Und was ist mit deinem Lieblingsgericht, Hühnchen Kiew?«

»Großartig. Aber du machst mich hungrig.« Er wandte sich Stevie zu. »Fast vier Uhr. Weißt du, wann Großmama den Lunch zu servieren gedenkt?«

»Sehr bald. Um vier.«

»Spaß beiseite, ich bin begeistert von deiner Küche«, fuhr Gideon fort. »Jede Wette, daß man dir die Zubereitung von Hühnchen Kiew nicht auf deinem hochgestochenen englischen Pensionat beigebracht hat.«

»Das läßt sich denken, Gid. Meine Kochkünste habe ich von meiner russischen Großmutter.«

Gideon drehte sich unvermittelt um, als ein kleiner Junge durch den Raum rannte und ausrief: »Onkel Gid, Onkel Gid, sieh mal, was Papa Bruce mir gegeben hat!« Vor Gideon anhaltend, öffnete er seine Hand. »Ein kleines Auto!« rief er, und zeigte es strahlend seinem Onkel.

Gideon beugte sich hinab, um die neue Errungenschaft zu bewundern. »Was für ein Glückspilz du bist. Ein Jaguar, Arnaud.«

Die blauen Augen des Vierjährigen hingen an Gideons Gesicht, als er langsam artikulierte: »Jagwar.«

»Hier, schau her«, rief Natalie, die mit ausgestrecktem Arm angelaufen kam. »Von Papa Bruce.«

»Wunderschön, Liebes«, sagte Gideon, und lächelte ihr zu, als er die dünne Silberkette mit dem Herzanhänger betrachtete, die Bruce ihr eben am Handgelenk befestigt hatte. Es gehörte zu den Lieblingstricks seines Großvaters, Überraschungen aus seinen Taschen hervorzuzaubern.

Natalie lachte und lief zu Stevie. »Großma, schau!«

»Ach, wie wunderhübsch.« Stevie stellte rasch ihr Glas ab, als die Dreijährige ihr unerwartet auf den Schoß kletterte, Natalie sah ihr ins Gesicht und tätschelte es. »Hab dich lieb, Großma.«

»Ich dich auch, Natalie.« Stevie umarmte ihre lebhafte blonde Enkelin fest und drückte ihr einen Kuß aufs Haar. Im nächsten Moment betrat auch schon Blair den Salon und kündigte an: »Endlich ist der Lunch fertig. Wollen wir ins Eßzimmer gehen?«

Plötzlich stand Nigel vor Stevie, glücklich und unbeschwert. Er lächelte seiner Mutter warmherzig zu und sagte: »Kann ich dich von deiner kleinen Last befreien, Ma?« Damit hob er sein Töchterchen von Stevies Schoß und stellte es auf die Beine. Dann reichte er Stevie seine Hand. »Laß dir aufhelfen«, sagte er und zog sie hoch.

Er lächelte und gab der erstaunten Stevie einen Kuß auf die Wange. »Ich hatte noch nicht die Gelegenheit, dir frohe Weihnachten zu wünschen.«

»Danke, Nigel«, erwiderte sie. »Ich erwidere deine Wünsche.« Sie war sehr erleichtert, daß er freundlicher gestimmt war als bei seinem Besuch in New York, an ihrem Geburtstag.

»Gehen wir hinein, Ma, ich begleite dich«, sagte Gideon. »Ich auch«, sagte Miles, der sich zu ihnen gesellte und ihren anderen Arm nahm.

Stevie lachte und ließ sich von ihnen durch den Raum manövrieren.

»Kann ich später mit dir reden?« fragte Gideon leise und vertraulich.

»Natürlich. Ist etwas, Gideon?« fragte sie mit einem raschen Blick.

»Nein, nein. Ich wollte dir nur etwas sagen. Ehrlich, nichts Schlimmes. Eigentlich etwas Gutes. Nach dem Essen, wenn ich dich und Chloe zum Eaton Square fahre, können wir uns unterhalten.«

18

»Was wolltest du mit mir besprechen?« fragte Stevie später am Abend, als sie und Gideon allein waren und sich in ihr kleines Arbeitszimmer in ihrer Wohnung am Eaton Square zurückgezogen hatten. Sich zurücklehnend, schlug sie die Beine übereinander und richtete ihren Blick auf ihren Sohn, der sich ihr gegenüber hingesetzt hatte.

»Die Zukunft, meine Zukunft. Aber ehe ich dazu komme, möchte ich etwas anderes sagen. Ma, ich weiß, daß du meinetwegen in Sorge warst, und das tut mir leid. Aber jetzt ist alles gut. Ich habe es geschafft, die Dinge, die mich quälten, auf die Reihe zu bringen.«

Stevie nickte und fragte dann neugierig: »Und was hast du auf die Reihe gebracht?«

»Margot Saunders. Sie hat mir viel Ärger bereitet... weil ich mit ihr Schluß machte.«

»Nach deiner Stimmung zu schließen, muß sie dir ja die reinste Hölle bereitet haben.«

»Ja, sie hat mich verfolgt und wurde mit der Zeit immer hysterischer.«

Stevie schüttelte bedauernd den Kopf. »Wie schrecklich für dich. Es tut mir leid, daß du das durchstehen mußtest. Da bekommt man ja richtig Angst. Ich weiß, daß Hysterie und Irrationalität oft in Gewalt münden können.«

Gideon starrte seine Mutter voller Bewunderung an. Wie klug und verständig sie doch war! Es gab wenig, was sie über die Menschen und das Leben nicht wußte. »Du hast recht, Ma. Ich mußte sie bremsen, ehe sie zu weit ging.«

»Und wie hast du das geschafft?« fragte Stevie rasch.

»Ich sagte, ich würde Jack Bellanger verraten, wie sie sich aufführt.«

»Offensichtlich hat es geklappt. Aber warum?«

»Margot haßt die Presse. Sicher kannst du dich erinnern, daß ihr Bruder Julian vor ein paar Jahren in einen Skandal in der City verwickelt war. Fast wäre er hinter Gittern gelandet. Die Presse ging damals erbarmungslos mit ihm um. Kaum erwähnte ich Jacks Namen, tat sie, als hielte ich ihr eine geladene Knarre an den Kopf.«

»Und seither hat sie dich in Ruhe gelassen?«

»Ja.«

»Da bin ich aber erleichtert. Komisch, Gideon, wie wenig man eigentlich von den Menschen weiß. Margot war wirklich die Allerletzte, der ich unvernünftiges Verhalten zugetraut hätte. Sie kam mir immer so sachlich und nüchtern vor.«

»Mir auch. Leider mußte ich bald das Gegenteil entdecken. Sie ist total unausgeglichen. Na ja, das ist gottlob vorbei und ausgestanden.«

»Gideon, du hast Glück gehabt«, sagte Stevie. »Sie hätte dir etwas antun können – körperlich, meine ich. Aber jetzt weiter. Du wolltest mit mir über die Zukunft, deine Zukunft, sprechen. Ich nehme an, du meinst deine persönliche Zukunft und nicht deine berufliche in der Firma?«

Er grinste. »Mutter, du hast den Nagel auf den Kopf getroffen. Du sollst die erste sein, die erfährt, daß ich heiraten werde.«

Das war das letzte, was Stevie zu hören erwartet hatte.

Entsprechend überrascht starrte sie Gideon an. »Das kann ich nicht glauben.«

»Du kannst es getrost glauben, Ma. Es stimmt nämlich.«

»Und wer ist die Glückliche?«

Er antwortete nicht sofort. Vielmehr stand er auf und ging ans Fenster, von dem aus man auf die kleine Parkanlage des Platzes blickte, um zu überlegen, wie er ihr die Situation am besten erklären konnte. Es gab nur eine Möglichkeit, er mußte ihr alles sagen. Und er war sicher, daß seine Mutter alles verstehen würde.

Als er sich mit der Antwort Zeit ließ, bohrte Stevie weiter: »Ist sie der Grund für deinen Bruch mit Margot?«

Gideon, der sich umdrehte, erwiderte rasch: »Nicht wirklich. Ich sagte ja, die Beziehung lief nicht gut. Als ich merkte, wie instabil sie war, war ich sehr beunruhigt. Aber ich... nun, damals hatte ich schon irgendwie eine andere.

»Die Frau, die du heiraten möchtest?«

»Ja. Eine alte Freundin. Ma, es ist jemand, den du magst, deshalb weiß ich, daß es dich freuen wird.«

»Gideon, wer ist es?«

»Lenore, Ma.«

»*Lenore? Unsere* Lenore?« Er nickte.

»Aber die ist doch schon verheiratet! Es sei denn, sie ist letzte Woche geschieden worden.« Stevies Gesichtsausdruck und Ton verrieten, daß sie wie vom Donner gerührt war.

»Sie wird sich so rasch wie möglich scheiden lassen. Mit Malcolm ist sie schon seit langem nicht mehr glücklich. Man kann die Ehe als gescheitert betrachten.«

»Gideon, bist du deiner Gefühle sicher? Wirklich sicher? In deinem Leben hat es so viele junge Frauen gegeben...« Sie sprach nicht weiter und sah ihren Sohn enttäuscht an. »Und ist Lenore sicher? Sie hat an ihre Kinder zu denken, sie sind schließlich unmittelbar betroffen. Und was ist mit Malcolm?«

»Was meinst du damit?«

»Er wird vielleicht gar nicht in eine Scheidung einwilligen.«

»Mutter, die Ehe ist längst gelaufen. Lenore ist mit ihm nicht glücklich.«

»Seit wann weißt du, daß du sie liebst?« fragte Stevie leise und besorgt.

»Seit Jahren schon. Ich wußte es, kurz nachdem sie Malcolm heiratete. Damals entdeckte ich, was für ein Idiot ich war, als ich sie mir entgehen ließ. Du weißt ja, wie nahe wir einander standen. Eigentlich unser Leben lang.«

»Ja, ich weiß, aber...« Stevie ließ den Satz unvollendet und starrte ins Leere.

Gideon, der ihr anmerkte, wie sich ihre Sorge vertiefte, sagte: »Aber *was*, Ma?«

»Man kann sein Glück nicht auf dem Unglück anderer aufbauen. Das ist zumindest meine Meinung. Ihr müßt euch die Sache gründlich überlegen.«

»Malcolm wird nicht unglücklich sein, falls du das meinst. Er will eine Scheidung.«

»Ich verstehe. Aber ich frage dich noch einmal, bist du sicher, daß du Lenore liebst?«

»Ja, ganz sicher. Warum zweifelst du daran?«

»Mir scheint, daß du im Laufe der Jahre... nun, ein wenig unbeständig warst. Immer verliebt und entliebt, ganz rasch.«

»Diesmal ist es anders, Ma. Ich liebe Lenore wirklich und wahrhaftig, und sie liebt mich. Es wird alles gut. Vertraue mir. Diese Liebe wird ein Leben lang halten. Wir sind füreinander bestimmt.«

Stevie sagte nichts darauf.

Gideon kam zu ihr und setzte sich neben sie. Sich an sie lehnend, griff er nach ihrer Hand und drückte sie. Sie wandte sich ihm zu und sah ihn an.

»Ich liebe sie so sehr, Mutter, ehrlich. Ich weiß, worauf du abzielst... die Aufregungen der Scheidung, alle damit verbundenen Probleme, die Kinder, auf deren Gefühle und auf deren Alter man Rücksicht nehmen muß. Aber ich bin bereit und willens, alles auf mich zu nehmen, auch die Kinder. Lenore wird sie ohnehin nie aufgeben. Sie möchte das Sorgerecht bekommen.

»Es ist ein großer Schritt«, murmelte sie.

»Ein Schritt, den ich machen möchte.«

»Hoffentlich tut ihr beide das richtige.«

»Ma, bitte, du sollst die Sache nicht schlechtmachen«, rief er. Als er sie forschend ansah, war seine Miene so besorgt wie ihre. »Ich weiß, daß mein Ruf in bezug auf Frauen nicht der beste ist, aber das ist leicht verständlich und erklärbar. Da ich immer nur Lenore geliebt habe, verloren alle Frauen, mit denen ich mich traf, für mich bald ihren Reiz. Sie waren nicht Lenore.«

Stevie sah ihn nachdenklich an und nickte langsam. »Ich weiß, was du meinst.« Ein kleiner Seufzer entrang sich ihr, als sie leise sagte: »Lenore Philip ist mir lieb, seit sie ein kleines Mädchen war. Und dich liebe ich auch. Deshalb möchte ich, daß keiner von euch einen Fehler macht und dabei verletzt wird. Malcolm Armstrong habe ich immer für einen beinharten Burschen gehalten. Was immer du Gegenteiliges behaupten magst, so *ganz* einfach wird es nicht, wie du glaubst.« Sie biß sich auf die Unterlippe und schloß fast unhörbar: »Ich möchte auch nicht, daß anderen Schmerz zugefügt wird.«

»Das läßt sich nicht immer vermeiden, Ma. Meiner Meinung nach bekommt bei einer Scheidung jeder etwas ab.« Stevie nickte nur. Sie wußte, daß er recht hatte.

»Mutter, bist du nicht glücklich für mich?«

»Ja, natürlich bin ich das, Liebling, wenn es das ist, was du wirklich möchtest.« Stevie zwang sich zu einem Lächeln. »Es ist nur so, daß ich wünschte, die Situation wäre etwas weniger kompliziert.« Seine Hand drückend, sagte sie so beruhigend wie möglich: »Gideon, ich bin für dich da, für euch beide, wenn ihr mich braucht. Aber das weißt du sicher.«

»Danke, Ma«, erwiderte er und strahlte sie an. Dann nahm er sie in die Arme und drückte sie an sich.

Später, als sie in ihrem Schlafzimmer allein war, rief Stevie Derek an und schilderte ihm ihr Gespräch mit Gideon. Als sie geendet hatte, herrschte Schweigen am anderen Ende der Leitung.

»Derek, bist du noch dran?« fragte sie schließlich.

»Ich bin dran, Stevie. Ich überlege nur und frage mich, was ich sagen soll.«

»Vermutlich gibt es nicht viel zu sagen. Schließlich ist er

siebenundzwanzig und wird tun, was er will.« Sie beendete den Satz mit einem kleinen tonlosen Auflachen.

»Was ist denn?«

»Immer dachte ich, die beiden würden heiraten. Eigentlich hatte ich es gehofft. Du darfst nicht vergessen, wie eng sie als Kinder und Teenager waren.«

»Stevie, wie könnte ich es vergessen? Deine Mutter und ich waren in ständiger Sorge um die beiden. Ich war überzeugt, er würde ihr ein Kind machen. Die verkrochen sich ja geradezu ineinander und benahmen sich, als würden wir anderen gar nicht existieren. Ich war immer sehr neugierig, was sie drüben auf Lindenhill trieben. Sie waren soviel allein, weil – sprechen wir es ruhig aus – Jacquetta Philips ständig in höheren Sphären schwebte. Disziplin war ihre Sache nicht. Die beiden verbrachten jedenfalls sehr viel Zeit unbeaufsichtigt miteinander.«

»Du vergißt Miles, der sehr oft mit von der Partie war. Aber ich weiß, was du meinst. Ehrlich gesagt, war ich enttäuscht, als Gideon und Lenore sich nicht mehr trafen. Und noch enttäuschter war ich, als Lenore Malcolm heiratete, was vermutlich ein großer Fehler war. Deshalb kann ich verstehen, wieso sie und Gideon wieder zueinanderfanden. Ach Gott, diese Komplikationen.«

»Es ist ihnen also ernst?« fragte Derek.

»Ganz sicher. Gideon hätte es mir sonst nicht gesagt.«

»Na, dann heißt es wohl, Sicherheitsgurte anlegen. Uns steht ein unruhiger Flug bevor.«

19

Stevie hatte seit längerem ihrem Tagebuch nicht viel anvertraut, doch als sie Derek gute Nacht gesagt hatte, holte sie es hervor und notierte am Anfang der Seite Ort und Datum.

London, Weihnachten 1996

Heute abend erschrak ich, als Gideon mir gestand, er und Lenore wären wieder ein Paar. Doch war es nur ein momentaner Schreck, wenn man die Umstände ihres Lebens bedenkt. Da sie als Kinder und Jugendliche so eng befreundet waren, erwartete ich seinerzeit, sie würden als Erwachsene, heiraten.

Aber an einem Punkt passierte etwas mit ihnen, und sie gingen auf Distanz. Keiner der beiden hat jemals mit mir darüber gesprochen, doch spürte ich die Kluft. Wie auch nicht? Gideon war wie ein gereizter Bär, mürrischer als je zuvor, und Lenore wurde verschlossen und abweisend. Schließlich verschwand sie aus unserem Leben und war die meiste Zeit fort.

Hätten sie sich mir damals anvertraut, ich hätte ihnen vielleicht helfen können, die Sache in Ordnung zu bringen, was immer es war. Ich hätte vielleicht sogar die jetzigen Probleme verhindern können.

Lenores Heirat mit Malcolm Armstrong kam mir damals sehr überstürzt vor. Er war nie mein Fall gewesen, und ich konnte ihm auch später nichts abgewinnen, nicht ein Jota, obwohl ich ihn und seine Familie seit ewigen Zei-

ten kenne. Meiner Ansicht nach ist er zu selbstbewußt, zu arrogant und hart.

Damals dachte ich oft, Malcolms Anziehungskraft für Lenore bestünde in seinem Alter. Mit fünfundzwanzig muß er ihr welterfahrener und erwachsener erschienen sein als Gideon, der erst siebzehn war, zwei Jahre jünger als Lenore. Ja, mir ist jetzt klar, daß Malcolm ihr begehrenswerter vorgekommen sein muß.

Ich wage es nicht, hinzuschreiben, daß sie mit neunzehn für die Ehe noch zu jung war. Schließlich war ich viel jünger, als ich Ralph heiratete.

Stephen, mein Patenkind und Namensbruder, wurde knappe acht Monate später geboren. Eine Frühgeburt, sagte Lenore. Aber ich hatte diesbezüglich immer meine Zweifel. Habe sie noch immer. Eine Schwangerschaft würde die Eile erklären, mit der die unglückliche Heirat über die Bühne ging. Ich halte sie für unglücklich, da Lenore und Malcolm so gegensätzlich sind wie Feuer und Wasser. Sie passen nicht zueinander.

Pansy kam ein Jahr nach Stephen zur Welt, und dann kam Thomas, Gideons Patenkind, achtzehn Monate jünger. Drei Kinder, eines nach dem anderen, vor Ablauf von vier Jahren. Aber was rede ich da? Ich bekam in kürzester Zeit drei Kinder, noch ehe ich zwanzig war.

Ich hoffe sehr, daß die Kinder nicht zum Faustpfand dieser gescheiterten Ehe und der folgenden Scheidung werden. Alle sind unter zehn. Wenn Gideon seinen Willen durchsetzt und Lenore heiratet, werden sie unter seiner Obhut stehen. Eine große Verantwortung, eine fertige Familie zu übernehmen. Ist er ihr gewachsen? Darüber brauche ich nicht zweimal nachzudenken. Ich weiß, daß er es ist. Gideon verfügt über großes Verantwortungsgefühl,

Und Lenore ist stark, in mancher Hinsicht ist sie wie ich. Sie ist sehr vernunftbetont, praktisch, eine unabhängige Persönlichkeit. Ein wahres Glück, daß sie diese herrliche Unabhängigkeit nach der Heirat nicht aufgegeben hat.

Wenn ich es recht überlege, muß diese Ehe für sie ein ständiger Kampf gewesen sein. Malcolm ist ein Chauvinist. Und sie war offenbar entschlossen, zu keinem bloßen Anhängsel zu verkümmern, zu keiner demütigen Jasagerin, die drei Schritte Abstand hinter ihrem Mann einhält.

Rückblickend muß ich sagen, daß Lenore schon als junges Mädchen zur Selbständigkeit entschlossen war. Und ich weiß, daß sie sich Malcolm immer ebenbürtig fühlte, was sie natürlich auch ist. Was für ein Glück, daß sie einen Schritt vorwärts getan und sich ihr eigenes Leben und einen eigenen Beruf geschaffen hat.

Ein gescheites Mädchen war sie immer schon. Daß sie ihre Kenntnis alter Gemälde und Möbel nützt und Kunstgegenstände und Antiquitäten zu ihrem Beruf gemacht hat, halte ich für sehr klug.

Ich weiß noch, wie wir lachten, als sie vor vielen Jahren für mich auf Lindenhill Führungen veranstaltete, auf dem Landsitz, den ihre Familie seit Jahrhunderten bewohnt... eines der großen, vornehmen Herrenhäuser Englands.

Lindenhill ist voller kostbarer Gegenstände, über die Lenore alles bis ins kleinste Detail weiß. Alle diese Informationen, dieses Wissen, hat ihr Allan, ihr Vater, vor seinem Tod eingetrichtert.

Lenore ist jetzt neunundzwanzig, und sie hat zehn Jahre benötigt, um zu Gideon zurückzukehren. Du liebe Güte, wieviel Ärger die beiden sich eingehandelt haben! Ich darf gar nicht daran denken. Derek hatte ja so recht, als er heute sagte, uns stünde ein unruhiger Flug bevor. Genauso ist es.

Was immer mein Sohn auch behauptet, Malcolm Armstrong wird sich noch als großes Problem entpuppen. Ich bezweifle sehr, daß er in eine Scheidung einwilligt, die für ihn ziemlich peinlich, ja sogar ein großer Gesichtsverlust wäre. Lenores aristokratische Herkunft war für ihn immer von enormer Bedeutung. Immerhin ist sie eine geborene Lady Eleonor Elizabeth Jane Philips, und ihr Bruder ist Marquis of Linden, für Malcolm, diesen dämlichen Snob, ein höchst bedeutsamer Umstand.

Er muß wohl der Meinung sein, dieser hochwohlgeborene Hintergrund verlieh ihm einen gewissen Status, doch irrt er sich darin. Er ist und bleibt ein Mensch bar jeglicher Bedeutung. Ich weiß aber sicher, daß er sie nicht so ohne weiteres gehen lassen wird, weil sie das ist, was sie ist.

Gideon stellte mir die Frage, ob ich für ihn, für sie beide glücklich bin, und ich bin es. Ich weiß, daß sie füreinander wie geschaffen sind. Aber ich beneide sie nicht um den Kampf, der ihnen bevorsteht, und ich frage mich, wie ich ihnen am besten helfen kann. Einfach indem ich da bin, denke ich, indem ich ihnen freundschaftlich beistehe, wo es nur geht.

Wenn ich nun auf diesen langen Tag zurückblicke, ist mir klar, daß es ein Tag vertraulicher Eröffnungen war. Tamara zog mich nach unserem ausgedehnten Lunch bei-

seite und gestand mir, daß sie und Nigel sich um ein drittes Kind bemühen. Hoffentlich klappt es. Sie wünscht es sich so sehr. Sie wollen eine große Familie, mindestens sechs, sagte sie. Die reizende Tamara, Traum jeder Schwiegermutter, und mir sehr ans Herz gewachsen. Ich bin froh, daß Nigel sie glücklich gemacht hat und umgekehrt. Er ist ein so schwieriger Mensch. Ehe er Tamara traf, dachte ich schon, er würde nie ein Mädchen finden, das ihm gefällt, da er so kritisch ist.

Heute war er zu mir viel netter. Auch das hat mich sehr bewegt. Tamara wirkt besänftigend auf ihn. Man sieht sofort, daß er sie anbetet und daß er die Kinder über alles liebt. Ich bin unendlich dankbar dafür, daß sie eine so glückliche kleine Familie sind.

Alle waren diesmal zu Weihnachten so großzügig zu mir. Bruce beschenkte mich mit einem schönen Necessaire, einem Kosmetikköfferchen von Louis Cartier aus den Dreißigern. Ein wunderschönes kleines Ding: schwarze Emaille mit winzigen Diamanten, Rubinen und Smaragden verziert. Er weiß, daß ich diese alten signierten Stücke bekannter Juweliere sammle, und hat sich offenbar große Mühe gegeben, für mich ein Stück von Cartier aufzutreiben. Dieses hat er ausgerechnet in Rom entdeckt. Zumindest hat es jemand für ihn aufgetrieben. Meine Mutter und Derek schenkten mir eine Chagrinleder-Box in einem hübschen Graugrün. Meine Mutter sagte, sie glaube, es sei eigens für mich angefertigt, weil ein goldenes S den Deckel ziert. Die Box wird einen hübschen Briefpapierbehälter auf meinem Schreibtisch abgeben. Von Chloe bekam ich einen einmalig schönen, lavendelblauen Kaschmirschal, und die Zwillinge haben Peridot-Ohrringe für mich ausgesucht, die Gideon für mich entwarf und ausführte. Beide teilen sich die Kosten. Auf dem Begleitbillett stand, daß sie Peridot wählten, weil der Farbton des Steines zum Grün meiner Augen passe. Alle sind so lieb zu mir. Ich kann mich glücklich schätzen.

Nigels und Tamaras Geschenk war eine echte Überraschung, da es sehr kostbar ist, ganz anders als die Dinge, die ich ansonsten von ihnen bekam. Es ist eine Ikone, eine russische natürlich, hervorragend gemalt und sehr kunstvoll mit Gold und Halbedelsteinen verziert. Und sie ist alt. Uralt. Sicher war es Tamaras Idee, mir diese Ikone zu schenken, und sicher hat sie dieses Kunstwerk gefunden. Nigel schien großen Wert darauf zu legen, daß mir das Geschenk gefällt.

Meine anbetungswürdigen Enkelkinder beschenkten mich mit selbstgebastelten Dingen. Arnaud malte ein Bild von Natalie, eines, das natürlich keine Ähnlichkeit mit ihr hat, doch war wenigstens die Absicht zu erkennen. Natalie schenkte mir eine kleine Phantasietüte voller Küsse, die sie unbeholfen auf einen langen Papierbogen malte, den Tamara zusammenfaltete und mit einem Schleifchen zusammenband.

Alles in allem war es ein glückliches Fest, zur Abwechslung ohne Streitigkeiten und Meinungsverschiedenheiten. Alle haben den Tag genossen, sogar Nigel, der sich allen gegenüber sehr liebenswürdig gab. Hoffentlich läßt sein Benehmen Gutes für die Zukunft hoffen.

Auf der Heimfahrt von Regent's Park fing Chloe damit an, daß sie zu Ostern wieder nach London wolle. Das

Brearly macht tatsächlich im März drei Wochen Ferien, und es gibt an sich keinen Grund, warum sie nicht kommen sollte. Ich zögere nur, ihr einen Besuch allein zu erlauben, und verstehe mich deshalb selbst nicht ganz. Immerhin ist sie achtzehn und würde bei meiner Mutter und Derek wohnen. Aber etwas hält mich zurück, meine Zustimmung zu geben.

Ich bin ja so froh, daß Chloe seit Thanksgiving nicht mehr von ihren Plänen spricht, in der Firma anzufangen. In dieser Hinsicht ist sie vernünftig. Nachdem sie mir ihren Plan vorgetragen hat, überläßt sie die Entscheidung mir.

Sie ist in vielerlei Hinsicht so anders, war es immer schon, von Kindesbeinen an. Auf mir ruht ein Segen. Meine reizende Tochter hat mir nie Anlaß zu Ärger gegeben.

Gideon zeigte sich sehr zurückhaltend, als sie zu ihm sagte, sie wolle die Osterferien in London verbringen und bei ihm arbeiten. Seine Antwort war: »Das liegt bei Ma.« Aber er hat sie lieb und scheint gewillt, sie unter seine Fittiche zu nehmen. Nun, man wird sehen. Morgen will ich mit Gideon sprechen…

Gideon… Lenore… ich verstehe sie nur zu gut, diese Anziehungskraft zwischen ihnen, die überwältigend wirkt und sie wieder zueinanderfinden ließ. Gegen dieses Gefühl läßt sich nur schwer ankämpfen. Ich weiß es selbst am besten.

Andererseits ist es nicht recht, sein Glück auf dem Unglück eines anderen Menschen aufzubauen. Tut man es, dann rächt es sich. Es ist, als schleudere man einen Bumerang, der zurückkehrt und einen ins Gesicht trifft.

Vor langer Zeit sah ich mich einer ähnlichen Situation gegenüber. Ich wußte damals, daß ich Schluß machen mußte, ohne einen Blick zurück, und ich habe mich meist daran gehalten, doch gab es immer wieder Momente, in denen die Sehnsucht nach ihm sich meldete und mich zu überwältigen drohte. Aber diese Augenblicke gingen rasch vorbei, und die Vernunft gewann die Oberhand. Sie wird immer die Oberhand gewinnen. Aber wie habe ich mich nach ihm gesehnt.

Stevie legte den Füller aus der Hand, klappte das Tagebuch zu und schob es in die Lade zurück. Sie hatte genug geschrieben.

Später, als sie zu Bett ging, konnte sie nicht einschlafen, so vieles ging ihr durch den Kopf. Fast eine ganze Stunde wälzte sie sich hin und her, bis sie endlich Schlaf fand.

Und sie träumte von ihm.

Es war ein so lebhafter Traum, daß er ihr am Morgen noch lange nach dem Erwachen im Gedächtnis blieb. In ihrem zauberhaften blauweißen Schlafzimmer liegend, während sie beobachtete, wie das Licht des frühen Tages durch die Gardinen drang, kämpfte sie sich durch die letzten Traumfetzen. Sie hafteten ihr noch an, hüllten sie ein.

Stevie fiel es schwer, den Traum abzuschütteln, so real war er ihr erschienen. Ihr war, als wäre er wirklich hier bei ihr die ganze Nacht im Zimmer gewesen. Sie spürte, wie seine beherrschende Anwesenheit sie umgab, konnte sein Parfüm riechen. Wenn sie die Augen schloß, sah sie ihn wieder… sah die dunklen, leidenschaftlichen Augen, den gefühlvollen Mund, das breite, großzügige Lächeln, die ebenmäßigen Zähne, die sich weiß von seiner gebräunten Haut abhoben.

Und sie hörte seine Stimme, hörte ihn sagen, wie sehr er sie liebte, und eine Weile wurde sie in den Traum zurückversetzt. Denn im Traum hatten sie sich geliebt und waren wieder in jener vollendeten Harmonie vereint, die ihnen einst eigen war, und in ihr erwachte die Sehnsucht danach, sie wiederzuerlangen.

Gegen ihren Willen fing sie zu weinen an. Tränen drangen unter ihren Lidern hervor und glitten über ihre Wangen. Sie drückte ihr Gesicht ins Kissen und weinte, weil sie ihn verloren hatte, weil sie auf das Leben verzichtet hatte, das sie gemeinsam hätten führen können, auf alles, was sein hätte können.

Als ihre Tränen schließlich versiegt waren, stand Stevie auf und zog ihren Morgenmantel an, um in die Küche zu gehen. Als sie die Tür öffnete, rief Chloe: »Guten Morgen, Mami. Ich habe Kaffee gemacht. Möchtest du eine Tasse? Ich werde …«

Chloe starrte sie an und fragte stirnrunzelnd: »Geht es dir gut, Mom?«

Stevie nickt. »Natürlich. Warum fragst du?«

»Du bist so weiß, als hättest du ein Gespenst gesehen.«

Stevie schüttelte den Kopf. Unpassender hätte sich ihre Tochter nicht ausdrücken können. »Ich habe schlecht geschlafen und bin noch müde. Ich habe zuviel im Kopf«, improvisierte sie.

»Das tut mir leid. Und du arbeitest zuviel, Mom.« Chloe legte ihre Hand auf den Arm ihrer Mutter: »Setz dich, ich bringe dir Kaffee. Soll ich dir Toast machen?«

»Danke, Schatz.« Stevies Lächeln war leer.

Impulsiv umarmte Chloe Stevie und drückte sie an sich. »Ich habe dich lieb, Mom.« So verharrte sie lange.

»Ich dich auch, Liebling.«

Schließlich lösten sie sich voneinander, und Stevie, die ihrer Tochter ins Gesicht blickte, dachte, wie sehr sie doch ihrem Vater ähnelte. Sie hatte seine dunklen Augen und sein dunkles Haar, sie war sein Kind, wenngleich sie auch Blair sehr ähnelte.

»Ich hole Kaffee.« Chloe lief durch die Küche, von plötzlicher Besorgnis um ihre Mutter erfüllt, unter deren Augen dunkle Ringe lagen und die heute so traurig aussah. Chloe war ratlos und hätte gern den Grund gewußt, warum Stevie so niedergeschlagen war.

Wenig später, als Chloe mit dem Kaffee zurückkam, rief sie: »Ich werde mich wirklich um dich kümmern. Das wird mein guter Vorsatz fürs neue Jahr sein.«

Stevie lachte. »Mir fehlt nichts, wirklich. Wie ich schon sagte, habe ich momentan sehr viel im Kopf. Deswegen brauchst du dich um mich nicht zu sorgen, Chloe. Mir geht es gut.«

Chloe nickte nur und bereitete den Toast zu. Als er fertig war, brachte sie ihn zusammen mit ihrem eigenen Kaffee zum Tisch. Sie setzte sich ihrer Mutter gegenüber hin und murmelte: »Du bist mir doch nicht böse, oder? Ich meine, weil ich bei Jardine's arbeiten möchte?«

»Chloe, ich war dir nie böse. Ich war nur besorgt wegen deiner Ausbildung. Gestern sprach ich mit Bruce darüber, und die Vorstellung, daß du in der Firma arbeiten möchtest, schien ihm sehr zuzusagen.«

»Ach?«

»Ja.« Stevie sah die plötzliche Erregung, die im Gesicht ihrer Tochter aufleuchtete, die Hoffnung in ihrem Blick, und sagte kurz entschlossen: »Chloe, wenn du möchtest, kannst du die Osterferien hier verbringen. Es scheint dir ja sehr viel zu bedeuten.«

»Ach, Mom, wirklich? Danke, vielen Dank!« Aufspringend umarmte sie Stevie und überschüttete sie mit Küssen.

»Aber du mußt bei Großmama und Großpapa am Regent's Park wohnen. Hier in dieser Wohnung kannst du nicht allein bleiben«, beeilte Stevie sich zu betonen.

»Das ist wundervoll. Ach, ich bin ja so aufgeregt, daß ich es kaum erwarten kann.«

Stevie trank einen Schluck Kaffee und sah ihre achtzehnjährige Tochter über den Rand der Tasse hinweg an. Es machte ihr Freude, Chloe so glücklich zu sehen. Es hatte so wenig bedurft, um diesen Enthusiasmus wieder in ihr zu wecken. Sie ließ ihre Gedanken abschweifen und konzentrierte sich auf *ihn*. Jahrelang hatte sie nicht von ihm geträumt und hatte auch nicht viel an ihn gedacht. Aber seit Thanksgiving war so oft die Rede von ihm gewesen, daß es kein Wunder war, wenn er ihr häufiger in den Sinn kam. Die Erinnerungen an ihn waren schmerzlich. Schon vor langer Zeit hatte sie sich geschworen, sie würde nicht in die Falle des Wunschdenkens tappen und zu viel in der Vergangenheit verweilen. Deshalb verdrängte sie auch jetzt alle Gedanken an ihn, da sie ohnehin zu nichts führten.

Stevie, die aufstand und zur Tür ging, sagte: »Ich mache mich fertig für die Firma. Möchtest du mitkommen?

Wenn du willst, kannst du Gideon eine Weile in der Werkstätte zusehen.« Chloe nickte und sprang auf. »Sehr gern, Mom, ich beeile mich.«

20

»Und was hat der Sultan gesagt, als du ihn aufgesucht hast?« fragte Bruce, der sich leicht vorbeugte und sie scharf ansah.

Stevie saß hinter dem Schreibtisch in ihrem Büro über dem Geschäft an der Bond Street. Sie erwiderte ruhig seinen Blick und antwortete: »Er sagte, er wäre der Meinung gewesen, ich hätte dieses Geschäft nicht mehr persönlich abwickeln wollen und hätte damit meinen Sohn betraut. Er hätte sich gewundert und sei so weit gegangen, sich Gedanken zu machen, ob er mich irgendwie beleidigt hätte. Und das alles hat er auf höchst diplomatische Weise zum Ausdruck gebracht, Bruce.«

»Ich verstehe. Wie konnte er diesen Eindruck gewinnen? Hat er das gesagt?«

Stevie nickte. »Ja. Er sagte, sein Assistent Gareth James hätte mich Anfang Dezember hier angerufen. Die Vermittlung hätte ihn kommentarlos einfach mit Nigel verbunden. Als Gareth ausdrücklich mich verlangte, erklärte Nigel, ich sei im Ausland und nicht erreichbar. Dann deutete Nigel an, daß er die Betreuung aller meiner Kunden übernommen hätte. Gareth fragte, ob ich in New York wäre, und Nigel bestätigte es ihm, aber nicht, ohne zu wiederholen, daß er nun meine Kunden übernommen hätte. Und er fragte, wie er dem Sultan helfen könne. Gareth antwortete daraufhin, der Sultan sei an unseren neuesten Entwürfen interessiert, und es wurde noch für dieselbe Woche ein Termin Nigels mit dem Sultan im Claridge fixiert. Am nächsten Tag aber meldete Gareth sich wieder und erklärte, der Sultan müsse überraschend nach Amerika. Daraufhin schlug Nigel ein Treffen in New York vor, und die beiden setzten ein Datum fest.«

»Ich verstehe.« Bruce preßte die Finger gegeneinander und starrte nachdenklich vor sich hin.

»Das Treffen wurde für den neunten Dezember festgesetzt«, fuhr Stevie fort.

Bruce seufzte. »Nigel hat sich ziemlich dumm benommen, findest du nicht auch? Dieses Intrigenspiel. Seine Machenschaften hätten uns einen wichtigen Kunden kosten können.«

»Einen Megakunden, wie es in New York heißt.«

»Na, jetzt wissen wir wenigstens, was er vorhat. Erst sagte Gilbert, daß er deine Kunden umwirbt, und jetzt haben wir es sozusagen aus erster Hand. Der Sultan hat dir den nötigen Sprengstoff geliefert. Wie hast du die Sache übrigens mit dem Sultan bereinigt? Ich nehme an, du hast es geschafft, da du ihm die gelben Diamanten verkauft hast.«

»Ich sagte, ich hätte einige Zeit gebraucht, um mich von einer Bronchitis zu erholen, was zum Teil der Wahrheit entspricht, wie du weißt. Vergangenen Oktober und November habe ich die Zügel ein wenig schleifen lassen, weil ich im September so krank gewesen war. Ich drückte mich sehr diplomatisch aus, indem ich erklärte, Nigel hätte sich an meiner Stelle um alles gekümmert. Vorübergehend. Ich wollte vermeiden, daß bei ihm der Eindruck entstünde, es gäbe ein Problem in der Familie.«

»Sehr gut. Der Sultan war doch nicht etwa beleidigt? Diese Typen nehmen leicht etwas krumm, vor allem, wenn sie glauben, man könne sie übers Ohr hauen.«

»Nein, nein, er schenkte mir Glauben. Warum auch nicht? Ich sagte, ich sei jetzt wieder erreichbar, und zwar jederzeit, falls er mich brauche. Ich gab ihm meine Privatnummer in New York und sagte zu Gareth James, er solle mich dort anrufen, falls ich in London nicht zu erreichen wäre.«

»Ein kluger Schachzug.«

»Bruce, mach dir keine Sorgen, der Sultan hat Verständnis gezeigt. Ich glaube, er war in erster Linie verblüfft, möglicherweise auch ein wenig eingeschnappt, aber keinesfalls beleidigt.«

»Stevie, ich bin erleichtert, daß du die Sache geklärt hast. Wann willst du Nigel deine Meinung sagen?«

»Ich sagte, daß ich nach den Feiertagen mit ihm sprechen wolle. Da wir heute den dritten Januar haben, werde ich heute mit ihm sprechen. Ich muß es tun, da ich am Montag morgen wieder nach New York fliege.«

»Gut, daß du keine Zeit verlierst.« Bruce stand auf. »Jetzt muß ich leider gehen. Ich habe einen Termin mit meiner Diätberaterin.« An der Tür blieb er stehen. »Ich wünsche dir mit Nigel Glück. Fasse ihn nicht mit Samthandschuhen an, Stevie. Für das, was er getan hat, gebührt ihm eine tüchtige Abreibung. Wenn er Schwierigkeiten macht und keine Einsicht und Reue zeigt, dann tu, was du tun mußt.«

Stevie stand auf, ging um den Schreibtisch herum und umarmte ihren Schwiegervater. »Ich rufe dich später an.« Kaum war sie allein, setzte Stevie sich hin und überlegte. Als sie zu einem Entschluß gelangt war, griff sie nach dem Hörer und wählte Nigels Privatanschluß.

»Hallo? Nigel Jardine hier«, meldete er sich in seinem üblichen knappen Ton.

»Nigel, könntest du wohl einen Moment zu mir kommen?«

»Nein, Mutter, ich kann nicht. Ich bin sehr beschäftigt. Was du mit mir besprechen möchtest, muß warten.«

»Leider geht das nicht. Der Sultan von Kandrea ist für uns ein so wichtiger Kunde, daß du getrost unterbrechen kannst, was immer dich beschäftigt, um zu mir zu kommen. Sofort. Es gibt einiges zu besprechen.«

»Nun, meinetwegen«, murmelte er und knallte den Hörer hin.

Nur wenige Sekunden waren vergangen, als er auch schon in ihr Büro stürmte. Bereits von der Tür aus fragte er: »Was ist mit dem Sultan?« Sein wütender und finsterer Blick taxierte sie, noch ehe er die Tür mit dem Fuß zustieß.

Stevie sah sofort, daß seine unbeschwerte Stimmung, die er vor ein paar Tagen zur Schau gestellt hatte, wie weggeblasen war. Langsam sagte sie: »Nimm zur Kenntnis, daß ich dem Sultan das gelbe Diamantcollier samt passenden Ohrringen, Armband und Ring verkauft habe.«

»Die Garnitur, die Peter entwarf und Gideon anfertigte?« fragte er leicht verdutzt.

»Ja, genau die.«

»Wann?«

»Gestern.«

»Der Sultan ist in London?« Er zog die Brauen zusammen. »Ja, Nigel, er ist in London. Und er hat mir ein handgeschriebenes Briefchen geschickt und mich zum Kaffee eingeladen. Mein Verhalten hat ihn ein wenig erstaunt. Er konnte nicht verstehen, warum ich seine Anliegen nicht mehr wahrnehmen wollte, nach all den Jahren, in denen ich als seine persönliche Beraterin bei Juwelenkäufen fungierte.« Ohne den Blick von ihrem Sohn zu wenden, lehnte Stevie sich in ihrem Stuhl zurück.

Ungeachtet seiner Arroganz und seiner vorgetäuschten Gelassenheit, spürte Nigel, wie er unter ihrem kritischen Blick errötete. Seine Angst lähmte ihn geradezu. Es war ihm widerwärtig, Fragen zu beantworten, vor allem ihre Fragen. Er schwieg, einmal im Leben um Worte verlegen.

»Hast du mir denn gar nichts zu sagen?« fragte Stevie leise, noch immer voll auf ihn konzentriert.

»Nein, das habe ich nicht, Mutter.«

»Wie erstaunlich. Schließlich hast du diese Situation geschaffen, indem du Gareth James weisgemacht hast, du hättest meine Kunden übernommen.«

»Als Gareth James anrief und einen Termin haben wollte, warst du nicht in London«, stieß er hervor. »Ich wollte dir ja nur helfen.«

»Eine lahme Ausrede!« erwiderte sie eisig und tat ihrer Wut keinen Zwang an. »Nigel, zufällig weiß ich, was du getan hast. Du hast versucht, meine persönlichen Kunden abzuwerben und zu übernehmen. Aber das klappt nicht.

Solange ich das Unternehmen leite, werde ich alle unsere Spitzenkunden persönlich beraten.«

Als er keine Antwort gab, sagte sie: »Verstehst du mich?«

»Ja.«

»Da wäre noch etwas, das eine Entschuldigung deinerseits erfordert.«

»Was?« fragte er in unverschämtem Ton.

»Du hast mich belogen.«

»Ich habe dich nie belogen!«

»Doch, hast du. In New York. Am neunten Dezember, um genau zu sein, als du behauptet hast, Bruce hätte dir gegenüber erklärt, ich hätte für die White Empress zuviel bezahlt.«

»Das hast du auch.«

»Vielleicht bist du dieser irrigen Meinung, die Bruce nicht teilt. Auch hat er niemals gesagt, daß ich Diamanten immer zu teuer einkaufe. Das war reine Erfindung deinerseits, und dein Großvater ist darüber ebenso erbost wie ich.«

»Ach, wen kümmert es schon, was er denkt? Du hast selbst gesagt, daß er im Ruhestand ist.«

»Mich kümmert es, was er denkt, und dich sollte es auch kümmern. Du hast das Unternehmen noch nicht von mir übernommen, und solange ich hier etwas zu sagen habe, wirst du Bruce Respekt entgegenbringen. Er ist immer noch im Vorstand.«

»Nur dem Namen nach«, höhnte er.

Sie ging nicht darauf ein und sagte: »Warum hast du gelogen, Nigel? Du mußt doch gewußt haben, daß es auffliegt.«

»Es war keine Lüge. Bruce hat es vielleicht nicht ausdrücklich gesagt, doch hat er es gemeint. Sein Gedächtnis läßt stark nach, er vergißt Dinge von einem Tag auf den anderen«, log er. »Und außerdem stimmt es, du hast zuviel bezahlt. Wie immer. Dir fehlt diesbezüglich jedes Urteilsvermögen.« Er trat näher an den Schreibtisch und blieb mit finsterem Blick davor stehen.

Wie unangenehm er sein kann, dabei sieht er so wunderbar aus, dachte sie. Sie wußte jetzt, daß er ihr Gegner war; was er eben gesagt hatte, kam einer offenen Kriegserklärung gleich.

Leise sagte Stevie: »Nigel, dein Ton gefällt mir nicht. Du wirst in Hinkunft nicht mehr so mit mir sprechen. Außerdem mißfällt mir dein arrogantes Auftreten. Abgesehen davon, daß ich deine Mutter bin und mir deshalb gebührender Respekt deinerseits zusteht, bin ich auch dein Boß. Das wollen wir nicht vergessen. Du tust gut daran, ab sofort Auftreten und Ton zu ändern.«

»Das ist ja der Punkt... du solltest nicht mein Boß sein!« brüllte er sie an. »Ich sollte dieses Unternehmen leiten, und nicht du. Von Rechts wegen gehört es mir. Erstens bist du eine Frau, zweitens bist du nicht einmal eine Jardine. Die Firma wurde immer von Jardines geführt.«

Seine letzte Bemerkung war es, die sie auf die Beine brachte. »Ich bin eine Jardine, und wage es nicht, etwas anderes zu behaupten! Seit über dreißig Jahren bin ich eine Jardine, seit dem Tag, an dem ich deinen Vater heiratete. Vergiß das niemals, Nigel!«

»Ich meinte damit nur, daß du keine geborene Jardine bist«, schrie er, »und du weißt, daß ich es so meinte.« Er lief rot an. »Wenn du montags in die Staaten fliegst, dann tu dir und allen den Gefallen und bleib endgültig dort. Hier bist du weder erwünscht, noch wirst du gebraucht. Ich bin sehr gut imstande, das Geschäft zu führen.«

»Nein, das bist du nicht. Außerdem wirst du die Möglichkeit dazu nicht bekommen. Du bist entlassen!«

Er starrte sie wie vom Donner gerührt an. »Du kannst mich nicht feuern!« rief er.

»Natürlich kann ich. Und ich wiederhole: Du bist entlassen.«

Da richtete er sich zu voller Größe auf und sagte in kaltem, überlegenem Ton: »Ich bin Mitglied der Geschäftsführung, oder hast du das vergessen, Mutter?«

»Nein, habe ich nicht, und das wirst du auch bleiben. Diese Position kann ich dir nicht nehmen. Aber ich kann dich entlassen, und ich habe es eben getan.«

»Ich werde zu Großvater gehen«, stotterte er puterrot. »Er wird es nicht gutheißen und wird mich wieder einstellen.«

»Nein, das wird er nicht, Nigel, da irrst du dich sehr. Ehrlich gesagt, bezweifle ich, ob er es tun würde, wenn er es könnte. Aber er kann es nicht. Als geschäftsführendes Vorstandsmitglied von Jardine's habe ich das letzte Wort.«

»Das werden wir noch sehen«, brauste er auf.

»Hör zu, Nigel: Du bist entlassen. Sei so gut, und räume bis heute abend dein Büro.«

Einen Sekundenbruchteil stand er da und sah sie dümmlich an. Sein Haß war nie größer gewesen, als er sie anbrüllte: »Das wirst du noch bereuen!« Damit stürmte er hinaus.

Als Stevie wieder allein war, goß sie sich ein Glas Wasser ein. Zu ihrem großen Verdruß zitterte ihre Hand. Sosehr sie sich bemühte, wieder zur Ruhe zu kommen, dauerte es doch fast eine Stunde. Kaum aber hatte sie sich so weit gefaßt, daß sie sich wieder an ihre Arbeit machen konnte, wurde an die Tür geklopft.

Als sie aufblickte und »Herein« sagte, öffnete sich die Tür, und Miles erschien. Auf der Schwelle innehaltend, sagte er: »Hallo, Ma, störe ich? Hättest du ein paar Minuten Zeit?«

»Ja, Liebling«, sagte sie erleichtert und glücklich, ihren Lieblingssohn zu sehen. »Komm herein und schließ die Tür. Möchtest du eine Tasse Tee oder sonst etwas?«

Er schüttelte den Kopf und trat ein, die Tür sorgfältig hinter sich schließend. »Ich habe Gideon besucht und konnte nicht wieder fort, ohne kurz bei dir vorbeizuschauen.« Er ließ sich auf dem Stuhl vor dem Schreibtisch nieder, sah sie forschend an und sagte dann: »Du bist ja weiß wie die Wand. Ist dir nicht wohl?«

Sie nickte, momentan nicht imstande, eine Erklärung zu geben. Nach einem tiefen Atemzug sagte sie: »Ich habe Nigel gefeuert.«

»Allmächtiger! Wann denn?«

»Vor einer Stunde.«

»Und warum?« Plötzlich lachte er. »Überflüssige Frage!«

Wieder atmete Stevie tief durch. Dann erklärte sie langsam, was sich zugetragen hatte, genau und in allen Einzelheiten. Als sie geendet hatte, schüttelte sie bekümmert den Kopf. »Es tut mir leid, daß es so weit kommen mußte, aber ich hatte keine andere Wahl. Und dann war er auch noch so entsetzlich arrogant. Er sagte, ich hätte kein Recht, das Unternehmen zu leiten, weil ich eine Frau bin und auch weil ich keine Jardine bin.«

»Ma, der hat vielleicht Nerven. So was von undankbar. Nach allem, was du im Laufe der Jahre für ihn getan hast. Gut, daß du ihn gefeuert hast, er hat es verdient. Er ist ja noch dümmer, als ich dachte.« Miles hielt ihren Blick kurz fest. »Überleg doch, wie idiotisch es war, deine Kunden abzuwerben. Alle wollen nur mit dir zu tun haben, weil du das Firmenoberhaupt bist. Nigel ist für sie der Juniorpartner, dein Untergebener, wenn auch der zukünftige Erbe. Stell dir vor, wenn sie es als Beleidigung aufgefaßt und geglaubt hätten, du wolltest sie an Nigel abschieben. Die hätten ihre Millionen anderswo ausgegeben, bei Cartier beispielsweise. Da hätte Old Bruce aber Grund zur Freude gehabt.«

Sie ließ ein zaghaftes Lächeln sehen. »Kein Zweifel, Nigel hat einen wichtigen Geschäftsbereich aufs Spiel gesetzt.« Sie schüttelte den Kopf. »Nun ja, das war's. Wir müssen weitermachen. Warum hast du Gideon besucht?«

»Ich war ihm Geld schuldig.« Er lachte schuldbewußt. »Für deine Ohrringe.«

»Ihr beide wart sehr großzügig. Ein so kostspieliges Geschenk hättet ihr mir wirklich nicht machen sollen.«

»Ma, wir wollten es aber, und die Ohrringe sind dir mit viel Liebe von uns beiden geschenkt worden. Gideon hat mit Peter viel Zeit über dem Entwurf zugebracht. Er wollte sie für dich ganz perfekt haben und ich auch.« Seine langen Beine ausstreckend, fuhr er fort: »Unsere Miß Chloe ist heute ganz Liebreiz und Anmut und dazu überglücklich. Sie sagt, du hättest ihr erlaubt, die Osterferien in London zu verbringen.«

»Sie hat es sich so sehr gewünscht, daß ein Verbot gemein gewesen wäre.

»Und was ist mit dir? Wirst du Ostern hier verbringen?«

»Ich glaube nicht, Miles. Aber für sie geht es in Ordnung, sie wird bei meiner Mutter und Derek wohnen.«

»Ich plane ohnehin, um diese Zeit herzukommen, und kann sie mitnehmen.«

»Miles, das ist wunderbar, ihr könntet euch während des Fluges Gesellschaft leisten.«

Er nickte. »Gideon sagte, er hätte dir alles anvertraut… seine Beziehung zu Lenore, meine ich.«

»Ja. Um ehrlich zu sein, war mein Schreck nur von kurzer Dauer. Ich hatte eigentlich immer erwartet, daß die beiden heiraten würden.«

»Aber ohne ein peinliches Scheidungsverfahren hinter sich bringen zu müssen, oder?« Miles grinste sie an. »Sie müssen einander schon sehr lieben. Was mich betrifft, so hätte ich jedenfalls keine Lust, mich mit diesem knallharten Malcolm Armstrong anzulegen.«

»Ja, er ist knallhart, Miles. Du kannst ihn wohl ebensowenig leiden wie ich.«

»Mutter, ich kann den Kerl nicht ausstehen. Er ist ein Blender. Mich wundert, daß er nicht schon längst gestrauchelt ist. Er ähnelt Julian Saunders, Margots Bruder. Bewegt sich in der City immer auf hauchdünnem Eis.«

»Ach«, rief sie erstaunt. »Das wußte ich gar nicht. Aber er war schon in jüngeren Jahren richtig unangenehm.«

»Ich weiß gar nicht, was Lenore an ihm gefunden hat«, murmelte Miles.

»Glaubst du, Gideon und Lenore werden es schaffen? Vorausgesetzt, sie heiraten, sobald sie frei ist.«

»Ma, sie schaffen es. Sie haben einander immer schon geliebt, und ich habe nie richtig verstehen können, warum sie diesen Armstrong überhaupt geheiratet hat. Schließlich war sie jahrelang in Gideon verknallt.«

»Was soll das heißen?« fragte Stevie, eine Braue hochziehend.

»Na ja, Gideon war elf, sie dreizehn. Nach allem, was ich so weiß, könnte es aber noch früher angefangen haben. Ständig haben sie miteinander herumgemacht, einander ausgezogen, wenn wir auf den Speichern auf Lindenhill spielten. Es fing an, als Gid und ich etwa sieben waren. Mich schickten sie immer fort, damit sie allein Doktor und Schwester spielen konnten.«

»Miles, das wußte ich ja gar nicht!«

»Na ja, damals hätte ich es dir nie verraten, aber wenn du es jetzt weißt, spielt es keine Rolle mehr.« Er lachte. »Ach, Mutter, wenn du jetzt dein Gesicht sehen könntest … total geschockt.«

»Aber sie waren doch Kinder!«

»Na ja, ihr Sexleben hat eben schon im Kindergarten angefangen. Was soll ich denn sonst sagen?«

»Nichts.«

»Weißt du was, Ma, in letzter Zeit habe ich viel über Nigel nachgedacht. Ich glaube, die große Veränderung kam bei ihm als Teenager. Als du damals einen häßlichen Krach mit Alfreda hattest, ergriff er ihre Partei. Ein schäbiger Verrat, den Gid und ich ihm nie richtig verziehen haben. Sich für Großmutter Jardine, diesen alten Drachen, gegen dich zu entscheiden. Ein elender Mistkerl, ja, genau das war er damals schon.«

»Ich weiß. Aber ich habe ihm schon längst verziehen. Damals habe ich sein Verhalten seiner Jugend zugeschrieben.« Ihr Privatapparat läutete, und sie hob ab. »Hallo?« Als sie den Hörer ans Ohr hielt, fuhr sie fort: »Ach, Bruce, ja, ich habe mit ihm gesprochen. Es blieb mir nichts anderes übrig, als ihn zu feuern.«

Wieder hörte sie zu und sagte dann: »Ja, ich könnte zu einem kleinen Lunch kommen, aber Miles ist bei mir.« Sie sah ihren Sohn fragend an.

Miles nickte und artikulierte lautlos: »Okay.«

»Bruce, Miles ist einverstanden. Also, wir kommen um halb eins.« Nachdem sie aufgelegt hatte, sagte sie zu Miles: »Wenn du nicht möchtest, brauchst du nicht mitzukommen.»Ich möchte aber, Ma. Ehe ich morgen fliege, will ich mich von Großvater verabschieden.«

DRITTER TEIL

Ostern

21

Chloe, die seit ihren Kindertagen das Geschäft an der Bond Street unzählige Male aufgesucht hatte, liebte das stilvolle alte Haus, das in der City als Sehenswürdigkeit, als Inbegriff von Eleganz und Vornehmheit galt. In seinen übergroßen, bleigefaßten Schaufenstern waren herrlicher Schmuck und erlesenste Luxuswaren ausgestellt. »Das Beste, das man für Geld bekommen kann«, pflegte Bruce Jardine immer zu sagen, und er hatte recht.

Solange sie zurückdenken konnte, hatten alle Angestellten ihr das Gefühl vermittelt, etwas Besonderes zu sein, von den uniformierten Türstehern angefangen, die ihr zulächelten und an ihre Mützen tippten, wenn sie sie sahen, bis zum Verkaufspersonal, das immer ein paar nette Worte für sie übrig hatte.

Das Innere des Geschäfts gehörte für sie zum Eindrucksvollsten, was sie je gesehen hatte, eine endlose Flucht von Ausstellungsräumen mit hohen Decken, Kristallüstern, weißen Marmortreppen und dicken dunkelblauen Teppichen.

Auf Chloe wirkte das Geschäft großartig und imponierend, vielleicht mit ein Grund, weshalb sie es so liebte. Jardine & Company hat es immer gegeben und würde es immer geben. Das Unternehmen stand für Prestige, Verläßlichkeit und Kontinuität.

Mit der Familiengeschichte aufgewachsen, wußte Chloe, daß die Firma Jardine seit 1843 das Prädikat Hofjuwelier führen durfte, ein Titel, den Königin Victoria dem damaligen Chef der Familie verliehen hatte. Vor Jahren hatte Bruce ihr erklärt, daß das Unternehmen sechs Monarchen gedient hatte und daß sämtliche Mitarbeiter des Hauses nur einen Zweck, ein einziges Ziel kannten – das Beste anzubieten, was die Welt zu bieten hatte.

Von ihrer Mutter hatte sie mehr über die königliche Ermächtigung erfahren, die nur einer Einzelperson und nie einer Firma verliehen wurde. Der derzeitige Träger des Titels Hofjuwelier war Gideon. Das bedeutete unter anderem, daß ihm die Pflege der Kronjuwelen oblag, die meist im Tower von London, im neuerbauten Juwel House, aufbewahrt wurden.

Als Hofjuwelier war Gideon der einzige Mensch, der die Juwelen anfassen durfte. Er war der Königin für die Erhaltung der großen Krone von England, des Reichsapfels und des Szepters verantwortlich, Insignien, die Elizabeth II. bei Staatszeremonien benutzte. »Auf Gideon lastet die Verantwortung für die nationalen Symbole«, hatte ihre Mutter es formuliert.

Die Dimensionen der Geschäftsräume waren erstaunlich. Sie nahmen viel mehr Platz ein, als allgemein angenommen, da auch die verschiedenen Werkstätten in den Etagen über den Schauräumen zum Unternehmen gehörten. Dort schufen namhafte Kunsthandwerker aus Edelmetallen wie Silber, Gold und Platin Stücke von atemberaubender Schönheit; Edelsteinschleifer schnitten und schliffen Diamanten und Smaragde, Saphire und Rubine;

Designer zeichneten Schmuckentwürfe für die Goldschmiede.

Als sie vergangene Woche zur Arbeit im Geschäft erschienen war, hatte sie zunächst mit Gideon einen Rundgang gemacht. »Damit du mit allem vertraut wirst und ein Gespür dafür bekommst«, hatte er gesagt.

Und wieder war sie sehr beeindruckt gewesen, als er sie durch die Werkstätten führte, in denen sie Schmuck, aber auch alte und moderne Uhren aller Art und verschiedenste Ziergegenstände bewundern konnte.

Jardine's war ein eleganter Juwelierladen, der eine Vielzahl von Artikeln höchster Qualität führte. Ihre Mutter war stolz auf jedes verkaufte Stück, und ihr Großvater ebenso.

Das Geschäft, das ihre Mutter an der Fifth Avenue eröffnet hatte, gefiel Chloe sehr gut, doch war es das Stammhaus in London, dem ihre wahre Liebe galt. Von ihrer Geburt an bis zu ihrem zehnten Lebensjahr war sie praktisch im Londoner Geschäft aufgewachsen. Es war dieses Geschäft, das sie vor allem gereizt hatte, als sie beschloß, im Familienunternehmen zu arbeiten.

Als Gideon sie in der Woche zuvor gefragt hatte, was sie eigentlich machen wolle, hatte sie offen eingestanden, daß sie es nicht sicher wüßte. Gideon hatte sie daraufhin in den Schmuck-Schauraum gesteckt, in dem die Prunkstücke des Hauses verkauft wurden. »Versuchen wir es erst mit dem Verkauf. Mal sehen, wie dir das zusagt und ob du gern mit Menschen umgehst.«

Heute war der Montag der Osterwoche. Am Donnerstag wollten sie und Gideon nach Yorkshire fahren und mit

Nigel und Tamara das Wochenende über in Aysgarth verbringen. Die nächsten drei Tage aber würde sie Gideon an seiner Werkbank zusehen. Er wollte ihr in allen Einzelheiten zeigen, wie die Arbeit eines Diamantschleifers aussah.

Sie wartete auf ihn, auf einem Schemel neben dem seinen sitzend, in einem weißen Mantel wie er. Es dauerte nicht lange, und er kam mit einem kleinen Päckchen wieder, das er auf die Werkbank legte und auswickelte. »Das ist ein Diamant, den ich schneiden und schleifen werde, erklärte er und fuhr fort. »Ein Diamant kann nur mit einem anderen Diamanten geschliffen werden.«

Sie nickte. »Aber dazu benutzt man keinen richtigen Diamanten. Das hast du mir vor langer Zeit schon einmal erklärt. Man benutzt Diamantstaub.«

»Braves Mädchen, du hast es dir gemerkt. Das stimmt, wir benutzen zu feinem Pulver zerriebene Industriediamanten.« Gideon griff nach einem Glastiegel. »Das ist es. Ein graues Pulver, unscheinbar, aber aus feingemahlenen Diamanten bestehend. Ich mische etwas davon mit Leinsamenöl zu einer schwarzen Paste. Der Diamantstaub schleift die Diamanten, und das Öl bewirkt, daß der Staub am Schleifrand haften bleibt.«

Gideon konzentrierte sich auf die flache gußeiserne Scheibe auf der Werkbank. »Wenn sie läuft, dreht sie sich mit über dreitausend Umdrehungen pro Minute. Würde ich nur Diamantstaub darauftun, würde er einfach zerstäuben. Deshalb benötigt man Leinsamenöl – damit der Staub an der Schleifscheibe haftet.«

»Ich verstehe.«

»Ich stecke den Diamanten in diese Zange. Sieh gut zu. Die Zange selbst wird von dem Arm festgehalten, der an der Bank angeschraubt ist. Also, der Diamant steckt in der Zange, die ich beim Schleifen nach Belieben positionieren kann.«

Nachdem er sich eine Lupe mit zehnfacher Vergrößerung ins Auge geklemmt hatte, bewegte Gideon die Zange vorsichtig, hielt sie über die Scheibe und begann, den Diamanten zu schneiden und zu facettieren.

Fasziniert sah Chloe zu und wagte es nicht, ein Wort zu sagen, um seine Konzentration nicht zu stören.

»Ach, du fährst über Ostern also nach Yorkshire«, sagte Bruce und blickte Chloe über den Tisch hinweg an. »Gideon sagte, daß ihr Donnerstag morgen losfahren und am Montag zurückkommen wollt.«

»Das stimmt, Großvater, und Mom weiß davon«, antwortete sie rasch. »Sie sagte, es ginge in Ordnung, ich dürfe fahren.«

Ein leises Lächeln zuckte um seinen Mund. »Aber natürlich. Warum solltest du nicht nach Yorkshire fahren. Nigels Verhalten war zwar sehr dumm und hätte fürs Geschäft ernste Probleme schaffen können, aber er gehört immer noch zur Familie… er ist immer noch dein Bruder.«

Chloe nickte, plötzlich sehr ernst. »Mom hat mir alles erzählt. Sie war erst wirklich außer sich und wütend, aber mittlerweile hat sie sich schon wieder beruhigt. Miles sagte, Nigel hätte sich geradezu selbstmörderisch aufgeführt, und Gideon meinte, er hätte einen Hang zur Selbstzerstörung.«

»Wirklich?« murmelte Bruce, der nach seinem Wasserglas griff und einen Schluck trank. »Ich muß sagen, die Zwillinge neigen dazu, alles zu dramatisieren.«

Sich leicht vorbeugend, sagte Chloe in leisem, vertraulichem Ton: »Tamara hat sich sehr aufgeregt, über Nigels Dummheit, meine ich. Sie hat Mom lieb, und sie sagte zu mir, daß sie sich für Nigel und für die Art und Weise, wie er sich aufführte, sehr schäme. Sie ist der Meinung, er sollte sich entschuldigen und Mutter bitten, ihn wieder in der Firma arbeiten zu lassen. Jede Wette, daß Mom ihn wieder nehmen würde, wenn er es täte, meinst du nicht auch?«

»Vielleicht«, sagte Bruce wachsam, wobei er sich insgeheim fragte, ob Stevie Nigel wirklich eine Rückkehr gestatten würde. Aber würde er selbst es denn erlauben, wenn er noch an der Spitze des Unternehmens gestanden hätte? Er war seiner Sache nicht sicher. Nigel war äußerst unbedacht vorgegangen, und Unbesonnenheit war wahrlich kein lobenswerter Zug, schon gar nicht im Geschäftsleben. Als er merkte, daß Chloe ihn anstarrte, sagte er nach kurzem Räuspern: »Abgesehen davon, daß sie in allem, was sie tut, hervorragend ist, hat deine Mutter sehr viel Mitgefühl. Und sie hat Nigel noch immer lieb, obwohl er sich scheußlich benommen hat. Es könnte daher sein, daß sie ihn rehabilitiert. Eines Tages, in weiterer Zukunft, natürlich. Aber genug der unangenehmen Dinge, meine Liebe. Sprechen wir lieber von deiner Zukunft. Möchtest du wirklich einmal im Familienunternehmen tätig werden?«

»Ja, und wie, Großvater!« rief sie voller Enthusiasmus. »Bis jetzt bin ich von allem begeistert.«

»Weißt du auch schon, in welchem Bereich du arbeiten möchtest, Chloe?«

Chloe atmete aus, dann lächelte sie ihm zu. »Ich weiß, daß ich zur Schmuckdesignerin kein Talent habe. Ein Edelsteinschleifer wie Gideon möchte ich auch nicht sein. Aber ich liebe Steine, Großvater, ganz besonders Diamanten. Ich möchte Diamanten und andere Edelsteine einkaufen. Das würde mir gefallen.«

Bruce bedachte sie mit einem wohlwollenden Lächeln. »Das war immer mein Spezialgebiet und auch das deiner Mutter. Du möchtest also in unsere Fußstapfen treten. Wenn du das Brearley hinter dir hast, werde ich Gilbert Drexel bitten, dich unter seine Fittiche zu nehmen. Du kannst den Sommer in seiner Abteilung verbringen. Das wird dir Spaß machen, und du wirst viel lernen.«

»Oh, danke, das ist ja wunderbar! Ach, da kommt der Lunch, Großvater.« Sie lehnte sich zurück und trank einen Schluck Wasser, als der Ober ihnen den ersten Gang servierte. Beide hatten das gleiche bestellt: als erstes eingelegte Shrimps, dann Hähnchenpastete, eine der Spezialitäten des Claridge.

Während sie langsam die Krabben genoß und dazu dünne Schnitten Schwarzbrot mit Butter aß, sprach Chloe nicht viel, und auch Bruce schwieg. Kaum aber war sie fertig, als sie sich über den Tisch beugte und vertraulich sagte: »Nigel wollte Mom nicht in der Firma haben. Nicht nur, daß er sich wie ein Chauvinistenschwein benimmt, er hinkt auch der Zeit hinterher.«

Bruce, der sie aufmerksam ansah, gab ihr recht. »Ja, das meine ich auch. Heutzutage bewähren sich Frauen auf der ganzen Welt in allen möglichen Berufen.« Er ließ ein kleines amüsiertes Lächeln aufblitzen, als er sagte: »Sogar ich mußte lernen, Frauen im Geschäftsleben zu akzeptieren. Deine Mutter, die mich immer altmodisch schalt, hat sich schon vor Jahren entschlossen, es mir tüchtig zu zeigen. Bei ihrem Sohn war ihre Überzeugungsarbeit offenbar nicht so erfolgreich.«

»Ach, an Nigel ist das wohl irgendwie vorbeigegangen«, murmelte Chloe, um dann hinzuzufügen: »Oder ist es einfach noch so eine Haltung, die er angenommen hat.«

»Was meinst du damit?« fragte Bruce stirnrunzelnd und nagelte sie mit seinem Blick fest.

»Ach, er hat sich doch immer irgendwie eine Haltung zugelegt, als wir heranwuchsen, eine bestimmte Einstellung. Deshalb wirkt er so … so gezwungen. Seine Haltungen können sich übrigens sehr rasch ändern. Ich persönlich glaube, daß er wütend auf Mom ist.«

Wieder warf Bruce ihr aus zusammengekniffenen Augen einen interessierten Blick zu. »Warum sollte er wütend auf seine Mutter sein?« fragte er, neugierig auf ihre Antwort.

Chloe zuckte die Schultern. »Ich weiß es nicht, Großvater, vielleicht trägt er ihr etwas aus der Vergangenheit nach. Ich weiß nur, daß er sehr empfindlich sein kann.«

Bruce nickte. Chloe war zu einer sehr gescheiten, jungen Dame herangewachsen. Er selbst hatte oft den Eindruck gehabt, Nigel hege einen alten Groll gegen Stevie. Und was Chloe betraf, so war er sehr stolz auf sie. Mit ihrem schimmernden Haar, den leuchtenden dunklen Augen und ihrem makellosen Teint war sie ein bildhübsches Mädchen, ihr größter Vorzug aber, der sie so einnehmend machte, war ihr liebevolles, warmherziges und offenes Wesen. *Strahlend,* war das Wort, das ihr und ihrer Erscheinung am ehesten gerecht wurde. Plötzlich regte sich in ihm der Wunsch, er wäre nicht so alt, dreiundachtzig an seinem nächsten Geburtstag, weil er noch dasein und miterleben wollte, wie aus ihr eine erwachsene Frau wurde. Sie bedeutete ihm sehr viel, nein, er liebte sie über alles. Das Dumme am Tod war, daß einem soviel von der Zukunft entging.

»Was ist los, Großvater?« Chloe legte ihre Hand auf seine.

»Nichts, meine Liebe. Warum fragst du?«

»Du hast eben so traurig ausgesehen«, erwiderte sie, und es klang besorgt.

Da lächelte er erneut und legte seine Hand auf ihre. »Ich wünschte mir gerade, ich wäre jünger, damit ich noch eine Weile miterlebe, wie du erwachsen wirst, heiratest und Kinder bekommst. Ganz zu schweigen von deiner erfolgreichen Arbeit bei Jardine's.«

»Aber du wirst alles miterleben, Großvater!« rief sie.

»Chloe, ich bin schon ein alter Mann.«

»Nicht für mich.«

»Und doch nennst du mich hinter meinem Rücken Old Bruce«, neckte er sie.

Ihre Augen wurden groß, sie errötete. »Aber das ist nur ein liebevoller Spitzname und nicht unfreundlich gemeint«, beeilte sie sich zu erklären.

Er nickte lächelnd und sah ihr ins Gesicht. Es tat ihm bis ins Herz weh, daß Chloe erst so spät in sein Leben getreten war, Chloe, die sein Innerstes anrührte und eine Zärtlichkeit in ihm weckte, wie es noch niemand vermocht hatte... vom Tag ihrer Geburt an, seit er sie zum ersten Mal als Baby in den Armen ihrer Mutter gesehen hatte.

22

Es war ein stürmischer Tag.

Ein heftiger Wind umtoste die Bäume, beugte sie und riß viel der neuen, bereits sprießenden, frischen Blätter los und ließ sie um Chloes Beine wirbeln, als sie den schmalen Pfad durchs Moor zurück zum Farmhaus ging.

Der Morgen war kalt, doch der Himmel war klar und sonnenhell, mit bauschigen weißen Wolken, die über das Blau segelten.

Chloe liebte diese wilden, leeren Moorflächen, die sich wellig bis zum fernen Horizont hinzogen. Es war eine ehrfurchtgebietende Weite, die immer schon einen eigenen Reiz auf sie ausgeübt und sie in ihren Bann geschlagen hatte, so daß sie gern an diesen Ort zurückkehrte, an dem sie als Kind so viel Zeit verbracht hatte.

Aysgarth End stammte aus der Zeit der Jahrhundertwende. Das weitläufige alte Farmhaus aus heimischem, grauem Stein lag oberhalb des Moores in Coverdale und blickte auf das Dörfchen West Scrafton unweit Coverham hinunter.

Am Tor angekommen, durch das man aufs Farmgelände

gelangte, hielt Chloe inne, drehte sich um und bewunderte die Aussicht, die sich von hier aus bot. Es war ein in seiner kargen Schönheit atemberaubendes Panorama, das von den hoch zum Himmel aufragenden Whernside-Klippen geprägt wurde, massive Felsformationen von entrückter Erhabenheit, wie von allmächtiger Hand geformt. Die Farm selbst lag inmitten grüner Felder und Wiesen, die durch uralte, vor Jahrhunderten von den Pächtern aufgerichtete Steinmauern aufgeteilt und getrennt wurden und sanft zum Tal abfielen, in dem das Flüßchen Nidd sich wie ein gleißender Silberfaden bis in unendliche Weiten durch das Grün wand.

Chloe blinzelte gegen die Sonne und schirmte ihre Augen mit der Hand ab, als sie hinunter zum Flußlauf starrte. Dann drehte sie sich um, öffnete das Tor und ging über den ungepflasterten Weg zum Haus. Nun erst merkte sie, wie hungrig sie geworden war. Ein rascher Blick auf die Uhr zeigte ihr, daß es fast acht war. Zeit fürs Frühstück. Sie beschleunigte ihren Schritt, um gleich darauf die Eichenholztür der kleinen vorderen Veranda zu öffnen.

Ein Duftgemisch aus Kaffee, warmem Brot und gebratenem Speck stieg ihr schon in die Nase, als sie ihren Barbour-Wettermantel und den roten Wollschal abnahm und aufhängte. Nachdem sie die eigentliche Haustür geöffnet und die Küche betreten hatte, roch sie den köstlichen Duft so intensiv, daß ihr das Wasser im Mund zusammenlief.

Tamara, die vor dem großen ländlichen Herd stand und den Speck in der Bratpfanne wendete, blickte mit warmem Lächeln auf. »Na, war es ein schöner Spaziergang, Chloe?« fragte sie.

»Herrlich, danke.« Chloe lachte. »Er hat mir auch die allerletzten Spinnwebenreste aus dem Kopf vertrieben. Und mir Appetit gemacht.«

»Sehr gut. Ist es kalt draußen?« fragte Tamara, noch immer mit dem Speck beschäftigt.

»Frisch ist es schon, aber wenn der Wind sich legt, wird die Kälte nicht mehr so spürbar sein. Es ist schön und sonnig, ein herrlicher Tag, wenn man richtig angezogen ist.«

Chloe ging durch die große Küche, die ihre Mutter vor Jahren so hübsch eingerichtet hatte. Seither war nichts verändert worden, und ihr war es lieb, wenn sie alles wieder so antraf, wie es gewesen war. An der Theke neben dem Kühlschrank goß sie sich eine Tasse Kaffee ein, fügte Milch und Zucker hinzu und ging damit an den großen Tisch in der Mitte, dessen grünweißkariertes Tischtuch mit den Gardinen abgestimmt war. Sie konnte sich noch an den Tag erinnern, als ihre Mutter die Gardinen mitgebracht und selbst an den Fenstern aufgehängt hatte.

Chloe setzte sich und fragte: »Für wen ist der Speck, Tamara? Er riecht so köstlich, daß ich es kaum aushalte.«

»Für den, der ihn haben möchte. Es gibt noch andere, kurz gebratene Sachen … Tomaten, Pilze, Würstchen und Rührei. Und im Backrohr wartet Brot. Soll ich dir eine hübsche Platte zurechtmachen? Von allem ein bißchen?«

»Das klingt gut, richtig toll. Danke, Tam. Und wo sind die anderen?«

»Nigel ist hinaufgegangen, um nach seiner Brieftasche zu suchen. Er und die Kinder haben schon gegessen. Er nimmt sie und Agnes nach Ripon mit und wird Einkäufe für mich erledigen. Ich brauche noch ein paar Dinge. Und

Gideon ist im hinteren Zimmer und telefoniert mit Lenore. Später fährt er rüber nach Lindenhill und holt sie zum Lunch ab.«

»Ach, sehr gut, ich mochte Lenore schon immer gern. Es freut mich, daß sie Gid heiraten wird.«

»Ja, das ist schön, das Beste, was ihm passieren kann... ich meine, daß sie zu ihm zurückkehrte. Wenn ihnen dieser gräßliche Malcolm Armstrong bei der Scheidung nur nicht alle denkbaren Schwierigkeiten machen würde.«

»Ja, ich weiß. Mom sagt, daß er sich geradezu lächerlich aufführt.«

»Man wird ihm eine Kompensation bieten müssen, denke ich.«

»Da gebe ich dir recht. Mom sagte, jeder hätte seinen Preis, und das sei nicht immer Geld.«

Tamara, die über diese treffende Bemerkung laut lachte, ging daran, die Platte für Chloe zurechtzumachen. Es machte ihr Spaß, ihre achtzehnjährige Schwägerin ein wenig bemuttern zu können.

Chloe trank ihren Kaffee und sah sich in der großen Küche um, die immer schon ihr liebster Raum im alten Farmhaus gewesen war, von den Deckenbalken angefangen bis zu den Bodenfliesen aus Terrakotta. Alles war hier ganz Wärme und Behaglichkeit und wirkte einladend und heimelig. Ihre Mutter hatte im Laufe der Jahre den Raum noch gemütlicher ausgestattet und ein großes Sofa samt zwei Sesseln, mit rosafarbigem Leinen bezogen, vor dem großen, Ausblick auf das Moor bietenden Fenster plaziert. Zwei Kommoden aus Kiefernholz mit hübschen alten Leuchten darauf ergänzten die Sitzgruppe. Um den großen Tisch in der Mitte der Küche standen acht Stühle mit rosa Leinenkissen. Waren keine Gäste im Haus, wurden die Mahlzeiten meist hier eingenommen.

Zu den Errungenschaften ihrer Mutter gehörte auch der riesige gemauerte Kamin, in dem hell ein Feuer loderte. Er bildete praktisch den Blickfang des Raumes. Die unzähligen, über dem Kamin hängenden Pfannen und Töpfe aus Kupfer schimmerten und blitzten im Feuerschein, der die Küche an diesem frischen Märzmorgen in einen warmen Schimmer tauchte. Den Kamin flankierte auf der einen Seite ein Stapel Feuerholz, auf der anderen ein großer, mit getrockneten Blumen gefüllter Kupferkessel. Davor standen auf einem farbenfrohen Teppich zwei alte, hochlehnige Großvaterstühle mit rosa Kissen. Auf der anderen Seite des großen Raumes lieferte ein Herd zusätzliche Wärme und machte die Küche zum gemütlichsten aller Räume, zum Herzstück des Hauses, in dem man sich gern zu jeder Tageszeit zusammenfand.

»Guten Morgen, Chloe«, sagte Gideon, der eintrat, sich über sie beugte und ihr einen Kuß gab. Sich aufrichtend fügte er hinzu: »Hübsch siehst du aus. Der Spaziergang im Moor hat dir Farbe auf die Wangen gezaubert. Kommst du später mit? Ich fahre nach Lindenhill und hole Lenore.«

»Ja, gern, danke, Gid.« Chloe stand auf, ging an den Herd und nahm Tamara den Teller ab. »Das ist ja gewaltig, Tam, und sieht köstlich aus. Danke.«

Gideon holte sich eine Tasse Kaffee und setzte sich zu Chloe an den Küchentisch.

»Möchtest du etwas essen, Gid?« fragte Tamara.

»Ja, ein Schinkensandwich, wenn es dir keine Mühe macht.

»Mit Vergnügen«, erwiderte Tamara mit strahlendem Lächeln.

»Bringt Lenore ihre Kinder zum Lunch mit herüber?« fragte Chloe.

»Gott behüte! Mit denen könnte ich nie fertig werden. Mit ihnen nicht und mit meinen nicht!« rief Tamara, in gespieltem Entsetzen ihr Gesicht verziehend.

Gideon lachte. »Natürlich würdest du es schaffen, du wirst immer mit allem fertig, Tam. Aber sie bringt ihre Sprößlinge nicht mit. Sie sind mit ihren Brindsley-Vettern ausgeritten, rüber nach Middleham. Lenore sagte, sie wollten sich mit den Stallburschen, die die Rennpferde in Middleham trainieren, einen Galopp liefern. Das muß ein Riesenspaß für sie sein, mit den Burschen um die Wette zu reiten.«

»Ein idealer Ort zum Reiten«, bemerkte Tamara, die das dicke Schinkensandwich auf einen Teller legte und es ihm brachte.

»Danke, Tam. Du ißt nichts?«

»Doch, dasselbe wie du, Gid.«

Nachdem sie sich ebenfalls ein Sandwich zurechtgemacht hatte, setzte Tamara sich endlich und fuhr fort: Entschuldigt, wenn ich vom Lunch rede und wir noch nicht mal mit dem Frühstück fertig sind, aber ich dachte, ich könnte Fisch machen, weil Karfreitag ist. Da aber Nigel Fisch nicht sonderlich schätzt, steht zusätzlich eine Fleischpastete auf dem Programm. Außerdem habe ich einen gebratenen Schinken aus London mitgebracht. Als

Beilage mache ich Gemüse und eine Riesenfuhre Salat. Was haltet ihr davon?

»Hört sich gut an«, murmelte Gideon. »Aber ich würde wie Nigel die Fleischpastete vorziehen.«

»Aber für mich Fisch mit Salat«, sagte Chloe mit einem Blick zu Tamara, ehe sie fragte: »Kommt Mrs. Entwhistle aus dem Dorf und hilft dir?«

»Nein. Ihr Enkel, der in Portsmouth bei der Marine stationiert ist, hat vierundzwanzig Stunden Urlaub bekommen. Da wollte ich ihr den Tag nicht verderben, indem ich sie in Anspruch nehme. Ich schaffe es auch allein.«

Chloe wandte sich an Gideon. »Ich glaube, ich bleibe lieber hier und helfe Tamara in der Küche.«

»Na schön. Und ich beeile mich und komme rasch wieder, damit Lenore und ich mithelfen können.«

Von der Tür her sagte Nigel: »Wir alle sind abmarschbereit, Tamsy, Liebling.« Er ging zu seiner Frau, küßte sie auf ihr silbergoldenes Haar und sagte zu Chloe: »Einen schönen guten Morgen, Miß. Wie ist das Wetter?«

»Guten Morgen, Nigel. Es ist windig und kalt, aber sehr sonnig. Ein schöner Tag.«

Agnes, das junge Kindermädchen, folgte ihm mit Natalie und Arnaud in die Küche und begrüßte Chloe und Gideon. Sofort rissen sich die Kinder von Agnes los, stürzten auf Chloe und klammerten sich an ihre Beine.

»Hallo, ihr beiden«, sagte Chloe und drückte sie an sich.

»Komm mit, Tante Chloe«, drängte Arnaud. »Bitte.«

»Gern, mein Schatz, aber es geht nicht. Ich bleibe lieber hier und helfe deiner Mami beim Kochen. Aber nach dem Essen können wir Verstecken spielen, ja?«

Er nickte strahlend.

»Ich auch verstecken«, sagte Natalie.

Chloe zerzauste liebevoll Natalies Haar. Die Kinder sahen reizend aus in ihren Jacken und Hosen aus grünem Loden, zu denen sie rote Pullis und rote Gummistiefel trugen.

»Los jetzt, ihr Knirpse.« Nigel ging zur Tür.

Tamara lief ihm nach, hängte sich bei ihm ein und begleitete ihn hinaus zu dem vor dem Haus geparkten Jeep. »Nigel, vergiß die Hörnchen nicht, es ist so mühsam, sie selbst zu machen.«

»Keine Angst, ich bringe welche mit, Liebling«, gab Nigel zur Antwort und zog sie enger an sich. »Wenn es in Ripon keine geben sollte, flitze ich nach Harrogate und schaue in Betty's Cafe vorbei. Dort müßte es Hörnchen in Hülle und Fülle geben.« Er sah ihr mit liebevollem Blick in die Augen und küßte sie.

»Also, bis später, mein Engel«, sagte er, schon beim Jeep, als er die Türen öffnete und Agnes und die Kinder auf den Rücksitzen verstaute. »Lebt wohl, Kinder«, rief Tamara und warf ihnen Kußhände zu, die die Kleinen erwiderten. Ihre Gesichter glühten vor Gesundheit und Fröhlichkeit.

»Fahr vorsichtig«, mahnte Tamara.

»Wird gemacht, also keine Angst. Bis später, Tamsy.«

23

Sich selbst überlassen, gönnten Tamara und Chloe sich noch eine Tasse Kaffee und plauderten eine Weile am Kamin, wobei sich das Gespräch in der Hauptsache wieder um Gideon und seine Beziehung zu Lenore drehte. Beide begrüßten es, sie in der Familie zu haben, und ergingen sich in Vermutungen über die Hochzeit.

Nachdem sie dieses Thema erschöpfend behandelt hatten, wandten sie sich Miles und dessen Amouren zu. »Hat er über Ostern jemanden mit nach Paris genommen?« fragte Tamara und sah Chloe neugierig an, da sie wußte, daß diese mit Miles auf vertrautem Fuß stand.

Chloe schüttelte den Kopf. »Ich weiß es nicht, er hat mir auf dem Flug von New York hierher nichts erzählt. Aber wir waren nur zu zweit. Ich will damit sagen, daß Allison nicht mitflog. Er hat auch nicht von ihr gesprochen. Eigentlich habe ich das Gefühl, daß es aus ist.« Chloe zuckte lächelnd ihre Schultern. »Vielleicht hat er ein Rendezvous in Paris. Was meinst du?«

»Könnte sein«, gab Tamara ihr lachend recht.

Es war Chloe, die als erste ihren Kaffee ausgetrunken hatte und aufsprang. »So wird nichts fertig«, rief sie. »Ich werde das Frühstücksgeschirr abräumen und den Tisch für den Lunch decken. Wo wollen wir essen?«

»Ach, in der Küche wie immer, meinst du nicht? Hier drinnen ist es so gemütlich. Und ohne Mrs. Entwhistle ist es so mühsam, alles ins Eßzimmer und wieder heraus zu tragen.

»Stimmt.« Chloe machte sich sofort an die Arbeit und eilte in der Küche hin und her.

Tamara brachte die Frühstücksreste in Plastikbehältern unter, stapelte diese im Kühlschrank und räumte dann den Geschirrspüler ein. Danach nahm sie ihre Schürze ab und band sich eine frische um. »Ich bekleckere mich beim Kochen viel mehr als die Kinder beim Malen«, bemerkte sie halblaut zu ihrer Schwägerin.

Chloe schmunzelte. »Wem sagst du das, mir geht es ganz ähnlich. Am besten, ich binde mir jetzt eine von deinen Schürzen um. Ich möchte meinen neuen Trainingsanzug nicht ruinieren.«

Da die beiden gewohnt waren, auf der Farm gemeinsam Hand anzulegen, hatten sie die Küche bald auf Hochglanz gebracht und für den Lunch vorbereitet. Nach dem Aufräumen und Tischdecken holte Tamara alle Zutaten für den Salat aus der Speisekammer und bat Chloe, Kopfsalat und Kresse zu waschen und die Tomaten in Scheiben zu schneiden. Sie selbst machte sich daran, das Lammhack für die Fleischpastete anzubraten.

»Was ist … glaubst du, daß du schon wieder schwanger bist?« fragte Chloe ihre Schwägerin unvermittelt mit einem neugierigen Blick.

»Keine Ahnung, Chloe.« Tamara lachte und setzte mit blitzenden Augen hinzu: »Vielleicht ist es letztes Wochenende passiert. Nigel war richtig romantisch.«

»Gestern abend war er zu dir ganz reizend und lieb und allgemein guter Laune«, bemerkte Chloe. »Ich wünschte, er hätte Mom diese schreckliche Sache nicht angetan. Jetzt geht eine Kluft mitten durch die Familie.«

»Ja, ich weiß. Aber die Zeit heilt alle Wunden, zumindest sagte das meine Mutter immer. Ich glaube, sie hat recht.« Tamara hielt kopfschüttelnd inne. »Ich stimme mit euch anderen überein, daß er dumm war. Manchmal kann ich ihn einfach nicht verstehen, Chloe. Ich begreife nicht, was in ihn fährt. Es ist dann, als würde ihm ein böser Geist eingeben, was er tun soll. Und er kann so griesgrämig und zänkisch sein wie ein alter Mann.«

»Auf dem Flug sagte Miles zu mir, daß Nigel mit zwölf oder dreizehn zu stark unter den Einfluß von Großmutter Jardine geriet. Vielleicht hat es damit zu tun. Gideon teilt diese Meinung.«

»Ja, mag sein, daß die beiden recht damit haben.« Tamara nahm einen Holzlöffel, beförderte das Fleisch in die Pfanne, fügte ein wenig Wasser zu und reduzierte die Hitze. Dann ging sie in die Speisekammer und suchte die Gewürze zusammen.

Chloe, die an der Spüle den Salat wusch, lächelte vor sich hin, als sie Tamara pfeifen hörte. Sie selbst konnte nicht pfeifen, obwohl ihre Brüder es nicht an Versuchen hatten fehlen lassen, es ihr im Laufe der Jahre beizubringen.

Als plötzlich auf der Veranda Schritte zu hören waren, fuhr Chloe erschrocken zusammen. Kaum hatte sie sich zur Tür umgedreht, als diese auch schon geöffnet wurde. Ein Mann betrat die Küche, einer, den sie noch nie gesehen hatte.

»Was kann ich für Sie tun?« fragte sie mit verwundert gerunzelter Stirn. Aussehen und Kleidung verrieten, daß er nicht aus dem Dorf stammte. Er sah eher wie ein Franzose aus.

Der Mann, der Anfang Dreißig sein mochte, war dunkel und gutaussehend. Er war auch gut gekleidet, wenn auch auf eine Art, die den Ausländer verriet. Falls er kein Franzose war, hätte er ebensogut Spanier sein können. Er starrte Chloe wortlos an.

»Was kann ich für Sie tun? Wer sind Sie?« fragte Chloe abermals.

Der Mann schwieg.

Tamara, die Chloes Stimme gehört hatte, kam aus der Speisekammer gestürzt, in der Hand die Pfeffermühle, und blieb wie angewurzelt stehen. Sprachlos starrte sie den Mann an. Schließlich faßte sie sich und rief schrill: »Mein Gott! Alexis! Was tust du hier?«

Der Alexis Genannte stand wie versteinert da und sagte noch immer kein Wort.

»Alexis, warum bist du gekommen?« lautete Tamaras nächste Frage.

»Ich bin deinetwegen gekommen«, sagte er, als er seine Stimme wiedergefunden hatte. »Überall habe ich dich gesucht, meine Tamara. Ich bin gekommen, um dich zu holen.«

Chloe, die seinen Akzent deutlich heraushörte, sah erschrocken von dem Mann zu Tamara und wieder zurück. Ihre Schwägerin war erbleicht, und in ihrem Blick lag ein Ausdruck des Entsetzens. Chloe erkannte deutlich, daß die sonst so kühle, gefaßte und furchtlose Tamara vor diesem Mann Angst hatte. O Gott, es ist ihr Exehemann Alexis Dumachev, dachte Chloe und trat sofort schützend einen Schritt vor.

Auf ihn zutretend, sagte Chloe ohne eine Spur von

Angst und im entschlossensten Ton, der ihr zur Verfügung stand: »Ich glaube, es ist besser, wenn Sie jetzt gehen. Mein Bruder wird sehr ungehalten sein, wenn er Sie hier antrifft. Bitte, gehen Sie.«

Ohne sie zu beachten, drängte Alexis Dumachev sich an ihr vorüber, durchquerte die Küche und packte den Arm Tamaras, die sofort die hölzerne Pfeffermühle fallen ließ. »Du bist mein«, rief er im Ton höchster Erregung aus. »Du gehörst mir. Und du wirst mit mir kommen. Jetzt gleich.«

Tamara, die ihn abzuschütteln versuchte, geriet mit ihm in ein Handgemenge. Sein Griff aber war so fest, daß seine Finger sich in ihren Arm gruben und sie vor Schmerz zusammenzuckte. Sie drehte den Kopf, sah ihn an und sagte mit erzwungener Ruhe: »Alexis, laß mich los. Es ist albern, du bist albern. Ich bin...«

»Albern«, schrie er mit hysterisch geweiteten Augen. »Albern, weil ich dich anbete. Mein Gott, du bist mein Leben.« Es folgte ein Wortschwall auf Russisch, woraufhin Tamara zurückwich, noch immer bemüht, sich aus seinem Griff zu befreien.

Nun stürzte Chloe auf ihn zu und zerrte erst an seinem Mantel, dann an seinem Arm. »Lassen Sie sie los!«

»Fort, du dummes kleines Ding!« schrie er Chloe an und stieß sie von sich.

Chloe taumelte und mußte sich am Küchentisch festhalten. Wieder stürzte sie auf ihn zu, packte seinen Arm mit aller Kraft, bemüht, ihre Schwägerin aus seiner Gewalt zu befreien.

Da er Chloe abwehren mußte, lockerte sich Dumachevs

Griff, mit dem er Tamara festhielt. Damit bot sich ihr die erhoffte Chance, und sie schaffte es, sich zu befreien und sich am anderen Ende der Küche in Sicherheit zu bringen. Chloe wich zurück, duckte sich und lief angstbebend zu Tamara. Gemeinsam suchten sie hinter einem der Armsessel Schutz. »Was machen wir jetzt?« flüsterte Chloe völlig außer Atem. »Hoffentlich kommt Gideon bald.«

»Ich will versuchen, ihn zur Vernunft zu bringen«, raunte Tamara ihr zu und trat ein paar Schritte vor. »Alexis, bitte nimm Vernunft an«, bat sie ihn in versöhnlichem Ton. »Du weißt, daß ich mit Nigel fünf, fast sechs Jahre verheiratet bin. Du und ich, wir sind schon lange geschieden. Zwischen uns ist es aus. Es war schon lange aus, ehe ich Nigel begegnete.«

»Du bist mein! Du wirst immer mein sein!« schrie er, wobei sein hübsches Gesicht sich zu einer häßlichen Fratze verzerrte. »Und ich bin dein. Du weißt, daß du ihn nicht liebst. Ich bin der einzige, den du liebst.«

»Nein, nein, das stimmt nicht«, rief Tamara. »Du irrt dich, Alexis. Bitte, laß mich in Frieden und geh nach Paris zurück. Bitte, Alexis.«

»Wenn du mitkommst, ja, dann werde ich gehen«, sagte er in völlig vernünftigem Ton, um sie im nächsten Moment mit irrem Lächeln anzusehen.

»Nein, ich kann nicht. Ich liebe Nigel und gehöre hierher zu ihm.«

»Nein, nein, das tust du nicht. Ich werde nicht zulassen, daß du hierbleibst. Wo ist er? Ich werde ihn töten. Ich werde seine Kinder töten.«

Tamara fing unbeherrscht zu zittern an. Ihre Angst

wuchs mit jeder Sekunde. Verzweifelt nach Chloes Hand fassend, flüsterte sie: »Er ist nicht bei Trost. Er muß den Verstand verloren haben. Wir müssen fort, raus aus dem Haus. Oder zu einem Telefon, das ist einfacher. Komm.« Chloe nickte, und beide bewegten sich langsam auf die langgestreckte Küchentheke mit dem Telefon zu.

Alexis, der sie mit Argusaugen beobachtete, sagte schließlich in ruhigerem Ton: »Du hast wohl nicht verstanden, Tamara? Ohne dich gibt es für mich nichts mehr, kein Leben, kein Ziel. Ich werde mich töten.« Er hatte noch nicht ausgesprochen, als er auch schon eine Pistole aus einer Jackentasche zog und damit herumfuchtelte. »Siehst du, ich habe eine Waffe! Ich werde mich erschießen!«

»Bitte, Alexis, beruhige dich«, sagte Tamara leise und beschwichtigend, obwohl das Entsetzen ihr die Kehle zuschnürte. »Und leg das Ding aus der Hand, ehe etwas passiert.«

»Ich liebe dich«, war alles, was er sagte.

Gleich darauf tat er, was sie verlangte, und steckte die Waffe wieder ein.

Erleichtert aufatmend, bewegte Tamara sich weiter auf das Telefon zu, dicht gefolgt von Chloe. Doch als Tamara den Hörer abhob, schnellte Alexis auf sie zu, umschlang sie mit beiden Armen und riß sie mit sich zu Boden. Es entspann sich ein Kampf, bei dem er der Stärkere war.

Chloe stürzte herbei, um Tamara zu Hilfe zu kommen. Während ihre Schwägerin ihren Exmann abzuschütteln versuchte, packte Chloe Dumachev, zerrte mit aller Kraft an ihm und schlug auf ihn ein. Endlich gelang es Tamara, sich aus seinem Griff zu befreien, doch er ließ nicht locker und bekam ihren Rock zu fassen. Im nächsten Moment jedoch ließ er sie ganz überraschend los und sank schweratmend zusammen.

Tamara stolperte, als sie sich aufrichtete, und stieß gegen das Tischbein. Sofort hatte sie ihr Gleichgewicht wiedergefunden und rannte mit Chloe davon, um den Tisch herum, verzweifelt auf der Flucht.

Dumachev, der blitzschnell wieder auf den Beinen war, erreichte vor ihnen die Haustür. »Wenn ich dich nicht haben kann, soll er dich auch nicht haben!« schrie er. Wieder zog er die Pistole, doch nun drückte er ab und feuerte, den Lauf auf Tamara und Chloe gerichtet. Er hatte ein gutes Ziel, und er traf.

Von mehreren Kugeln getroffen, sanken die beiden neben dem Sofa zu Boden, in Reichweite der Tür. Tamara blutete aus einer Brustwunde, Chloe war in den Kopf getroffen worden.

Dumachev blickte mit gefurchter Stirn auf sie hinunter. In seine glasigen Augen trat ein erstaunter Blick, als begriffe er nicht, was er angerichtet hatte. Als er niederkniete und sich über Tamara beugte, brach er laut schluchzend in Tränen aus. Im nächsten Moment legte er sich neben sie, steckte den Revolverlauf in den Mund und drückte ein letztes Mal ab.

Sein Hinterkopf wurde weggerissen, Blut spritzte auf die weißen Wände, auf die Arbeitsflächen und auf Tamara, mit deren Blut es sich mischte.

Jetzt herrschte Stille in der Küche.

Die einzigen Geräusche waren das Brutzeln des Fleisches in der Pfanne, Wassergeplätscher in der Spüle und das Knistern der Scheite im Kamin.

Im Hintergrund spielte leise das Radio… ein Liebeslied.

24

Als sie durch das hübsche Dorf West Scrafton fuhren, sagte Gideon mit einem Blick aus dem Augenwinkel zu Lenore: »Sobald wir verheiratet sind, legen wir uns ein eigenes Haus hier in Yorkshire zu. Ich möchte Aysgarth End nicht mit Tamara und Nigel teilen.«

Lenore nickte. Sie wußte, was in ihm vorging. »Wir könnten die Wochenenden auf Lindenhill verbringen. Tony hätte sicher nichts dagegen, da der Besitz riesig ist und er sich in letzter Zeit immer seltener hier aufhält.«

»Ich weiß, aber…« Gideon hielt kurz inne, um dann fortzufahren: »Wir wollen es uns überlegen. Vielleicht möchte ich doch ein eigenes Wochenenddomizil.«

Lenore lächelte. »Wenn wir schon von meinem lieben Bruder sprechen – er möchte die Hochzeit ausrichten. Die Trauung soll in der Kirche auf Lindenhill stattfinden und der anschließende Empfang im Haus.«

»Wie nett von ihm. Eine großartige Idee.« Er lachte anzüglich. »Immerhin habe ich mich dort in dich verliebt.«

»Ich auch, Liebster.« Auch Lenore lachte und murmelte in ihrem aufreizendsten Ton: »Dort hast du mir alle möglichen, schlimmen Dinge beigebracht, du böser kleiner Junge.«

»Du hast sie mir beigebracht, du lockere Schöne«, erwiderte er.

Noch immer lachend, fuhr Gideon durch das Dorf, am winzigen Dorfanger und den dichtgedrängten, uralten grauen Steinhäusern vorüber, dann bergauf, dem Moorland und der Abzweigung nach Aysgarth End zu.

Plötzlich sagte er: »Ach, übrigens, Chloe würde gern als Brautjungfer fungieren. Gestern, auf der Fahrt von London herauf, bat sie mich, ich solle dich fragen.«

»Was für eine reizende Idee, Gideon. Ja, ich bin einverstanden. Aber ich glaube, wir sollten die Hochzeit nicht zu großartig feiern. Das wäre meiner Scheidung wegen unpassend.« Sie seufzte. »Falls ich sie durchsetze.«

Nach einem kurzen Seitenblick sah er wieder geradeaus auf die Straße und sagte: »Alles wird gut, Lenore.« Er mußte abrupt anhalten, als ein paar Schafe gemächlich über die Fahrbahn trotteten und ihrer Weide zustrebten. Dann fuhr er bergauf.

»Mach dir keine Sorgen. Malcolm wird sich schließlich beruhigen«, beschwichtigte er sie.

»Hoffentlich.«

»Und was die Hochzeit betrifft, so gebe ich dir recht, daß sie im kleinen Rahmen gefeiert werden sollte. Aber andererseits ist eine einzige Brautjungfer ja nicht besonders großartig, oder?«

»Nein, natürlich nicht. Und ich möchte Chloe als Brautjungfer. Und Tamara soll meine Ehrendame sein.«

»Sie wäre überglücklich, Lenore.«

Beide schwiegen, als sie durchs Moor fuhren, in Gedanken bei ihrer Hochzeit, die beide herbeisehnten. Kurz bevor sie die Abzweigung erreichten, die zur Farm führte, sagte Lenore: »Ach, halten wir doch an den großen Felsen kurz an. Die Aussicht ist dort einmalig. Man glaubt hier oben, auf dem Dach der Welt zu stehen. Immer habe ich hier das Gefühl, ich müßte mich nur auf die Zehenspitzen stellen, um den Himmel zu berühren und nach einer Handvoll Wolken zu fassen.«

»Ich weiß.« Gideon fuhr langsamer, hielt an und stellte den Motor ab. Sie stiegen aus und gingen Arm in Arm zu den Felsen. An einer geschützten Stelle ließen sie sich nieder und sahen zu den Whernside-Klippen hinüber, die über dem Tal aufragten. Der Blick auf die Dales war von diesem Aussichtspunkt wirklich großartig, zumal an diesem klaren, sonnigen Tag. Es war ein vollkommenes und atemberaubendes Bild.

»Sieh doch, wie der Nidd sich über den Talboden windet«, sagte Gideon. »Ich weiß noch, wie meine Mutter mich das erste Mal darauf aufmerksam machte. Du hast ganz recht, es ist ein einmaliges Fleckchen Erde. Man hat hier das Gefühl, in die Unendlichkeit sehen zu können.«

Lenore nickte und hüllte sich enger in ihren Wettermantel, da der Wind sie frösteln ließ. »Ich bin so froh, daß deine Mutter damals das Farmhaus entdeckte und daß du als Kind so oft hier warst. Stell dir vor, es wäre nicht der Fall gewesen und wir wären einander nie begegnet!«

»Doch, wir wären einander begegnet. Das weiß ich sicher. Wir sind füreinander bestimmt, du und ich, Lenore.

Das Schicksal hätte einen Weg gefunden, uns zusammenzuführen,

Seinen Arm um sie legend, drehte Gideon ihr Gesicht zu sich. Lenore war für ihn die schönste Frau der Welt. An diesem Morgen trug sie ihr blondes Haar straff aus dem herzförmigen Gesicht zurückgekämmt und zu einem Zopf geflochten. Ein paar Strähnen, die sich gelöst hatten, lagen als feine Löckchen um Stirn und Wangen und milderten die Strenge der Frisur. Ihre feine Haut war rosig. Ungeschminkt sah sie aus wie ein junges Mädchen.

Gideon beugte sich näher zu ihr und küßte sie leicht auf die Lippen. Dann rückte er ab und sah ihr in ihre rauchgrauen Augen. »Du glaubst es doch auch, oder?«

»Was denn?«

»Daß wir füreinander bestimmt sind.«

»Absolut.« Sie hielt inne und sah ihn an. »Du bist mehr ich selber als ich«, sagte sie leise. »Woraus immer unsere Seelen bestehen mögen, deine und meine sind gleich.«

»Aus *Sturmeshöhe* gestohlen!«

»Ich umschreibe nur Emily Brontës Worte. Nie würde ich von einem der größten Genies der englischen Literatur stehlen.«

Er lächelte ihr zu.

Eng aneinandergeschmiegt saßen sie unter den Felsen.

Nach einer Weile ließ er sie los und sprang auf. »Komm, Liebling, wir können hier nicht ewig sitzen und uns Tagträumen hingeben«, rief er. »Wir müssen weiter. Ich habe Tamara und Chloe versprochen, wir würden rechtzeitig kommen und ihnen in der Küche helfen.«

Binnen weniger Minuten lenkte Gideon den Landrover

auf der schmalen Straße in Richtung Aysgarth End, und als sie das Tor durchfuhren, sagte er: »Ach, da steht ein Wagen. Es muß Besuch gekommen sein. Kann mir nicht denken, wer das am Karfreitag sein könnte.«

»Vielleicht jemand aus dem Dorf.«

»Glaube ich nicht. Mrs. Entwhistle kann es nicht sein. Ihr Enkel kommt aus Portsmouth auf Urlaub.«

Gideon parkte den Landrover vor dem Haus, und beide betraten die Veranda.

Als Lenore sich aus ihrer Barbour-Jacke kämpfte und sie aufhängte, sagte sie: »Hier brennt etwas an. Tamara muß einen Topf auf dem Herd vergessen haben.«

In der Meinung, Tamara sei in Küchenbelangen ebenso nachlässig wie sie selbst, öffnete Lenore unter belustigtem Kopfschütteln die Küchentür und trat ein.

Im nächsten Moment schnappte sie nach Luft, und ihre lachende Miene war wie weggefegt, als sie Tamara und Chloe in einer Blutlache auf dem Boden liegen sah.

Entsetzt schrie sie auf: »O Gott, o Gott, Gideon, überall Blut! Sie sind verletzt! Mein Gott! Wir müssen Hilfe holen. Man hat auf sie geschossen. Sieh, dort drüben neben dem Mann liegt ein Revolver.« Am ganzen Leib zitternd, wandte Lenore sich ab.

Gideon stand sofort hinter Lenore, hielt sie fest und starrte wie gelähmt vor Entsetzen auf seine Schwester und seine Schwägerin hinunter.

Sein Gesicht war aschfahl, und er hatte das Gefühl, seine ganze Kraft sei aus ihm gewichen, so daß er schon glaubte, seine Knie würden unter ihm nachgeben. Überall Blut. Es war grauenhaft, gräßlich. Sie mußten tot sein. O

Gott, hoffentlich nicht! Sein Herz hämmerte, er konnte kaum atmen. »Lenore, kannst du dich allein auf den Beinen halten?« brachte er schließlich heraus.

»Ich schaffe es ... der Schock ...«

»Ich weiß, ich weiß. Lehne dich gegen die Tür.« Er schluckte schwer, als er auf Chloe zuging, sich hinkniete und nach dem Handgelenk seiner Schwester griff. »Der Puls ist noch da. Gottlob, sie lebt«, stieß er wie erstickt hervor. »Sie hat eine Kopfwunde. Dieses viele Blut ... sieht nicht gut aus.«

»Bewege sie nicht«, rief Lenore, die ihn anstarrte. »Ich weiß nur, daß man die beiden nicht bewegen sollte, damit man ihnen nicht noch zusätzlich schadet.« Lenore schloß die Augen und suchte am Türrahmen Halt. Als Tränen unter ihren Lidern hervordrangen, riß sie sich zusammen. Man durfte keine Zeit verlieren. Sie ging an den Herd, schaltete ihn ab und drehte den Wasserhahn zu.

Gideon zitterte innerlich, als er, neben Tamara kniend, deren Puls fühlte. »Auch sie lebt. Gott sei Dank. Ich muß die Sanitäter rufen. Wir brauchen sofort Hilfe, Lenore. Der Zeitfaktor kann lebensrettend sein.«

Gideon, dessen Bewegungen noch ein wenig unsicher waren, hatte sich jedoch rasch gefaßt. An die Küchentheke gelehnt, griff er nach dem Telefon und wählte den Notruf. Beherrscht gab er der Zentrale alle nötigen Einzelheiten durch und legte auf.

»Rettungswagen, Sanitäter und Polizei werden gleich dasein«, sagte er mit einem Blick zu Lenore. Sie war totenblaß, wirkte aber gefaßter. »Ich muß meine Mutter anrufen«, fügte er hinzu.

Lenore, die zu ihm trat, hielt seinen Arm fest. »Willst du nicht lieber warten, bis Hilfe eintrifft, damit du hörst, wie es um die beiden steht?«

Er schüttelte den Kopf. »Ich halte es für besser, Ma in New York sofort anzurufen. Wir brauchen sie hier. Sie soll bei Chloe und Tamara sein.«

»Ja, du hast recht.« Lenore preßte die Lippen aufeinander und sagte nach einem hastigen Blick zu den zwei Verletzten auf dem Boden leise zu Gideon: »Wer ... wer kann so etwas Gräßliches tun, Gid?« Ehe er antworten konnte, murmelte sie: »Es muß dieser Mann gewesen sein. Wer ist das?«

»Keine Ahnung. Ich kann nur sagen, daß er tot ist.«

»Kann ich etwas für dich tun?« fragte Lenore, seinen Arm berührend. Sie spürte, unter welcher Anspannung er stand.

»Nein, danke.« Er zog einen Stuhl an die Theke heran und setzte sich. Dann sah er auf die Uhr. »Kurz vor elf, also fast sechs in New York. Ja, ich will jetzt meine Mutter anrufen.« Er hatte noch nicht ausgesprochen, als er bereits den Hörer abhob. Gleich darauf legte er wieder auf. »Lenore, halte Ausschau nach Nigel. Er müßte jeden Moment kommen, und ich möchte nicht, daß er einfach so hereinplatzt ... mit den Kindern.«

»O Gott, du hast recht!« Sie lief ans Fenster, das auf die gewundene Auffahrt hinausführte. »Wenn er ankommt, fahre ich mit den Kindern und Agnes nach Lindenhill, damit sie aus dem Weg sind.«

»Ja, das wäre das beste«, stimmte er zu und hob erneut den Hörer ab. Die Nummer seiner Mutter in New York wählend, überlegte er angestrengt, wie er ihr die schlimme Nachricht schonend beibringen sollte.

Als sie abhob, sagte er in ruhigstem Ton: »Hallo, Ma, hier Gideon.«

»Ja, ich weiß, Liebling. Schön, deine Stimme zu hören. Du mußt von der Farm aus sprechen. Wie steht es dort?«

Er ging auf diese Frage nicht ein und fragte statt dessen: »Ich habe dich doch nicht geweckt, oder?«

»Nein, ich bin seit fünf auf«, sagte sie lachend. »Ich trinke eben Kaffee.

»Ma... ich habe...« Er hielt inne, weil ihm die Worte fehlten. Dann schluckte er. Schweigen trat ein.

»Gideon, bist du noch da?

»Ja, Ma, ich muß dir etwas sagen. Es...«

»Was ist?« unterbrach sie ihn, wobei ihr Ton um eine Oktave stieg. »Etwas ist passiert. Das höre ich deutlich. Was ist, Gideon?«

»Ma, du mußt heute kommen. Nach Yorkshire. Wenn wir auflegen, mußt du sofort British Airways anrufen und einen Platz auf der Concorde heute morgen buchen. Für Viertel vor neun. Ich werde veranlassen, daß eine Privatmaschine dich in Heathrow erwartet und zu uns bringt.«

»Gideon, um Gottes willen, was ist los? Sag es sofort! Zögere die schlechte Nachricht nicht hinaus. Ich weiß, daß sie schlecht ist.«

Er räusperte sich. »Ja, leider... hier auf der Farm hat es eine Schießerei gegeben. Aber sie leben... Chloe und Tamara sind am Leben. Ich warte jetzt auf ärztliche Hilfe und den Krankenwagen.«

»O Gott! Was ist passiert?« wollte sie wissen. »Ma, ich weiß es nicht. Ich war nicht da.«

»Ich möchte mit Nigel sprechen.«

»Er ist nicht da, Mutter. Er ist mit den Kindern und Agnes nach Ripon gefahren. Einkaufen. Lenore und ich sind eben angekommen, vor wenigen Minuten. Wir haben Chloe und Tamara gefunden ... Nigel weiß es noch nicht.«

»Aber sie sind doch am Leben, Gideon. Du würdest mich doch nicht belügen, oder? Nur um mich zu beruhigen?« fragte sie mit zitternder Stimme.

Er hörte die Tränen und rief: »Ehrlich, Mutter, sie leben.«

»Wer hat es getan?«

»Das weiß ich nicht sicher«, blockte er ab. »Aber die Polizei wird gleich eintreffen. Jede Minute. Und Chloe und Tamara werden es schaffen. Da bin ich ganz sicher.«

»O Gott, ich hoffe es, Gideon! Ach, mein kleines Mädchen. Meine kleine Chloe. Und Tamara, die süße Tamara ... sie müssen es schaffen.« Stevie holte tief Luft und kämpfte um einen festeren Ton, als sie schloß: »Ich lege jetzt auf und fahre los, wenn du mir nichts mehr zu sagen hast.«

»Nein, Ma.«

»Gut. Ruf deine Großmutter und Derek an, Gideon. Sag ihnen, was passiert ist, und bitte Derek, er solle für heute abend eine Privatmaschine chartern. Ich komme mit der Concorde, egal, was es mich kostet, einen Platz zu kriegen. Und bitte, halte Kontakt mit Derek und meiner Mutter, sag ihnen, in welches Krankenhaus die beiden eingeliefert werden, damit ich weiß, wohin ich kommen muß.

Ich werde auch in Verbindung mit meiner Mutter bleiben.« Stevie konnte nicht weitersprechen, da ihr die Stimme versagte.

»Sie werden es schaffen, Mutter«, versuchte Gideon sie zu beruhigen, während er ein Stoßgebet zum Himmel schickte, es möge wahr sein.

»Ja.« Mehr konnte sie nicht sagen, ehe sie auflegte.

Gideon konnte seiner Mutter nachfühlen, wie ihr zumute war, da er wußte, wie sehr sie Chloe liebte und wieviel Tamara ihr bedeutete.

Von ihrem Standort am Fenster aus sagte Lenore: »Deine Mutter ist eine sehr starke Frau, Gid. Sie wird damit fertig, besser als die meisten anderen.«

»Ich weiß. Und jetzt muß ich meine Großmutter in London anrufen.«

»Das wird vielleicht warten müssen«, sagte da Lenore. »Ich sehe Nigels Wagen kommen. Wir sollten ihn lieber draußen empfangen, glaube ich.«

Zusammen traten Lenore und Gideon vors Haus, als der Jeep in einem großen Bogen um die große Gartenvase in der Mitte der Auffahrt fuhr und anhielt.

Nigel stieg aus und fragte mit einem Blick auf den geparkten fremden Wagen: »Haben wir Besuch? Wer ist da?«

Gideon nahm seinen Bruder am Arm und zog ihn beiseite, während Lenore zum Jeep lief und durchs Fenster auf die Kinder einredete, um sie am Aussteigen zu hindern.

»Nigel, es ist etwas passiert … es hat eine Schießerei gegeben …«, setzte Gideon an.

»O mein Gott! Doch nicht Tamara? Und Chloe?«

Nigel versuchte, sich loszumachen und ins Haus zu laufen. Sein Blick verriet Angst. Gideon, der ihn festhielt, sagte: Sie sind am Leben. Wir haben Ärzte und Ambulanzwagen angerufen. Den Kindern zuliebe mußt du Ruhe bewahren.«

»Laß mich los, Gideon! Ich möchte Tamara sehen!« stieß Nigel hervor, noch immer bemüht, sich loszureißen und ins Haus zu gelangen.

»Nein! Einen Moment noch... hör mir zu. Lenore sollte die Kinder und Agnes nach Lindenhill fahren, damit sie aus dem Weg sind. Lenore wird sie beschäftigen... ihnen den Lunch geben. Sie können mit Agnes dort bleiben, solange du willst. Es ist Personal im Haus.«

Nigel starrte seinen Bruder an, dann flog sein Blick zu seinen Kindern im Jeep. Er schluckte schwer und nickte. Dann riß er sich zusammen, lief zum Auto und sagte: »Tante Lenore bringt euch und Agnes in ihr Haus. Zum Lunch. Ich muß etwas... mit Mami erledigen. Klar?«

»Ich möchte Mami sehen und ihr meinen neuen Ball zeigen«, wandte Arnaud ein.

»Mami sehen«, wiederholte Natalie.

»Später. Seid schön brav, ihr beiden.« Nigel küßte sie rasch, nahe am Zusammenbruch. Dann sah er das Kindermädchen an, sah ihre verblüffte Miene. »Lady Armstrong wird Ihnen alles erklären, Agnes. Geben Sie gut acht auf die Kinder.«

»Ja, Mr. Jardine. Sie können sich auf mich verlassen«, antwortete Agnes leise.

Nigel drehte sich um und lief zum Haus. Gideon eilte ihm hinterher.

»Ruf mich später an, Gid«, rief Lenore.

»Wird gemacht«, erwiderte er, ohne sich umzudrehen.

Als Nigel auf die Veranda stürzte, holte Gideon ihn ein, packte seinen Arm und hielt ihn zurück. »Nigel, mach dich gefaßt auf… auf viel Blut.«

Nigel nickte mit angespannter Miene. »Was, zum Teufel, ist hier passiert?« fragte er mit bebender Stimme, öffnete die Tür und betrat die Küche. Schock und Entsetzen über den Anblick liefen ihn kurz innehalten, ehe er einen erstickten Schrei ausstieß. Dann eilte er an Tamaras Seite, kniete nieder, griff nach ihrer Hand. »Tamara, ich bin da, Liebling. Ich bin es, Nigel. Ich bin da.«

Tamara lag reglos da. Sie zeigte keine Reaktion. Er tastete nach ihrem Puls. Den Blick zu Gideon hebend, nickte er. Indem er sein Gesicht dem ihren näherte, versuchte er zu lauschen. Er konnte ihren Atem hören, flach, leise. »Sie lebt.«

Gideon überprüfte Chloes Zustand und nickte ebenfalls.

»Chloe hält sich auch. Sie hat eine schlimme Kopfwunde. Es sieht ernst aus.«

»O Gott, was ist hier passiert?« fragte Nigel, als er den toten Mann bemerkte. Dann sah er wieder Tamara an. Aus seinem Blick sprach Verzweiflung. »Ich glaube, Tam hat eine Brustwunde, aber das kann man bei dem vielen Blut nicht sicher sagen.« Er beugte sich vor und strich ihr eine Strähne silbergoldenes Haar aus dem Gesicht. »Tam, ach Tam, Liebling, bitte, halte durch. Bitte, kämpfe…« Tränen stiegen ihm in die Augen. Er mußte schwer um seine Fassung kämpfen, und die ganze Zeit über hielt er ihre

Hand fest, kniete an ihrer Seite und betete um ihr Überleben.

»Rühr sie nicht an und bewege sie nicht, Nigel«, ermahnte Gideon ihn. »Du könntest ihr ungewollt schaden.«

Nigel nickte. »Was ist hier vorgegangen? Wo bleibt der Krankenwagen, Gideon?« Sein leiser und eindringlicher Ton verriet, daß ihn nun Wut und Angst übermannten.

»Er müßte jeden Moment kommen.« Gideon sah auf seine Uhr. »Jetzt ist es halb zwölf. Ich habe unverzüglich angerufen, als wir die beiden fanden. Es hieß, daß es fünfunddreißig bis vierzig Minuten dauern würde. Das nächste große Krankenhaus ist in Harrogate.«

Nigel legte Tamaras Hand sanft auf den Boden, dann stand er auf. Sein Gesicht war bleich und angespannt, seine lebhaften blauen Augen vor Angst verdunkelt. »Der Kerl neben ihr ... ich bin ziemlich sicher, daß es Dumachev, ihr Exmann, ist«, sagte Gideon hastig nickend. »Ich fragte mich schon, wer das sein könnte ... aber man weiß es nicht sicher ... auch du nicht.«

»Warum?« fragte Nigel heiser und starrte seinen Bruder mit tränennassen Augen an. »Warum, Gideon? Warum hat er es getan?«

Gideon schüttelte den Kopf. »Ich weiß es nicht ...« Er sprach nicht weiter, in Gedanken bei Margot Saunders und der Gewalt, die sie ausgeübt hatte. Ihn schauderte. Sich von Chloe abwendend, ging er zu Nigel, um ihn zur anderen Seite des Küchentisches zu ziehen. »Setz dich, Nigel, jeden Moment muß Hilfe eintreffen.« Er drückte seinen Bruder auf den Stuhl.

»Möchte wissen, wann sie ... wann, glaubst du, daß es passiert ist, Gid?«

»Ich hin hier kurz nach neun fort, gleich nach dir. Und ich kam um halb elf mit Lenore zurück, spätestens zwanzig vor elf. Es muß kurz vor unserer Ankunft passiert sein.«

»Wird es denn nicht mit jeder Minute riskanter?« sorgte Nigel sich laut. »Für die beiden, meine ich. Sie brauchen dringend Hilfe.« Er stand auf und ging zu Tamara.

»Ja, und Hilfe werden sie bekommen, Nigel. Ich höre Geräusche. Autos.« Gideon lief zur Haustür und stürzte ins Freie.

Drei Krankenwagen und drei Einsatzfahrzeuge der Polizei rasten die Zufahrt entlang. Vor dem Haus hielt der Konvoi an. Polizisten und Sanitäter sprangen gleichzeitig aus ihren Fahrzeugen.

»Sind die Verletzten drinnen?« rief einer der Sanitäter Gideon zu, während er und seine Helfer eine Bahre aus dem Wagen holten.

»Ja. Meine Schwester wurde in die Stirn geschossen, meine Schwägerin dürfte an der Brust verletzt sein. Sie blutet stark ...« Gideon unterbrach sich. Die Sanitäter waren bereits im Haus verschwunden.

Einer der Polizeibeamten kam auf Gideon zu. »Mr. Jardine?« fragte er und sah ihn aufmerksam an.

Gideon nickte und streckte ihm die Hand entgegen. »Gideon Jardine. Mein Bruder Nigel ist drinnen bei seiner verletzten Frau und unserer Schwester, Sergeant.« Gideon wies mit einer Kopfbewegung auf den geparkten Wagen. »Ich glaube, der müßte dem Mann gehören, der die Schüsse abgegeben hat.«

»Ich verstehe. Gehen wir hinein, Mr. Jardine, und versuchen wir, uns einen Überblick zu verschaffen«, antwortete der Polizeisergeant. »Nach Ihnen, Mr. Jardine.«

25

Die Concorde der British Airways landete von New York kommend am Karfreitag mit einigen Minuten Verspätung kurz vor achtzehn Uhr in Heathrow.

Stevie Jardine war der erste Passagier, der von Bord ging, die erste, die die Paßkontrolle hinter sich brachte. Da ihr einziges Gepäckstück ein Aktenkoffer war, konnte sie direkt zur Zollkontrolle und lief nach wenigen Sekunden in das Terminal, um mit einem Blick rasch die Schar der Wartenden zu überfliegen.

Sie sah ihre Mutter sofort. An der Schranke stehend, erwartete Blair sie schon voller Ungeduld und hob zur Begrüßung die Hand. Im nächsten Moment umarmten die Frauen einander.

Als sie sich trennten, starrte Stevie ihre Mutter voller Sorge an. In ihrem Blick lag eine böse Vorahnung.

»Sie lebt, Liebling, beide sind am Leben«, sagte Blair als erstes.

Stevie atmete erleichterte auf. »Gott sei Dank! Ich brauche dir nicht zu sagen, daß der Flug eine Tortur war. Ich bin vor Angst und Sorge völlig erledigt.«

»Kann ich mir denken«, murmelte Blair. »Wo ist Derek, Mutter?«

»Er wartet in der Privatmaschine. Du weißt ja, wie es ist, wenn er sich in der Öffentlichkeit zeigt. Die Leute bedrängen ihn förmlich. Wir hielten es für besser, wenn er gleich an Bord geht. Aber wir müssen uns beeilen, die Maschine ist startklar. Wir können unterwegs alles besprechen.«

Eine Viertelstunde später begrüßte Derek sie, als sie die Stufen zur Kabine hinaufeilten. Er umarmte Stevie und sagte, sie solle sich keine Sorgen machen. Dann führte er sie zu ihren Plätzen, und sie setzten sich und machten ihre Sicherheitsgurte fest. Sobald die Gulfstream IV in der Luft war, servierte die Stewardeß Stevie und Blair Tee und Derek Scotch mit Eis.

»Wie geht es Chloe wirklich?« fragte Stevie, als sie ungestört waren, beklommen von ihrer Mutter zu Derek blickend. »Ich bin vor Sorge halb wahnsinnig.«

Er sagte ganz leise: »Sie liegt im Koma, seit sie angeschossen wurde. Das Geschoß ist in ihr Gehirn eingedrungen.«

»O nein! O Gott!« rief Stevie und preßte die Hand vor den Mund. »Was wird man mit ihr machen?«

»Man hat sie bereits operiert«, antwortete Derek, der ihr beruhigend eine Hand auf den Arm legte. »Heute nachmittag. Um die Kugel zu entfernen. Und …«

»Hat man es geschafft?« unterbrach Stevie ihn mit bebender Stimme. Sie hatte das Gefühl, ihre letzten Kräfte hätten sie verlassen.

»Ja. Es hat drei Stunden gedauert. Dr. Valentin Longdon, einer der besten Neurochirurgen des Landes, nein, der Welt, hat sie operiert. Sie liegt im Brotherton-Trakt des

Leeds General Infirmary. Auf der Privatabteilung der Intensivstation. Ebenso Tamara. Sie wurde mehrere Male in die Brust getroffen. Die Geschosse konnten entfernt werden, doch ist sie noch immer nicht bei Bewußtsein, Stevie. Der Blutverlust hat sie sehr geschwächt.«

Stevie schluckte schwer und fragte dann im Flüsterton: »Derek, werden die beiden es schaffen? Werden sie überleben?«

»Das hoffen wir, Liebling, und wir beten darum.«

Blair griff nach der Hand ihrer Tochter und drückte sie. »Ich weiß, daß alles gut wird. Versuche, deinen Glauben nicht zu verlieren.«

Stevie nickte, unfähig, etwas zu sagen. Dann murmelte sie: »Man hat sie also nicht ins Bezirkspital nach Harrogate gebracht.« Sie biß sich auf die Unterlippe. »Das wäre näher gewesen... aber Leeds hat ein großes Klinikum...«

Derek nickte. »Stimmt. Als erstes hat man sie nach Harrogate gebracht. Aber die Ärzte dort wollten Chloe unbedingt nach Leeds schaffen, wo es diese hervorragende neurochirurgische Abteilung gibt. Man wollte, daß sie die bestmögliche Behandlung bekommt. Nach allem, was ich von Gideon erfuhr, entschloß man sich, Tamara wegen ihrer schweren Verletzungen auch nach Leeds zu überstellen. Die beiden wurden per Hubschrauber von Harrogate nach Leeds gebracht und waren schon um zwei Uhr im OP. Alles wurde mit größter Eile abgewickelt, Stevie.«

»Ich weiß, daß die Klinik in Leeds sehr gut ist«, sagte sie.

»Sie genießt weltweit den besten Ruf. Ebenso das St.

James Hospital, also mach dir wegen der Behandlung keine Sorgen, sie könnte nicht besser sein.«

»Ich werde es versuchen, Derek, aber leicht ist es nicht. Ich kann nicht anders, als mir Sorgen zu machen…« Sie konnte nicht weitersprechen, da ihr die Stimme nicht gehorchte. Sie suchte nach ihrem Taschentuch, schneuzte sich und bemühte sich, die aufsteigenden Tränen zu unterdrücken.

Nun trat Schweigen ein.

Schließlich räusperte Stevie sich und fragte: »Was ist mit Tamaras Eltern? Hat man sie erreichen können? Sie wollten doch zu Ostern eine Kreuzfahrt unternehmen, in den Fernen Osten und nach China, glaube ich.«

»Ja, sie waren auf großer Fahrt«, sagte Blair. »Gideon hat Bruce veranlaßt, ein Fax an das Schiff zu schicken. Zum Glück fiel Nigel ein, daß sein Schwiegervater gesagt hatte, sie würden am Karfreitag in Hongkong eintreffen und dort das Osterwochenende verbringen.«

»Wie hält sich Bruce?« fragte Stevie und sah Derek an.

»In Anbetracht der Umstände recht gut. Natürlich hat es ihn erschüttert, und er wollte heute mit uns fliegen, aber ich sagte, es wäre besser, wenn er erst morgen käme. Wir haben für ihn ein Zimmer im Queen's gebucht. Dort wohnen wir alle.«

»Gideon hat Miles in Paris ausfindig gemacht. Im Plaza Athénée. Er ist sofort abgeflogen und wahrscheinlich jetzt schon in Leeds«, erklärte Blair.

»Nigel muß am Boden zerstört sein!« sagte Stevie voller Mitgefühl. »Tamara ist sein ein und alles, er betet sie förmlich an. Er muß dem Wahnsinn nahe sein… aber wo sind die Kinder?« Stevie wandte sich sorgenvoll an ihre Mutter.

»Lenore hat sie und Agnes nach Lindenhill gebracht, gleich nachdem sie von ihrer Einkaufstour zurückkamen. Agnes ist wohl nachmittags nach Aysgarth End gefahren, um die Sachen der Kinder und ihre eigenen zu holen. Sie können unbegrenzt auf Lindenhill bleiben, besser gesagt, bis wir alle nach London zurückfahren.«

»Ja, das ist die beste Lösung«, pflichtete Stevie ihr bei.

»Ich habe um fünf mit Lenore gesprochen«, sagte Derek. »Als deine Mutter und ich am Flughafen eintrafen. Sie war es, die mir über Chloes Zustand und die Operation Bericht erstattete. Und natürlich über Tamara. Gideon bat sie, auf Lindenhill in der Nähe des Telefons zu bleiben. Sie ist unsere Basis – die Person, die wir anrufen, wenn wir Informationen wollen, und an die wir Informationen weitergeben. So wird sie alle auf dem laufenden halten.«

Stevie nickte. Sie setzte sich nervös auf ihrem Sitz zurecht und schlug die Beine übereinander. Nach ein paar Sekunden sagte sie leise zu Derek: »Ich nehme an, niemand weiß genau, was sich zugetragen hat, warum es zur Schießerei kam. Oder wer es getan hat?«

»Da die Mädchen nicht bei Bewußtsein sind, konnten sie Nigel und Gideon und der Polizei nichts sagen. Aber der Mann, der auf sie schoß, war Tamaras Exmann Alexis Dumachev. Er konnte identifiziert werden.«

»O mein Gott, nein! Aber warum? Warum hat er diese grauenvolle Tat begangen? Ich weiß, daß Tamara seit Jahren nichts mehr von ihm gehört hat. Er arbeitet in ... in Japan, glaube ich.«

»Ja, das hat auch Nigel zu Gideon gesagt, und es stimmt, die beiden hatten seit Jahren keinen Kontakt mehr.« Derek seufzte. »Sieht aus, als wäre er Amok gelaufen. Warum, das werden wir wohl nie erfahren.«

Stevie neigte den Kopf, um sich in ihrem Sitz zurückzulehnen und die Augen zu schließen. Es war im Bereich des Möglichen, daß Chloe und Tamara es nicht schaffen würden. Soviel war ihr klar. Obwohl ihre Mutter und Derek sich optimistisch gaben, war es nur Fassade. Derek machte seine Sache gut. Warum auch nicht? Schließlich war er ein begnadeter Schauspieler. Aber ihre Mutter konnte nicht schauspielern und verriet sich. Stevie war überzeugt, daß es bei weitem nicht so rosig stand, wie man sie glauben machen wollte.

Die Stewardeß kam und kündigte an, daß sie bald auf dem Leeds-Bradford Airport in Yeadon landen würden. Stevie schlug die Augen auf und sah auf die Uhr. Zwanzig nach sieben.

Miles erwartete sie im Brotherton-Trakt des Klinikums, wo sie um acht Uhr eintrafen. Als Stevie den kleinen privaten Warteraum in Begleitung von Blair und Derek betrat, sprang er auf und lief auf seine Mutter zu. Sein Gesicht war von Kummer und Sorge gezeichnet.

»Hallo, Ma«, sagte er, legte schützend seine Arme um sie und zog sie an sich. Stevie klammerte sich sekundenlang an ihren Sohn und schöpfte Trost aus seiner beruhigenden Gegenwart, ehe sie sich wieder von ihm löste.

Mit einem Blick in seine Augen fragte sie: »Sag mir die Wahrheit, Miles. Wird Chloe am Leben bleiben?«

»Ja, ich denke schon. Nach allem, was ich hörte, war die Operation, bei der ihr die Kugel entfernt wurde, erfolgreich. Aber es ist besser, wenn du selbst mit dem Chirurgen sprichst. Er war eben bei Chloe und erwartet dich in seinem Büro.«

»Dann gehen wir.«

»Gleich, Ma.« Sich seinen Großeltern zuwendend, umarmte er sie beide, ehe er die Tür öffnete und sie aus dem Warteraum geleitete.

Als Miles neben ihnen den Korridor entlangging, faßte Stevie nach dem Arm ihres Sohnes und fragte drängend: »Wie steht es um Tamara? Wird sie es schaffen?«

»Das ist zu hoffen. Sie liegt auch auf der Intensivstation und hält sich ganz gut. Tam liegt in einem anderen Teil des Brotherton-Traktes, und Nigel ist in einem Warteraum in ihrer Nähe. Gideon ist bei ihm und steht ihm bei. Sobald du mit Dr. Longdon gesprochen und Chloe gesehen hast, bringe ich dich zu Nigel. Der Arzt, der Tamara operiert hat, möchte dich sprechen.«

Stevie nickte. Im nächsten Moment führte Miles sie in das Büro des Neurochirurgen.

»Longdon«, stellte der Chirurg sich vor, stand auf und kam ihnen mit ausgestreckter Hand entgegen. »Mrs. Jardine, Sir Derek und Lady Rayner. Freut mich, Ihre Bekanntschaft zu machen.« Nachdem er mit jedem von ihnen einen Händedruck gewechselt hatte, fügte er hinzu: »Seien Sie versichert, daß ich die Umstände unserer Begegnung sehr bedauere. Bitte, nehmen Sie Platz.«

Sie kamen seiner Aufforderung nach, und Stevie sagte: »Ich danke Ihnen, daß Sie sich meiner Tochter angenommen haben, Dr. Longdon. Ich weiß es zu schätzen, was Sie getan haben, um ihr das Leben zu retten.«

Der Neurochirurg neigte den Kopf. »Ich möchte alles erklären, damit Sie besser verstehen, was passiert ist.«

»Ja, das wäre hilfreich«, murmelte Derek, der sich vorbeugte und seinen Blick eindringlich auf den berühmten Chirurgen richtete.

»Als erstes möchte ich Ihnen die Wunde schildern. Die Kugel, die an der linken Schläfe knapp neben der Augenbraue mit einem Winkel von fünfundvierzig Grad eindrang, traf den Stirnlappen, durchstieß einen Schädelknochen und blieb im Gehirn stecken.« Er machte eine Pause und sah Stevie mit fragend hochgezogener Braue an.

Sie nickte. »Ja, ich kann Ihnen folgen.«

Mit einem matten Lächeln fuhr er fort: »Ich habe Ihre Tochter unmittelbar nach ihrer Einlieferung aus Harrogate operiert, um das Infektionsrisiko gering zu halten. Sie hat beträchtliche Schwellungen, Blutungen und Prellungen im Gehirn abbekommen, oder anders gesagt, ein starkes Gehirntrauma erlitten. Ich operierte den Schußkanal entlang, das heißt, ich folgte dem Weg, den die Kugel durch den Schädel nahm. Als erstes entfernte ich den nach innen gedrückten Knochen, dann das verletzte Gehirngewebe, das Blutgerinnsel und schließlich die Kugel. Die Operation nahm drei Stunden in Anspruch, aber Ihre Tochter hat sie gut überstanden, Mrs. Jardine.«

»Danke für Ihre Erklärungen, Dr. Longdon, doch verstehe ich nicht ganz, warum Chloe noch im Koma liegt.«

»Das macht das erlittene Gehirntrauma. Wir müssen warten, bis die Schwellung zurückgeht. Sie befindet sich momentan in einem veränderten Bewußtseinsstadium… seit dem Augenblick, als auf sie geschossen wurde. Sie wird aus dem Koma erwachen, aber das dürfte etwa zehn Tage dauern.«

»Aber sie wird doch erwachen, nicht wahr, Dr. Longdon?« warf Derek ein.

Das Zögern des Neurochirurgen war fast unmerklich, eh er sagte: »Sir Derek, nach menschlichem Ermessen müßte sie zu sich kommen. Ich bin da sehr zuversichtlich. Wie ich schon sagte, wird das seine Zeit brauchen. Ihr Bewußtsein wird ganz allmählich den Normalzustand wiedererlangen.«

»Wie lange muß sie auf der Intensivstation bleiben?« fragte Stevie.

»Mindestens die nächsten achtundvierzig Stunden, Mrs. Jardine. Vielleicht auch länger.«

»Dr. Longdon, besteht auch die Möglichkeit, daß meine Tochter aus dem Koma nicht mehr erwacht?«

»Natürlich, diese Möglichkeit besteht bei jedem Patienten. Aber ich glaube nicht, daß es bei Miß Jardine der Fall sein wird.«

»Könnte ein Gehirnschaden zurückbleiben?« Stevie starrte den Arzt an und preßte die Lippen aufeinander, als sie ihrer schlimmsten Befürchtung Ausdruck verliehen hatte.

»Das ist zu bezweifeln«, erwiderte er ruhig.

Stevie wendete den Blick nicht von ihm. Sie glaubte, etwas in seinem Benehmen zu entdecken, das sie nicht definieren konnte, und ihr drängte sich die Frage auf, ob er Chloes Zustand beschönigte. Sie wollte ihn schon fragen, überlegte es sich dann aber und fragte statt dessen: »Können wir Chloe sehen, Dr. Longdon?«

»Natürlich, Mrs. Jardine. Ich werde sie auf die Intensivstation führen. Bitte, folgen Sie mir.«

Zu viert gingen sie hinter Dr. Longdon hinaus und betraten nach wenigen Augenblicken die Intensivstation. »Es wäre besser, wenn Sie die Patientin einzeln sehen«, murmelte der Chirurg, der die Tür öffnete und Stevie als erste eintreten ließ. Er folgte ihr und schloß die Tür.

Von Angst und Sorge erfüllt, ging Stevie lautlos auf das Bett zu. Beim Anblick Chloes wurde ihr die Kehle eng, und sie mußte mit aller Kraft gegen die Tränen ankämpfen, die ihr plötzlich in die Augen stiegen. Verzagt und mit sinkender Hoffnung stand sie am Bett und blickte auf ihre Tochter.

Chloe lag bleich und reglos da. Ihre Augen waren geschlossen, ihr Kopf dick verbunden, Kanülen waren an ihrem Körper befestigt, eine im Arm, eine in der Nase. Irgendein Ding lag auf ihrem Mund, und sie sah so hilflos, so verletzlich aus, daß Stevie ihre Tränen nicht zurückhalten konnte. Sie suchte in ihrer Tasche nach einem Taschentuch. Nach einer Weile drehte sie sich zu Dr. Longdon um, blieb aber stumm und schüttelte nur den Kopf, da ihre Kehle wie zugeschnürt war.

Voller Verständnis für ihren Zustand, den ihre Miene verriet, sagte Dr. Longdon leise: »Seit der Operation macht sie gute Fortschritte. Ich bin äußerst optimistisch, was ihre Genesung betrifft, Mrs. Jardine.«

»Ist sie außer Lebensgefahr, Dr. Longdon?«

»So weit würde ich nicht gehen, aber sie macht sich gut.

Ich möchte ihnen einiges erklären: Das hier sind intravenöse Infusionen, die direkt ins Blut führen, wie Sie sicher wissen. Wir müssen in diesem Stadium vor Infektionen auf der Hut sein. Wie Sie sehen, wird sie künstlich beamtet. Lungenfunktion und interkranialer Druck werden ständig überwacht. Soweit ist alles in Ordnung.«

»Ich weiß, daß alles für sie getan wird und daß sie die bestmögliche Behandlung bekommt.«

Stevie sah auf Chloe hinunter, auf das Kind ihres Herzens, und griff nach ihrer Hand. Dann beugte sie sich vor und drückte einen Kuß darauf. Als sie sich wieder aufgerichtet hatte, wandte sie sich erneut an den Chirurgen und fragte: »Sie weiß wohl nicht, daß ich da bin, oder?«

»Mrs. Jardine, es wäre möglich, aber sicher kann man es nicht sagen.« Aus seinem Blick sprach tiefes Mitgefühl.

Noch einen Moment, und Stevie verließ auf Zehenspitzen den Raum. Als nächstes trat Blair ein, um ihre Enkeltochter zu besuchen. Als sie wieder herauskam, ging Derek zu Chloe, blieb aber nur wenige Sekunden.

Wenig später betrat Stevie den privaten Warteraum, in dem Nigel mit Gideon saß. Derek und Blair folgten ihr. Stevies Söhne sprangen auf, als sie Mutter und Großeltern sahen.

Stevie ging mit geöffneten Armen direkt auf Nigel zu. Seinerseits war nur ein unmerkliches Zaudern zu erkennen, als er ihr forschend ins Gesicht sah, ehe er vortrat, um seine Mutter zu umarmen. Stevie drückte ihn fest an sich. Ihre Mutterliebe überwand Zorn und Enttäuschung der letzten Monate. »Nigel, ich bin für dich da, ich werde alles tun, was ich kann, um dir zu helfen.«

Als er sich an sie klammerte, war es ganz plötzlich um seine Selbstbeherrschung geschehen. Er brach zusammen und fing zu schluchzen an. »Ach, Mutter, Mutter, ich weiß nicht, was ich für Tamara tun könnte. Sie liegt da ... völlig hilflos. Ich liebe sie so sehr, Ma. Sie ist mein Leben. Ich will nicht, daß sie stirbt.«

»Ich weiß, ich weiß, mein Liebling. Wir alle müssen stark bleiben und darum beten, daß sie durchkommt. Du weißt, daß ich sie auch liebhabe, Nigel. Bring mich zu ihr.«

Nigel putzte sich die Nase und strich sich dann die Haare zurück. Nachdem er seine Großeltern begrüßt hatte, nahm er Stevies Arm und führte sie hinaus. In der chirurgischen Abteilung wurden sie von einer Schwester empfangen und auf die Intensivstation geführt. Sie ließ Nigel und Stevie in Tamaras Zimmer treten, während Gideon mit Blair und Derek draußen wartete.

Stevies Herz sank, als sie ihre Schwiegertochter, bewußtlos und an unzählige Apparate angeschlossen, völlig reglos im Krankenhausbett liegen sah. Tamara sah schrecklich aus, viel schlimmer als Chloe. Stevie hatte den Eindruck, daß Tamara an der Schwelle des Todes stand, und sie schauderte unwillkürlich zusammen. Eine innere Stimme sagte ihr, daß es an ein Wunder grenzen würde, wenn Tam überlebte. Sie glaubte, ihr Herz würde brechen, als sie sich über ihre Schwiegertochter beugte, ihre Hand drückte und das silbergoldene Haar leicht berührte. Tamaras Zerbrechlichkeit ließ das Schlimmste befürchten. Jetzt wußte Stevie, warum Nigel so verzweifelt war. Auch ihm war nicht entgangen, wie es um seine Frau stand. Er war auf das Schlimmste vorbereitet.

Nun wandte Stevie sich an Nigel, nahm seinen Arm und führte ihn hinaus. Als nächste gingen Derek und anschließend Blair zu Tamara hinein.

Gideon, der auf seine Mutter zutrat, sagte: »Alles klar, Ma? Hältst du dich so einigermaßen?« Er legte mitfühlend einen Arm um sie und küßte sie auf die Wange.

»Mir geht es gut, Gideon, und ich bin froh, daß du mit Miles hier bist, um Nigel und mir beizustehen. Wo ist Lenore? Noch immer auf Lindenhill?«

»Sie fährt jetzt rüber nach Leeds. Natalie und Arnaud bekommen eben ihr Abendessen, und Agnes wird sie anschließend zu Bett bringen. Ich habe eben erst mit Lenore gesprochen. Um die Kleinen mache dir keine Sorgen, Ma.«

Nigel warf nun heiser ein: »Sie wird es nicht schaffen, nicht wahr, Mutter? Tamara schafft es nicht. Deine Miene hat es mir verraten.«

»Nein, Nigel, das kannst du nicht gesehen haben, weil ich es nicht glaube. Natürlich bin ich in Sorge um Tam, und die hast du mir angesehen. Nigel, man muß positiv denken. Tamara ist stark, sie wird um ihr Überleben kämpfen, das weiß ich. Und jetzt bring mich zu dem Chirurgen, der sie operiert hat.«

»Na schön.«

Gideon sagte: »Ich warte hier auf Großpapa und Großmama.«

Nigel und Stevie, die eilig den Korridor zum Büro des Chirurgen entlanggingen, stießen an der Ecke mit ihm zusammen.

»Mr. Jardine«, sagte er, »eben wollte ich den Zustand Ihrer Frau überprüfen.«

»Das ist meine Mutter, Stephanie Jardine«, sagte Nigel. »Mutter, das ist Dr. Tilden, Tams Chirurg.«

Nachdem sie einen Händedruck gewechselt hatten, sagte Stevie: »Danke für alles, was Sie für meine Schwiegertochter getan haben, Dr. Tilden. Ihre Verletzungen müssen sehr ernst gewesen sein.

Er nickte. »Ja, sehr ernst, Mrs. Jardine. Sie wurde in Brust und Bauch getroffen und hat viel Blut verloren. Natürlich hat sie Transfusionen bekommen. Man muß abwarten, wie sich ihr Zustand in den nächsten Stunden entwickelt.«

»Wird meine Frau sterben?« fragte Nigel in ersticktem Ton.

»Das wissen wir nicht, Mr. Jardine. Ich persönlich glaube, daß sie eine vernünftige Chance hat. Sie ist jung und gesund.«

»Aber ihr Zustand ist kritisch?« sagte Nigel.

»Ja«, erwiderte der Chirurg leise.

26

Es war eine niedergeschlagene, traurige kleine Gesellschaft, die in der Lounge des Queen's Hotels am City Square spätabends bei Drinks und einem kleinen Imbiß beisammensaß: Stevie, Derek und Gideon.

Erschöpft vom Flug und von der Anstrengung des Tages, hatte Blair sich schon zur Ruhe begeben, ebenso Nigel und Miles, die auch todmüde waren. Lenore, die bis vor zehn Minuten bei ihnen gewesen war, hatte sich nun wieder auf die Rückfahrt nach Lindenhill gemacht.

Stevie spielte mit einem Hähnchensandwich herum, ohne es zu essen. Es hatte sie bereits große Energie gekostet, eine Tasse Tee zu trinken. Schließlich sah sie nach längerem Schweigen Gideon an und sagte: »Was, um Gottes willen, hat Dumachev veranlaßt, auf sie zu schießen?«

Gideon schüttelte den Kopf und stieß einen matten Seufzer aus. »Die Antwort darauf werden wir nie erfahren, Ma. Und wenn die beiden zu sich kommen, werden sie dazu sicher auch nicht viel sagen können. Sie können nur erzählen, was passierte, als er heute morgen auf der Farm auftauchte, was er sagte, und wie er sich benahm.«

»Ich persönlich glaube, daß er geistig verwirrt war«, warf Derek ein. »Kein Mensch bei klarem Verstand betritt ein Haus und schießt kaltblütig auf zwei Frauen. Und höchstwahrscheinlich war er besessen von Tamara.«

»Besessene können sehr gefährlich werden«, bemerkte Gideon mit einem vielsagenden Blick, der seiner Mutter galt.

Stevie runzelte nachdenklich die Stirn und lehnte sich zurück. »Warum hätte Alexis Dumachev von Tamara besessen sein sollen? Schließlich waren sie nur ein paar Monate verheiratet gewesen, noch dazu, als sie blutjung waren. Sie war erst achtzehn, und mit neunzehn war sie schon wieder von ihm geschieden. Tamara hat ihn seit Jahren nicht mehr gesehen. Nigel hat es mir im Krankenhaus gesagt.« Stevie schüttelte ratlos den Kopf. »Warum er wohl plötzlich nach so langer Zeit wieder in ihr Leben eingedrungen ist?

»Wer kann das wissen, Ma, und außerdem muß man jemanden nicht ständig sehen, um von ihm besessen zu sein. Besessenheit ist eine Sache des Verstandes, eines gestörten Verstandes.«

Derek nickte. »Gideon hat recht, Stevie.« Nun trat eine kleine Pause ein. Nach einem Schluck Kaffee fuhr er fort: »Als ich vorhin mit Nigel sprach, sagte er, Dumachev hätte sich in Tokio mit einer Japanerin verlobt. Im Laufe der Jahre scheint er mit Tamaras Eltern gelegentlich Kontakt aufgenommen zu haben. Das hatten sie ihr vor etwa zwei Jahren erzählt.«

»Vielleicht hat sich zwischen ihm und der Frau etwas abgespielt, das der Auslöser für die heutigen Ereignisse war«, sprach Gideon laut seine Gedanken aus.

»Wir geben uns Spekulationen hin«, sagte Derek. »Und das könnte sich als gefährlich erweisen.«

»Du hast recht, Derek«, gab Stevie ihm recht. »Ich bin erleichtert, daß Tams Eltern das Fax bekamen, das Bruce ihnen schickte, und daß sie morgen nach London fliegen. Mir ist viel wohler zumute, wenn ich weiß, daß sie bald eintreffen werden, obwohl auch sie nichts für Tamara tun können, aber ihre Nähe wird auf Tam einen günstigen Einfluß haben, denke ich.«

Gideon meinte: »Ich glaube, irgend etwas hat bewirkt, daß Dumachev durchdrehte und sein Problem krankhaft auf Tamara fixierte und sie deshalb aufsuchte. Zufällig erfuhr ich von den Polizeibeamten, daß er sich erst seit ein paar Tagen in England aufhielt. Man hat im Handschuhfach Flugticket, Paß und Mietwagenpapiere gefunden.«

»Es steht also zweifelsfrei fest, daß es Alexis Dumachev war, Gideon?«

»Ja, absolut, Ma.« Gideon sah auf seine Uhr. »Halb elf, Mutter. Bist du nicht müde?« fragte er besorgt.

»Nicht so, wie du meinst. Du darfst nicht vergessen, daß für mich noch New Yorker Zeit ist und daher erst halb sechs Uhr abends. Aber ich muß gestehen, daß ich emotional ziemlich am Ende bin.«

»Das ist auch nicht verwunderlich.« Gideon stand auf, beugte sich über Stevie, küßte sie auf die Wange, drückte Dereks Schulter und sagte: »Ich gehe zu Bett.«

»Gute Nacht, Liebling.« Stevie zwang sich zu einem Lächeln: »Morgen gibt es hoffentlich bessere Nachrichten.«

»Gute Nacht, Gideon, und danke, daß du dich um uns gekümmert hast.« Derek erhob sich und umarmte seinen Enkel.

Kaum waren sie allein, als Derek Stevie ansah und den Kopf schüttele. »Du spielst mit deinem Sandwich nur herum und ißt keinen Bissen. Soll ich etwas anderes bestellen? Etwas, das deinen Appetit mehr anregt?«

»Danke, Derek, sehr lieb von dir, aber ich bin nicht hungrig. Aber einen Drink genehmige ich mir. Ein Kognak wird meinen Magen beruhigen. Mir ist nämlich ein wenig flau zumute.«

»Ich halte mit.« Derek winkte einen in der Nähe stehenden Kellner herbei und bestellte zwei Kognak. Wenig später erschien der Kellner mit einer Flasche Courvoisier und zwei Brandyschwenkern.

Stevie lehnte sich zurück, nippte an ihrem Brandy und

versuchte, sich zu entspannen, allerdings mit wenig Erfolg. Schließlich sagte sie leise: »Derek, glaubst du an Vorahnungen? Du weißt schon... wenn man Katastrophen, Unglücksfälle und ähnliches voraussieht.«

»Das fragst du mich? Ich bin immerhin Waliser, ein waschechter Kelte durch und durch. Natürlich glaube ich daran. Ich bin sogar sehr abergläubisch. Ich glaube an böse Vorahnungen, an Omen und Zeichen, an Gespenster und Geister, an alles Übersinnliche... an Merlins Zauber bei Camelot... und wenn es ihn seinerzeit gab, kann er auch heute wirksam sein. Das ist natürlich reiner Atavismus, aber es liegt mir im keltischen Blut. Warum fragst du?«

»Am Mittwoch nachmittag vor Thanksgiving machte ich in der Umgebung von Romany Hall einen Spaziergang. Ganz plötzlich schlug das Wetter um, unerwartet zog Nebel auf, und ich mußte an Aysgarth End und die Yorkshire Moors denken. Tatsächlich glaubte ich mich sekundenlang nach England versetzt, so sehr glichen sich die beiden Orte. Na, jedenfalls fror ich und zitterte vor Kälte und hatte ein so schreckliches Gefühl drohenden Unheils und nahenden Unglücks, daß ich es richtig mit der Angst zu tun bekam. Das ist sonst nicht meine Art.«

»Nein, gar nicht.«

»Später, im Haus, überfiel mich erneut diese Kälte, dieses Vorgefühl. Und wieder verdrängte ich das Gefühl und tat es als irrational ab. Ich lachte mich sogar selbst aus...« Sie brach ab und starrte ihn an.

Er nickte. »Erzähl weiter.«

Sie sah ihm an, daß er sie ernst nahm, und deshalb erklärte sie weiter: »Seit diesem Tag habe ich nichts als Ärger, auf diese oder jene Weise. Ich wünschte, ich hätte damals meinem Gefühl Beachtung geschenkt und etwas unternommen.«

Derek sah sie mit gefurchter Stirn an. »Stevie, es gibt nichts, was du hättest tun können. Das Schicksal läßt sich nicht beeinflussen. Was sein wird, wird sein. Du weißt, daß ich das schon immer zu dir sagte.

»Ja, das hast du, und vermutlich hast du recht.«

Derek schwieg nachdenklich. Er nippte mehrmals an seinem Brandy, ehe er sagte: »Auf dieser Welt gibt es so viele merkwürdige Dinge, so vieles, das unseren Verstand übersteigt und das wir nicht richtig erklären können...«

Blair war vor dem Abflug noch rasch in Stevies Wohnung am Eaton Square gegangen und hatte einen Koffer voller Kleider für sie gepackt. Stevie machte sich nun daran, diese Sachen auszupacken und sie im Schlafraum ihrer Suite im Queen's Hotel aufzuhängen.

Nachdem sie alles weggeräumt hatte, rief sie wie versprochen Bruce in London an.

»Entschuldige, daß ich so spät anrufe. Es ist fast Mitternacht«, sagte sie, als er abhob. »Ich hoffte, bis jetzt mehr Neuigkeiten zu haben, aber das ist nicht der Fall.«

»Kein Problem, Stevie, du kannst anrufen, wann du willst. Ich werde heute ohnehin keinen Schlaf finden. Da du nichts Neues zu sagen hast, nehme ich an, daß Chloe noch im Koma liegt?«

»Ja, leider.«

»Wie geht es Tamara?

»Ähnlich. Ihr Zustand ist kritisch.«

»Ich verstehe. Nun, wenigstens geht es ihnen nicht schlechter. Oder?«

»Nein, sie halten sich gut, und morgen wird vielleicht eine Besserung eintreten. Ich werde dich anrufen.«

»Nein, Stevie, das ist nicht nötig, ich komme nach Leeds. Morgen früh um acht nehme ich den Yorkshire Pullman von Kings' Cross aus. Die Fahrt dauert zwei Stunden. Es ist der schnellste Weg.

»Sehr gut. Ich werde natürlich in der Klinik sein. Nimm vom Bahnhof ein Taxi. Es sind nur ein paar Minuten.«

»Ein Wagen mit Chauffeur ist schon bestellt. Ich hielt es für das beste. Außerdem ist es gut, wenn man einen Wagen zur Verfügung hat. Im Queen's ist für mich ein Zimmer reserviert.«

»Nun, dann ist ja für alles gesorgt.

»Ja.«

»Wie steht es mit Tamaras Eltern? Sie kommen morgen abend in Heathrow an. Hat...«

»Auch das ist geregelt«, unterbrach er sie. »In Heathrow werden sie von einem Wagen samt Fahrer erwartet, eine Suite im Claridge ist gebucht.«

»Danke, Bruce. Sie müssen total am Boden zerstört sein und vor Sorge außer sich. Und nach dem langen Flug todmüde. Also, gute Nacht.«

»Gute Nacht, Stevie, meine Liebe. Wir sehen uns morgen.«

Nachdem sie aufgelegt hatte, nahm Stevie ein Bad, ehe sie zu Bett ging. Da sie spürte, daß sie nicht sofort einschlafen würde, ging sie an den Schreibtisch, auf den sie vorhin ihren Aktenkoffer gelegt hatte.

Sie setzte sich, öffnete ihn und entnahm ihm das Tagebuch, das sie immer mit sich führte. Einen Moment saß sie da und starrte die Seite an, die sie vergangenen Abend in New York geschrieben hatte. Wie rasch und radikal sich ihr Leben seit jener Eintragung geändert hatte! Sie hatte von der Reise nach Paris erzählt, die sie für kommende Woche geplant hatte. Jetzt machte sie sich im Geist eine Notiz, alles abzubestellen und André morgen anzurufen. Er war ihr engster Freund, hatte so viel mit ihr durchgestanden und würde alles wissen wollen. Er liebte Chloe, die sein Patenkind war, und hatte auch eine kleine Schwäche für Tamara. Ja, er würde von den Ereignissen wissen wollen.

Wie immer trug Stevie Ort und Datum am Kopf der Seite ein.

Leeds, Karfreitag 1997

Heute liegt der schlimmste Tag meines Lebens hinter mir, ein wahrer Alptraum. Ich habe in der Vergangenheit viel mitgemacht: Ralphs schrecklichen frühen Tod; als alleinstehende Frau Mutter eines unehelichen Kindes zu werden und es ohne Vater großzuziehen. Aber nichts war so schwer zu bewältigen wie das, was heute geschah.

Meine süße Chloe liegt im Koma, aus dem sie vielleicht nie wieder erwachen wird, und es gibt nichts, was ich für sie tun kann. Auch der Zustand unserer lieben Tamara ist sehr kritisch. Sie kämpft um ihr Leben.

Plötzlich bin ich zur Hilflosigkeit verdammt. Ausgerechnet ich, die immer jede Situation im Griff hatte und zu deren Stärke es zählte, alles in die Hand zu nehmen, aber in dieser Situation bin ich machtlos. Ich bin kein Arzt. Ich brauche ein Wunder. Ein Osterwunder, das mir Gott schickt. Tief religiös war ich nie, aber ich glaube an Gott und habe immer versucht, ein guter Mensch zu sein und Gutes zu tun, wenn ich konnte, und ich glaube, daß es mir auf vielfache Weise geglückt ist.

Heute habe ich viel gebetet, und ich hoffe, daß Gott meine Gebete erhört hat. Vielleicht hat er sie schon erhört. Manchmal braucht Gott einen Menschen, damit dieser für ihn die Wunder wirkt… Dr. Longdon… Dr. Tilden. Gute Menschen, gute Ärzte. Ärzte, denen Gott die Hand geführt hat. Hoffentlich haben sie es geschafft, meine zwei Mädchen wieder zusammenzuflicken. Meine zwei reizenden und lieben Töchter. Ich habe Tamara immer als Tochter angesehen, seitdem Nigel sie geheiratet hat. Und ich habe sie von Anfang an liebgehabt. Eine so reizende, unkomplizierte, junge Person, die ideale Frau für Nigel und eine wunderbare Mutter für die Kinder. Tamara als Schwiegertochter war für mich ein wahrer Segen.

Heute hat sich unser aller Leben verändert… binnen vierundzwanzig Stunden. Durch einen bewaffneten Irren. Unglaublich, wenn ich es recht bedenke. Immer dachte ich, ich hätte mein Leben unter Kontrolle, doch es ist nicht der Fall. Niemand hat sein Leben unter Kontrolle. Wir alle sind verletzlich und schutzlos und können zum Ziel eines Angriffs werden. Uns kann alles mögliche passieren, ohne daß wir es verhindern können. Wir sind Opfer dieser gewalttätigen Zeit, in der wir leben, in der man an jeder Straßenecke Waffen bekommen kann, in der die Gewalt regiert. Es ist furchteinflößend. Noch nie zuvor habe ich bedacht, daß völlig Fremde unser Leben zer-

stören können, indem sie ihren Aggressionen freien Lauf lassen.

Ich muß stark sein. Für alle. Besonders aber für meine Mutter und Bruce und für Tamaras Eltern. Und für Nigel.

Stevie klappte ihr Tagebuch zu, legte es in den Aktenkoffer und versperrte diesen. Dann ging sie zu Bett.

Das Telefon klingelte schrill.

Stevie nahm sofort ab. »Hallo?«

»Hier Miles, Mutter.«

»Was gibt es, Miles? Und wo bist du?«

»Hier auf meinem Zimmer. Gideon hat mich eben aus der Klinik angerufen. Tamara ist aus der Bewußtlosigkeit erwacht.

»Ach, das ist ja wundervoll!« rief Stevie, von einem Gefühl großer Erleichterung erfüllt.

»Aber es geht ihr nicht gut. Ich glaube, daß ihr Zustand noch immer kritisch ist.«

»Dann ist es besser, wenn wir zu ihr fahren.«

»Ja, Gid möchte, daß wir kommen. Er ist heute mit Nigel schon um halb sechs zu ihr gefahren. Keiner der beiden konnte schlafen. Ich übrigens auch nicht.«

»Ich war auch wach. Bist du schon angezogen, Miles?«

»Ja.«

»Wir treffen uns in der Lobby. Ich fahre jetzt hinunter.«

»Gut.«

Stevie legte auf, griff rasch nach einem burgunderroten Tuch mit Paisley-Muster, das zu ihrem Hosenanzug paßte, und warf es sich um die Schultern. Nach einem Füller auf dem Schreibtisch greifend, brachte sie hastig eine Nachricht für ihre Mutter und Derek zu Papier, steckte sie in den Umschlag und adressierte ihn eilig.

Unten in der Lobby traf sie Miles, der sie liebevoll mit einem Kuß begrüßte. Sie gab den Umschlag am Empfang ab und ging mit ihm hinaus zum wartenden Taxi.

Nigel stand an Tamaras Bett und hielt ihre Hand. Er redete leise auf sie ein und sagte zu ihr, wie sehr er sie liebte und daß er sicher sei, daß sie ihn verstehen könne. Kurz zuvor hatte sie die Augen aufgeschlagen und ihn angesehen. Er hatte geglaubt, Erkennen in ihnen zu lesen, war aber seiner Sache nicht sicher.

Plötzlich öffnete sie ihre Augen wieder und blickte starr zu ihm auf. Er spürte, wie ihre Finger die seinen fester umschlossen, und in diesem Moment bemerkte er auch, daß sie sich bemühte, etwas zu sagen.

Er beugte sich zu ihr vor und flüsterte es: »Was ist, Liebling? Sag es mir, Tamsy.«

»Ni... gel... lie... be dich.« Ihr Blick hielt seinen fest. »Ich liebe dich auch, Tam, so sehr.«

Langsam schlossen sich ihre Augen. Und im nächsten Moment erschlaffte ihre Hand in seinem Griff.

Der im Hintergrund stehende Dr. Tilden warf einen Blick auf den Monitor, auf dem die Kurven flach ausliefen, trat vor und legte eine Hand auf Nigels Schulter. »Es tut mir unendlich leid, Mr. Jardine.«

Ein gequälter Aufschrei kam über Nigels Lippen. »Nein!« rief er. »Nein!« Er klammerte sich an seine Frau. »Verlaß mich nicht, Tam!«

»Sie lebt nicht mehr, Mr. Jardine«, sagte William Tilden sanft.

»Lassen Sie mich mit ihr allein«, stieß Nigel hervor.

Der Arzt nickte der Schwester zu. Beide traten hinaus auf den Korridor.

Stevie, die in der Nähe der Tür mit Gideon und Miles wartete, sah ihn eindringlich an. »Tamara ist tot...«, setzte sie an und hielt inne. Die Kehle wurde ihr eng, Tränen stiegen ihr in die Augen.

»Es tut mir sehr leid, Mrs. Jardine«, sagte er verhalten.

»Kann ich hinein, Dr. Tilden?« fragte Stevie mit bebender Stimme. »Mein Sohn braucht mich.«

»Natürlich.« Er öffnete ihr die Tür

Stevie trat ans Bett. Sie blickte auf Tamara nieder, beugte sich über sie, küßte sie, berührte ihr Haar. Mein süßes Mädchen, adieu, sagte sie still. Ich werde dich nie vergessen, Tam, und ich werde dich immer liebhaben. Ihr Herz war voller Traurigkeit, so daß sie glaubte, es müsse brechen. Als sie es nach einer Weile geschafft hatte, sich zu fassen und ihren Kummer zu beherrschen, legte Stevie ihren Arm um Nigel und sagte leise: »Nigel, ich bin da. Ich bin hier, mein Lieber.«

Er wandte ihr sein verweintes Gesicht zu. »Warum, Mam? Warum, Mam?« fragte er und nannte sie Mam wie in seiner Kindheit.

»Nigel, ich weiß es nicht, wirklich. Süße Tam...« Sie versuchte, ihn zu trösten, er aber war untröstlich. Sein Kummer war zu groß.

Ein paar Minuten später traten Dr. Tilden und die Schwester ein. Die Schwester versuchte Nigel zu überreden, er solle gehen, er aber wollte nichts davon hören und hielt Tamaras Hand fest. Als Dr. Tilden ihn hinausgeleiten wollte, verlor er, von Trauer überwältigt, die Nerven.

»Ich bleibe eine Weile bei ihm«, sagte Stevie zum Arzt. »Bis er sich ein wenig beruhigt hat.«

27

Eine Woche nach der Schießerei lag Chloe noch immer im Koma, allerdings nicht mehr auf der Intensivstation, sondern in einem Privatzimmer. An ihrem Zustand war keine merkliche Veränderung wahrzunehmen.

Da Chloe nun in einem eigenen Zimmer lag, durfte Stevie bei ihr bleiben, solange sie wollte, bis zum frühen Abend. Um acht ging sie meist zurück ins Hotel, da es für sie in der Klinik keine Übernachtungsmöglichkeit gab.

Stevie hatte beharrlich an der Seite ihrer Tochter gewacht, hatte sie ständig berührt, ihre Hand gehalten, auf sie eingeredet, sich bemüht, sie anzuregen, auf eine Reaktion hoffend und darum betend. Jede Reaktion, auch die geringste, wäre ihr willkommen gewesen. Doch es gab keine. Chloe lag bleich und leblos im Bett wie in einem tiefen, ungestörten Schlaf.

Stevie war mit Chloe nie lange allein. Immer wieder kam jemand von der Familie vorbei und unterstützte Stevie in ihren Bemühungen, Chloe zu stimulieren und mit ihr irgendwie zu kommunizieren. Bruce, Derek und Blair waren ebenso regelmäßige Besucher wie Miles und Gideon. Nigel hatte am Montag Tamaras sterbliche Hülle nach London begleitet. Lenore hatte die Kinder und Agnes am gleichen Tag zurückgefahren, und Gideon war in seinem eigenen Wagen am Tag darauf gefolgt, um Nigel bei den Vorbereitungen für Tamaras Beerdigung beizustehen. Diese hatte gestern stattgefunden, und alle Familienmitglieder mit Ausnahme von Stevie und Derek hatten daran teilgenommen.

Stevie hatte natürlich dabeisein wollen, wenn ihre geliebte Tamara zur letzten Ruhe gebettet wurde, doch hatte sie Angst gehabt, Chloe allein zu lassen, für den Fall, daß diese aus dem Koma erwachte. Sie wollte für ihre Tochter dasein, wollte sie trösten und beruhigen. Stevies Entschluß, in Leeds zu bleiben, war von allen, auch von Nigel, akzeptiert und gutgeheißen worden. Und Derek hatte darauf bestanden, bei ihr zu bleiben, weil er sie moralisch stützen wollte und weil er Chloe so nahestand wie ein Vater.

Heute, an diesem Freitagmorgen Anfang April, saß Derek mit Stevie in Chloes Zimmer. Seine Gedanken laut aussprechend, sagte er: »Mir ist eingefallen, daß ich versuchen könnte, was laut zu rezitieren. Etwas aus meinen Rollen, besonders aus meinen Shakespeare-Rollen. Du weißt ja, wie sehr sie Shakespeare liebt.«

»Eine wunderbare Idee, Derek. Sie hat dich als Hamlet immer am liebsten gehabt. Warum rezitierst du nicht den Monolog?« schlug Stevie vor.

Derek überlegte kurz, ehe er sagte: »Stevie, das wäre unpassend. Der Monolog hat etwas Trauriges an sich... Hamlet spricht vom Tod. Unlängst habe ich aus den Sonetten vorgetragen, aber ich weiß, daß sie Byron liebt. Zu Weihnachten haben wir von ihm gesprochen.« Derek stand auf, trat ans Fenster und blickte eine Weile hinaus, bis er sich gesammelt und die Verse etlicher Gedichte vor sich hingesagt hatte. Zu seinen größten Talenten gehörte die Gabe, aus dem Gedächtnis lange Texte wiedergeben zu können, sei es Prosa oder Lyrik. Er war berühmt dafür, so bewandert in den Werken der Großen zu sein, daß er wie Richard Burton vor ihm Shakespeare und andere Dichter praktisch nach Wunsch vortragen konnte.

Er drehte sich um und blickte Stevie an, die Chloes Hand hielt, und nickte ihr mit einem ermutigenden Lächeln zu. Stevie erwiderte matt sein Lächeln und setzte sich zurecht, bereit, ihm zu lauschen. Doch ihr Blick wanderte automatisch wieder zu Chloe. In ihrer Aufmerksamkeit keine Sekunde nachlassend, beobachtete sie ihre Tochter ununterbrochen mit größter Intensität.

Derek fing leise an, bis seine wohltönende Stimme das Krankenzimmer auszufüllen schien.

»In ihrer Schönheit wandelt sie
Wie wolkenlose Sternennacht;
Vermählt auf ihrem Antlitz sieh
Des Dunkels Reiz, des Lichtes Pracht:
Der Dämmrung zarte Harmonie,
Die hinstirbt, wenn der Tag erwacht.

Ein Schatten mehr, Licht minder klar,
So wär die tiefe Anmut nicht,
Die niederwallt im Rabenhaar

Und sanft verklärt ihr Angesicht,
Aus welchem hold und wunderbar
Die reine liebe Seele spricht.

O diese Wang', o diese Braun,
Wie sanft, wie still, und doch beredt,
Was wir in ihrem Lächeln schaun!
Ein frommes Wirken früh und spät,
Ein Herz voll Frieden und Vertraun
Und Lieb, unschuldig wie Gebet.*

Nachdem Derek geendet hatte, ging er zu Stevie und sagte, ihr Lächeln erwidernd: »Mein Lieblingsgedicht von Byron.«

»Es war sehr schön«, bestätigte sie.

»Beim Vortrag hatte ich unsere liebe Chloe vor Augen. Es paßt sehr gut auf sie, findest du nicht?«

»Ja, doch, sehr.« Stevie wandte sich wieder ihrer Tochter zu und sah ihr Gesicht ganz genau an. Plötzlich erstarrte sie.

Derek, dem dies nicht entging, fragte: »Was ist?«

»Vielleicht bilde ich es mir ein, aber ich hatte den Eindruck, eine leichte Bewegung unter ihren Lidern zu sehen.« Stevie ließ einen resignierten Seufzer folgen. »Aber ich habe mich wohl geirrt. Es ist nichts, keine Reaktion. Sie liegt reglos da.«

»Soll ich etwas anderes rezitieren, vielleicht ...« Er un-

* Gildemeister, Otto (Hrsg.), *Lyrik der englischen Romantik*, zit. aus: Hebräische Melodien, München 1967

terbrach sich und warf einen Blick über die Schulter, als Bruce Jardine eintrat.

»Guten Morgen«, sagte Bruce. »Ich bin eben aus London eingetroffen und komme direkt vom Bahnhof.« Er wechselte mit Derek einen Händedruck und küßte Stevie auf die Wange.

Bruce stand da, blickte auf Chloe hinunter und betrachtete sie ganz genau, wie es die anderen auch taten. »Keine Veränderung, nehme ich an?« fragte er Stevie schließlich mit besorgt gefurchter Stirn.

»Keine Veränderung. Obwohl ich gerade eben dachte, ich hätte ein Lidflattern gesehen. Aber das war nur Wunschdenken, leider.«

»Sie wird es schaffen«, erwiderte Bruce rasch. »Ich spüre es in den Knochen. Denk doch, es ist erst eine Woche her, seitdem auf sie geschossen wurde. Die Tatsache, daß sie seit Sonntag nicht mehr auf der Intensivstation liegt, ist für mich sehr beruhigend. Was sagt Dr. Longdon?«

»Daß sie sich wacker hält. Er ist optimistisch.«

Derek bemerkte: »Dr. Longdon hat von Anfang an gesagt, daß es zehn Tage, vielleicht auch zwei Wochen dauern könnte, bis Chloe aus dem Koma erwacht.« Derek ging zum Radio und schaltete es ein. »Machen wir ein wenig Musik. Es könnte sie stimulieren. Geräusche sind sehr wichtig. Sie braucht Geräusche um sich herum. Zumindest haben mir das befreundete Ärzte gesagt.«

»Die Hirnschwellung ist schuld«, murmelte Stevie und warf Bruce einen Blick zu. »Die muß erst völlig abklingen.«

»Ja, das hast du schon gesagt.« Er beugte sich übers Bett und berührte Chloes Schulter. Dann setzte er sich auf den Stuhl neben sie. Zu Derek gewandt, sagte er: »Wie wär's mit etwas Shakespeare, mein Lieber? Dir zuzuhören, ist das reinste Vergnügen... das macht deine herrliche Stimme. Du könntest das Londoner Telefonbuch rezitieren und würdest mich damit in deinen Bann schlagen.«

Derek lachte. »Danke für die lieben Worte, Bruce. Ich habe eben ein Gedicht von Byron vorgetragen. Jetzt muß ich mir erst meine Nachdenk-Mütze aufsetzen und mir etwas anderes einfallen lassen. Hast du irgendwelche Vorlieben?«

Bruce nickte. »Viele. Aber vor allem die Shakespeare-Tragödien, aber bei denen bin ich nicht sicher, ob sie passend wären.«

»Warum trägst du nicht noch ein Sonett vor«, murmelte Stevie. »Die sind harmlos. Außerdem kommt es in erster Linie auf deine Stimme an und nicht auf das, was du sagst. Du weißt ja, daß Chloe dein größter Fan ist.«

Später am Nachmittag kamen Gideon und Miles, um ihre Mutter, Bruce und Derek abzulösen. Sie wollten ihrer Mutter eine Pause von ihrer Krankenwache verschaffen, doch kamen sie auch aus Sorge um ihre Schwester und weil sie ihr nahe sein wollten.

Die Zwillinge waren mit der Maschine aus London eingetroffen, nachdem sie am Tag zuvor an Tamaras Beerdigung teilgenommen hatten. Miles nahm seine Mutter beiseite und berichtete ihr ein paar Einzelheiten von der Beerdigung und versicherte ihr, daß Nigel sich trotz aller

Anspannung und Trauer tapfer hielt und daß es ihren Enkelkindern gutginge.

Stevie vergoß erneut Tränen um Tamara, die einen so sinnlosen Tod gestorben war, doch zügelte sie ihre Emotionen sehr rasch; im Moment war es ihr einziges Ziel, Chloe zu helfen, und das kostete viel Kraft, so daß sie nicht wagte, ihren Gefühlen nachzugeben.

Miles war es, der schließlich sagte: »Komm, Ma, mach einen kleinen Spaziergang und gönn dir eine Pause. Ich sehe dir an, daß du frische Luft brauchst. Es wird dir guttun, auch wenn du nur ein wenig in der Stadt herumbummelst.«

»Und du solltest etwas essen., mahnte Derek.

»Dann gehen wir doch zum Tee ins Queen's«, schlug Bruce vor und sah Derek an. »Es würde dir auch guttun, mein Lieber. Auch du warst hier den ganzen Tag eingesperrt.«

»Nett von dir, Bruce, aber ich kann dir leider beim Tee nicht Gesellschaft leisten. Ich möchte den Fünf-Uhr-Zug nach London erreichen. Morgen ist eine Besprechung der Produzenten, die die Neuinszenierung vom *Löwen im Winter* planen, und da muß ich zur Stelle sein.« Zu Stevie gewandt, erklärte er: »Deine Mutter kommt morgen herauf.«

»Ach, warum verbringt ihr das Wochenende nicht gemeinsam in London?« fragte Stevie. »Mir geht es gut, Derek, ehrlich. Bruce ist da, und die Zwillinge auch. Es ist nicht so, daß sich niemand um mich kümmern würde.«

»Und Lenore will morgen abend kommen«, kündigte Gideon an.

»Ein hübscher Vorschlag, Stevie«, murmelte Derek. »Aber ich glaube nicht, daß Blair einverstanden sein wird. Sie möchte bei dir und Chloe sein. Aber das weißt du ja selbst. Gehen wir? Ich muß zurück ins Queen's, meine Sachen packen.«

Stevie, die Bruce' Blick auf sich spürte, setzte ihre Teetasse ab. »Bruce, du starrst mich ununterbrochen an. Habe ich etwas im Gesicht? Stimmt etwas nicht?

Er schüttelte den Kopf, fuhr aber fort, sie nachdenklich und mit leicht gerunzelter Stirn anzusehen. Schließlich sagte er: »Stevie«, ich möchte etwas mit dir besprechen...« Er hielt inne und wich ihrem Blick aus. Seine Haltung verriet Zögern, sogar eine Spur Scheu.

»Sag schon, Bruce, was ist los.«

»Vor fast neunzehn Jahren ist etwas passiert...« Er hüstelte hinter vorgehaltener Hand. »Ich hatte nie den Mut, mit dir darüber zu sprechen, obwohl mich zuweilen das Verlangen überkam, doch überwog das Gefühl, es wäre besser, die Dinge unausgesprochen zu lassen... Aber in letzter Zeit habe ich das Bedürfnis, mit dir darüber zu sprechen.«

Stevie erstarrte und saß steif und wortlos in ihrem Sessel. Bruce räusperte sich, beugte sich näher zu ihr hin und sagte leise: »Sie ist doch meine Tochter, oder? Chloe ist doch von mir?«

In Stevies Gesicht rührte sich kein Muskel, und ihre Augen blickten Bruce ohne einen Lidschlag an. Sie gab keine Antwort.

Bruce fuhr eilig und mit demselben leisen, eindringlichen Ton fort: »Stevie, was ich getan habe, war unvorstellbar und abgrundtief schlecht. Ich weiß gar nicht, was damals in mich gefahren ist, als wir zum Diamantkauf in Amsterdam waren. Ich konnte es mir selbst nie verzeihen. Oder es vergessen. Jahrelang hat es mich verfolgt und mich bedrückt. Mein Vorgehen hätte nicht skrupelloser sein können, es gibt keine Entschuldigung dafür. Sich deine Situation zunutze zu machen... deine Verletzlichkeit... und mich dir aufzuzwingen...«

Mich zu vergewaltigen, meinst du wohl, dachte Stevie insgeheim. Denn das hast du getan, mich vergewaltigt. Sie sprach es nicht aus. Tatsächlich sprach sie überhaupt nicht.

Von ihrem Schweigen aus dem Konzept gebracht, sagte Bruce im Flüsterton: »Ich habe sie so lieb. Immer schon. Meine Chloe. Meine liebe Tochter.«

»Bruce, sie ist nicht deine Tochter«, erwiderte Stevie deutlich und bestimmt.

Bruce starrte sie verblüfft an. Aus seinem Blick sprach eine Mischung aus Schock und Unglauben. »Aber sie ist es. Sie muß es sein! Ich habe alles ausgerechnet. Die Zeit, die Daten. Ich dachte nur, sie sei etwas zu früh zur Welt gekommen.«

»Nein, Bruce, das ist sie nicht. Ich war bereits in der achten Schwangerschaftswoche, als du mich gezwungen hast... als du mir deine Gunst aufgezwungen hast. Chloe kam sogar zu spät zur Welt. Um zwei Wochen. Ich habe Chloe im Oktober 1977 empfangen, sie wurde im Juli 1978 geboren. Mein Arzt bestätigte mir Anfang Dezember meine Schwangerschaft. Du und ich waren einen Monat später in Amsterdam, im Januar 1978. Sie ist nicht dein Kind. Daran kann nicht der geringste Zweifel bestehen.«

»Ich bin nicht Chloes Vater?« fragte er mit versagender Stimme, die unerwartet gequält klang.

»Nein, das bist du nicht. Ich wäre nie auf den Gedanken gekommen, daß du dich dafür hältst. Ich dachte, du wärst aus Dankbarkeit, weil ich das Unternehmen leite, zu Chloe so nett und würdest sie so großartig behandeln.«

Bruce schüttelte verwundert den Kopf. »All die Jahre litt ich unter schrecklichen Gewissensbissen. Zuweilen hatte ich das Gefühl, dir nicht mehr in die Augen schauen zu können, so sehr habe ich mich geschämt. Dir das anzutun... der Witwe meines Sohnes...« Seine Stimme gehorchte ihm nicht mehr, als er den Blick abwandte und ins Leere starrte. Seine aristokratischen Züge waren gezeichnet von Enttäuschung, Kummer und unendlicher Reue.

Stevie wußte nicht, was sie sagen sollte. Ganz sicher war sie nicht gewillt, ihn zu trösten. Sie hatte den schrecklichen Abend in jenem Hotel in Amsterdam nie wirklich vergessen. Auch nicht die Wut und Angst, die sie empfunden hatte, als Bruce ihr seinen Willen aufzwang. Aber warum diese beschönigenden Phrasen? dachte sie plötzlich. Er hat mich vergewaltigt. Das ist das einzig passende Wort.

Als sie merkte, daß ihr Schwiegervater total außer sich war und aussah, als wäre er einem Zusammenbruch nahe, berührte sie seinen Arm und ließ ihre Hand darauf ruhen.

Er legte seine Hand auf ihre und sah ihr in die Augen. »Stevie, ich habe dich über viele Jahre hinweg geliebt. Auch darüber konnte ich mit dir nicht sprechen. Ich wagte es nicht.«

»Ach… hast du mir deshalb in der Firma freie Hand gelassen? Mir soviel Spielraum gewährt? Warst du deswegen einverstanden, daß ich die Filiale an der Fifth Avenue eröffne? Weil du dich für Chloes Vater gehalten hast?«

»Nein, ich habe dir die geschäftliche Vollmacht erteilt, weil du sie verdient hast, weil ich dir vertraute und an dich und deine Fähigkeiten glaubte.« Er stieß einen tiefen Seufzer aus. »Aber du warst mir auch sehr lieb.« Wieder trat eine Pause ein, ehe Bruce leise fortfuhr: »Anfangs lehnte ich dich heftig ab, weil ich dachte, du wärst die Falsche für meinen Sohn und die Familie. Das war ein großer Irrtum. Du warst für die Familie genau richtig. Um der Wahrheit die Ehre zu geben, ist aus dir eine bessere Jardine geworden, als sogar ich es bin. Im Laufe der Jahre hast du meine Achtung und Zuneigung gewonnen. Und meine Liebe. Du und dein Wohlergehen liegen mir am Herzen.« Er sah sie eindringlich aus zusammengekniffenen Augen an. »Ich glaube, dir ist gar nicht klar, was für eine bemerkenswerte Frau du bist. Bemerkenswert in vielerlei Hinsicht.«

Stevie lehnte sich zurück. Was er eben gesagt hatte, erschreckte sie so sehr, daß sie um Worte verlegen war und nicht wußte, wie sie reagieren sollte.

Schließlich brach Bruce das Schweigen. »Wer ist Chloes Vater?« fragte er und sah sie an.

»Das werde ich dir nicht sagen.« Sie starrte ihn an, so daß er ihrem Blick auswich.

Bruce holte tief Luft. »Du hast mir wohl Amsterdam nie vergeben?« Noch ehe sie antworten konnte, fügte er hinzu: »Aber warum frage ich überhaupt? Es ist dumm von mir. Wie hättest du mir vergeben können?«

»Ich habe dir nicht vergeben, zumindest anfangs nicht«, erwiderte sie. »Später schon, obwohl ich das Geschehene nie richtig vergessen habe. Aber irgendwie schaffte ich es, alles so tief zu vergraben, daß es nie wieder an die Oberfläche kam. Ich glaube, ich wollte mich einfach nicht damit befassen. Und auch nicht mit dir. Wir mußten zusammenarbeiten. Meine Söhne sind deine Enkel, deine Erben. Ich mußte einen Weg finden, um dich herumzuarbeiten. Selbsterhaltung, ja, das wird es wohl gewesen sein, Bruce. Jeder wird von Eigeninteresse getrieben, und ich bin da sicher keine Ausnahme. Ich glaube, ich habe die Erinnerung an Amsterdam so tief begraben, damit ich in der Familie und im Unternehmen funktionsfähig blieb.«

»Stevie, es tut mir so unendlich leid. Bist du bereit, nach all den Jahren meine Entschuldigung anzunehmen?«

»Ja, das bin ich.« Sie bemühte sich erfolglos um ein Lächeln und fuhr leise fort: »Du warst wunderbar zu Chloe, und dafür möchte ich dir danken.«

»Ich dachte, sie sei meine Tochter. Ich habe sie mit Kopf und Herzen zu der meinen gemacht. Und in mancherlei Hinsicht ist sie mein. Ich habe sie zu sehr geliebt und liebe sie auch jetzt noch zu sehr, so daß es mir jetzt unmöglich wäre, meine Gefühle für sie zu ändern. Sie ist Teil meines Lebens, Teil von mir, Teil meiner Seele.«

Stevie war wider Willen von seinen Worten gerührt, und es verging eine Weile, ehe sie antwortete: »Bruce, ich weiß, was sie dir bedeutet.«

»Ich hielt sie für eine Jardine und habe sie als eine solche behandelt. Und sie wurde zu einer Jardine und wird es immer bleiben, Stevie. Nichts kann daran etwas ändern.«

Stevie saß allein in Chloes Krankenzimmer, hielt ihre Hand, sah ihrer Tochter unverwandt ins Gesicht und studierte es genau. Sie wußte, daß sie etwas Schreckliches getan hatte. Sie hatte zwei Menschen das Wissen voneinander vorenthalten. Chloes Vater und, weit wichtiger noch, Chloe selbst. Wie sehr hatte es Chloe danach verlangt, zu erfahren, wer sie war. Erst vor wenigen Monaten, zu Thanksgiving, hatte sie darauf gedrängt und die Sache mit Derek und Blair und jedem, der zuhören wollte, besprochen. Ihre Tochter hätte wissen müssen, wer John Lane war.

Ich hätte ihr damals die Wahrheit sagen sollen, dachte Stevie. Sie hat das Recht, alles über ihn zu erfahren. Alles, was es zu wissen gibt. Ich habe einen großen Fehler begangen. Wie habe ich nur etwas so Schreckliches tun können? Als sie plötzlich von Schuldgefühlen überwältigt wurde, wußte sie, daß sie damit viele Monate, vielleicht sogar länger würde leben müssen.

Lange saß sie so da, hielt die Hand ihrer Tochter und wollte sie durch schiere Willenskraft zwingen, aus dem Koma zu erwachen, weiterzuleben, ein Lid oder einen Finger zu bewegen. Alles ... wenn es nur ein Zeichen, und sei es ein winziges, war, daß Chloes Zustand sich änderte, besserte.

Fast unmerklich spürte Stevie plötzlich Chloes Finger in ihren zucken. Hastig warf sie einen Blick auf die Hand ihrer Tochter, die reglos dalag. Sie hatte sich nur eingebildet, daß sie sich bewegte. Sich zurücklehnend, schloß Stevie die Augen. Still betete sie: *Lieber Gott, bitte, gib, daß es ihr bessergeht. Bitte, laß mein geliebtes Kind aus dem Koma erwachen. Laß sie wieder ganz gesund werden.*

Stevie betete lange. Und dann gab sie Chloe ein stilles Versprechen. Sie gelobte, ihre Tochter die Wahrheit über den Mann zu enthüllen, dem sie ihr Leben verdankte. Ja, sie würde Chloe endlich sagen, wer ihr Vater war.

Als Stevie am nächsten Morgen mit Miles in der Klinik eintraf, wurden sie bereits von Dr. Longdon erwartet. Kaum sah sie das Lächeln des Arztes, wußte Stevie, daß er gute Nachrichten für sie hatte.

»Chloe ist aus dem Koma erwacht!« rief sie, ohne den Blick von ihm abzuwenden.

»Nicht so ganz«, antwortete Dr. Longdon. »Aber die Schwestern berichteten mir, daß sie sich bewegt hat. Tatsächlich hatte sie eine unruhige Nacht. Sie wälzte sich im Bett hin und her und bewegte ihre Finger.«

»Ja, das glaubte ich gestern auch«, sagte Stevie, »als ich dann aber ihre Hand ansah, war sie leblos. Und da dachte ich, daß alles nur Einbildung gewesen wäre.«

»Das war es sicher nicht, Mrs. Jardine. Ich wollte Ihnen noch sagen, daß sie ihre Augen aufschlug, als ich vor ein paar Minuten hineinging, um nach ihr zu sehen.«

»Ach, vielen Dank! Und für alles, was Sie für meine Tochter getan haben, Doktor!«

»Gehen wir doch hinein und sehen nach ihr.« Dr. Longdon öffnete die Tür und ließ Stevie eintreten.

Kaum war sie ans Bett getreten, drehte sie sich sofort wieder um und starrte den Arzt an. »Schläft sie? Oder ist sie wieder ins Koma gefallen?« fragte sie beklommen.

»Vermutlich döst sie. Daß sie wieder ins Koma fällt, ist wenig wahrscheinlich. Sie hat es hinter sich.«

Als Stevie Chloes Gesicht berührte, öffnete ihre Tochter langsam die Augen. Es waren noch immer ihre schönen dunklen Augen, die aber leer und glasig vor sich hinblickten.

»Chloe, Liebling, ich bin es, Mami«, sagte Stevie und hielt ihre Hand ganz fest.

Sie liebte ihre Tochter so sehr, daß sie vor Erleichterung am liebsten geweint hätte. Doch sie beherrschte sich und sagte noch einmal, diesmal lauter: »Ich bin es, Chloe. Ich bin für dich da. Alles wird gut, Liebling. Ich werde nach dir sehen, dir helfen, gesund zu werden.«

Chloes dunkle Augen starrten Stevie an, zunächst leer und ohne Ziel, dann aber, völlig unerwartet, blinzelte sie. Das tat sie einige Male.

Dr. Longdon kam nun näher und begutachtete seine Patientin kritisch, ehe er aufblickte und mit einem Nicken zu Stevie sagte: »Ich bin ziemlich sicher, daß sie Sie erkennt, Mrs. Jardine. Ich glaube, sie kehrt jetzt in ihren normalen Bewußtseinszustand zurück.«

»Und was kommt als nächstes, wenn sie aus dem Koma erwacht ist?« fragte Miles.

»Ich sagte schon vor einigen Tagen, daß Ihre Schwester zur Rehabilitation in eine andere Klinik muß. Sobald sie voll bei Bewußtsein ist, kann man sie mit einem privaten Ambulanzfahrzeug nach London bringen. Ich würde sie gern für fünf oder sechs Wochen an das Northwick Park Hospital in Harrow überweisen. Dort wird sie physiotherapeutisch behandelt und macht zusätzlich Sprach- und Bewegungsübungen. Dies alles zusammen wird ihr wieder zu Kräften verhelfen.«

»Soll das heißen, daß sie womöglich gelähmt sein wird? Oder daß Probleme mit der Sprache zurückbleiben?« Eine Behinderung?« fragte Miles.

»Mr. Jardine, diese Möglichkeit besteht natürlich. Aber wir wollen unseren Optimismus nicht aufgeben.«

28

»Großma, kannst du mit uns eine Reise machen?« fragte Arnaud, der ihr sein Gesichtchen voller Eifer zuwandte, an ihr Knie gelehnt, den Kopf schräg gelegt. »Bitte, Großma.«

»Nun, mein Schatz, das hängt davon ab, wohin du möchtest«, antwortete Stevie lächelnd und strich ihm mit einem Finger über die Wange. »In den Himmel. Zu Mami. Stevies Herz krampfte sich zusammen. Nach der Hand des Kindes greifend, erklärte sie liebevoll: »Diese Woche wird das nicht gehen. Arnaud, weißt du …«

»Ich möchte zu Mami«, unterbrach er sie jammernd. »Daddy sagt, sie ist dort. Für immer.«

»In den Himmel. Mami sehen«, sagte Natalie und schlug mit der flachen Hand auf Stevies Knie. Da sie einen Schokokeks gegessen hatte, schmierte sie die Schokoladereste auf Stevies hellblauen Rock. Stevie starrte den Fleck geistesabwesend an und wandte dann ihre Aufmerksamkeit wieder ihren Enkelkindern zu.

»Komm, wir besuchen Mami.« Arnaud sah Stevie mit flehendem Blick an. »Ich möchte sie umarmen.«

»Mami Kuß geben«, flüsterte Natalie.

Stevie mußte schlucken und gegen die Tränen ankämpfen. »Mami hätte keine Zeit, wenn wir diese Woche zu ihr fahren. Sie ist sehr beschäftigt.«

»Was macht sie im Himmel?« fragte Arnaud, dessen feine blonden Brauen sich zusammenzogen.

»Sie macht Engelsflügel«, improvisierte Stevie, die nicht wußte, was sie sonst hätte sagen sollen.

»Ach ...« Er sah sie mit großen runden Augen an. »Fliegen Engel denn?

»Na, natürlich. Sie haben hübsche weiße Flügel und Heiligenscheine und schweben durch den Himmel. Zu Hause habe ich ein Bilderbuch mit Engeln. Möchtest du es haben, mein Schatz?«

»Ja, bitte.«

»Ich auch Buch, Großma!«

»Ja, du kannst auch eines haben, Natalie.«

Natalie starrte sie an, und plötzlich flossen die Augen der Dreijährigen über, und sie fing an zu weinen. »Ich möchte Mami. Hol sie zurück, Großma!« rief sie fordernd.

»Ja, hol sie zurück«, wiederholte Arnaud, dem ebenfalls die Tränen in die Augen schossen.

Stevie beugte sich vor, zog beide an sich und hielt sie eng an sich gedrückt. »Warum ist Mami fort?« fragte Arnaud, von Schluchzen geschüttelt. »Mag sie uns nicht mehr?«

»Ach, Arnaud, natürlich mag sie euch. Sie hat euch beide sehr, sehr lieb«, erklärte Stevie. »Mami wollte nicht fort. Aber sie wurde verletzt, und niemand konnte ihr helfen. Gott war so besorgt um sie, daß er beschloß, sie zu sich zu holen, damit sie bei ihm lebt und er sie wieder gesundmachen kann. Aber wie dem auch sei, Mami wird euch immer lieben. Ihr seid ihre geliebten Kinder.«

»Wird sie Daddy immer liebhaben?« stieß Arnaud hervor, dem die Tränen über die Wangen liefen und auf die Lippen tropften.

Stevie, die ihm mit ihren Fingerspitzen über die Wangen strich, sagte: »Ja, Mami wird Daddy immer liebhaben.« Sie konnte nicht weitersprechen, da sie einen Kloß in der Kehle spürte. Sie griff nach der kleinen Serviette, die sie zum Tee bekommen hatte, und wischte erst sein Gesicht, und dann Natalies trocken.

Nach einem tiefen Atemzug fuhr Stevie fort: »Ihr müßt Daddy zuliebe tapfer und stark sein. Mami würde es sich wünschen, und sie würde auch wollen, daß ihr euch um ihn kümmert.«

Ein kleines Geräusch ließ Stevie aufblicken. Sie sah zur Bogentür des Wohnzimmers in Nigels Wohnung in Kensington und entdeckte ihren Sohn im Eingang. Er hatte die Szene beobachtet. Seine Miene verriet seine Erschütterung. Der Schmerz, der aus seinem Blick sprach, war schier unerträglich.

»Nigel!« rief Stevie mit gespielter Munterkeit. »Da bist du ja, mein Lieber.«

Als sie ihren Vater sahen, rissen sich die Kinder von Stevie los, stürzten auf ihn zu und klammerten sich an seine Beine.

Nigel ging in die Knie und legte die Arme um die Kleinen. »Hallo, ihr Knirpse«, sagte er mit gezwungenem Lächeln. »Ich hoffe sehr, ihr wart lieb zu Großmama.«

»Ja. Großmama sagt, daß Mami im Himmel Engelsflügel macht«, vertraute Arnaud ihm an. »Engel können fliegen.«

»Ach, das wußte ich nicht«, murmelte Nigel, um Fassung kämpfend. Als er über die Blondköpfe der Kinder hinweg Stevie ansah, lächelte sie matt.

Nigel richtete sich auf und betrat den Raum, an jeder Hand ein Kind.

Stevie stand auf, um ihn zu begrüßen, und er gab ihr einen Kuß auf die Wange. Mit einem bezeichnenden Blick auf ihren Rock sagte er: »Den haben kleine Finger ruiniert.«

»Spielt keine Rolle. Es gibt Wichtigeres auf der Welt als einen Rock. Möchtest du eine Tasse Tee?« fragte sie, nachdem sie sich wieder gesetzt hatte.

»Eine schöne Tasse Tee«, sagte Natalie und ahmte Melanie, die Haushälterin, nach.

»Ich werde Mel sagen, daß sie mir Tee machen soll. Ist Agnes vom Zahnarzt zurück?«

»Seit fünf Minuten«, sagte Stevie.

Er nickte und verschwand in der Diele, um in die Küche zu gehen.

Gleich darauf erschien Agnes. »Kommt, Kinder, jetzt heißt es zurück ins Kinderzimmer gehen. Gebt Großmama einen Kuß.«

»Dürfen wir *König der Löwen* anschauen?« fragte Arnaud.

»Warum nicht«, erwiderte Agnes, die Stevie zulächelte.

»Vielen Dank, daß Sie heute Babysitter gespielt haben, Mrs. Jardine.«

»Jederzeit, Agnes.«

Natalie kam angelaufen, kletterte auf Stevies Knie und legte ihre kleinen runden Ärmchen um ihren Hals. Dann gab sie ihrer Großmutter einen festen, schmatzenden Kuß und flüsterte ihr ins Ohr: »Bleib, Großma, geh nicht in Himmel.«

»Ja, Großmama bleibt bei Natalie und Arnaud, Liebling. Keine Angst.

Das kleine Mädchen kletterte von Stevies Knie herunter. Nun kam Arnaud zu ihr, lehnte sich an ihr Knie und drückte ihr einen Kuß auf die Wange, als Stevie sich vorbeugte. »Großma, kann ich einen Hund haben?«

»Wenn Daddy einverstanden ist. Ich werde dir ein süßes kleines Bichon-Hündchen besorgen.«

»Was ist das?«

»Es ist wie Lenores zwei Hunde, wie Chammi und Beaji.«

»Lustige Namen. Ich werde meinen Hund Engel nennen«, kündigte er an. »Und Mami wird ihm Flügel machen.«

Stevie lächelte wehen Herzens. Eine Antwort darauf konnte sie nicht geben, da ihr die passenden Worte fehlten.

Nachdem die Kinder mit Agnes im Kinderzimmer verschwunden waren, stand Stevie auf und legte im Kamin ein Holzscheit nach. Obwohl der Kalender Mitte Mai anzeigte, war der Nachmittag irgendwie feucht, und das große Wohnzimmer kam ihr schrecklich kalt und düster vor.

Nach wenigen Minuten kam Nigel mit einer Tasse Tee zurück. »Mel möchte wissen, ob du noch Tee möchtest, Mutter.«

»Nein, danke. Mich wundert schon, daß ich nicht als Ganzes zerflossen bin, soviel Tee habe ich in den letzten Wochen getrunken.«

Stevie ging zum Sofa und setzte sich. Bei genauerer Betrachtung stellte sie fest, daß Nigel elend aussah. Er hatte so stark abgenommen, daß ihm seine Sachen am Leib schlotterten, sein Gesicht war hager und abgespannt. Seine lebhaften blauen Augen, die immer so gewinnend gewirkt hatten, waren glanzlos und gerötet. Kummer und Verzweiflung schienen ihn völlig zu vereinnahmen, und Stevies Herz floß über vor Mitleid mit ihrem Sohn. Tamara war seit knapp sechs Wochen tot und begraben, und Stevie sah wie alle anderen auch, daß Nigel dem Zusammenbruch nahe war.

»Du siehst aber gar nicht gut aus«, begann sie langsam, sich allmählich herantastend, von der Frage erfüllt, wie sie das Gespräch dorthin lenken sollte, wo sie es haben wollte.

»Mutter, ich fühle mich noch viel elender, als ich aussehe.« Er hielt sich die Hand vor den Mund und hustete. Als er sie wieder anschaute, fragte er beklommen: »Wie hast du es geschafft, nach Vaters Tod weiterzumachen?«

»Nigel, das weiß ich nicht. Irgendwie fand ich die Kraft dazu. Aber schwer war es schon. Sehr schwer sogar, aber ich hatte dich und die Zwillinge, meine Mutter und Derek, und ich wußte, daß ich den Willen aufbringen mußte, irgendwie weiterzuleben. Rückblickend weiß ich wirklich nicht, wie ich es geschafft habe. Lange Zeit funktionierte ich wie ein Automat. Ich brachte einfach einen Tag nach dem anderen hinter mich.«

Nigel nickte. »Ich weiß, was du meinst…« Er schüttelte den Kopf. Seine Miene war Spiegelbild seiner Gefühle. »Mam, ich habe sie so sehr geliebt.« Seine Stimme gehorchte ihm nicht mehr, trotzdem fuhr er fort: »Tam war so besonders, so einmalig… so süß, voller Humor und Liebe.«

»Ja, das alles war sie, Nigel. Alle liebten Tamara.«

»Ich hörte, was du zu den Kindern gesagt hast, als ich hereinkam. Ich danke dir.«

»Ich wußte nicht, was ich sagen sollte… sie sind noch so klein. Und Kinder können schreckliche Fragen stellen. Es ist für sie schwer, das alles zu verstehen.« Stevie seufzte. Sie wünschte, sie hätte gewußt, wie ihrem Sohn am besten zu helfen war. Doch er konnte sich nur selbst helfen. Das war das Problem mit der Trauer; sie war eine schwere Last, die es zu tragen galt, und auch in gewissem Sinn eine einsame Last. Alle trauerten um Tamara. Es war aber klar, daß sich die anderen eher fassen würden als Nigel. Sie mußte versuchen, ihn zu trösten, ihm soviel Trost zu spenden wie nur möglich.

Leise sagte Stevie: »Nigel, mit der Zeit wird alles leichter. Ich weiß, daß sich das jetzt anhört wie eine Phrase. Es sind nur Worte, und Worte helfen einem nicht unbedingt, wenn man sich nach dem geliebten Verstorbenen sehnt. Sie erscheinen einem so leer.«

Er starrte sie an und sagte nichts.

»Nigel, ich habe es damals auch nicht geglaubt, und

doch ist es die Wahrheit. Und daneben gibt es die Arbeit. Die hat mir sehr geholfen. Als dein Großvater einverstanden war, daß ich in der Firma mitarbeite, änderte sich mein ganzes Leben, zum Besseren. Die Arbeit lenkte mich von meinem Schmerz und von meiner Sehnsucht nach deinem Vater ab.«

Ohne zweimal zu überlegen oder die Möglichkeiten abzuwägen, sagte Stevie, was ihr auf dem Herzen lag: »Und das ist genau das, was du brauchst, Nigel. Arbeit. Dein Leben ist leer geworden. Du hängst in der Wohnung herum, triffst dich mit diesem oder jenem Freund zum Lunch. Ich glaube, du solltest schon morgen wieder zur Arbeit in die Firma gehen.«

Erstaunen huschte über sein Gesicht und vertrieb den Kummer. Sekundenlang war er nicht sicher, ob er sie richtig verstanden hatte. Er furchte die Stirn, und seine Brauen zogen sich so zusammen wie bei seinem kleinen Sohn. In seiner Ratlosigkeit wußte er nicht, was er sagen sollte, und sagte daher gar nichts.

Stevie war es, die wieder sprach. »Du brauchst etwas, das dich beschäftigt und dich auf Trab hält. Die Arbeit hat mich von meiner Trauer und meinem Verlust abgelenkt. Bei dir wird es ähnlich sein. Tu, was ich sage, und gehe morgen wieder in die Firma, Nigel.«

»Mutter, du gibst mir meinen alten Job zurück?« fragte er erstaunt und ungläubig.

»Ja, das tue ich.«

»Das tust du, nachdem ich mich so übel benommen habe?«

»Natürlich, Nigel. Ich habe dich gefeuert, weil du aufbegehrt hast, und nicht, weil du unfähig bist. Tatsächlich machst du deine Sache hervorragend, einfach brillant. Das habe ich immer gesagt. Und außerdem gehört die Firma eigentlich dir. Wenn ich in ein paar Jahren Schluß mache, was jetzt meine feste Absicht ist, wirst du Jardine beidseits des Atlantiks leiten. Ehe ich mich aber zurückziehe, möchte ich, daß du noch mehr Erfahrungen sammelst.«

»Ich bin fassungslos, ehrlich«, murmelte Nigel, ohne den Blick von ihr zu wenden. »Das würden nur wenige Menschen tun... mich einfach wieder in die Firma nehmen.«

»Ich bin nicht irgendwer, ich bin deine Mutter, Nigel, mein Lieber. Du bist mein Ältester, mein erstgeborener Sohn, und ich habe dich sehr lieb. Ich habe nie aufgehört, dich zu lieben, auch als ich glaubte, du würdest gegen mich arbeiten.«

»Manch einer würde es mir ewig nachtragen.«

»Na, dazu bin ich hoffentlich zu großzügig. Groll ist sehr kleinlich. Er ist ein Werkzeug der Schwachen und Engstirnigen auf dieser Welt. Apropos nachtragend, deine Großmutter väterlicherseits hat mir zu ihren Lebzeiten ständig gegrollt. In letzter Zeit habe ich mich oft gefragt, ob sie dir in deinen jungen Jahren nicht das Samenkorn des Zweifels und Hasses gegen mich eingepflanzt hat.«

Nigel setzte sich auf dem kleinen Zweiersofa zurecht und schloß die Augen. Als er sie wieder öffnete, sagte er: »Großmutter Alfreda war... nun, sie war ein alter Drachen, Mutter. Damals, als Teenager, wußte ich es nicht. Ja, du hast recht, sie hat viel über dich gesprochen... rückblickend muß ich sagen, daß sie mir tatsächlich so etwas wie eine Gehirnwäsche verpaßte. Mit ihren giftigen Geschichten über dich, mit ihren Anspielungen und Anklagen wollte sie meine Liebe zu dir töten.«

»Anklagen?« Stevie schüttelte erstaunt den Kopf.

»Sie sagte, Vaters Tod sei deine Schuld gewesen.«

Stevie war entsetzt. Es war das letzte, was sie erwartet hatte. »Das ist doch unerhört! Wie du selbst am besten weißt, stimmt es nicht. Dein Vater ist an einem durchbrochenen Magengeschwür gestorben. Ein unfähiger Arzt hat eine Operation verpfuscht. Übrigens der Arzt ihrer Wahl. Wenn jemand schuld am Tod deines Vaters war, dann Alfreda, seine Mutter.«

»Der Arzt war ihre Wahl?«

»Ja. Er war der Sohn eines Bekannten.«

»Das wußte ich nicht.«

»Und was hat sie sonst noch gesagt?«

»Sie hat deine Moral in Frage gestellt... Vor allem, als du mit Chloe schwanger warst.«

»Typisch für sie.« Stevie stand auf und setzte sich auf das kleine Sofa neben ihn. »Und... *hat* sie deine Liebe zu mir auslöschen können, Nigel?«

»Nicht ganz, nein, Mutter. Aber sie hat meiner Liebe Schaden zugefügt, das muß ich zugeben. Sie hat mir eingeredet, du wolltest die Firma für dich selbst, für deine falschen Ziele. Sie sagte, du würdest mich eines schönen Tages hinausdrängen und mir die Firma wegnehmen.«

»Und du hast ihr geglaubt?«

»Ich war sehr jung, fast noch ein Kind.«

»Ich weiß; und sehr leicht zu beeinflussen. Sie war bösartig, Nigel, eine böse Frau.«

»Es tut mir leid, Mutter.«

»Ich weiß. Aber denk daran, meine Liebe zu dir ist unverändert. Ich hoffe sehr, daß dir das klar ist und daß du weißt, wie sehr ich dich liebe, Nigel.«

»Allmählich begreife ich es, Mam.«

Stevie lächelte erleichtert. Es war das erste richtige Lächeln seit Wochen.

»Was ist?« fragte er und runzelte wieder die Stirn.

»Du tust es vermutlich unbewußt, aber du nennst mich immer Mam wie damals, als du ein kleiner Junge warst.« Er gab keine Antwort, streckte aber unerwartet die Arme nach seiner Mutter aus, umarmte sie und hielt sie fest.

»Wie kannst du mir je verzeihen, was ich dir angetan habe?« fragte er an ihrem Haar.

»Ach, das habe ich schon, Nigel, vor Wochen.«

»Wie kann ich es wiedergutmachen?«

»Indem du morgen ins Geschäft gehst.«

»Ich weiß nicht, wie ich mich in deinen Augen wieder rehabilitieren soll«, sagte er mit einem fragenden Blick.

»Indem du deine Sache im Geschäft gut machst. Indem du dich um deine Kinder kümmerst und sie liebst. Indem du deine Geschwister liebst. Indem du Derek, Blair und Bruce liebst. Indem du aufrecht bleibst, Nigel, und der Mensch bist, der du sein kannst, wie ich genau weiß.«

»Ich will es versuchen. Nein, ich werde es tun. Ich werde es tun.«

Sie lächelte ihm zu, und ihre graugrünen Augen waren übervoll von Liebe zu ihrem Ältesten. Sacht berührte sie seine Wange. »Liebe ist so wichtig für unser Leben… und ich meine alle Arten von Liebe, Nigel, nicht nur die romantische Art. Liebe besitzt soviel Heilkraft.«

»Ja, das weiß ich. Ich habe es bei dir und Chloe erlebt. Ihre großen Fortschritte sind nur dir zu verdanken.«

»Und der Rehabilitationsklinik. Und Bruce und Derek und Blair. Und Miles und Gideon und Lenore. Und auch dir, Nigel, und den Kindern. Die ganze Familie hat Anteil daran, so wie sie auch Anteil an deiner Genesung haben wird.«

29

Am Mittwoch morgen der folgenden Woche fuhr Stevie nach Heathrow und bestieg die Maschine nach Italien. Der Flug von London nach Mailand nahm wenig Zeit in Anspruch, nur eine Stunde und vierzig Minuten.

Als der Jet von British Airways den Linate Airport anflog, stellte Stevie ihre Uhr eine Stunde vor, der italienischen Zeit entsprechend. Es war Punkt zehn Uhr vierzig.

Nachdem sie von Bord gegangen war, ging alles sehr rasch. Binnen zwanzig Minuten saß sie in der Limousine, die sie am Flughafen gemietet hatte, und fuhr ins Stadtzentrum.

Sie lehnte sich zurück, entspannt und viel ruhiger als seit langem.

Nach der vertraulichen Aussprache arbeitete Nigel seit fast einer Woche wieder in der Firma und war bereits in einer viel besseren Verfassung. Seine Arbeit hatte ihm immer sehr viel bedeutet und würde ihm auch jetzt helfen, sich mit der erlittenen Tragödie abzufinden. Bis er über

Tamaras Tod völlig hinweggekommen war, mußte zwar noch viel Zeit vergehen, doch wußte Stevie, daß er auf dem besten Weg war, sein seelisches Gleichgewicht wiederzufinden. Daß Arbeit noch immer das wirksamste Heilmittel gegen Kummer darstellte, wußte sie selbst am besten. Auch seine Kinder, die ihn dringend brauchten und seinem Leben einen Sinn und Zweck gaben, würden Nigel Kraft schenken.

Chloe, deren Genesung nach ihrem fünfwöchigen Aufenthalt im Northwick Park Hospital gute Fortschritte machte, wurde mit jedem Tag kräftiger. Dank der verordneten Therapie hatte sie ihren Normalzustand wiedererreicht, so daß Dr. Longdon Grund zur Zufriedenheit hatte. Erst letzte Woche hatte er Chloe untersucht und sie für gesund erklärt, Stevie aber dringend geraten, noch einen Monat in England zu bleiben. Danach stünde es ihnen frei, sich in die Staaten oder sonstwohin zu begeben. Ich hatte großes Glück, dachte Stevie und starrte aus dem Fenster, in Gedanken bei ihrer Tochter. Chloe hätte sterben können, sie hätte für immer im Koma bleiben oder eine Lähmung zurückbehalten können. Gott hat mir ein Osterwunder beschert. Zumindest in Chloes Fall. Leider schloß das Wunder Tamara nicht ein. Jeder Gedanke an ihre Schwiegertochter war für sie mit tiefer Trauer verbunden. Sie würde Tam ihr Leben lang vermissen. Der Tod ihrer Schwiegertochter hatte in ihrem Herzen eine große Lücke hinterlassen.

Zwanzig Minuten nach der Abfahrt vom Linate Airport hatte der Wagen trotz des dichten Verkehrs das Zentrum Mailands und ihr Hotel erreicht und fuhr vor dem *Quattro*

Stagioni in der Via Gesú unweit der Via Montenapoleone vor. Das einstige, aus dem fünfzehnten Jahrhundert stammende Kloster, das mit viel Geschmack restauriert worden war, präsentierte sich nun als luxuriöses, modernes Hotel mit großen Fenstern und sonnigen Räumen.

Auf dem Weg durch die Lobby zum Empfang sah Stevie mit einem Blick, daß ihr hier ein Ambiente geboten wurde, wie sie es liebte, geräumig und großzügig.

In ihrer Suite angelangt, packte sie den Koffer aus und hängte ihre Kleider in den Schrank. Dann ging sie an den Schreibtisch und wählte die Nummer von Jardine's. Nachdem sie mit der Sekretärin ein paar Worte gewechselt hatte, sprach sie mit Nigel und Gideon, ehe sie die Nummer der Wohnung am Eaton Square wählte, um nach Chloes Befinden zu fragen und sich zu vergewissern, daß alles in Ordnung war.

Sobald sie ihre Anrufe erledigt hatte, frischte Stevie ihr Make-up auf und zog sich um. Ein dunkelgraues Flanellkostüm mit weißer Hemdbluse schien ihr für ihre nachmittägliche Verabredung geeigneter als der schwarze Hosenanzug, den sie während des Fluges getragen hatte. Als einzigen Schmuck wählte sie ihre doppelreihige Perlenkette, Perlenohrringe und eine Uhr. Nach einem raschen Blick in den Spiegel griff sie nach ihrer Handtasche und verließ ihre Suite.

Den Weg zur Zentrale von Caracelli an der Via della Spiga legte sie zu Fuß zurück und genoß nach dem feuchten Londoner Wetter den herrlichen Maitag mit Sonnenschein und blauem Himmel als sehr angenehme Abwechslung.

Stevie nutzte den Weg auch zu einem kleinen Schaufensterbummel und bewunderte die Kleider und Accessoires in den zahlreichen schicken Boutiquen, die verrieten, daß Mailand zu Recht weltweit als Modezentrum galt. Falls ihr Zeit blieb, wollte sie für Chloe und für sich selbst ein paar hübsche Sachen besorgen.

Als sie das große Caracelli-Gebäude erreichte, sah Stevie auf die Uhr. Kurz vor zwei. Sie war überpünktlich.

Im eleganten Empfangsbereich sitzend, blätterte Stevie ein paar Modemagazine durch, um die Zeit totzuschlagen. Schließlich kam eine hübsche junge Frau, um sie zu holen, und führte sie mit ein paar höflichen Phrasen auf englisch einen Korridor entlang. Im nächsten Moment betrat sie auch schon Signor Caracellis Büro.

Er saß hinter einem quer vor einer Ecke stehenden Schreibtisch der Tür gegenüber und stand sofort auf, um auf sie zuzugehen und sie mit breitem Lächeln zu begrüßen.

Stevie spürte, wie ihr Magen sich zusammenkrampfte. Ihre Ruhe von vorhin, ihr Selbstvertrauen, war wie weggeblasen. In seiner Gegenwart war sie plötzlich angespannt und nervös und zitterte innerlich.

Noch immer lächelnd, kam er auf sie zu, um vor ihr stehenzubleiben, ihre Hand zu ergreifen und sie einen Moment festzuhalten. Auf sie hinunterblickend, sagte er schließlich in seinem von einem leichten Akzent gefärbten Englisch: »Stephanie, wie schön, dich wiederzusehen. Dein Anruf am Montag war eine sehr angenehme Überraschung.«

»Ja, es ist schön, dich wiederzusehen«, erwiderte sie, erstaunt, daß ihre Stimme ganz normal klang. »Ich bin froh, daß ich dich erreicht habe und du mir so kurzfristig einen Termin geben konntest.

Er nickte. Ohne ihre Hand loszulassen, führte er sie zu der Sitzgruppe am Fenster. »Darf ich dir etwas anbieten? Kaffee? Einen Drink? Vielleicht Tee?«

Sie schüttelte den Kopf. »Danke, nein, ich möchte nichts.«

Wieder lächelte er und zeigte seine ebenmäßigen Zähne, die sich blendend weiß von seiner gebräunten Haut abhoben. Er setzte sich ihr gegenüber hin, schlug die Beine übereinander, lehnte sich auf dem Sofa zurück und sah sie eindringlich an. Seine Neugierde und sein Interesse waren unverkennbar. Plötzlich rief er mit einer jähen Handbewegung: »Verzeih mir! Wie gedankenlos von mir. Ich hätte dich nach deinem Sohn fragen sollen. Wie geht es ihm?

»Schon besser«, erwiderte Stevie.

»Ich las in der Londoner *Times*, daß deine Schwiegertochter erschossen wurde. Was für eine Tragödie.«

»Ja, es war sehr schlimm«, gestand Stevie. »Eine schmerzliche Zeit für ihn und für uns alle. Aber er ... nun, er macht sich gut. Er hat zwei kleine Kinder, und die halten ihn ... bei Verstand.«

»Ja, ich verstehe ...« Nach einer kleinen Pause fuhr er fort: »Jemanden zu verlieren, der noch so jung ist ... schrecklich. Noch dazu unter so grauenhaften Umständen. Sehr tragisch. Es tut mir sehr leid, Stephanie.«

»Danke.« Stevie biß sich auf die Lippe und zögerte kurz, ehe sie so hastig hervorstieß, daß sich ihre Worte überstürzten: »Auch meine Tochter wurde bei der Schießerei verletzt. Sie hatte Glück, daß sie überlebte.«

Ein erstaunter Ausdruck glitt über sein Gesicht. »Deine Tochter?«

Stevie nickte. »Sie war bei Tamara, als es zur Schießerei kam … in unserem Haus in Yorkshire. Eine Kugel traf sie in den Kopf. Sie lag eine Woche im Koma.«

»Allmächtiger! Ist alles wieder gut?« Aus seinem Blick sprach Mitleid, als er sich zurücklehnte.

»Ja. Das Geschoß wurde herausoperiert. Gottlob sind keine Schäden zurückgeblieben.«

»Das freut mich.« Von Neugierde geplagt, gab er dieser nun nach und sagte mit eigenartigem Gesichtsausdruck: Ach wußte gar nicht, daß du eine Tochter hast.« Sein Blick wanderte zu ihrer linken Hand, dann zu ihrem Gesicht. »Wie alt ist sie, Stephanie?«

»Achtzehn …«

»Wie heißt sie?«

»Chloe.«

»Chloe.« Er wiederholte den Namen mit so großem Nachdruck, daß Stevie zusammenzuckte.

Sein Blick schien sie zu durchbohren, als er fortfuhr: »Sie ist achtzehn, fast neunzehn. Sie heißt Chloe. Ist sie … sie ist von mir? Sie ist meine Tochter, Stephanie.«

»Ja, Gianni, sie ist deine Tochter.«

Vor den Kopf geschlagen, saß er da und starrte sie sprachlos an. »Warum hast du mir das damals nicht gesagt, als wir zusammen waren, damals vor vielen Jahren?« fragte er schließlich.

»Du warst verheiratet … ein verheirateter Mann mit Familie. Und du warst sehr prominent, ein Industrieller mit großem Namen. Ich wußte auch, daß für dich als Katholiken eine Scheidung nicht in Frage käme. Da hielt ich es für besser, die Sache zu beenden.«

»Ach... Stephanie.« Sein vorwurfsvoller und enttäuschter Blick verriet, wie traurig und schmerzlich dies alles für ihn war.

Stevie, die ihm seine Gemütsbewegung ansah, erschrak und sagte: »Ja, ich habe Schluß gemacht, aber du hast dich nicht widersetzt.«

Da unterbrach er sie und sagte mit Nachdruck: »Aber nur, weil ich wußte, daß eine Fortsetzung unserer Beziehung für dich große Probleme geschaffen hätte. Und ich wollte dir keine Ungelegenheiten bereiten. Vor allem nicht bei den Jardines, da ich wußte, wie Bruce und Alfreda waren. Hart. Zäh. Schwierige Menschen. Herzlos. Ich akzeptierte deine Entscheidung, weil...« Er ließ den Satz unvollendet, wandte aber den Blick nicht von ihrem Gesicht.

»Weil *was?*«

In ruhigerem Ton erwiderte er: »Weil ich dich sehr liebte, Stephanie. Ich konnte es nicht ertragen, dich unglücklich zu sehen. Dein Schmerz, weil wir nicht zusammenleben konnten, schnitt mir wie ein Messer ins Herz. Ich war wie in einer Falle gefangen – eine unglückliche Ehe, mein todkranker Vater, die Führung des Konzerns, meine zwei Kinder, die auf mich angewiesen waren. Ich wollte dich haben und konnte dich nicht bekommen. Also ließ ich dich gehen.« Ein Schatten huschte über sein Gesicht, aus seinen dunklen Augen sprach Trauer.

Stevie sah es, und sie wußte, daß er in allem, was er sagte, aufrichtig war. Er war immer ehrlich und redlich gewesen und hatte sich nicht verändert.

Gianni sprach weiter. »Es war nicht richtig, daß du es mir verschwiegen hast.«

»Ich mußte, Gianni.«

»Du hast für mich gedacht. Das war ein Fehler, Stephanie. Ich kann selbst denken.«

»Das weiß ich. Aber es war das Beste, was ich tun konnte. Zumindest glaubte ich das damals.«

»Wie hast du es deinem Kind, *unserem* Kind, erklärt?«

»Ich habe es ihr nie erklärt. Ich hab den Namen des Vaters nie preisgegeben.«

»Und die Jardines … haben sie es akzeptiert?

»Ja. Alle haben es akzeptiert. Ich habe einfach weitergemacht wie immer.«

»Erstaunlich.«

»Gianni, niemand konnte etwas sagen oder tun. Den Jardines blieb auch nichts anderes übrig, da sie auf mich angewiesen waren, zumindest Bruce bei der Führung des Unternehmens.

»Du hast in eurer Firma großartige Arbeit geleistet. Ich habe alles aus der Distanz beobachtet und war richtig stolz auf dich.« Sich vorbeugend fragte er mit eindringlicher Miene: »Warum bist du gekommen, um mir … um mir von Chloe, von meiner Tochter zu erzählen? Jetzt, nach so langer Zeit. War die Schießerei das auslösende Moment?

»Ja. Als Chloe im Koma lag, leistete ich ein Gelübde. Ich gelobte, ihr die Wahrheit über ihren Vater zu enthüllen, falls sie genesen sollte. Ich möchte es tun, Gianni, ich möchte ihr von dir erzählen. Und ich möchte, daß du nach London kommst und sie kennenlernst. Es wäre für mich sehr wichtig. Schon lange vor der Verletzung wollte sie unbedingt erfahren, wer der Mann ist, dem sie ihr Leben verdankt. Das ist nur natürlich, da sie jetzt erwachsen ist.«

»Ja, selbstverständlich. Das kann ich verstehen. Du hast ihr noch immer nichts von mir erzählt?«

»Nein, noch nicht. Ich weiß, daß es für dich ein Problem ist, und ich möchte nicht in dein Leben und in deine Familie eindringen. Ich möchte dir keine Probleme irgendwelcher Art bereiten oder …«

»Ich bin Witwer«, unterbrach Gianni sie.

»Ach, das tut mir leid …« Unter seinem ernsten Blick versagte ihr die Stimme.

Er reagierte mit einem Kopfschütteln. »Stephanie, Heuchelei liegt mir nicht. Du weißt, wie unglücklich meine Ehe war. Als sie starb, lebten wir schon lange getrennt. Renata hat mich vor zwölf Jahren wegen eines anderen verlassen. Bei ihrem Tod vor vier Jahren war sie noch mit ihm zusammen.«

»Ich verstehe. Wie geht es Carlo und Francesco?«

Sein Blick verdunkelte sich vor Kummer. »Francesco ist tot. Er kam vor fünf Jahren bei einem Verkehrsunfall ums Leben. Aber Carlo geht es gut.«

»Gianni, das tut mir schrecklich leid … ehrlich. Ich weiß, wie sehr du ihn geliebt hast.« Sie schüttelte den Kopf. »Du hast also auch Tragödien erlebt und Schmerz erfahren.«

»So ist es. Aber das Leben ist für jeden hart, auf verschiedene Weise.« Nach kurzem Schweigen fragte er:

»Und jetzt sag mir, wen Chloe für ihren Vater hält? Du mußt doch auf der Geburtsurkunde einen Namen eingesetzt haben. Wie lautet er?«

»John Lane.« Ein Lächeln stahl sich in Stevies Züge. »Ich glaube, du kennst ihn.«

Gianni lachte, und seine leidenschaftlichen dunklen Augen waren plötzlich so fröhlich wie die Chloes. »Stimmt. John für Gianni – Giovanni. Und Lane, weil ich immer im Dorchester an der Park *Lane* abstieg. Mein Deckname, wenn ich dich bei Jardine's anrief.«

Sie nickte.

»Wie ist sie denn, meine Tochter?«

Stevie griff nach ihrer Handtasche und öffnete sie. Während sie Chloes Foto heraussuchte, läutete das Telefon.

»Entschuldige mich, ich muß diesen Anruf entgegennehmen.« Er sprang auf, lief durch den Raum an seinen Schreibtisch, wo er den Hörer abnahm und leise zu sprechen anfing.

Stevies Blick folgte ihm. In den achtzehn Jahren, die vergangen waren, hatte er sich nicht viel verändert. Er war jetzt vierundfünfzig, sieben Jahre älter als sie, doch sah man ihm sein Alter nicht an. Er war zwar ein wenig stärker geworden, was ihn muskulöser aussehen ließ, sein Gesicht aber war relativ faltenlos geblieben und so sonnengebräunt wie damals auch. Sicher war er noch immer sehr sportlich und brachte viel Zeit in frischer Luft beim Tennis, Skifahren und Segeln zu. Sein dichtes dunkles Haar war an den Schläfen kaum merklich ergraut. Er war noch immer ein sehr gutaussehender Mann, wahrscheinlich der am besten aussehende, dem sie je begegnet war. Groß und vital, strotzte er vor Energie, und diese Energie war es auch gewesen, die sie vor Jahren so anziehend gefunden hatte. Nein, er hatte sich nicht verändert, zumindest nicht äußerlich. Aber das Leben hatte ihm ebenfalls zugesetzt, mehr, als er eben eingestanden hatte. Sie sah es ihm an. In ihm waren tiefe Traurigkeit und großer Kummer.

Im Laufe der Jahre war er, der vor allem als Seidenfabrikant bekannt war, zu einem der mächtigsten Konzernherren Italiens aufgestiegen, zu dessen Imperium unter anderem Modehäuser, Fabriken, Einkaufszentren, Immobilien und Hotels gehörten. Sie wußte es, weil sie sein Schicksal und das seiner Unternehmen in der Presse verfolgt hatte. Sein Name gehörte zu jenen, die in der *Financial Times* und im *Wall Street Journal* regelmäßig genannt wurden.

Als Gianni auflegte und zur Sitzgruppe zurückging, sprang ihr geradezu ins Auge, wie perfekt er in seinem hellen Gabardineanzug aussah, der von einem blauen Hemd und einer gelbblaugemusterten Seidenkrawatte ergänzt wurde. Vom gepflegten Haar bis zu den Spitzen seiner auf Hochglanz polierten, dunkelbraunen Slipper war er der Inbegriff dezenter männlicher Eleganz. »Ist das Foto für mich?« fragte er und setzte sich. Stevie reichte es ihm und erklärte: »Es wurde letztes Jahr in Connecticut aufgenommen.«

Gianni starrte es lange an. »Sie sieht mir ähnlich.«

»Ja, sehr. Besonders Augen und Stirn. Und sie hat dein kräftiges Kinn, Gianni.«

»Darf ich das Bild behalten?«

»Ja. Aber möchtest du nicht kommen und sie sehen?

»Du könntest mich nicht davon abhalten. Das könnte niemand.« Gianni stand auf und setzte sich neben Stevie aufs Sofa, um mit einem tiefen Blick in ihre Augen nach ihren Händen zu greifen und ganz leise zu sagen: »Stephanie, wenn du es mir damals nur gesagt hättest, so hätte ich vielleicht einen Weg gefunden.« Die Traurigkeit, die sie zuvor bereits bemerkt hatte, sprach nun wieder aus seinen dunklen Augen, so deutlich, daß ihr fast der Atem stockte.

»Vielleicht«, murmelte Stevie, die seinen langen Blick erwiderte. »Ich wünsche mir jetzt nichts mehr, als euch beide zusammenzubringen. Es war falsch, daß ich es nicht schon früher tat, und ich möchte es wiedergutmachen.«

Stevie fiel sofort auf, daß Gianni, der seine Autos immer bis ans Tempolimit gefahren hatte, am Steuer viel vorsichtiger geworden war. Als er mit seinem Ferrari aus Mailand in Richtung Comer See fuhr, tat er es mit mäßiger Geschwindigkeit.

Gianni redete ununterbrochen, besser gesagt, er hörte nicht auf, sie mit Fragen über Chloe zu bestürmen, so daß der Gesprächsfaden nie abriß. Und kein einziges Mal wandte er seinen Blick von der Straße ab.

»Ich bin nicht mehr der Raser, der ich seinerzeit war«, bemerkte er beiläufig. »Damals, als wir zusammen waren, Stephanie. Francescos Tod hat mich von dieser Sucht geheilt. Er raste mit Höchstgeschwindigkeit dahin, in ein Gespräch mit seiner Freundin vertieft, und hat den entgegenkommenden Laster übersehen. Es gab einen Frontalzusammenstoß. Francesco und Liliane waren auf der Stelle tot.«

»Das tut mir schrecklich leid«, murmelte Stevie leise. »Ich weiß noch, daß du ihn sehr... daß du ihn sehr liebgehabt hast.«

»Ja.«

Den Rest der Strecke zu seinem Haus am Comer See schwieg Gianni, und Stevie überließ sich ihren Gedanken, die um ihn kreisten. Bei ihrem Treffen in seinem Büro hatte er sie plötzlich gefragt, ob sie mit ihm zu Abend essen wolle, und sie hatte eingewilligt. Und jetzt fuhren sie dahin, als hätte es die achtzehn Jahre dauernde Trennung nie gegeben, als wären sie miteinander so vertraut wie damals. Unglaublich, daß diese Ungezwungenheit, diese Harmonie noch immer zwischen ihnen existierte. Wir haben uns nicht viel geändert, dachte sie plötzlich. Gewiß, wir sind älter, und das Leben hat uns in mancherlei Hinsicht verändert; aber im Grunde sind wir innerlich noch immer dieselben. Trotz der Lockerheit zwischen ihnen spürte Stevie eine innere Anspannung. Die Nervosität, die sie in seinem Büro erfaßt hatte, war geblieben. Und sie war sich seiner Männlichkeit deutlich bewußt, seiner Vitalität und seiner Kraft. In jüngeren Jahren war sie von ihm wie elektrisiert gewesen; und er hatte seine geradezu charismatische Anziehungskraft für sie nicht eingebüßt, im Gegenteil, sie empfand sie womöglich noch stärker.

Wie hatte sie sich im Laufe der Jahre nach ihm gesehnt, nach seinem Gesicht, nach seiner Stimme. Nie hatte sie seine Stimme vergessen, die tief und sonor war. In England und Amerika erzogen, beherrschte er das Englische fehlerfrei.

Nachdem sie ihn vor vielen Jahren aufgegeben hatte,

war sie dank ihrer Disziplin in ihrem Entschluß niemals wankend geworden. Sie hatte Gianni nicht wiedergesehen, doch die Sehnsucht war nie vergangen.

Aus dem Augenwinkel warf sie ihm einen Blick zu, sah sein festes Kinn, die feine, ausgeprägte Nase, den wohlgeformten Kopf. Ja, Chloe hatte seine Kopfform, seine Brauen, seine Augen mitbekommen.

Stevie konnte nicht umhin, sich zu fragen, wie sein Leben verlaufen sein mochte, was für Frauen es im Laufe der Jahre für ihn gegeben hatte. Es mußten viele gewesen sein… nun ja, einige. Er war als Mann zu attraktiv, als daß er keine romantischen Beziehungen gehabt hätte, da er zwölf Jahre von Renata getrennt lebte. Sie verdrängte diese Gedanken, verdrängte auch noch viel gefährlichere Gedanken, die ebenfalls ihm galten und ihr schon stundenlang zu schaffen machten. Sie war Chloe, ihrer gemeinsamen Tochter zuliebe nach Mailand gekommen und hatte ihn aufgesucht, weil sie die beiden zusammenbringen wollte. Und das war auch der einzige Grund, weshalb sie den Abend mit ihm verbrachte.

An den Ufern des Comer Sees angelangt, wo viele Mailänder ihr Domizil aufgeschlagen hatten, war Stevie von der Größe und Schönheit seines Hauses nicht im mindesten überrascht. Nachdem er im Hof geparkt hatte, führte er sie in die große, weiße Eingangshalle, einen eleganten, wenn auch etwas streng wirkenden Raum, der seine Wirkung vor allem seinen Proportionen und seiner Schlichtheit verdankte. Ein flüchtiger Blick zeigte ihr eine herrliche Tapisserie an der einen Wand sowie einen großen goldgerahmten Spiegel an der anderen. Von der hohen

Decke hing ein riesiger Kronleuchter und eine breite Treppe schwang sich ins obere Geschoß. Und überall sah man Blumen.

Sie wurden von einem Diener im weißen Jackett empfangen, mit dem Gianni in schnellem Italienisch ein paar Worte wechselte, ehe er sie in den großen Salon führte, von dem aus sie auf eine langgestreckte Terrasse hinaustraten, die einen Blick über den See bot.

»Ein schönes Haus, Gianni«, sagte sie nach einer Weile, ehe sie sich wieder zu ihm umdrehte.

»Viel zu groß für einen einzigen Bewohner«, war seine Antwort.

»Ach… lebt Carlo denn nicht hier bei dir?«

»Nein.«

»Ist er verheiratet?«

»Nein. Er lebt in seiner Wohnung in Rom. Carlo leitet mein dortiges Büro. Er und ich…« Er sprach nicht weiter und zuckte die Schultern. »Carlo… war immer schon eher der Sohn seiner Mutter. Merkwürdig, wie ein Kind mehr an dem einen Elternteil hängt als an dem anderen. Und dabei möchte man niemanden bevorzugen.« Er lächelte ihr mit einem Anflug von Wehmut zu. »Du bist selbst Mutter, Stephanie, du weißt sicher, wie es ist«, sagte er, eine Braue hochziehend.

»Ja, ich weiß es, Gianni. Von meinen Söhnen war Miles immer mein Herzenskind, so wie Chloe auch.«

»Und Francesco, *mein* Herzenskind, ist nun tot. Ach, dieses Leben… manchmal ist es schon sehr schwer.« Er wies auf einen Stuhl. »Bitte, nimm Platz.«

Der Diener kam mit einer Flasche Champagner und

zwei Gläsern, trat an einen kleinen Tisch hinter ihnen und öffnete die Flasche.

Gianni lächelte ihr zu. »Veuve Cliquot für dich, Steffie. Wie du siehst, habe ich es nicht vergessen.«

Im nächsten Moment klangen ihre Gläser. »Und jetzt erzähl mir mehr von ihr. Erzähl mir von Chloe.« Er lachte unerwartet. »Wäre meine Großmutter noch am Leben, sie würde sich sehr freuen, daß meine Tochter nach ihr benannt wurde. Ich danke dir dafür.«

Sie sprach nun von Chloe, erzählte von deren Kindheit, von ihrer Beziehung zu den Brüdern und dem Rest der Familie.

Als eine Pause eintrat, da sie an ihrem eiskalten Champagner nippte, fragte er: »Wann fliegst du nach London zurück?

»Morgen.«

»Donnerstag... hm.« Er sah sie über den Rand seines Glases hinweg nachdenklich an. »Ich glaube, ich werde auch fliegen. Ich möchte sie sehen.«

»Aber das wäre zu überstürzt!« rief Stevie. »Ich muß sie darauf vorbereiten. Ihr alles erklären.« Sie hielt inne, als sie seine Enttäuschung sah.

»Wie lange wird das dauern? Höchstens eine Viertelstunde. Wenn überhaupt, Steffie.«

Wieder nannte er sie bei dem Namen, den nur er benutzt hatte. Stevie sah ihn an und fand ihn plötzlich so unwiderstehlich, daß sie seinem Blick auswich. Sie nagte an ihrer Unterlippe und sagte nichts.

Nun trat Schweigen ein.

Gianni ließ es nicht lange andauern. »Das stimmt doch,

oder nicht?« fragte er. »Du wirst nicht lange brauchen, um ihr von mir zu erzählen… von ihrem Vater.«

»Vermutlich hast du recht«, gab sie zu, ohne ihn anzusehen.

Gianni Caracelli lehnte sich zurück und studierte sie, während ihr Blick auf den See gerichtet war. Sie hatte sich nicht im mindesten verändert. Sie war dieselbe wie vor zwanzig Jahren bei ihrer ersten Begegnung in London, anläßlich einer Juwelenausstellung. Ein einziger Blick, und er hatte sich bis über beide Ohren in sie verliebt. Und sie sich in ihn. Es war ein *coup de foudre*, wie die Franzosen es nannten, die Liebe hatte sie wie ein Blitzschlag getroffen. Es war die wichtigste und leidenschaftlichste Beziehung seines ganzen Lebens geblieben. Gianni kniff im schwächer werdenden Licht die Augen zusammen. Ihr schönes Gesicht zeigte keine einzige Falte, keine Linie. Er lächelte insgeheim über sich. Natürlich lagen winzige Fältchen um Stephanies Augen und Mund. Vorhin im Büro waren sie ihm aufgefallen und sofort wieder verschwunden, weil er Stephanie so sah, wie sie damals gewesen war, und nicht, wie sie jetzt war. Für ihn war sie nicht gealtert.

Er räusperte sich. »Stephanie, wir wollen zusammen nach London fliegen. Morgen. Mit meiner Privatmaschine.«

Stevie sagte noch immer nichts. Sie hatte Angst vor dem Eingeständnis der Wahrheit, Angst vor ihm, vor seiner Männlichkeit, vor der Anziehungskraft, die er auf sie ausübte.

»Ich möchte Chloe sehen«, beharrte er. »Sobald wie möglich. Warum soll ich noch warten?«

Sie drehte sich um und blickte ihn an.

Seine dunklen Augen hielten eindringlich ihren Blick fest. »Steffie, so viele Jahre wurden einfach vergeudet. Wir wollen keine Zeit mehr verlieren.«

30

»Wie sehe ich aus, Mom?« fragte Chloe, die Stevies Schlafzimmer betrat und vor ihrer Mutter stehenblieb, um sich dann langsam um die eigene Achse zu drehen. »Was hältst du von meinem Hosenanzug? Gefällt dir die Farbe?«

»Ja«, antwortete Stevie mit anerkennendem Blick. »Burgunderrot steht dir wunderbar. Sonderbar, aber dunkle Farben haben dir immer schon gut gepaßt, auch als du noch klein warst.«

»Das macht mein Olive-Teint. Gedämpfte Farben sind für mich günstiger.

»Das muß wohl so sein.«

Den Kopf schräg legend, nahm Chloe Stevie unter die Lupe und sagte: »Mom, heute bist du aber elegant zurechtgemacht! Mit wem treffen wir uns zum Lunch?«

»Sehe ich zurechtgemacht aus?« fragte Stevie besorgt und trat vor die verspiegelte Schrankwand, die eine Seite des blau-weißen Schlafzimmers einnahm. Nachdenklich begutachtete sie sich, um dann zu antworten: »Ich weiß gar nicht, was du hast. Keine Rede von zu elegant. Ich trage ja kaum Schmuck, nur eine Brosche und Ohrringe.«

»Ich weiß, aber das ist dein neues Kostüm. Du hast

gesagt, du wolltest es für eine besondere Gelegenheit aufsparen. Und diese Nadel und die Ohrringe kenne ich auch nicht. Es sind wundervolle Saphire. Mom. Sind sie neu?

»Nein.« Stevie drehte sich zu Chloe um und bedachte ihre Tochter mit einem vorsichtigen Blick, um sich im nächsten Moment kopfüber in ein Geständnis zu stürzen. »Dein Vater hat sie mir geschenkt.«

»Mein Vater! Wann?«

»Vor neunzehn Jahren.« Sie ging näher zu Chloe hin und griff nach ihrem Arm. »Ich möchte mit dir reden. Gehen wir kurz in mein Arbeitszimmer.«

»Okay. Aber worüber möchtest du mit mir reden? Und warum hast du diese Saphire noch nie getragen?« Chloe sah ihre Mutter neugierig an. Was dies alles wohl zu bedeuten hatte ...

»Komm und setz dich zu mir«, war die einzige Antwort, die Stevie ihrer Tochter gab, während sie ihr vorausging. Chloe folgte ihrer Mutter, setzte sich in einen Sessel am Fenster und konzentrierte ihre Aufmerksamkeit ganz auf Stevie.

»An deinem Krankenbett in Leeds, als ich betete, du mögest aus dem Koma erwachen, habe ich im Herzen und im Kopf etwas gelobt«, erklärte Stevie. »Ich gelobte, daß ich dir die Wahrheit über deinen Vater erzählen würde. Und dieses Gelübde halte ich, Chloe. Ich möchte dir jetzt von ihm erzählen.«

Chloe, die an den Rand ihres Sessels vorgerutscht war, nickte voller Eifer. Und ehe Stevie etwas sagen konnte, rief Chloe: »Er ist nicht tot, oder?«

Erschrocken blickte Stevie sie sprachlos an. Dann schüttelte sie den Kopf. »Nein, aber woher weißt du das?«

»Gewußt habe ich es eigentlich nicht, jedenfalls nicht sicher. Ich ... nun, ich habe es gespürt, Mom. Irgendwie habe ich es als Kind gefühlt. Und immer dachte ich, er würde eines Tages kommen, einfach hereinspazieren und sagen: ›Hi, Chloe, ich bin dein Dad.‹ Als ich noch klein war, phantasierte ich mir das alles zusammen. Ich malte mir alles aus ... ein großer, dunkler, hübscher Mann, der auf mich zukommt. Mein Vater. Immer dachte ich, er würde mich suchen und eines Tages auch finden.«

Stevie war sprachlos. Als sie sich gefaßt hatte, sagte sie: »Ja, du hast ganz recht. Er ist am Leben. Und er ist tatsächlich groß, dunkel und sieht gut aus. Obwohl ich nie verstehen werde, woher du das wußtest.«

Chloe beugte sich vor. »Und ich möchte wetten, daß er nicht John Lane heißt.«

»Ja. Das heißt ... zum Teil.«

»Warum, Mom? Warum hast du mir die Wahrheit vorenthalten? Warum hast du mir nicht schon früher alles gesagt?« fragte Chloe leise und verwundert. In ihre braunen Augen war ein verletzter Ausdruck getreten.

»Als du alt genug warst, um es zu begreifen, konnte ich dir die Wahrheit nicht sagen ... wegen seiner Lebensumstände, seiner Position in der Welt, seiner Familie. Du mußt wissen, er war verheiratet und ein sehr prominenter Mann, als wir ... als wir zusammen waren ...«

»Warum hat er sich nicht scheiden lassen und dich geheiratet, als du mit mir schwanger warst?« fragte Chloe heftig. Wollte er mich nicht?«

»Er hat von dir gar nichts gewußt. Ich habe es ihm nie gesagt.«

»Aber Mom! Warum nicht?« fragte Chloe laut und aufgebracht.

»Weil er verheiratet war und Katholik. Ich wußte, daß es niemals eine Scheidung geben würde. Es bestand keine Möglichkeit, eine durchzusetzen. Und Kinder hatte er bereits. Ich faßte einfach den Entschluß, ihm nichts zu sagen. Ob es gut oder schlecht war, ich habe jedenfalls vor deiner Geburt mit ihm gebrochen.« Stevie schüttelte den Kopf. »Vielleicht war es ein Fehler, aber für solche Überlegungen ist es jetzt viel zu spät. Ich habe ihn niemals mehr wiedergesehen, nachdem ich beschlossen hatte, Schluß zu machen.«

»Hat er nicht versucht, dich umzustimmen? Hat er dir nicht sehr zugesetzt?«

»Nein, nicht, als ich sagte, es müsse ein Ende haben, weil ich mit diesem Schmerz nicht weiterleben könnte. Er respektierte diesen Wunsch, da er wußte, wie schwierig alles für mich geworden war. Eine Liebesaffäre mit einem verheirateten Mann wird mit der Zeit unerträglich. Sie ist unmöglich, herzzerreißend, Chloe.«

Ein mitfühlender Ton schlich sich in Chloes Stimme, als sie sagte: »Ihn nicht mehr zu sehen muß für dich sehr schlimm gewesen sein, Mami. Wenn du ihn sehr geliebt hast.

»Ich habe ihn geliebt, und es war schlimm. Sehr schlimm. Daß er in einem anderen Land lebte, hat die Sache zwar ein wenig erleichtert. Er lebt immer noch dort.«

»Wo?«

»In Italien.«

»Er ist Italiener?«

»Ja.«

»Donnerwetter! Mein Vater ist Italiener. Grandios. Wie heißt er denn?«

»Gianni… das ist die Abkürzung von Giovanni, auf Englisch John.«

»Gianni wie, Mom?«

»Caracelli. Dein Vater ist Gianni Caracelli.«

Nun trat Stille ein. Chloe sah ihre Mutter verdutzt an und sagte langsam: »Doch nicht der italienische Industrielle? Der soll mein Vater sein?«

»Ja.«

Chloe starrte Stevie an. Dann stand sie auf und schaute in den Spiegel über dem Kamin. »Sehe ich italienisch aus, Mom?« Sie trat näher an den Spiegel heran. »Meine Augen schon, denke ich. Aber immer hieß es, ich sähe aus wie deine Mutter.«

»Das tust du auch, aber du siehst auch Gianni ähnlich. Von ihm hast du die Augen, die Brauen und die Stirn. Und sein festes Kinn. Auch die gleiche Kopfform.«

»Ich sehe also meinem Daddy ähnlich?«

Stevie nickte.

»Und deshalb bist du am Mittwoch nach Italien geflogen?«

»Ja.«

»Hast du ihn getroffen, Mom? Hast du ihm von mir erzählt?«

»Ja, Chloe.«

»Was hat er gesagt? Sicher war er geschockt«, vermutete Chloe.

»Verblüfft ist das bessere Wort. Ich glaube, ein Mann wie Gianni Caracelli ist nicht so leicht geschockt. Er hat sich sehr gefreut.«

»Wirklich?« Chloe klang plötzlich beklommen.

»Und wie. Er war selig, auch deswegen, weil ich dich nach seiner Großmutter genannt hatte.«

»Ach.«

»Chloe, er möchte dich kennenlernen... Er kann es kaum erwarten.«

Chloe empfand plötzlich Angst, aber auch Erregung und Neugierde.

»Er ist hier in London«, kündigte Stevie an.

»Ist er derjenige, mit dem wir uns zum Lunch treffen?«

Stevie lächelte. »Er ist es. Im Dorchester. Dort ist er abgestiegen. Früher hat er auch immer dort gewohnt. Ich glaube, daß ich dich auch dort empfangen habe.«

»Ach, Mom.« Chloe starrte wieder ihr Spiegelbild an. »Bist du sicher, daß ich gut aussehe? Vielleicht sollte ich mich umziehen. O Gott, ich sehe schrecklich aus, Mom. Hättest du es mir doch gesagt, ehe ich mich zurechtgemacht habe.«

»Du siehst nicht schrecklich aus. Du bist eine reizende junge Dame.«

Plötzlich stürmten unzählige Fragen auf Chloe ein, und sie rief: »Was ist mit seiner Frau passiert? Muß man nicht mehr auf sie Rücksicht nehmen?

»Giannis Frau ist gestorben, Chloe. Bereits vor einigen Jahren. Damals lebten sie schon lange getrennt.«

»Du hast gesagt, er hätte Familie ...«

»Ja, Gianni hatte zwei Söhne. Carlo und Francesco. Leider wurde Francesco bei einem Autounfall getötet. Carlo lebt in Rom und leitet die dortigen Caracelli-Niederlassungen.«

»Hat er ... hat er eine Tochter?«

»Du bist seine einzige Tochter, Chloe.«

Chloe sagte daraufhin nichts, da sie diese Information erst verarbeiten mußte. »Und woher kommt der Name Lane, Mom?« fragte sie nach einer Weile.

Stevie konnte ein Lächeln nicht unterdrücken. »Ich habe dir eben gesagt, daß dein Vater immer im Dorchester abstieg, wenn er mich in London besuchen kam. Er benutzte den Namen Lane wie in Park Lane, wenn er mich anrief. Es erschien mir nicht unlogisch, ihn in deine Geburtsurkunde einzutragen.« Stevie stand auf, ging zu Chloe und legte den Arm um ihre Tochter. »Es tut mir leid, aufrichtig leid, daß ich euch beide all die Jahre nicht zusammengeführt habe. Kannst du mir verzeihen?«

In Chloes Augen glänzten Tränen. »*Dir verzeihen?* Mom, um Gottes willen, es gibt nichts zu verzeihen. Du bist die beste Mutter, die man sich wünschen kann. Du hast damals getan, was du tun mußtest, was du für das Beste für mich hieltest. Und sicher war es das. Ich habe dich lieb, Mom, auf der ganzen weiten Welt gibt es keine wie dich.«

Stevie schluckte. »Ich glaube, wir sollten gehen, um deinen Vater zu treffen. Er erwartet uns.«

»Ist er eben angekommen?«

»Nein, er kam gestern mit mir. Oder vielmehr ich mit ihm. Ich flog mit ihm in seiner Maschine.«

»Er hat eine Privatmaschine? Toll! Echt gut! Fliegt er sie selbst?«

»Nein, er hat einen Piloten. Aber er ist sehr sportlich. Er wird dir gefallen, und du wirst ihn rasch liebgewinnen.«

Chloe zögerte, ehe sie leise fragte: »Aber wird er mich mögen, Mom? Wird er mich liebhaben?«

»Das tut er bereits.«

Gianni Caracelli stand auf, als er Stevie im Eingang des Grill Room im Dorchester sah. Zu seiner großen Verwunderung fing sein Herz wie wild zu hämmern an, und seine Kehle war wie zugeschnürt, als Stevie und Chloe auf den Tisch zukamen. Was für ein schönes Mädchen sie war. Sie sah nicht nur ihm ähnlich, sie hatte auch starke Ähnlichkeit mit Francesco. Den Bruchteil einer Sekunde war er so bewegt, daß er schon befürchtete, sich öffentlich zu blamieren, indem er in Tränen ausbrach. Seine Gefühle hätten nicht stärker sein können; für seinen toten Sohn, den er so geliebt hatte, für diese junge Frau, die er nicht kannte und die im Begriff war, in sein Leben zu treten.

Und dann standen sie vor ihm.

Seine schöne Steffie, die Liebe seines Herzens, und seine Tochter. Seine einzige Tochter. Chloe. Er konnte den Blick nicht von ihrem Gesicht losreißen und nahm begierig jede Einzelheit ihrer Erscheinung in sich auf, während sie ihm zulächelte, ohne Zögern auf ihn zuging und, seinen Arm berührend, zu ihm aufblickte. Ihre dunkelbraunen Augen waren Spiegelbilder seiner eigenen.

Da zog Gianni sie an sich und hielt sie fest an sich gedrückt. Fleisch von meinem Fleisch, dachte er. Mein Kind. Er war dankbar, daß es sie gab.

Chloe klammerte sich eine Sekunde an ihn. Unwillkürlich kam Gianni der Gedanke, daß er diesen außergewöhnlichen Moment nie erlebt hätte, wenn sie nicht aus dem Koma erwacht wäre. Sie hätte sterben können, ohne daß er sie je kennengelernt hätte.

Sein Herz war plötzlich übervoll. Gott nimmt uns viel, doch er gibt uns auch viel, dachte er. Und dann sah er Stevie an, voller Dankbarkeit, weil sie ihn in Mailand aufgesucht hatte. Das allein hatte viel Mut gekostet, da sie von seinen Lebensumständen keine Ahnung gehabt hatte. Auch hatte sie nicht wissen können, wie er reagieren würde. Nein, Irrtum, natürlich hatte sie es gewußt. Kein Mensch auf der Welt hatte ihn jemals so verstanden wie sie. Was für ein Narr er doch gewesen war, in all den Jahren nicht wieder Kontakt mit ihr aufgenommen zu haben.

Unerwartet empfand Gianni ein Gefühl des Friedens, das ihn durchflutete, als er Chloe in den Armen hielt. Was für ein Segen, dieses Kind zu haben! Seine Tochter. Es war das erste Mal seit Francescos Tod, daß er Frieden empfand.

Er ließ Chloe los und drehte sich zu Stevie um, griff nach ihrem Arm und küßte sie auf die Wange, ehe er sie zu Tisch führte.

Auch Chloe setzte sich, nachdem der Ober, der sogleich wieder verschwand, ihr einen Stuhl zurechtgerückt hatte.

»Ich sehe, daß eine förmliche Vorstellung nicht nötig ist«, murmelte Stevie mit einem Lächeln.

»Nein, Steffie.« Er erwiderte ihr Lächeln.

Chloe war von Gianni ebenso fasziniert wie er von ihr und starrte ihn ohne jede Spur von Befangenheit an. »Du siehst aus, wie ich es mir vorgestellt habe.«

Er sah Stevie fragend an, ehe er den Blick wieder seiner Tochter zuwendete. »Ich dachte, du hättest von meiner Existenz nichts geahnt«, sagte er mit gerunzelter Stirn.

»Habe ich auch nicht. Aber wie ich heute zu Mom sagte, ich habe immer *gespürt*, daß mein Vater lebt. Warum, das kann ich nicht erklären. Und ich habe ihn mir groß, dunkel und gutaussehend vorgestellt. Und das bist du.«

Er lachte, amüsiert über ihre Offenheit. »Danke für das Kompliment. Leider habe ich von deiner Existenz nichts geahnt, also bist du im Vorteil. Aber du bist reizend, Chloe. Eine echte Caracelli und deinem Halbbruder Francesco sehr ähnlich. So wie er in deinem Alter war.«

»Das hat Mom mir erzählt.« Sie berührte seinen Arm. »Es tut mir leid.«

Er nickte. Zu Stevie gewandt, fuhr er fort: »Ich habe Champagner bestellt. Hoffentlich ist es dir recht. Immerhin gibt es etwas zu feiern. Es kommt ja nicht alle Tage vor, daß man eine schöne Tochter kennenlernt, von der man nichts wußte.«

Der Kellner kam mit dem Champagner, es wurde eingeschenkt, und sie tranken einander zu. Gianni, der sein Glas hob, sagte mit strahlendem Lächeln: »Auf euch beide. Ich bin ja so froh, daß wir heute hier beisammen sind. Es ist für mich ein sehr glücklicher Anlaß.«

»Auch für uns … auf dich, Gianni«, sagte Stevie.

»Auf dich … Vater.« Chloe sagte es zögernd. »Darf

ich dich Vater nennen? Oder würdest du Gianni vorziehen?«

»Nein, nicht Gianni. Mir wäre Vater lieber, schließlich bin ich es.«

»Ja, Vater.« Chloe sah ihn forschend an. »So habe ich noch nie jemanden genannt ... ich hatte ja nie einen Vater. Nur Großväter.«

Stevie, die ein unglückliches Gesicht machte, unterdrückte einen Seufzer. »Ach, Chloe. Ich habe nicht ...«

»Nein, Mami, nein«, unterbrach Chloe sie rasch. »Reg dich nicht auf. Ich habe es nicht so gemeint, wie es sich anhörte. Du weißt, wie lieb ich dich habe.«

Stevie, die merkte, wie sehr Chloe sich aufregte, sagte beruhigend: »Ich weiß, Liebling. Ist ja gut.«

Gianni vertraute Chloe an: »Sie war für mich Vater und Mutter zugleich. Und sie war immer wunderbar. Sie hat mir sogar das Leben gerettet. Im Krankenhaus war sie Tag und Nacht an meiner Seite. Nie hat sie sich von der Stelle bewegt, bis ich aus dem Koma erwachte. Wäre Mami nicht gewesen, ich wäre vielleicht nicht mehr am Leben. Sie ist die beste Mutter der Welt.

»Ja, das weiß ich«, erwiderte er. »Ich weiß noch, was für eine gute Mutter sie deinen Brüdern war, als diese noch klein waren.« Gianni lachte. »Über Steffie brauchst du mir nichts zu sagen. Aber über dich würde ich gern mehr erfahren. Du besuchst also das Brearley. Gefällt es dir dort?«

»Ja, sehr«, rief Chloe, und so selbstverständlich, wie sie ihn begrüßt hatte, plauderte sie nun mit ihm über die Schule und gab allerlei Episoden zum besten.

Stevie unterbrach sie nur einmal, damit sie alle ihren

Lunch bestellen konnten, doch anschließend fuhr Chloe fort, ununterbrochen auf Gianni einzureden. Er nickte, ganz Ohr und sichtlich entzückt von ihr.

Sie will die verlorene Zeit aufholen, dachte Stevie, während sie Chloe zuhörte und dabei Gianni Caracelli verstohlen studierte. Für sie stand fest, daß sie für ihn noch ebenso empfand wie vor achtzehn Jahren. Und damit war die Frage verbunden, was er für sie empfand. Meldete sich auch bei ihm ein Flattern in der Magengrube, wenn er in ihrer Nähe war, spürte er wie sie das Knistern zwischen ihnen?

»Gestern hatte ich eine wunderbare Idee, Steffie«, sagte Gianni und unterbrach ihre Überlegungen.

»Ach, und was war das?«

»Ich möchte Chloe und dich an den Comer See einladen, zu mir in die Villa. Das wäre für sie doch ideal zur Nachkur, meinst du nicht?«

Chloe machte große Augen. »Ja, das ist eine wundervolle Idee … Vater. Bitte, sag ja, Mom. Ich würde so gern hinfahren.«

»Ich muß erst mit Dr. Longdon sprechen«, erwiderte Stevie und erklärte Gianni: »Das ist der Neurochirurg, der Chloe operiert hat. Er sagte, daß sie noch nicht in die Staaten fliegen dürfe.«

»Aber es wäre ein ganz kurzer Flug. Bis Mailand sind es nicht ganz zwei Stunden. Und sie würde in einer Privatmaschine fliegen. Wann kannst du ihn diesbezüglich fragen?« wollte Gianni wissen.

»Nach dem Lunch«, erwiderte Stevie.

»O danke, Mami.« Chloe schob ihren Stuhl zurück und

griff nach ihrer Umhängetasche. »Würdet ihr mich kurz entschuldigen?«

Nachdem sie gegangen war, sah Gianni Stevie eindringlich an und sagte leise: »Meinen Glückwunsch, du hast gute Arbeit geleistet und sie gut erzogen. Sie macht dir alle Ehre, Steffie. Selbstsicher, natürlich und intelligent, ohne altklug zu sein.« Er hielt mit bekümmertem Kopfschütteln inne. »Und du hast es ganz allein tun müssen ...«

»Das eigentlich nicht, da ich ja meine Mutter und Derek hatte, und nicht zuletzt ihre Brüder. Aber danke für deine Worte ... Ich bin ja so froh, daß dir Chloe gefällt.«

»Wie könnte es anders sein? Sie ist reizend, so lebendig ... Ich erkenne dich in ihr wieder.«

»Und ich dich. Immer schon.«

»Steffie?«

»Ja Gianni?«

»Ich möchte dich etwas fragen.« Er zögerte und sah sie an. »Und das wäre?«

»Ich möchte wissen ... glaubst du, wir könnten wieder Freunde sein?«

Stevie, die seinen Blick erwiderte, ratlos, was er meinen mochte, erstarrte ein wenig.

Ihm entging es nicht, und er rief: »Bitte, verstehe mich nicht falsch. Ich schlage nicht vor ... daß wir ... dort weitermachen, wo vor achtzehn Jahren Schluß war. Aber könnten wir nicht Freunde sein, platonische Freunde? Immerhin haben wir Chloe, und ich möchte sie besser kennenlernen.« Und ich möchte dich von neuem kennenlernen, dachte er. Obwohl du dich nicht verändert hast. Du bist noch immer meine Steffie, innerlich noch immer dieselbe. Und eine Liebe wie die unsere stirbt nie, sie ruht nur, wenn die zwei betroffenen Menschen getrennt werden. Ich brauche euch beide.

Stevie, die ihn nicht aus den Augen gelassen hatte, begriff plötzlich. Sie wußte nun mit absoluter Gewißheit, daß er sie noch immer liebte, so sehr, wie sie ihn liebte. Sich über den Tisch beugend, sagte sie leise: »Natürlich können wir Freunde sein, Gianni. Es gibt nichts, was ich mir mehr wünschen würde.«

Er nickte. Sie war die einzige Frau, die er je wirklich geliebt hatte und die wie durch ein Wunder wieder in sein Leben getreten war. Er hatte Angst, auch nur ein einziges Wort zu sagen, so bewegt war er.

Stevie las seine Liebe in seinem Blick und empfand ein Glücksgefühl, wie sie es nicht erlebt hatte, seit sie sich von ihm getrennt hatte. Sie berührte seine Hand, die auf dem Tisch lag. »Gianni, wir wollen keine Zeit mehr verlieren. Und wir wollen Freunde sein, sehr gute Freunde.« Ihre verhangenen graugrünen Augen ließen ihn nicht los. Ihren Blick erwidernd, ergriff er ihre Hand, die er an die Lippen führte und küßte. »Ja, die allerbesten Freunde, meine Steffie, mein Herz«, sagte er mit einem zärtlichen Lächeln.